Claire Davis

DER SCHNEE VON MONTANA

Roman

Aus dem Amerikanischen
von Bernhard Robben

Hoffmann und Campe

Die amerikanische Originalausgabe erschien 2000 unter dem Titel
»Winter Range« bei Picador, New York

Die Deutsche Bibliothek – CIP-Einheitsaufnahme
Davis, Claire:
Der Schnee von Montana/Claire Davis.
Übers.: Bernhard Robben.
– 1. Aufl. – Hamburg : Hoffmann und Campe, 2001
Einheitssacht.: Winter Range ‹dt.›
ISBN 3-455-01380-5 Gb.

www.hoffmann-und-campe.de
Schutzumschlag: Andreas Heilmann
unter Verwendung eines Fotos von Selby McCreery/photonica
Typographie: Prill Partners producing, Berlin
Satz: Dörlemann Satz, Lemförde
Druck und Bindung: GGP Media, Pößneck
Printed in Germany

Zur Erinnerung an
Clara und Glenn Davis,
deren Liebe ein Geschenk des Himmels war.

Und für meinen Sohn
Brian Wroblewski

Danksagungen

Ich möchte Judy Blunt danken, meiner Reiseführerin durch das Herz dieses Weidelandes und seiner Menschen, ihrer großzügig geschenkten Zeit – die zahllosen Abende an ihrem Küchentisch, an denen wir zu lange aufblieben und zu starken Kaffee tranken; Robert Sims Reid, der an dieses Buch glaubte und mir sein Fachwissen in juristischen Fragen zur Verfügung stellte. Meinen Dank auch an David Long für seine Freundschaft, der selbstlosen, jahrelangen Betreuung. An Robert Wrigley und Kim Barnes, in deren Haus, hoch über dem Clearwater River, ich dieses Buch schrieb – dank für eure Liebe und Unterstützung. Meinen Dank an Mary Clearman Blew für ihre Freundschaft, ihre Großzügigkeit und an Phil Zweifel, der all dies vor Jahren in Gang gebracht hat. Außerdem möchte ich Sally Wofford-Girand, George Witte, William Kittredge, Mark Clemens, Keith und Shirley Browning, Rudy und Gail Martin danken. Mein Dank gilt auch der Unterstützung der Idaho Commission on the Arts und dem Lewis Clarke State College.

Schließlich noch Dennis Held herzlichen Dank, für seine Unterstützung in all den Jahren der Arbeit und dafür, dass er mir half, diese Idee zu verwirklichen.

Erstes Kapitel

Ike Parsons, der Sheriff, stand am Bordstein, zog den Reißverschluss seiner Jacke bis oben zu und klopfte sich den Schnee vom Hut. Ein Truck rollte vorbei, schlitterte über eine vereiste Stelle und hüpfte ein kurzes Stück zur Seite. Der Fahrer nickte dem Sheriff zu, als wollte er sich entschuldigen, dann hatte er den Laster wieder in der Gewalt und fuhr weiter. In diesem Jahr war eine Menge Schnee in der kleinen Stadt im östlichen Winkel von Montana gefallen, eine Gegend, die von den Ortsansässigen nur das Hochland genannt wurde – ein Präriekorridor am alten Highway Two, der die nördlichen Gemeinden des Staates teilte. Bloß einen Katzensprung weit von Kanada und der Bearpaw Range im Norden, den Little Rockies im Süden. Trockenlandanbau und Rancherland – Weizen, Vieh.

Parsons zog den Hut über die Ohren und kniff einen Schnabel in die Krempe über seiner Nase. Vereinzelt fiel Schnee aus dem hohen, strahlenden Blau und deckte Straßen und Hydranten, Hüte und Schultern der Passanten ein. Auf der anderen Seite stakste Tierarzt Purvis über eine Schneewehe und steuerte quer über die Straße auf Ike zu. Er war groß, Anfang sechzig, mit grauem Haaransatz, doch muskelbepackt wie so viele hier draußen, die der tägliche Umgang mit dem Vieh fit hielt. Er hopste über den Bordstein, sank mit einem Fuß ein und strauchelte, sodass der Sheriff den älteren Mann unter den Arm greifen und stützen musste.

»Hätte ich auch selbst geschafft«, brummte Purvis.

Parsons zuckte die Achseln: »Hätte ich dich bloß auf deinen Hintern plumpsen lassen.«

Die beiden Männer grinsten. Purvis blickte auf, wich einem herabfallenden Schneefladen aus und sagte: »Was für ein Anblick! Kommt in jeder Generation bloß einmal vor.«

Im Frühling würde es reichlich Wasser geben, und mit etwas Glück war damit eine siebenjährige Dürre zu Ende, doch jetzt, im späten Winter, begrub der Schnee die Straßen unter sich. Gleich vor der Stadt – eine ebene, weite, weiße Decke über Ortstein und Gestrüpp, hier und da von Salbei, Kaktus und Fettholz durchlöchert, Steppenhexen, die über das vereiste Land schossen und im Wind tollten.

»Auf dem Weg zur Arbeit?« fragte Purvis.

Ike ging weiter. »Mein freier Tag.«

Purvis blieb an seiner Seite. »So was gibt's bei der Polizei? Verdammt, was ist bloß aus Gesetz und Ordnung geworden?«

Ike schüttelte den Kopf, und Schneeklumpen rutschten von der Krempe. »Wie's aussieht, geht die Welt vor die Hunde.« Parsons warf einen Blick in ein Schaufenster und zog den Bauch ein. Mit zweiundvierzig sah er zwar noch ganz passabel aus, doch wurden seine Konturen langsam runder, und das passte ihm gar nicht. Zu viele Stunden am Schreibtisch, zu viele Meilen auf der Straße.

»Dein freier Tag also – und was steht an?«

»Eisenwarenladen.« Ike schob den Hut in den Nacken und zupfte an seinem Haar. »Zum Nachschneiden zu Steve. Mittagessen. Meine Frau suchen.« Ike tippte grüßend mit dem Finger an den Hut, als Lucy Mattick mit eingezogenem Kopf vorüberhastete. Es wohnten nur wenige Leute in der Stadt, die meisten fuhren wie Lucy kaum ein- oder zweimal im Monat her, und das taten ihre Familien schon seit zwei, drei Generationen, weshalb sich alle untereinander ebenso gut kannten wie die Fahrzeuge, in denen sie kamen. Kein Vergleich mit seinem früheren Leben als Polizist in Milwaukee in Wisconsin, wo es ihm mit etwas Glück gelungen war, sämtliche Gesichter anonym zu halten und er auf seiner Streife – Stadtmitte bis zum Nordufer, die Wohnsiedlungen entlang Cherry and Vine, dann die vornehme North Avenue – mehr Stahlriegel vor Türen und Fenstern zu Gesicht bekommen hatte als in einem Gefängnis.

Lucy beugte im Gehen die Schultern vor, als stemmte sie sich gegen den Wind. In etwa drei Metern Abstand schlurfte ihr Sohn Joe hinter ihr her – ein mürrischer Teenager, der schon so oft mit dem Gesetz in Konflikt geraten war, dass er das Gesicht abwandte, als der Sheriff an ihm vorbeiging.

Der Tierarzt zog den Hut und sagte: »Morgen, Lucy.« Und als sie vorbei war, neigte er sich zu Ikes Ohr: »Verdammt hübsche Frau, diese Lucy Mattick. Bloß ziemlich nervös.«

»Sag mal, Purvis, musst du dich nicht um irgendein krankes Vieh kümmern?«

Der Alte schüttelte den Kopf. »Ich glaub, ich nehm mir heute auch frei«, sagte er, »und leiste dir Gesellschaft, bis du Pattiann gefunden hast. Mal sehen, ob ich sie nicht beschwatzen kann, mir ein bisschen von ihrer echten Hausmannskost vorzusetzen.« Er grinste Ike an. »*Die* mag mich nämlich, weißt du.«

Beim Gericht überquerten sie die Straße und bogen nach rechts zum Supermarkt ab. Für den Westen war dies eine Stadt von ganz passabler Größe, sieben parallele Häuserreihen in Ost-West-Richtung, vier in Nord-Süd, in der Mitte ein offener Platz. Zweistöckige Häuser aus Ziegel und Holz, die Fassaden im Western-Stil, baumelnde Ladenschilder und handbemalte Holztafeln: Post, Lebensmittel, Gemischtwaren.

Die Glocke über der Tür zum Eisenwarenladen meldete ihren Eintritt. Ike sah sich suchend zwischen den hohen Regalen mit Kolben und Rohrmuffen, Schrauben, Riegeln mit Kette, verschiedenen Drahtwaren und Isoliermaterialien um. Der Tannenholzboden sackte zur Mitte ab, wo die Stiefel in hundert Jahren eine Wanne in den Gang getreten hatten. Er nahm sich einen Schwimmer für die Toilette und sicherheitshalber noch eine Kette mit Griff. Verdammt, er hasste diese Heimwerkerarbeiter, hoffte, dass die Teile passten, und hatte jetzt schon keine Lust mehr, wenn er an den engen Spülkasten dachte und daran, wie er mit Siphon und Dichtungen herumhantierte und wie schnell ihn ein verstopftes Klo aus dem Konzept bringen konnte. Er zahlte die Teile am Tresen. Purvis nahm eine Zigarre aus der Vitrine und deutete damit auf die offene Kasse. »Geht auf meine Rechnung«, sagte er. Der Ladenjunge lächelte und nickte.

Kaum stand Ike wieder auf der Straße, kniff er vor dem weißen Sonnenlicht auf dem Schnee, dem glitzernden Chrom und blitzenden Windschutzscheiben die Augen zusammen, holte tief Luft und ertappte sich bei dem Wunsch, wenigstens einen kurzen Blick auf seine Frau Pattiann zu erhaschen, ihr rotes Haar, hell und frisch wie die Luft selbst.

An der Kreuzung Main Street und Third steckte sich Purvis seine Zigarre an, nahm einen tiefen Zug, stieß den Rauch wieder aus und summte vor sich hin. Vor der Hinweistafel an der Unitarierkirche blieben sie stehen: »*Heute folgende* ... Hinter dem Kirchturmstummel ragten die Getreidesilos in den Himmel, auf denen sich Vögel sammelten und zankten. Singvögel gab es hier keine, nichts Exotisches, höchstens ein paar Stare – schwarz, auf einem Hintergrund, der so dunkel war, dass die Sonne gar nicht kräftig genug leuchten konnte, um ihre Federn aufzuhellen.

Gegenüber vom Gericht lag Steves Frisörladen. Purvis trat vor Ike ein. Mit dem Rücken zum Schaufenster verteilten sich fünf Männer auf einer Reihe Stühle und einem Sofa. Bill, Ikes Schwiegervater, hockte auf dem Sofa, der Nacken ausrasiert, das dunkle Haar kurz und die Kopfhaut rosig wie ein geschorenes Schaf. Pattiann saß ihm schräg gegenüber, die Stiefel auf dem niedrigen, mit zerfledderten Zeitschriften übersäten Tisch. Als Ike hereinkam, lächelte sie und hielt ihm ihr Gesicht hin.

»Schluss mit dem Schweinkram, Pattiann«, sagte Purvis, ging zu ihr und schmatzte ihr einen Kuss auf die Lippen. »Der Sheriff ist da.«

»Oh, prima«, sagte sie. »Hast du die Handschellen dabei, Liebling?« Sie warf Ike ein verführerisches Lächeln zu.

Als ihr Vater Ike die Hand hinhielt, überzog eine tiefe Röte seinen Hals und das Gesicht. Er sah zu seiner Tochter hinüber. »Dass sich ein Vater so was anhören muss«, sagte er.

Pattiann schnaubte: »Tu nicht so! Was ist mit den Paradesporen, die in deinem Schlafzimmer an der Wand hängen?«

»Die, meine Dame, haben deinem Großvater gehört«, sagte Bill und lief noch dunkler an.

Rob, Pattianns Bruder, der in einem der drei Frisierstühle saß, wehrte Steve mit einer Hand ab und beugte sich vor. »Ich fürchte, er hat Recht, Schwesterchen. Die Sporen haben wirklich Großvater gehört, aber das Lasso daneben, das gehört Dad.«

Purvis streifte die Asche seiner Zigarre ins Waschbecken. »Konnte früher selbst auch ein paar Lassotricks.«

Steve beugte sich vor und spülte das Becken mit kaltem Wasser aus. »Schon mal was von einem Aschenbecher gehört?«, grummelte er. Steve war ein langer, schlaksiger Kerl mit einem prallen, birnenförmigen Bauch. Ein Mann wie ein Vogel, der in seiner flatterhaften Art beim Kämmen und Schneiden die Ellbogen über den Köpfen seiner beschürzten Kunden schnäbeln ließ. »Kommen Sie wegen Ihrer Haare oder wollen Sie sich bloß das Maul fusselig reden wie diese Bande hier?«, fragte er, während er mit der Schere durch die Luft stieß und auf Aaron Wolfgram, Wes Long und John Fonslow wies.

Wes schnalzte mit der Zunge und sagte: »Aua, das hat gesessen. Oder?« Er drehte sich zu Aaron um. »Was meinst du, John?«

Beide Männer nickten.

Ike hängte seinen Hut an den Ständer.

Steve warf einen Blick auf Ikes Haar und nickte zufrieden. »Einmal nachschneiden«, sagte er, zeigte auf einen leeren Frisierstuhl und drohte Rob mit dem Zeigefinger. »Nehmen Sie sich ein Beispiel. Der Sheriff hier ist bestimmt der einzige Mann in der Stadt, dem ich noch nie nach irgendeinem versauten, hingestümperten Heimschnitt den Kopf retten musste.«

»Das liegt bloß daran, dass Pattiann ihn höchstens mit der Brennschere bearbeiten würde.«

»Na ja«, sagte sie, »ich hab eben was für gutes Werkzeug übrig. Als ich mir neulich die Beine rasiert habe …«

Ike ließ sich in den Stuhl sinken, genoss das Gelächter der Männer und den Stolz in den Augen seines Schwiegervaters, als der den Kopf schief legte und seiner Tochter zuzwinkerte. Pattiann konnte man nicht die Butter vom Brot nehmen. Sie ließ noch die Besten unter ihnen alt aussehen. Steve breitete die Frisierschürze über Ike aus, und langsam wie ein Laken auf ein Bett senkte sich das Tuch auf ihn herab. Ike lehnte sich zurück, warm das Sonnenlicht, das sich auf dem gestreiften Stoff sammelte. Eifrig huschte Steve zurück zu Rob, während Ike das Geschwätz der Männer träge an seinen Ohren vorbeiplätschern ließ und diesen Augenblick in der Gesellschaft seines besten Freundes Purvis, der gutmütigen Städter und Pattianns Familie genoss. Er ließ den Blick hinüber zu seiner Frau wandern, die, einen Stiefel über dem anderen, langsam einen Takt schlug, einen Walzertakt. Bei angelehntem Kopf brachte ihr rotes, in einen breiten Streifen spätmorgendliches Sonnenlicht gehülltes Haar die ockerfarbene Wand in ihrem Rücken zum Leuchten. Und über ihrem Kopf hing jene Galerie alter Fotografien, die Ike an diesem Laden beinahe ebenso liebte wie seine Freunde, die Frotzeleien und vollmundigen Geschichten. Eine Reihe gerahmter Fotos, drunter und daneben handgeschriebenen, mit Tesa angeklebte Papierstreifen: das Wer und Wo und Wann.

Bilder aus der Blütezeit der Stadt, 1910 bis 1917, ein kurzer Abschnitt, in dem die Wüste mit wasserreichen Jahren gesegnet gewesen und das trockene Land zu einer weiten, wogenden Grasebene geworden war: blaues Grammagras, Nadelgras, roter Schwingel, Bartgras, Büffelgras, Roggengras und Steppengras. Eine grüne Savanne unter verwegen blauem Himmel. Und dann der Ansturm der Heimstättensiedler, meist aus dem Mittleren Westen – Farmer, Kaufleute, frisch Verheiratete und Einzelgänger –, allesamt noch feucht hinter den Ohren, die grell kolorierte Broschüren umklammerten, wild entschlossen, ihre Parzelle einzuheimsen, dreihundertzwanzig Morgen. Ein kleines Stückchen Paradies. Eine eigene Heimstatt.

Dann hörten die Regenfälle auf; das kleine Stückchen Paradies gehörte eben doch zur großen amerikanischen Steppe.

Gott, war das ein abgerissener Haufen – Karren und Laster hoch mit Möbeln vertäut, mahnende Vorboten jener Karawanen der großen Wirtschaftskrise. Junge Männer, die hinter zusammengewürfelten Trecks mit ihrem Sammelsurium von Dingen herzogen, die sie zusammengerafft und hergebracht hatten. Schlecht ausstaffiert, schlecht informiert, von den Eisenbahngesellschaften, die diese riesige Ödnis besiedeln wollten, nach Strich und Faden belogen. Ein Foto vom Bahnhof – ein Schwung Männer und Frauen in adretten, doch zerknitterten Kleidern, über deren Köpfen ein hoffnungsloses Dach von Sonnenschirmen wogte. Ikes liebstes Bild – vor der alten Pension eine Reihe Männer mit feschen Melonen, Westen und Fliegen, Arme auf den Schultern ihrer Nachbarn, so grinsten sie direkt in die Kamera, achteten nicht auf den Schweiß, die Hitze des Tages. Und andere. Frauen vor Hütten aus Teerpappe, die Kinder mit Strampelhosen und Lätzchen. Oder Frauen in langen Kleidern auf dem Feld, große Bündel Weizen unterm Arm. Doch was Ike vielleicht am eindruckvollsten fand, das war ihr Blick – nicht das dreiste, unverhohlene Starren der Männer, sondern dieser weite Blick, der an der Kameralinse vorbeiging, hin zu einem anderen Ort am fernen Horizont. Zu einer anderen Zeit.

Und es stimmte, die meisten hier im Städtchen stammten von diesem groben, unbedarften Schlag ab, gewitzt durch die aufgehäuften Pleiten und Pannen von drei, vier Generationen. Auf Bill und Rob traf das zu. Pattiann gehörte zur dritten Generation – Tochter eines Montana-Ranchers, die aufwuchs, um die Frau eines Ranchers zu werden und stattdessen einen Jungen aus dem Mittleren Westen geheiratet hatte, der Sheriff geworden war. Manchmal erstaunte es ihn selbst, dass sie ihn genommen hatte. Doch war ihr eigentlich eine Wahl geblieben, als er da aus dem Nichts auftauchte, den Hut in der Hand: *Willst du mich heiraten, Pattiann?* Wie ein verwaistes Kalb. Das musste einfach unwiderstehlich gewirkt haben.

Er schloss die Augen, suhlte sich in der warmen Sonne, den flapsigen Sprüchen, dem leisen Geplänkel. Seit drei Jahren war er jetzt mit Pattiann verheiratet, davor hatten sie sich zwei Jahre gekannt. Daheim an der Universität in Wisconsin hatte er sie im Abendkurs über Kriminologie kennen gelernt, damals, nachdem er sich bereit erklärt hatte, für die Dauer dieses einen Semesters als Gastdozent zu unterrichten. Sie hatte hinten im Seminarraum an der Tür auf dem Stuhlrand gesessen, als ob sie gleich wieder davonstürmen wollte.

Zum ersten Mal hatten sie sich auf dem schmalen Bett in seiner Ein-Zimmer-Wohnung geliebt. Er hatte den tragbaren Kassettenrecorder angestellt, um den Fernseher nebenan zu übertönen. Sie zog die Bluse aus, und er sagte: »Ich bin viel älter als du.« Sie streifte die BH-Träger von den Schultern, und er sagte:

»Ich finde, Polizisten sollten nicht heiraten.« Doch als sie sich aus Jeans und Slip schälte, hielt er den Mund. Nachher sagte er: »Eigentlich sollten wir das nicht tun.« Am nächsten Abend bot sie *ihr* Bett an.

Sie bekam die Note ›befriedigend‹ in seinem Seminar. Sie hätte besser sein können, war aber nie rechtzeitig mit ihren Aufgaben fertig geworden. Sechs Monate später kehrte sie *nach Hause* zurück. Nach Montana, eine Gegend, die er sich damals kaum hatte vorstellen können. Eine Gegend, von der sie nur widerstrebend erzählt hatte. Ein Jahr später war er ihr gefolgt.

Er hörte, wie der Stuhl neben ihm quietschend nach vorn rückte, öffnete die Augen und sah, dass Rob aufstand und den Kopf einzog, um sich im Spiegel zu betrachten, während Steve ihm mit einer kleinen Handbürste über die Schultern fuhr.

Er schnappte das Ende eines Gesprächs zwischen Wes und Aaron auf. Er hörte die Worte *stubble* und *field*, wußte aber nicht, ob von einem Stoppelfeld oder von etwas anderem die Rede war, dann: »Na ja, sollte ich mich je so blöd anstellen, erschießt mich, erlöst mich von meinem Elend.« Das kam von Aaron, der seine Ranch makellos hielt, ein Ururenkel der ersten Heimstätter. Darauf Schweigen. Pattiann starrte in ihren Schoß, umklammerte mit den Händen die Knie; Bill, ihr Vater, hatte sich auf dem Sofa zur Seite gedreht und schaute über die Schulter aus dem Fenster. Er wirkte abwesend, irgendwie bedrückt. Purvis kam aus der Toilette und wischte sich die Hände an einem Papiertuch ab, das er anschließend in einen Korb unter dem Waschbecken warf. Der Zigarrenstummel stak zwischen seinen Lippen. Er klopfte gut zwei Zentimeter Asche ins Becken und huschte hinüber zu Pattiann, außer Reichweite für Steve, der mit übertriebener Geste wieder einmal das Becken spülte.

»Du wirst dich fragen, was ich hier eigentlich verloren habe«, sagte Purvis.

Sie tätschelte seine Hand, der Mund spöttisch verzogen. »Ich schätze, wenn du dir nicht die Haare schneiden lassen willst, dann dürftest du auf der Suche nach einer anständigen Mahlzeit sein.«

»Weißt du«, sagte er und drückte die Zigarre im sauberen Aschenbecher aus, »sollte es je eine zweite Frau geben, die mein Herz so gut kennt wie du …«

»Deinen Magen, meinst du.«

»Egal«, sagte er und fuchtelte mit der Hand vor ihrer Nase herum, »ich würde sie mir gleich angeln.«

Rob nahm seinen Mantel vom Ständer und fuhr mit den Armen in die Ärmel. »Kannte mal einen Typen - hieß Phil Zweifel -, hat auf dem Viehtreck eine Saison lang für uns gekocht - bester Fraß, den ich je gehabt habe.«

»Tja«, sagte Purvis. »Gibt's den noch?« Er verschränkte die Hände hinterm Kopf und grinste die Decke an. »Ist er halbwegs vorzeigbar?«

Pattiann stupste ihm mit dem Ellbogen in die Rippen. Bill stand auf und griff nach Hut und Mantel. »Ich gehe lieber, solange ich noch eine hohe Meinung von euch habe.« Er hob grüßend einen Finger, beugte sich über Ikes Stuhl, musterte die rechte Seite von Ikes Kopf, die linke, dann wieder die rechte und fragte Steve: »Finden Sie das gleich lang?« Dann flüchtete er nach draußen. Die Glocke bimmelte, und eine kühle Brise schneeschwerer Luft fegte herein, die sich aber rasch wieder legte, als die Tür hinter den beiden Männer zugeschlagen wurde.

Steve machte sich jetzt an Ikes rechter Seite zu schaffen, und Pattiann grinste hinter vorgehaltener Hand, während Purvis ihr seine Lieblingsgerichte aufzählte. Schläfrig vor lauter Wohlbehagen aalte sich Ike im warmen, durch das breite Fenster fallende Sonnenlicht, im Getratsche und leisen Lachen. Wieder bimmelte die Glocke, dann noch einmal, als sich weitere Männer hereindrängten, während andere sich verabschiedeten. Man tauschte Grüße aus, Neuigkeiten über Vieh und Wetter, dumme Scherze und gutmütige Spötteleien. Er beobachtete, wie sich seine Frau einmischte, wie sie sich mit Witz und Charme leichthin in dieser überwiegend männlichen Arena behauptete. Er sah, wie sich die gute Laune auf den Gesichtern um ihn herum ausbreitete. Er kannte sie mit Namen, kannte ihre Frauen und Kinder und von vielen auch die Geschichte. An seinem Ohr klapperte die Schere, Gelächter brandete auf, und in einer der hinteren Ecke unterhielt man sich leise. Er verfolgte das Hin und Her unter den Männern, die Gespräche, die Gesten, all die feinen Verbindungen zwischen Fremden, die eine Gemeinschaft, eine Familie formen. Manchmal, dachte er, ist es unerklärlich, wie weit wir uns doch jenseits unserer Erwartungen wieder finden können. Aber noch überraschender war, wie gut man sich dabei fühlen konnte. Er hob den Blick; draußen vor dem Fenster fiel schwerelos im schwindenden Frühlicht der Schnee.

Zweites Kapitel

Die Lichtbündel der Scheinwerfer tasteten über die indigofarbene Straße vor dem weißblauen Bronco mit Sheriffabzeichen auf beiden Türen. Drinnen ließ Ike die Fingerknöchel knacken und öffnete das Seitenfenster einen Spaltbreit. Unter dem Vollmond und einem Schwarm Wolken dehnte sich flach und blau die Senke, so weit das Auge reichte. Er fuhr langsam, das Scheinwerferlicht ein vagabundierender Stern, der sich gegen den Strom der Scharen dort oben bewegte.

Die Nacht war kalt, überraschend klar. Er ließ die Daunenjacke offen, die schafwollenen Ohrschützer hochgeklappt an der Mütze. Die Kälte biss in der Nase, sodass er sie zweimal zwacken musste, damit er zu niesen aufhörte. Er war auf der Suche nach dem jungen Mattick, den seine Mutter vermisst gemeldet hatte. Was hatte Purvis gestern Morgen über sie gesagt? Eine hübsche Frau, bloß ziemlich nervös. Und das war sie – knabberte ihre Fingernägel bis aufs Fleisch ab, knabberte an der Haut, bis sie blutete –, was nicht heißen sollte, dass sie nicht allen Grund dazu gehabt hätte. Joe machte eine Menge Ärger, Kleinkrams meist, eher lästig als Besorgnis erregend. Bestimmt war er morgen früh längst wieder aufgetaucht, hatte sich bloß bei einem Freund oder in einem Schuppen verkrochen, mit Thunderbird sternhagelvoll gesoffen. Trotzdem fand er, dass er ihn suchen sollte.

Eselhasen hielten mit ihm Schritt, weiß, langschenklig, löffelohrig, warfen sich plötzlich herum, sprangen vor die Scheinwerfer, dann rumste es leicht unterm Hinterrad, und der Bronco schüttelte sich wie ein alter Mann, der seinen vollen Bauch zurechtrückte, ehe er wieder in der Spur lief. Lucy meinte, Joe hätte hier draußen einen Freund. Zaunreihen zogen vorbei, in der Ferne rennende Gestalten. Kojoten, dachte er, fuhr aber trotzdem langsamer.

Er lenkte den Bronco an den Straßenrand und machte die Scheinwerfer aus, damit sich die Augen an die Dunkelheit gewöhnten. Ihm gefiel der Gedanke nicht, dass der Junge betrunken in der Kälte umhertaumeln und versuchen könnte, zu Fuß nach Hause zurückzulaufen. Das Funkgerät war auf Empfang und schnappte auf, was im Land so geplappert wurde. Bis jetzt hatte er nur eine Menge sinnloses Zeug von Harley gehört, seinem käsebleichen Deputy, der eine Affäre mit der Fahrdienstleiterin hatte. Morgen würde er *wieder mal* ein Wörtchen mit ihm reden müssen. Wenn sein Deputy das Mädchen doch bloß endlich heiraten würde! Nichts würde das Gerede schneller verstummen lassen als eine Heirat.

Doch Pattiann war, ehrlich gesagt, nie anfällig für Tratsch gewesen. Und auch durch die Ehe war sie nur in Kleinigkeiten berechenbar geworden – ihr zerzaustes Haar am Morgen oder ihre Schnürbänder und wie sie, wenn sie aufgegangen waren, zuerst den rechten und dann den linken band, ob der es nun nötig hatte oder nicht. Die Ehe hatte keine Antwort auf die Frage gebracht, warum sie ihn in manchen Momenten so merkwürdig ansah, die Augen zu Schlitzen zusammengekniffen, der Blick verschwommen, sodass er nur noch wissen wollte, was oder wen sie dann sah. Bei solchen Gelegenheiten kam es ihm vor, als würde er mit einer Fremden zusammenleben. Aber vielleicht galt das für alle Frauen. Ein gottverdammtes Rätsel. Ihre Natur, rätselhaft wie ihr Leib. Verflucht verwirrend. Trotzdem täte es Harley gut, wenn er heiraten würde. Die Ehe machte junge Männer sesshaft, schenkte ihnen Weisheit und lehrte sie Vorsicht, wo der Job versagte. Er reckte sich im Fahrersitz, die Federn krachten.

Draußen auf dem Feld bewegten sich schwarze Kleckse über den Schnee – Rinder. Durch den offenen Fensterschlitz drang ihr weithin tragendes Muhen, ein Geräusch, das er nicht hören konnte, ohne an die Farm seines Vaters erinnert zu werden, an die Scheune, zweistöckig, aus Eichenbalken, die Grundmauern aus Feldstein. Und vielleicht rührte sein Glaube an die Ordnung des Gesetzes daher, dass er in den Fünfzigerjahren in einer Farmerfamilie im mittleren Wisconsin aufgewachsen war, schnurgerade Steinmauern und Felder, die in Tagen und nicht in Wochen gepflügt wurden. Gleich auf der anderen Zaunseite drängten sich Rinder zusammen, Schwänze wie Stricke, dem Wind zugekehrt.

Er stieg aus, ging über die Straße. Die Felder lagen frostklar im Mondlicht, flach bis zum Horizont, Buckel und Schneewehen ausgenommen, die der Landschaft eine Verspieltheit gaben, die ihr im Sommer fehlte. Der Wind hatte den Schnee zu Wellen geformt, und Puderschauer wirbelten durch die Mulden oder stieben wie Gischt in feinen Wolken über die Wogenkämme. Ikes Haut brannte vor Kälte. Es war etwas, das er sich nicht erklären konnte – wie ihn dieses Land ängstigte und demütigte. Die Rinder stießen leise Grunzlaute aus. In der Herde stand auch ein Pferd. Es wieherte, ein Geräusch wie Kastanien, die in der Hosentasche aneinander klackten. Das Pferd knickte beim Laufen ein und beugte sich über den Zaun, der Atem gefror um die Nüstern und hing in den Brauen über runden, dunklen Augen. Ein Schecke, der Schädel breit und weiß. Weiß wie die Unschuld. Ike streckte die Hand aus, und das Pferd stupste mit dem Maul in seinen Handschuh, dann hielt es ihm den Kopf hin.

Er hatte schon öfter Vieh gesehen, das unter dem Winter litt, aber keines war je so schlimm dran gewesen wie dies hier. Ike fuhr mit der Hand über den Widerrist des Pferdes, die Rippen entlang, tastete wie ein Abdecker nach den Rillen zwischen den Akkordeonknochen. Er griff durch den Stacheldraht, tätschelte dem Pferd die Brust und ließ den Blick über die kleine Herde wandern, schaute und schaute sich nicht nach dem Jungen um.

Land, noch mehr Land und immer mehr. In dem Jahr, in dem er zum ersten Mal aus dem Westen hierher gekommen war, hatte er sich Straßen vorgestellt, die riesige Flächen viertelten, Häuser, die sich zu Vorstädten mehrten, Einkaufszentren entlang der Highways. So würde es kommen, hatte er gedacht. Er wünschte sich diese Veränderung nicht unbedingt herbei, nein, aber einen Zug konnte man nicht aufhalten, indem man sich auf die Schienen stellte.

Er stierte in die Dunkelheit und sah die Kojoten, schwarze Silhouetten, von deren Rücken die Körperwärme aufstieg wie Rauch von ausgeblasenen Kerzen. Ein Kläffen, darauf ein kurzes Jaulen, dann glitten sie davon.

Seltsam, dass sie sich so nah an Haus und Herde herumtrieben. Ike hoffte, sie noch genauer beobachten zu können, als eines der Rinder neben ihm brüllte und stolperte. Das Tier schwankte wie ein in kabbeliger See verankertes Boot, dann stürzte es. Die Kuh versuchte, sich wieder aufzurichten, und als ihr das nicht gelang, ließ sie sich mit einem Grunzen wieder fallen. Ike blickte die Straße entlang, dann auf den Stacheldraht. Was ging ihn das an? Er zwängte sich unter dem Draht durch, blieb mit dem Hosenbein hängen und verfluchte sein Ungeschick. Neben der Kuh ließ er sich auf die Knie nieder und stemmte ihr die Hände in den Rücken, um sie auf die Beine zu drehen. Die Nase sackte in den Schnee. Er drückte, doch das Tier rührte sich nicht. Er wusste, was passieren würde: War die Kuh zu schwach, um sich wieder aufzurichten, würde der Schnee sie unter sich begraben. In ein, höchsten zwei Stunden war das Tier zugedeckt. Morgen wäre es nur noch ein Buckel auf dem Feld – einer von vielen. Ike richtete sich auf und hievte den

Schädel auf, die Augen groß und schwarz, ein eigenartiges Wissen in ihnen, als hätte sich das Tier damit abgefunden, dass der Körper versagte. Er gab auf, den Schädel in Händen. Langsam lies er los.

Ein Buckel auf dem Feld, einer von vielen.

Das Pferd stupste mit dem Kopf an Ikes Jacke, doch er drängte das Tier zur Seite, arbeitete sich zur nächsten Wehe vor, wischte den Schnee zur Seite und ertastete die Umrisse einer Kuh. Sein Blick wanderte über die Weite voller Buckel und Verwehungen. Als er aufs Feld hinausstapfte, lief ihm das Pferd nach, beschnupperte sein Haar und blies ihm freundlich in den Nacken. Hin und wieder hielt Ike inne, legte dem Pferd, dankbar für seine Gesellschaft, einen Arm auf den Rücken und starrte in die Ferne, dorthin, wo das Haus von Chas Stubblefield Wacht über sie hielt, in den Fenstern ein schwaches Leuchten wie von einem gut abgedeckten Feuer.

Chas hielt sich gern für einen Selfmademann. Sein Daddy hatte allerdings nur den Jungen in ihm gesehen, und das noch bis vor fünf Jahren, als Chas achtundzwanzig wurde und sein Vater mit neunundsiebzig starb. Chas beugte sich über den Herd. Sein Schatten flackerte über die Wände, als über ihm die Neonspirale stotternd ihr blauweißes Licht verspritzte, bis er hinauflangte und der Lampe einen Schlag verpasste. Als sie zu flimmern aufhörte, stellte er sich wieder an die Küchenplatte und pikte mit der Gabel ins Steak. Sein Magen knurrte. Er warf das Fleisch in eine gusseiserne Pfanne und sah zu, wie die Ränder sich kröselten. Am hinteren Verandafenster hing die geviertelte Kuh am Haken, eine Silhouette im Mondlicht. Ein Torso, groß wie ein Mann. Die besten Stücke waren fast alle weg. Egal. Morgen oder übermorgen würde er die nächste holen, aufhängen, häuten und vierteln. Solange es kalt blieb und das Vieh weiter starb, hatte er Fleisch im Überfluss. Das war nichts als ein riesiges Kühlfach da draußen. Er hielt das Gesicht über die Pfanne, holte tief Luft. Fleisch. Mehr war ihm nicht geblieben.

Gewohnt, allein zu leben, aß er mit hörbarem Genuss einen Batzen Fleisch mit Kartoffeln und Soße. Er wischte den Teller sauber. Eigentlich war er kein Mann, der was für Verschwendung übrig hatte, das hatten ihn erst andere Männer gelehrt. Männer wie Taylor von der Bank. Als Kinder die besten Freunde. Aber in letzter Zeit tat Taylor mit seinen dreiteiligen Anzügen und makellos gepflegten Fingernägeln ziemlich reserviert.

»Wir kennen uns ja nun schon eine ganze Weile«, hatte Taylor bei ihrer letzten Besprechung vor einem Monat gesagt. Chas fiel auf, dass es trotz Taylors hochtrabendem Getue keine Fenster in seinem Büro gab und dass die Toilette am anderen Ende vom Gang lag. Er überlegte, ob Taylor hier seine Sekretärin rammelte so wie als Teenager früher die Mädchen hinten in Chas' Pickup. Taylor, den hatten die Mädchen immer gewollt, und Chas, den Schüchternen, für den sich eigentlich keiner interessierte, den hatten sie benutzt, um sich über irgendeine Buckelpiste tief ins Gebüsch kutschieren zu lassen, wo Taylor ihnen versichert hatte, dass es ›dem ollen Chas nichts ausmachte‹ und dass er nicht hinsah. Hatte er aber doch, die ersten Male, durch das Heckfenster, hatte wippende Hintern gesehen, eine Brust, flach an einen Mund gequetscht, doch meistens hatte sich Chas auf seinem Sitz lang gelegt, die Stiefel ins Fenster gehakt, eine Zigarette an der anderen angemacht und sich eingeredet, dass es ihm nichts ausmachen würde, ihm nicht; hatte sich eingeredet, dass er allein sein müsse, weil seine Zukunft keinen Platz für jemand anderen bot. Noch nicht. Damals, als rotznasiger Lümmel, da hatte er geglaubt, dass es für ihn noch mal eine andere Zeit geben würde.

»Ein Darlehen. Nur so viel, dass ich über die Runden komme«, hatte Chas gesagt. Er hatte sich in Schale geworfen, saubere Jeans, weißes Hemd und schmale Krawatte, sein blondes Haar mit der Schere bearbeitet. Die Strähnen in der Stirn sahen abgekaut aus, was ihm ein jungenhaftes Aussehen verlieh. Er saß kerzengerade.

»Hättest Vieh abstoßen sollen, Chas. Das hat hier doch jeder kommen sehen.«

»Mein Dad hat Schlimmeres überlebt. Ich stamme von einer langen Reihe von Überlebenskünstlern ab.« Er zuckte die Achseln.

»Dein Daddy hat's geschafft, weil seine Herde bloß *halb so groß* war.« Taylor wischte sich die Stirn mit einem Taschentuch, faltete es zu einem säuberlichen Rechteck zusammen und hob eine Pobacke, um es sich in die hintere Tasche zu schieben.

Taylor beugte sich über den Tisch, das Heft unter seinen Ellbogen so grün wie frisch gedrucktes Geld. Er legte die Hände auf den Tisch, schraubte den Ehering bis zum ersten Knöchel vor und wieder zurück, zupfte an seinen Manschetten und sackte dann an seinem Schreibtisch zusammen, als käme er von einem langen Tag nach Hause. Aber dies *war* natürlich auch harte Arbeit, dieses Abweisen, dieses Ignorieren alter Bande: *Ich habe dich schon gekannt, als du noch.* Harte Arbeit. *Ein echt harter Job.* Taylor stand auf. Er seufzte, legte Chas eine Hand auf die Schulter. »Bei dir steht doch schon eine Zahlung aus. Verstehst du? So gern ich würde, ich kann nicht …« Er ging zur Tür. »Tut mir Leid, Chas.«

Aber Chas blieb sitzen, ein Lächeln auf dem Gesicht – nett und gerissen. »Das war's dann?« Er nahm ein Bild von Taylors Frau vom Schreibtisch und kniff die Augen zu schmalen, blauen Schlitzen zusammen. »Weißt du noch, wie wir uns auf den Feldwegen rumgetrieben haben? So sturzbesoffen, dass selbst Gott kein Mitleid mit uns gehabt hätte?«

Taylor, der von der Tür herübernickte, ließ sich ebenso schnell einwickeln wie früher – als Erster reingelegt, als Letzter aufgeklärt. Sah nur, was er sehen wollte – dass Chas wie eh und je der junge Dämlack war und dass keinem Bankier an helllichtem Tage in seinem Büro etwas Schlimmes passieren konnte.

»Und hinten in meinem Pickup? Weißt du noch?«, fragte Chas. »Ich seh«, sagte er, »ihren drallen Arsch noch vor mir.«

»Raus!«

»Ihr beide solltet mal zum Essen kommen. Ich habe massenhaft Steaks.«

Taylor stand in der Tür. »Komm nicht wieder her, Chas.«

Das war vor einem knappen Monat gewesen, als es um sein Vieh noch nicht hoffnungslos gestanden hatte, als Chas noch geglaubt hatte, die Rettung liege in Reichweite. Er hielt das Spültuch unters Wasser, der Lappen wurde glitschig, und die Platte beschlug sich, wenn er drüberwischte.

Er konnte das Steak riechen. Aber auch noch was anderes. Richtig. Das Haus roch immer noch wie der alte Mann, zu dem sein Daddy geworden war. Merkwürdig, nicht? Die rasierten Haare, die blutende Nase, die Fürze und der Zigarettenrauch, der Gestank von alter Scheiße und von Mundgeruch blieben im Holz, in den Möbeln hängen. Manchmal kam es ihm vor, als lebte er in der Haut eines anderen Mannes.

Als unten die Tür geöffnet wurde, wachte Pattiann auf. Sie machte die Nachttischlampe an und schützte die Augen mit ihrem langen, kupferfarbenen Haar vor dem Licht. Das Haus lag am Stadtrand, ein weißer, zweistöckiger Bungalow mit schmalen Schindeln und grüner Holzverkleidung, der aussah, als wäre er direkt aus dem Mittleren Westen hierher versetzt worden, ein Zugeständnis, das sie gemacht hatte, als sie sich bewusst für dieses Haus entschieden, da sie ahnte, wie ihrem Mann dieser vertraute Anblick gefallen würde. Sie begrüßte Ike auf der Treppe. »Ich mach uns einen Kaffee«, sagte sie und ging vor ihm her in die Küche. Sie trug Socken und einen Flanellpyjama, die Knöpfe am Hals offen – die winterliche Nachtwäsche ihrer Wahl. Sie trat ans Becken, spülte die Kanne aus und mahlte Bohnen, während er ihr von der Suche nach dem jungen Mattick erzählte und davon, was er stattdessen gefunden hatte. Er erzählte, wie er, nachdem er den ersten Kadaver aufgespürt hatte, weitergegangen sei, um noch einen und noch einen und noch einen zu finden, und erst aufgehört hatte, als er den Anblick nicht länger ertragen konnte.

Der Kaffee tröpfelte in die Kanne, dunkel und stark, der Geruch schwer wie Humus. Sie stand mit dem Rücken zu ihm. Was gab es da zu sagen? Sie drehte sich um. Er wurde älter – die Haut veränderte sich, das Haar wie Salz und Pfeffer, doch sein Herz? Immer noch am rechten Fleck, warm und so verletzlich. An manchen Tagen kannte sie nur wenig Nachsicht mit ihm.

Sie drückte ihn auf den Stuhl, schenkte ihm Kaffee ein. Er nippte an dem starken Gebräu. »Es war ein schweres Jahr«, sagte sie.

»Nein«, sagte er, »das ist das pure Gemetzel.«

Als sie keine Antwort gab, stand er auf und ging. Sie zählte seine Schritte, fünf bis zum ersten Absatz, um die Ecke, dann die nächsten fünf. Sie hörte ihn über sich, wie er vorbeiging an dem kleinen Flurtisch mit dem chinesischen Lackkästchen, einem Weihnachtsgeschenk ihrer Mutter, an den Familienfotos an der Wand: eine Porträtaufnahme von ihrem Vater und ihrer Mutter. Mehr Bilder: Ihr Bruder Rob mit Frau und Kindern. Ein Bild von Ike als Kind – Igelfrisur, die Augen vor der Sonne zusammengekniffen, hinter ihm die Scheunen der alten Farm. Das nächste Bild zeigte seine Mutter, ihr ungeduldiges Lächeln. Sein Vater hatte immer hinter der Kamera gestanden, nur auf dem einen kleinen Foto nicht, auf dem er einen Blick über die Schulter warf, beim Melken überrumpelt. Er war ein schmächtiger Mann, das Gesicht sanfter als das seiner Frau, eine weichere Ausgabe von Ike. Das war Pattianns Lieblingsbild: Der junge Mann, von seiner eigenen Kamera im intimen Augenblick des Melkens eingefangen.

Sie schloss die Augen, hörte das gedämpfte Knarren, als Ike sich aufs Bett setzte, erst einen Schuh, dann den anderen auszog, die Waffe in die Nachttischschublade legte. Sie spülte die Tassen aus, zog den Stecker der Kaffeemaschine und löschte das Licht. Im Dunkeln tastete sie sich an Resopal-Tischen lang und merkte, dass sie dieses Haus schon fast so gut kannte wie das ihres Vaters – in dem sie, wenn sie spät abends vom Kalben kam, ins Bad getapst war, um sich im Dunkeln zu waschen, sich stark gefühlt und gespürt hatte, wie seltsam tröstlich der Schmerz in Armen und Rücken war – als stellte sich heraus, dass der Geruch nach Blut, das dunkle Haus, Land und Vieh allesamt zu ihr gehörten, Bestandteile waren, die sie vervollständigten.

Sie hatte von Stubblefields Schwierigkeiten gehört, vor einiger Zeit schon, von den Farmgehilfen ihres Bruders. »Das gottverdammte Vieh krepiert vor Hunger«, hatten sie gesagt und: »Stirbt wie die Fliegen.« Außerdem hatten sie noch heute Morgen in Steves Laden darüber geredet. Doch das waren schließlich nur Gerüchte. Dem Gesetz aber erzählte man keine Gerüchte, vor allem dann nicht, wenn das Gesetz der eigene Ehemann war. Sie würde wie alle anderen gewartet haben, bis sich die Probleme von allein lösten. Das hätten sie auch. Auf schmerzliche Weise. Diese Geschichten waren eine Schande für alle, niemand hörte so was gern. Sie hielt sich am Geländer fest, fand den Weg nach oben, dann den Flur entlang.

Und was war mit Chas? Erstaunt merkte sie, wie ihr der Atem stockte. Bei den Leuten hätte er dann endgültig verspielt. Licht drang unter der Schlafzimmertür durch. Sie holte tief Luft. Fragte sich, was sie Ike sagen konnte, um das Ganze vernünftig erschien. Oder wenigstens tragbar? Sie war es leid, sich für die Unnahbarkeit dieses Landes, seiner Bewohner, für die Entfernungen entschuldigen zu müssen, die ihm zu schaffen machten, diese endlose Fahrerei. Dann ermahnte sie sich: Er war ihr hierher gefolgt. Ohne Land und verliebt und viel zu gut, um wahr zu sein.

Sie setzte sich auf den Bettrand und wartete darauf, dass er aus dem Bad kam. Er würde Wasserlachen auf dem Beckenrand hinterlassen, die er unbeholfen aufwischte. Nach all den Jahren fand sie seine kleinen Schlampigkeiten immer noch liebenswert. Als er kam, rieb er sich Hals und Gesicht mit dem Handtuch ab, als könnte er den Sonnenbrand abrubbeln und die blitzblanke Haut der Leute aus dem Mittleren Westen wieder zum Vorschein bringen.

»So was passiert selten«, sagte sie, »aber es passiert.«

Er schaute auf das Handtuch, auf seine Hände. An Abenden wie diesem bekam er von den langen Stunden am Steuer manchmal einen Krampf. Als er aufschaute, saß sie gefasst auf ihrer Bettseite, doch er wollte etwas anderes von ihr hören. »Wenn du das gesehen hättest«, sagte er. Sie gab keine Antwort. Er wusste, er tat absichtlich naiv, denn natürlich hatte sie so was schon gesehen, anderswo, zu einer anderen Zeit. Harte Winter. Er wusste, wie er ihr vorkam: Kindisch. Er hasste das. Er knüllte das Handtuch zusammen und feuerte es in eine Ecke. »Ihr Rancher tut so, als könnte euch außer euch selbst kein Mensch verstehen. Ihr benehmt euch, als würde ich gar nicht hier leben.«

Hätte er doch bloß nichts gesagt! Wäre er doch nach Hause gekommen und hätte sie schlafzerzaust vorgefunden, das Halbwache etwas Ureigenes, was sie so völlig von der Frau unterschied, die sie tagsüber war – eine Persönlichkeit, die man nicht unterschätzen durfte. So war sie aufgewachsen. Sie konnte Zäune ziehen, Kälber fangen, eine Meute Ranchgehilfen bekochen, Buch führen und Beleidigungen wegstecken, falls man das bemerkenswert fand. Gewinn und Verlust nahm sie mit dem gleichen ungerührten Achselzucken hin. Manchmal glaubte Ike, sie könnte alles verlieren, nur nicht ihren Weg.

Sie knipste die Nachttischlampe aus. »Manchmal wohnst du wirklich nicht hier, Ike. Dann bist du immer noch auf irgendeiner kleinen Farm, wo das Korn von allein wächst und das Vieh fett und glücklich stirbt.«

Das hasste er auch. Wie sie ihn hinterrücks anfiel, ihn auf seinen Platz verwies.

»Das ist kein Spaß«, sagte sie, schob die Füße unter die Decke und rollte sich auf die Seite. »Kein Rancher will, dass sein Vieh verendet. Du nimmst das zu persönlich.«

Sie wirkte klein in ihrem Ehebett. Sie war dreiunddreißig, er zweiundvierzig, und sie war schlanker als bei ihrer ersten Begegnung. Sollten Frauen mit den Jahren nicht dick und selbstzufrieden werden? War das nicht ein tröstlicher Gedanke? Nicht für Pattiann. Für weiche Rundungen im Alter hatte sie nichts übrig; die würde sie notfalls eigenhändig abschleifen.

»Ist schließlich *sein* Vieh«, sagte sie.

Und da lag das Problem, dachte er, dieser tief sitzende Glaube, dass Eigentum ein »Gott gegebenes« Recht bedeutete. Hier wurde Besitz vom Gesetz geschützt, es schränkte ihn nicht ein. Sie lag jetzt unter der Decke. Er glitt auf der anderen Seite ins Bett, langte nach oben und zog die Vorhänge auf. Ihr Atem ging flach, das würde sich jedoch bald ändern; sie schlief immer rasch ein. Selbst nach einem Streit. Er hörte den Wind, der um die Hausecke sichelte, legte den Kopf in den Nacken und sah den Schnee in schmalen Höckern auf den Fensterkreuzen liegen. Mondlicht glühte in den vereisten Scheiben, kroch übers Fensterbrett, aufs Kopfbrett und über ihn. Er betrachtete die auf der Seite liegende Pattiann, die Decke, die sich hob und senkte, ihr Körper eine Wehe, und wie ein Schlag traf ihn die vertraute Furcht, er könnte etwas übersehen haben, das sich nicht wieder finden ließ. Er legte eine Hand auf ihre Hüfte. Lass die Sonne über eurem Ärger niemals untergehen – das Credo seiner Mutter, genährt, so dachte er, von der Kinderklage: *Sollte ich sterben, ehe ich wieder erwache*, als wäre der Tod eine Folge des Schlafs oder der Dunkelheit. Pattianns Hand zuckte unter der Steppdecke hervor und legte sich auf seinen Arm, unentschieden für heute Nacht, doch das war genug.

Ike saß am Tresen vom Dig-In Diner und war immer noch leicht eingeschnappt wegen Pattiann. Er knabberte an seinem Sandwich, als wäre es der Apfel der Zwietracht. Das breite Thermopanfenster des einzigen Raumes ging auf die Main Street hinaus, wo Männer ihre Hüte vor dem Wind in die Stirn zogen und Frauen Kinder vor sich her trieben. Am Tresen war Platz für acht, drei Tische aus Chrom und Resopal standen hinter ihm, und am Fenster gab es zwei, an heißen Sommerabenden von Teenagern belagerte Sitzecken, an deren Tischunterseiten klumpiger Kaugummi klebte. Roy, der Inhaber, stand am Grill; seine Frau Mary machte Salate und Süßspeisen und hielt den Laden so sauber, wie Wetter und arbeitende Cowboys es erlaubten. Das heutige Tagesmenü: Burger-Sandwich und Erbsensuppe mit Einlage. Ike ließ zwei Dollar Trinkgeld für Fran liegen, seine Kellnerin, die in der Stadt eine Wohnung hatte, damit ihre Kinder in die einzige Schule in zweihundert Kilometern Umkreis gehen konnten, sechzig Meilen weit fort von der Farm, auf der ihr Mann arbeitete und zu der sie am Wochenende fuhr – falls das Wetter es zuließ –, um nach dem Rechten zu sehen. Er trat auf die Veranda des Diners und zwirbelte die Krempe seines Stetsons zusammen, einem Hut, den er öfter in der Hand hielt als auf dem Kopf trug.

Lucy Maticks Wagen stand gegenüber vom Supermarkt. Heute Morgen war ihr Sohn wieder aufgetaucht, verkatert und mit sechzig Dollar in der Tasche, deren Herkunft er nicht erklären konnte, weshalb ihn seine Mama um das Geld erleichtert und es in einem einfachen, weißen Umschlag in Ikes Büro abgegeben hatte. »Ich sag nicht, er hat's wo weggenommen«, sagte sie. »Aber wenn Sie hören, jemand hat Geld verloren, hat's verlegt oder so, dann geben Sie's zurück. Kein Stress, okay?«

Ike hielt vor Cokers Futtermittelhandlung. Es war einer dieser merkwürdig blauen Tage, an dem ein Nebel von Schneegeriesel durch strahlendes Sonnenlicht fiel. Nebenan standen stählerne

Getreidesilos in imposanter Reihe. Er stellte den Bronco vor der Laderampe ab und wuchtete sich auf den Laufsteg. Durch die offenen Tore fielen Sonnenstrahlen auf die Säckestapel: Futter für Schweine, Hühner, Schafe, Hunde, Pferde, Kaninchen, Katzen und Kühe. Links hinter dem Ladenfenster Regale mit Mähnenstriegel, Huffett, Salben, Arzneien für Kalb und Fohlen, Sattelzeug. Ein junger Ladengehilfe, die Schürze über die Schenkel hochgezogen, füllte die Regale. Eine Country-Melodie plärrte durch die angeknacksten Lautsprecher, und der Wind fegte und wirbelte durch die Lagerhalle. In den Futtermittelreihen lagen unter und zwischen den Paletten Fitzel Silberpapier mit schokoladenfarbenen Würfeln wie Partyhäppchen verstreut. Er lavierte sich durch das Gebäude und zur Hintertür wieder hinaus, wo Sam Cooker auf einer Bank saß. Als er Ike sah, zuckte er die Achseln. »Ratten«, sagte er. »Ratten, Katzen, Stinktiere.« Er hielt Ike einen Würfel hin. »Gift. Riecht genau wie diese französischen Pralinen.« Er schaute ihn verschmitzt an. »Ratten sind verrückt nach Pralinen.«

Und Ike fragte sich, woher er diese Einsicht in die Welt der Nagetiere hatte – dieser seltsame kleine Mann mit den labberigen Hosen und schlaffen Hosenträgern. »Will keinen Gürtel«, hatte er mal gesagt. »Gibt Bauchkneifen. Will auch keine Frau«, und hatte es den Leuten in der Stadt überlassen, sich zu fragen, ob dafür dieselbe Begründung zutraf.

»Chas Stubblefield?«, erwiderte er auf Ikes Frage. »Hab ihm vor ein paar Monaten auf Kredit Gerstepellets gegeben. Hab ihm auch gesagt, dass er sparsam damit umgehen soll.« Er wölbte die Hände über die roten Ohren; der Wind rupfte am schütteren Haar. »Mit ihm geht's bergab, und ein Stück von mir nimmt er mit.« Dann schien ihm die Taktlosigkeit seiner Bemerkung zu schaffen zu machen, und er zupfte Ike am Ärmel: »Sagen Sie nicht, dass ich das gesagt habe.«

Am späten Nachmittag fuhr Ike noch mal bei Coker vorbei

und sah, dass jetzt Balken die großen Tore gegen den Wind sicherten. Er bog in die Straße zum Friedhof mit der kleinen Steinkirche und einer Buschreihe ein, in der sich Amseln sammelten. Er fuhr durch Wohnstraßen, die an diesem Schul- und Arbeitstag ruhig dalagen. Vor der Klinik des Tierarztes, einer Blockhausscheune, wurde er langsamer; in getrennten Pferchen dösten ein Pferd und eine Kuh; dann lenkte er auf den Highway, und obwohl das Land flach schien, senkte man den Blick schon vor den schieren Ausmaßen der Landschaft. Eine halbe oder eine ganze Stunde zwischen zwei Ranches und ihren Zufahrten. An den Kreuzungen der Landstraßen standen schneebedeckte Schilder, auf den Querbalken hingekritzelte Namen: Macley, Zito, Harrington, Foreman, Maresca. Nach einer Stunde bog er in die Beaver Creek Road, an dessen äußerstem Ende die Ranch von Pattianns Familie lag, vierzig langsame Meilen auf Landstraßen, noch mal fünf auf Feldwegen, die in den Missouri Breaks auf einem Grundstück von dreißigtausend Morgen ausliefen, bis auf neuntausend alle vom Amt für Land- und Agrarwirtschaft gepachtet. Hier verriet ein Stein auf dem Feld, eine verkümmerte Lärche Pattiann, wo sie war, hatte sie ihnen doch selbst ihre Namen gegeben, wie Kinder das in dieser Gegend eben so taten: Indianerkopffels, bemalter Stein, der alte Jonas-Baum, als verliehe der Name den Dingen Substanz, während er doch eigentlich, wie Ike glaubte, eher den Menschen für die Spanne ihrer oder ihrer Kinder Erinnerung Substanz verlieh. Ein unbedeutender Ort in der Geschichte. Und wer wollte bestreiten, wie notwendig dies war, wo doch das Land so leichthin das Errungene verschlang, so aufdringlich sein Alter in den Knochen seiner im Ortsstein verstreut liegenden, prähistorischen Bewohner zur Schau stellte?

Stubblefields Hof lag am anderen Ende. Ike hielt am Straßenrand. Der Schecke lief am Zaun auf und ab, das Vieh drängte sich in kleinen Grüppchen. Chas stand am Wassertrog. Ein

Gewehr, eine Marlin Kaliber .30-30 Repetierbüchse, lehnte am Tank. Er beugte sich über eine Kuh, eine überraschend ehrerbietige Haltung, einer Geste der Achsamkeit, die Ike vertraut vorkam - sein Vater hatte es so gemacht, war zwischen seinen Rindern hindurchgegangen und hatte sich zu ihren Bäuchen herabgebeugt, um sie rumoren oder um nichts zu hören. Chas sah auf, als Ike näher kam.

»Jemand gestorben?«, fragte Chas.

Ike blieb stehen. Und dann nickte er. »Muss wohl so aussehen, wenn ein Sheriff hält - als ob jemand gestorben wäre.«

Chas war ein Mann von mittlerer Größe, dessen ganzes Gewicht in Brust und Armen lag. Er trug einen tief in die Stirn gedrückten Stetson, die Krempe fast auf der Nase, die er sich mit einem behandschuhten Finger kratzte. Er sah sauber aus, die Kleider gewaschen. Geduldig wartete er.

»Sie haben ein Problem«, sagte Ike.

»Nein«, sagte er, die Augen so unerschrocken blau wie der Himmel. »Ich hab weit und breit kein Problem. Die Bank hat bestimmt zweihundert«, sagte Chas. »Und die werden mit jedem Tag mehr.« Er stieß eines der geschwächten Rinder mit dem Ellbogen an.

»Kein Futter mehr?«

»Kein Geld mehr. Keinen Kredit mehr. Kein Glück mehr. Hab bloß noch Geduld. Hab eine Menge Geduld über.«

»Verkaufen Sie ein paar von denen.«

Chas fasste sich an seinen Hut. »Mann, hört sich an, als wär mein eigener Vater von den Toten auferstanden«, sagte Chas. »Sind ja mächtig helle.« Er tastete nach dem Rückgrat der Kuh, doch das Tier trottete fort. »Nicht genug Fleisch, um meine Schulden bezahlen zu können, und keiner, der kaufen will. Nein. Die Tiere krepieren.« Er wandte sich ab, hob einen Hammer, ließ ihn auf die Eisschicht im Wassertrog niederkrachen, klopfte das Eis ab und fischte es aus dem Wasser. Als er sich wieder umdrehte, schien es ihn zu überraschen, dass der Sheriff immer noch wartete. Er wischte sich die Hände an der Jacke ab. »Was wollen Sie? Wenn Sie glauben, dass ich dran schuld bin, dann irren Sie sich. Reden Sie mit der Bank. Soll Sam was von seinem Futter rüberrücken. Sollen Sie doch herkommen und sich das hier vor Ort ansehen. Sollen Sie im Frühling herkommen, sollen Sie es *riechen*.« Er griff nach seinem Gewehr.

»Hier geht's nicht um die Bank, Chas. Es geht um Sie.«

Chas klemmte das Gewehr unter den Arm und schwenkte dabei den Lauf herum. Er lächelte wieder und schüttelte den Kopf, als wäre er bloß eine von seinen verdutzten Kühen. »Vielleicht wollen Sie mir sagen, dass Sie alles schön sauber und geruchsfrei wollen, Sie, Taylor und Coker ... und Sie können das, Sie haben das Gesetz auf Ihrer Seite. Aber diese Tiere gehören mir.« Er hob das Gewehr an die Schulter und zielte. Dann sah er sich nach Ike um, Grübchen in den Wangen, und Ike ahnte, wie der Mann als Junge ausgesehen haben mochte. Er drückte ab. Das Tier blieb noch einen Augenblick stehen, sein Blut spritzte die Kontour seines Vorderteils in den Schnee, ein seltsam wässriger Laut in dieser gefrorenen Landschaft, dann fiel es hin, die Augen offen, als sinnierte es noch ohne jedes Bedauern über dieses Leben nach.

»Ich kann diese Kuh erschießen, weil sie mir gehört«, sagte Chas, hob das Gewehr, lud nach und zielte erneut. »Und die da. Oder die da. Sagen Sie mir, was es für einen Unterschied macht, ob ich sie erschieße, mit der Axt erschlage oder verhungern lasse.« Er senkte das Gewehr. »Sind doch bloß Fleisch, nichts als Fleisch«, sagte er und beugte sich zum Sheriff vor. »Auch wenn Sie glauben, dass sie was anderes sind.«

Drittes Kapitel

Einfachheit und Klarheit, Ike glaubte an eine Ordnung der Welt - eine Weisheit, die dem Menschen zugänglich war: Aus Jungen wurden Männer, der Mond folgte der Sonne nach, Sterne wurden geboren und kollabierten, die Umwelt prägte ihre Bewohner und bestimmte ihre Anzahl. Und Ordnung - unser Verlangen nach ihr - brachte die Gesetze hervor, die der Moral ebenso wie die der Gesellschaft. Wie die Tiere litten, diese sinnlose Verschwendung, das machte Ike im Fall Stubblefield zu schaffen. Ike dachte an seinen Vater, daran, wie er Futter in die Tröge maß, an die Kühe, ihre unglaublichen Milchmengen. Wenn sein Vater Fleisch aß, war es wie ein Sakrament.

Dabei war Ike keineswegs so ein Gefühlsmensch, wie es sein Vater gewesen war. Nein. Letztlich ging es ihm um Respekt. Wir waren Menschen mit der Fähigkeit, Ordnung zu schaffen und Entscheidungen zu treffen, Menschen mit einem Gewissen, das uns auferlegte, die Folgen unseres Tuns zu tragen. Dadurch unterschieden wir uns von den Tieren. Eine Frage der Menschlichkeit. Der Würde.

Blödsinn.

Es war das Fallen der Kuh, ihr Grunzen, mit dem sie auf dem Boden landete, und Stubblefields Lächeln.

Ike ging zu Fuß durch die Stadt, die Straße entlang, lief quer über den Friedhof und kam auf der anderen Seite wieder zum Vorschein. Er fand Purvis bei seinem 57er-Chevy in der Werkstatt neben der Klinik. Ein guter Tierarzt, aber ein unmöglicher Mechaniker, glaubte er doch, jedes Problem meistern zu können, wenn es ihm nur in einem geeigneten Bezugsrahmen dargeboten wurde. Als sie sich kennen lernten, gewann er Ikes Sympathie, weil er einen abgesoffenen Vergaser mit einem verstopften Anus verglich. Ike hatte gefragt, ob nicht der Auspuff größere Ähnlichkeit mit einem Anus habe, woraufhin sie sich ins Haus verzogen hatten, um bei einem Whiskey über das Problem nachzudenken, bis Ike schließlich begriff, dass er besser daran tat, solchen Fragen aus dem Weg zu gehen. Ike war klar, dass der Chevy nie wieder fahren würde, solange Purvis sich unter der Motorhaube zu schaffen machte. Doch ebenso klar war, dass Purvis derselben Ansicht war.

Der junge Mattick saß auf einem Stuhl und entfernte die Isolierung von einigen Kabelenden. Er war ein hübscher Junge, dunkel, was, wie Ike annahm, den Gerüchten über seine indianische Abstammung Nahrung schenkte. Der Junge galt als Rumtreiber, und die Leute waren stets schnell mit einem Sündenbock bei der Hand für die dunklen Gelüste, die sich in ihnen regten, glaubten sie doch nur zu gern, dass es gutes Blut und böses Blut gab, und was böses Blut war, das verriet in der Regel, welche Hautfarbe man gerade nicht hatte. Da draußen gab es so verdammt viel, das man nicht beeinflussen konnte: Wetter, Krankheiten, die Regierung. Die Folge davon eine Neigung zur Vereinfachung - such dir einen Namen und ein Gesicht, das du dafür verantwortlich machen kannst. Der Junge rutschte nervös auf seinem Stuhl hin und her.

»Ike«, rief Purvis, kam unter der offenen Motorhaube hervor und hielt ihm die Hand hin. »Willst du etwa mit anpacken?« Er zeigte auf den Jungen. »Joe kennst du?«

Joes Blick glitt über Ikes Gesicht und blieb kurz an seinem Abzeichen hängen. Schuldig, dachte Ike. Weshalb, das wusste er natürlich nicht, aber plötzlich machte sich Ike um seinen

Freund Purvis Sorgen. Der Junge war ein wandelndes Pulverfass. Ike zeigte auf den Wagen. »Was hat er denn diesmal?«

Purvis wischte sich die Hände am Overall ab. »Irgendwas mit den Synapsen«, sagte er.

»Pass auf, oder die Synapse befördert dich ins Jenseits«, sagte Ike.

Der Junge schnaubte verächtlich und blickte zur Seite.

Neben dem Wagen stand ein Emailletablett mit Schraubschlüsseln und Steckern, ordentlich aufgereiht auf einem Operationshandtuch. Joe legte die Blechschere weg. »Ich muss. Morgen wieder, okay?« An der Tür zögerte er. »Fassen Sie bloß nichts an«, sagte er und zeigte auf die Drähte.

Purvis lächelte. »Bis morgen.«

Eine Bö keilte gegen die Tür. Der Junge zwängte sich nach draußen, und die Tür knallte wieder zu. Um die Mauern pfiff der Wind – ein Dauerton in diesem Land, das ihm keine Angriffsfläche bot, keine Berge, kein Wald; nur die umhertollenden Elemente von Land und Himmel, Spreu, Stöcke, Steine, Regen, Hagel, Schnee und Graupel, die unablässig niederprasselten, bis sich Gebäude zur Seite neigten und die wenigen Bäume, die es noch gab, so einseitig wuchsen wie Hinkebeine. Vornübergebeugt saß man hier auf dem Pferd oder stand im Feld, bis diese Haltung in Fleisch und Blut übergegangen war, Bänder sich verkürzt, Sehnen sich gestreckt hatten. Selbst in Kirchen, Sälen und Häusern stand man sturmschief in den von der Wucht des Windes verformten Leibern.

Eisschnee trommelte aufs Dach. Purvis schaute zur Tür. »Joe ist ein guter Junge«, sagte er. »Er macht sich bloß zu viele Sorgen. Glaubt, ich könnte mir was tun.« Purvis rückte näher an Ike heran. »Was es wohl macht, wenn ich das hier verbinde?«

»Epilepsie«, sagte Ike.

Purvis nickte und legte die Kabel wieder hin. »Ich brauch einen Drink.«

»Bin im Dienst.«

»War ja auch nicht Rede davon, dass du einen Drink brauchst. Ich mach dir einen Kaffee.«

Sie gingen durch das Holzgebäude mit den Gehegen und der Schleuse, vor der die Leute ihr Vieh abgaben, vorbei am Viehfangstand mit den schwenkbaren Seitenklappen am Scheunentor. An den Deckenbalken des geheizten Gebäudes hingen eine Reihe Flaschenzugrollen, mit deren Hilfe Kadaver entfernt oder betäubte Rinder beiseite geräumt wurden. Tragbare Pferchsegmente lagerten entlang der Wände. In einer Ecke waren duftende Heuballen aufgeschichtet, und Stapel Gummiwannen türmten sich wacklig neben dem Lagerstreu. Am anderen Ende lag der Behandlungsraum – in der Mitte des Betonbodens ein offener Abfluss. An einer Wand standen Kisten mit sterilem Verbandszeug in den Regalen, Schränke waren voll mit Antibiotika oder Beruhigungs- und Betäubungsmitteln, die ein tausend Pfund schweres Tier in zuckende Träume versetzen oder ihm den Garaus machen konnten. Kunst gab es nur in Gestalt einiger Diplome sowie der anatomischen Skizze eines Schweins, die Purvis in seiner Van Gogh-Periode angefertigt hatte.

Sie gingen durch einen Verbindungsflur ins Haupthaus und betraten die in ein Behandlungszimmer für Kleintiere umgewandelte Küche, dann die Wohnräume – Kochecke, Ess- und Wohnzimmer alles in einem, dazu ein Bett und nebenan ein Bad. Ike fand es selbst für einen Junggesellen reichlich verschroben. Welche Frau würde so leben wollen? Pattiann. Etwas Land dabei, und Pattiann brächte es fertig. Die Herausforderung wäre was für sie. Ihre Urgroßmutter hatte in der Pionierzeit fünf Jungen in einer Hütte aus Teerpappe großgezogen, die kaum größer als eine Garage gewesen war.

Sie setzten sich an den Tisch und schoben Geschirr und zerfledderte Zeitschriften zur Seite. Purvis schenkte Ike eine Tasse ein, an der er sich nur die Hände wärmte, da er längst wusste, was es mit Purvis' Kaffee auf sich hatte. Purvis klemmte den Daumen ins Whiskeyglas, nahm einen Schluck und rückte sich auf dem Stuhl zurecht. »Ich weiß, worum es geht«, sagte er. »Und es ist nicht so schlimm, wie du denkst. Sagen wir, er wurde ein wenig irregeleitet.«

Ike begann langsam zu glauben, dass er von der ganzen Sache als Letzter erfahren hatte. »Irregeleitet«, wiederholte Ike.

»Er ist jung. Wir haben uns das genau überlegt. Er kommt zwei Tage die Woche.« Purvis verschränkte die Arme vor der Brust. »Und wenn er sich einigermaßen vernünftig anstellt, kann er einen Einführungskurs für Veterinärmedizin mitmachen.« Er beobachtete Ike durch seine Brille. »Das Problem mit dem Gesetz ist einfach, dass es kein Potenzial erkennt.«

»Verdammt, wovon redest du überhaupt?«

Purvis kippte mit dem Stuhl nach vorn und stemmte die Hände auf den Tisch. »Und wovon redest du?«

»Stubblefield.«

Purvis zog den Kopf ein. »Oh, Scheiße.« Und wie sich herausstellte, hatte Purvis mit Harley im Diner gefrühstückt, wobei die sechzig Dollar zur Sprache gekommen waren, die man bei dem Jungen gefunden hatte, und Purvis hatte zugegeben, dass ihm »ein bisschen Geld fehlte«. Achtzig Dollar hatte Purvis »irgendwie vergessen und auf dem Tisch in der Werkstatt liegen lassen«. Und das Geld war einfach »auf und davon«, nachdem der junge Mattick mit einem Freund vorbeigekommen war, um den Wagen zu bewundern. Purvis hatte Harley gebeten, die Sache nicht an die große Glocke zu hängen.

»Für zwanzig von den achtzig haben sie sich einen Katzenjammer eingehandelt – mit Wein, Zigaretten und Donuts. Eine passendere Strafe hätte ich mir selbst nicht ausdenken können, was meinst du?«

Ike nippte an seinem Kaffee. Der Magen rumpelte, dann

regte er sich nicht mehr. Die Ruhe vor dem Sturm. Mein Gott. »Vielleicht sollte ich lieber losziehen und Tiere verarzten«, sagte Ike.

Purvis schüttelte den Kopf. »Würde dir nicht gefallen. Prolabierter Uterus, Mastitis, Huffäule. Frag mich bloß, warum ich die Kleintierpraxis aufgegeben habe.« Er trank den Whiskey aus. »Nein, Pudel waren die schlimmsten. Können nicht mal vernünftig scheißen. Denen muss man die Haare am Arsch abzupfen und das Rektum zusammendrücken.« Er kniff die Finger in der Luft zusammen, und Ikes Hintern zuckte. »Hast du eine Ahnung, wie viele Jahre selektiver Tierzucht nötig waren, um ein Tier hervorzubringen, das allein keinen Haufen mehr hinsetzen kann?« Er breitete die Hände aus. »Deswegen habe ich es jetzt bloß noch mit Kühen zu tun, die zu jung von zu schweren Bullen bestiegen worden sind. Oder mit Ochsen, die in den Futterständen auf dem Markt für durchwachsenes Rinderfleisch einen Herzschlag kriegen. Ich hätte Mechaniker werden sollen.«

»Verstopfte Pudel und verfettete Rinder kümmern mich einen gottverdammten Scheißdreck, Purvis. Ich rede von Achtung.«

»Achtung?«

»Vor dem Gesetz.«

»Wahr und auch wieder nicht.« Purvis schenkte sich noch einen Schluck ein. »Du siehst das zu eng. Sagen wir, ich würde Anklage erheben«, fuhr er fort und wedelte mit der Hand, »ich tu's nicht, aber nehmen wir einfach mal an, ich würd's tun. Er ist minderjährig. Er kommt vors Jugendgericht, ist vorbestraft und muss Sozialdienst ableisten. Stattdessen kann der Junge doch bei mir aushelfen – der weiß besser über Motoren Bescheid, als wir beide zusammen. Herrgott noch mal, er ist der dritte Sohn auf einer Ranch – der hat schon als Baby an diesen verflixten Dingern rumgefummelt. Und er passt auf, dass ich keinen Stromschlag kriege. Ich bin schließlich der einzige Tierarzt in hundert Meilen Umkreis. Das nenne ich Sozialdienst, außerdem spare ich dem Steuerzahler damit ein bisschen Geld.«

»Bist ein wahrer Held, Purvis.« Das war als Scherz gemeint, doch dachte sich Ike, dass er damit vermutlich Recht hatte. Es steckte etwas Anständiges und Großmütiges in dem alten Viehdoktor. Sein Magen verkrampfte sich, ein Stechen im Darm. »Aber du kannst um's Verrecken keinen Kaffee machen«, sagte Ike. »Ich muss mal auf die Toilette – nein, du brauchst mir das Rektum nicht zusammenzudrücken –, und danach machen wir eine Spazierfahrt. Nur wir beide.«

Es war später Nachmittag, und von seinem Posten in der Tür zum Supermarkt beobachtete Chas den Bronco des Sheriffs, dessen Reifen beim Anfahren einen Pfauenschweif aus Split und Schnee verspritzten. Er trat auf die Straße, der Abbiegepfeil blinkte. Der Viehdoktor saß auf dem Beifahrersitz.

Chas war gekommen, um die Sache ins Reine zu bringen. Um dem Sheriff einiges zu erklären. Doch wie er da stand und dem Wagen nachsah, wusste er, dass keine Worte den Ablauf des heutigen, morgigen oder gestrigen Tages ändern würden. Er fühlte sich zu seinem Schicksal verdammt, und das war irgendwie erleichternd, als wäre ihm der Kopf vom Körper gerollt und hätte sein unwägbares Gewicht mit sich genommen. Vielleicht war so der Tod, wenn die Seele den Körper verließ.

Doch was wusste er schon davon? Was seine Mutter ihm erzählt hatte? *Zu dir, HERR, erhebe ich meine Seele.* Tochter eines Baptistenpfarrers, eine hoch gewachsene, ernste Frau mit einer Vorliebe für Psalmen: *Bewahre meine Seele und rette mich!* …, die sich an gewissen Abenden in Chas' Zimmer zurückzog, an seinem Bett Platz nahm, das lange, braune Haar am späten Abend noch ebenso straff zurückgebunden wie am frühen Morgen. Eine gebildete Frau, die immer wieder ihr sorgsam verwahrtes halbes Dutzend Bücher durchprobierte, eine Frau mit einer Vorliebe fürs Lyrische, seien es nun Psalmen oder Milton, Dante ... *denn ich berge mich bei dir.* Und sie las Chas vor, hob und senkte die Stimme und sprach doch stets so leise, dass er flacher atmete und sich vorbeugte, um ihre Worte zu hören, die so unfassbar schienen, wie die Dinge, von denen sie handelten: den Sündenfall, Liebe, Erlösung. Die Seele.

Nein.

Prägender war, was sein Vater geglaubt hatte. Es war in seinem zehnten Frühling, ein heißer Tag im Mai, und sie waren beim Bränden und Kastrieren. Wo sich die Korrals zu einem Flaschenhals verengten, wurden die kleinen Bullenkälber zu Chas geschleust, der sie brändete, ehe sie auf den Kalbstisch mit dem Eisengitter landeten, das sich wie ein Schraubstock um ihre Hälse legte. Chas' Vater stand neben dem Tisch. Mit der Linken presste er den Klemmhebel, und die Haltestäbe drückten sich dem Kalb in die Seiten. In der Rechten, groß und bleich wie ein Klumpen gekochtes Schweinefleisch, hielt er das Messer. Er gab das Fußpedal frei, und der Tisch schlug um, das eingezwängte Kalb kippte auf die Seite. Chas schlang das Fangseil um das obere Hinterbein, zog es zurück, legte die Hoden frei und stemmte sich mit seinem ganzen Gewicht ins Seil, damit das Tier nicht auskeilen konnte. Sein Vater machte einen Schnitt vom Sackunterbauch bis nach oben, fischte die kleinen Eier mit Daumen und Zeigefinger heraus. Einige behutsame Schnitte mit dem Messer durchtrennten die letzten Stränge, dann tupfte er den leeren Sack mit Lysolwasser ab. Anschließend warf er den Tisch wieder herum und gab das Tier frei. Manchmal wischte sich sein Vater den Schweiß unter der Hutkrempe ab.

Chas führte das nächste Kalb durch die Schleuse. Es bockte. Chas rammte ihm das Knie ins Hinterteil, verschwitzt, verdreckt und wütend auf die Kälber mit ihren rollenden Augen, matten Hufen und dem verbrannten Fleisch. Das Kalb bäumte sich in der Box auf und blieb seitlich stecken. Sein Vater drehte sich um und fragte: »Was zum Teufel ist denn hier los?«

»Strampelt sich vor Schiss die Seele aus dem Leib«, sagte Chas und schob das Tier wieder frei.

Sein Vater hatte in den Dreck gespuckt. »Ach nee, Junge, willst du vielleicht behaupten, du weißt, was die Seele ist?«

Und trotz all dem Gerede seiner Mutter – von einem körperlosen Etwas mit Flügeln, einem Licht im hohlen Brustkorb oder einem in den Körper eingeflochtenen Faden, der einen wie ein zweites Gedärm mit Gott verband – konnte er es nicht.

Das Kalb war eingezwängt, der Tisch gekippt, und das Tier lag auf dem Rücken. Chas' Vater schlitzte den Sack auf und hielt ihm das Hodenpaar hin. »Das ist alles, was du an Seele je zu sehen kriegst. Mehr hat's mit dem Leben nach dem Tod nicht auf sich. Tiere ficken. Menschen ficken, und was der Mühe wert ist, wird an den Nachwuchs weitergegeben.« Er hielt ihm die Hand voll dicht vor die Augen. »Denk drüber nach. Mein Daddy lebt in mir, und sein Daddy und sein Daddy vor ihm und ich in dir.« Er warf die Testikel in einen Eimer. »Oder auch nicht. Für diesen jungen Burschen hier hat's sich jedenfalls mit dem Leben nach dem Tod.«

Der Himmel war klar, und selbst im Gestank des Viehhofs konnte Chas den stechend süßen Duft des Salbei riechen. Elstern zankten sich auf dem Gatter, ein paar Stallfliegen summten im Abfalleimer. Mehr Seele hatte sein Vater keinem Geschöpf zugestehen wollen. Er war nie großzügig gewesen – erst recht nicht in seinen Ansichten.

Chas ging zurück zum Pickup. Ihn hielt nichts mehr in der Stadt. Dann entdeckte er Pattiann, die Frau des Sheriffs, die mit langen Schritten über den Bürgersteig eilte. Sie trug Jeans und einen weiten, grauen Mantel; eine funkelnde Haarsträhne war der eng anliegenden Strickmütze entwischt. Die einzig echte

Farbe zwischen diesen schäbigen Häusern, unter dem eintönigen Himmel und dem nachlassenden Schnee. Wenn er an sie dachte, falls er denn in den letzten Jahren überhaupt je an sie gedacht hatte, dann an ihre erstaunliche Mähne und daran, dass sie sich immer wie ein lebendiges Wesen um seine Hand gekräuselt hatte. Er entriegelte die Tür, stieg aus und ging auf sie zu. Ob sie sich freuen würde? Nach all der Zeit? Wahrscheinlich nicht. Es war ihnen gründlich gelungen, sich aus dem Weg zu gehen. Aber jetzt schien es irgendwie nur gerecht, der Sheriff bei ihm zu Hause und Chas bei der Frau des Sheriffs. Warum nicht? Wenn schon hängen, dann lieber als Narr und nicht als Feigling.

Sie nahmen den Highway nach Westen. Purvis streckte sich, den Arm auf der Rücklehne. Eine Schrotflinte, Serienausstattung, hing neben ihm im Halter. Ike fand, er freute sich wie ein Kind über die Fahrt im Streifenwagen.

»Sagst du mir jetzt, wo wir hinfahren?«, fragte Purvis. »Nein, tu's nicht. Ein kleines Geheimnis am Nachmittag ist gut für die Seele.« Er zerrte an seinem Mantel, bis die Druckknöpfe aufplatzten, dann fischte er eine Zigarre aus der Hemdtasche, wickelte sie aus dem Zellophan und kurbelte das Fenster auf. »Geht doch nichts über eine gute Zigarre nach einem Whiskey, es sei denn, es gibt Whiskey nach einer guten Mahlzeit und eine hübsche Frau, die hinterher auf einen wartet. Wo wir gerade dabei sind: Wie geht's Patiann? Gut, gut«, sagte er, als hätte er Ike Zeit zum Antworten gelassen. »Hat mich gefreut, dass die Kleine sich mit dir eingelassen hat. Sie musste endlich raus aus der Rancherei.«

Er steckte die Zigarre an und schaute aus dem Seitenfenster. »Mit diesem Leben ist es bald vorbei. Hör auf meine Worte. Noch mal fünfzig Jahre, und die Zäune sind verschwunden. Dann schickt die Regierung Bisons auf die Prärie und verdonnert sie dazu, fruchtbar zu sein und sich zu mehren. Touristen werden fürs Tottrampeln zahlen. Wölfe, Elche, Antilopen, Filmschauspieler – die walzen allein durch ihre schiere Anzahl die Prärie breit. *Home … home, on the range, where the deer and the antelope play*«, sang er.

Ike feuerte den Stetson auf den Rücksitz. »Ich hab ja gewusst, Purvis, dass du deine stinkigen Zigarren rauchen wirst, genauso wie ich gewusst habe, dass du mir im Auto die Ohren vollquatschst, und ich war bereit, diesen Preis zu zahlen. Aber wenn du singst, streik ich.«

Purvis sog an seiner Zigarre und blies gemächlich den Rauch aus. »Ich nehme mal an, dass du jetzt wissen willst, warum ich Tierarzt geworden bin.«

»Nein, will ich nicht.«

»Es war eine Berufung, gleichsam gottgewollt …«

»Dieser junge Mattick – ist das auch eine Berufung?«

Purvis wischte die Frage fort. »Hab sie vernommen, als ich auf der Farm meines Daddys eine achthundert Pfund schwere Sau ritt. Irgendwo im südlichen Illinois. Ich war neun.«

Wolken schwärten im Osten, hohe Haufen bauschten sich zu sommerlichen Gewitterwolken auf, doch über ihnen hing ein blauer Himmel, und Ike schob sich die Sonnenbrille ins Gesicht, Schnee und Welt verdunkelten sich, wirkten aufgewühlter, das Licht polarisiert, und irgendwie echter, sodass die fernen, keilförmigen Hügel wie verdichtet schienen und die Prärie Senken und Mulden, Rinnen und Vertiefungen bildete, blau und blauer gepinselt, Kobalt und Indigo.

Purvis erzählte von seiner Kindheit, von Schweinen und der Farm seines Vaters, der steigenden Landpreise und Agrarkonglomerate den Garaus gemacht hatten.

»Eine preisgekrönte Sau, erstklassiges Exemplar der Yorkshire-Rasse, Ohren wie Taubenflügel, Schinken breit wie die Hügel, die ihre Rasse hervorgebracht hat, eine wunderbar anmutige Schnauze. Das Lieblingstier meines Vaters. Er hätte sie seine Tochter genannt, hätten Gott und meine Mutter es zugelassen. Ich habe das Schwein natürlich gehasst.« Er streifte zwei Zentimeter Asche ab und klemmte sich die Zigarre wieder zwischen die Fingerknöchel.

»Wir hatten Rinder«, sagte Ike.

»Glück gehabt. Schweine stinken. Ist eine biologische Tatsache. Selbst die rosigen Kleinen. Meine Brüder und ich sind bei jeder Gelegenheit auf ihnen geritten, obwohl mein Vater es verboten hatte. Ist bloß menschlich. Der alte Spruch, dass man jenen wehtut, die man liebt? Gilt erst recht für die, die man hasst.

Es müssen an die achtunddreißig Grad an dem Tag gewesen sein, an dem ich es mir in den Kopf gesetzt hatte, auf dieser Sau zu reiten. Meine Brüder trieben sie in die Enge, und ich hopste auf ihren Rücken und habe sie wie einen Mustang geritten. Sie wirbelte herum, bockte, trudelte und trottete, scheuerte am Zaun lang, hat aber nicht ein einziges Mal gequiekt. Und ich habe nicht locker gelassen.« Er hob die Hände. »Die Knie hab ich um ihren Bauch geklammert, und sie rannte so schnell, dass ich nicht mehr wusste, wer eigentlich wen ritt.« Purvis lachte, schnaufte wie das atemlos hechelnde Schwein. Er wischte sich die Augen und holte tief Luft.

»Als sie zu taumeln anfing, dachte ich, ich hätte gewonnen. Und dann nahm sie den einzigen Ausweg, der ihr geblieben war. Die Hachsen knickten ein, und ihre Schnauze pflügte einen drei Fuß langen Graben. Mit offenen Augen lag sie da, rosa schimmerte die Sonne durch ihre Ohren. Tot. Im Schlamm – gehässiges Vieh –, hatte trotz allem das letzte Wort behalten. Mag sein, dass Angst vor meinem Vater eine Rolle spielte, aber mir war klar, dass ich sie umgebracht hatte, und das war das Schlimmste – weißt du, wie das ist? Dieser Moment, in dem du erkennst, dass du nie wieder der sein wirst, der du mal gewesen bist? Selbst für Schweine ist das Leben keine kleine Angelegenheit. Nenn es Schock oder mein erstes Hadern mit einem unwiderruflichen Geschehen, doch als meine Brüder sich aus dem Staub machten, hievte ich mir den Schädel auf die Knie, klappte ihr Maul zu und pflanzte meine Lippen auf ihre Schnauze. Ich blies meinen Atem in dieses Schwein, wie Gott den Adam angeblasen hat. Ich blies in dieses Schwein, blies und blies auch dann noch, als mir schwarz vor Augen wurde. Bis ich umkippte. Und so hat mich mein Vater gefunden, bewusstlos im Schweinehof.«

Purvis legte den Kopf in den Nacken, sog mächtig an seiner Zigarre und lächelte. Ike fuhr von der Landstraße ab, vorbei am alten Gehöft der Grants, die Fundamente nicht mehr zu retten, von Nagetieren völlig zerfressen. Nach einer halben Meile Schweigen gab Ike sich geschlagen. »Und? Hat die Sau überlebt?«

»Wo denkst du hin? Ich war ein rotznasiger Lümmel mit Schweinsdreck rund ums Maul. Natürlich hat sie nicht überlebt.« Ike begann zu lachen, doch Purvis schraubte eine Hand um seinen Arm. »Nein, an dieser Stelle wird nicht gelacht. Das ist eine wundersame Angelegenheit, und die verlangt Respekt. Trotz all seiner Trauer um das Schwein hat mein Vater es fertig gebracht, mich noch zu lieben. Und ich hatte begriffen, dass ich zwar töten, aber nicht wieder zum Leben erwecken konnte. Eine berauschende und demütigende Erfahrung, wie das bei Wundern eben so der Fall ist. Doch war mir klar, was ich mit dem Rest meines Lebens anfangen wollte, ich musste meine Erwartungen bloß etwas tiefer hängen und nicht gleich Tote wieder lebendig machen wollen. Also, wo fahren wir jetzt hin?«

»Dachte, du wolltest dich überraschen lassen?«

»Hab mein Leben lang Geschenke schon immer vor Weihnachten aufgemacht. Kann auch kein Geheimnis für mich behalten.«

»Zu Chas Stubblefield.« Ike beobachtete den Tierarzt, doch

der zeigte keine Reaktion, lehnte nur den Kopf wieder an den Rücksitz, schloss die Augen und mümmelte an seinem öligen Zigarrenstrunk.

»Kannte seinen Vater«, sagte Purvis schließlich. »Avery. Avery Stubblefield.« Purvis musterte den Zigarrenstummel mit Bedauern und drückte ihn im Aschenbecher aus. Ike schnappte danach und schnipste ihn aus dem Fenster. Purvis grinste. »Mein Vater hat immer gesagt, dass man Menschen nicht hassen kann. Man kann hassen, was sie tun, aber *einen Menschen kann man nicht hassen.*«

Purvis lehnte sich ans Seitenfenster und schlug ein Bein über das andere. »Es gibt alle möglichen Arten von Gemeinheit. Damit kenn ich mich aus. Ich hab Kerle gekannt, die waren gemein zu ihren Frauen und haben einen gottverdammten räudigen Köter über alles geliebt. Und ich habe Typen gekannt, die konnten in der Kirche singen und ihre Nachbarn bis aufs Hemd ausrauben. Als würden die Menschen es nicht ertragen, nur aus einem Stück zu sein - ganz gut oder ganz schlecht. Aber Avery ...«

Es war nicht mehr weit bis zu Stubblefields Haus, die Straße eben und schnurgerade wie ein Rasierklingenrücken. Die Schneewälle an den Seiten splitbesprenkelte Reliquienschreine - Fell und Knochen, Fetzen und Reste von Eselhasen, Stinktier und Rotwild.

»Du glaubst nicht, dass die Sünden des Vaters die Söhne heimsuchen können?«, fragte Ike.

»Ich glaube an den Vorgang der Destillation. Man kann eine Sache endlos zusammenkochen, bis nur noch Haut und Knochen übrig sind, und man findet, was man gesucht hat. Bei einem Vater wie Avery dürfte Chas verdammt lange im Kochtopf gelegen haben.«

Ike hielt vor Stubblefields Grundstück am Straßenrand.

»Warum gerade ich?«, fragte Purvis.

»Ich brauche eine zweite Meinung.«

Er lehnte sich mit dem Rücken ans Fenster und starrte Ike über den Sitz hinweg an.

»So schlimm?«

Ike machte die Tür auf. Draußen standen etwa dieselben Tiere wie bei seinem letzten Besuch. Er war seltsam froh, den Schecken wieder zu sehen. »Das sollst du mir sagen«, erwiderte er.

Am Morgen hatte er darauf gewartet, dass sie das erste Wort sagte. Bestimmt wollte er eine Entschuldigung hören. Irgendeinen tränenreichen Kommentar. Da konnte er lange warten. Fast tat er Pattiann Leid. Sie war zwölf gewesen, als ihr altes Pferd Jubilee starb, das Tier, auf dem sie mit drei Jahren reiten gelernt und das sie trotz jüngerer Pferde behalten hatte, wohl aus einem gewissen Gefühl der Treue oder weil sie die Marotte hatte, nichts loslassen zu können, was ihrer Meinung nach ihr gehörte. Es war ein klarer, schöner Tag, grün das zertrampelte Land, das Reservoir augenblau. Brändzeit, Nachbarn und Familie kamen zusammen, Kälber wogten im Korral, die Eisen heiß im Feuer, und mitten in der Arbeit klappte das Pferd einfach unter ihr zusammen. Nachdem ihr Vater einen Augapfel betastet hatte, das Tier aber keine Reaktion zeigte, hatte sie Jubilee selbst abgesattelt, die Kinnkette abgemacht, unterm Kopf durchgezogen und die Kandare aus dem Gebiss befreit. Ihr Vater hatte zugesehen und ihr ein dreckiges Taschentuch hingehalten, denn obwohl er wollte, dass seine Kinder Selbstbeherrschung bewiesen, fand etwas in ihm es unnatürlich, wenn Frauen keine Tränen zeigten. Ihre Mutter kannte sie besser. Abends am Bett hatte sie gefragt: »Weinst du, wenn ich mal tot bin?«

»Bringt das was?«, hatte Pattiann im Gegenzug gefragt.

Ihre Mutter hatte gelacht, die Decke glatt gestrichen, zwischen Bettkasten und Matratze festgestopft und Pattiann einen Gutenachtkuss gegeben. Das Licht ausgemacht.

Sie betrachtete das Schaufenster des Frisörs, sah ihr Haar und war peinlich berührt von seiner … *Röte*. Sie winkte Steve zu, der im eigenen Frisierstuhl kauerte und Zeitung las. Steve winkte zurück, doch versank sein Gesicht gleich wieder hinter der Zeitung. Ein guter Morgen, sagte sie sich. Auch wenn Ike in seinem Ei herumgestochert und Kaffee verschüttet hatte, den er hinterher mit einem Trockentuch aufwischte, obwohl er doch wusste, wie sehr sie sich darüber aufregte. Nein, *weil* er es wusste. Aber sie hatte ihn einfach nicht beachtet und stumm zu Ende gefrühstückt.

Sie tastete nach der Einkaufsliste in ihrer Tasche und eilte weiter, litt aber unter einem merkwürdig schlechten Gewissen. Ihr Schweigen hatte Ike mächtig zugesetzt, genau wie beabsichtigt, und sie musste sich eingestehen, dass ihr das diebische Freude bereitet hatte. Schon ihren Vater hatte sie mit ihrer gefassten Art mehr als einmal ziemlich aus dem Konzept gebracht.

Als sie aufschaute, sah sie Chas Stubblefield über die Straße auf sie zukommen. Sie fragte sich, ob sie ihm ausweichen sollte, lächelte dann aber höflich.

Er zog den Stetson in die Stirn. »Morgen, *Mrs*. Parsons - Pattiann?«

»Chas.«

»Das lässt doch hoffen. Du redest noch mit mir.«

»Wüsste nicht, warum nicht.«

»Manch einer wüsste schon einen Grund. War nicht gerade nett, wie wir auseinander sind, oder?«

Pattiann zog die Schultern hoch, während Chas von einem Fuß auf den anderen trat; beide lächelten, blickten aber auf einen Punkt irgendwo hinter ihnen. »Tja, ich muss weiter, Chas.« Pattiann fischte die Einkaufsliste aus der Tasche und wollte gehen, doch er fasste sie am Ärmel.

»Dachte, wir könnten uns unterhalten. Aber wenn du's eilig

hast …« Er klang verzagt, hielt aber an ihrem Mantel fest. »War ein verdammt hektischer Morgen. Bin den ganzen Weg hergefahren, um mit dem Sheriff zu reden«, Chas schwieg einen Moment. »Er ist mit dem Tierarzt unterwegs. Sagt dir das was, Pattiann?«

Von der anderen Straßenseite schaute Kathy Grieger kurz zu ihnen herüber, ehe sie sich wieder um ihre eigenen Angelegenheiten kümmerte. Autos fuhren vorbei, Pickups. Pattiann reckte ihr Kinn vor. »Ich kann dir nicht helfen, Chas.«

Er schüttelte den Kopf. »Du glaubst, ich will dich bitten, mit deinem Mann zu reden. Du glaubst, ich komme wegen alter Zeiten …«

»Ist doch längst vorbei, Chas.«

Er zuckte zusammen, und sie fühlte sich kleinlich. Er wirkte verletzlich, was sie beschämend fand. Leichtsinnig.

Er gab ihren Arm frei, drehte sich um und trat vom Bürgersteig.

Sie wollte ihm nachrufen, sich entschuldigen. Keine Abbitte für Grobheiten, jedenfalls nicht in der Öffentlichkeit. Doch ob die Begegnung nun zufällig war oder nicht, die Leute würden auf falsche Ideen kommen. *Hab Stubblefield mit der Frau vom Sheriff turteln sehen. Die beiden? Schon wieder? Sein Vieh krepiert da draußen, der ganze Laden geht vor die Hunde, was man so hört …*

Im Lebensmittelladen ließ sie sich Zeit, ging die Brotauswahl durch, befühlte jedes Ei im Karton, zerbrach eines und sah sich genötigt, die Packung zu kaufen. Als sie ging, stand er vor der Tür. »Na schön«, sagte sie und schob sich die Tüte mit den Lebensmitteln etwas höher auf die Hüfte. »Eine Tasse. Ich zahl.«

Ike und Purvis blieben am Straßenrand. Der Pickup war nicht da, und Ike fragte sich, wo Chas hingefahren sein mochte. Der Schecke streckte den Hals über den Zaun, als wären sie schon alte Freunde.

Die Augen vorm glitzernden Schnee zusammengekniffen, musterte Purvis die Herde. Er schnaufte und wippte auf den Hacken, während sein Blick über die Schneewehen und jene braunen Stellen in der Nähe strich, wo Kojoten sich zu schaffen gemacht hatten, Fellfetzen, Knochen, zersplittert wie frisches Holz. Dann schlurfte er zurück zum Wagen und setzte sich. Ike streckte die offene Handfläche aus, und das Pferd leckte das Salz von seiner Haut.

Sie fuhren bereits seit einer drei viertel Stunde zurück, als Purvis zu sprechen begann, doch verlor er kein Wort über die Herde. »Warum Sheriff?«, fragte er. »Hast du dich von Gott berufen gefühlt?« Sein Gesicht verschwamm vor der frühen Dunkelheit zur Silhouette. »Ich hab oft gedacht, dass Sheriffs wie Priester sind. Sinnieren ein Leben lang über die Frage, wie sich Moral durchsetzen lässt. Sie teilen Bußen aus: drei ›Vater unser‹, ein ›Gegrüßet seist du, Maria‹, zwei Jahre Gefängnis, Absolution erteilt.«

»Ich geb mich nicht mit Bußen und Absolution ab. Das machen die Gerichte.«

»Drückst du nicht manchmal ein Auge zu? Sprichst eine Verwarnung aus, statt einen Strafzettel zu geben? Beurteilst den Täter nicht nach Gelegenheit, Motiv und Absicht?«

»Willst du damit sagen, dass ich die ganze Geschichte vergessen soll?«

Sie bogen nach Osten auf den Highway, dem frühen Mond entgegen. Im Rückspiegel sah Ike den letzten Rest vom Sonnenuntergang, ein schmales Band, rot und dunkelbraun, das in die Dunkelheit zerlief. Er schnippte das Fernlicht an und wartete auf den ersten unvermeidlichen Eselhasen.

»Wie war dein Vater? Bestimmt ein Mann mit Prinzipien.«

Felder fransten zum Horizont aus, Schneedünen brachen sich im Mondlicht. Es könnte ein See sein, breit, ansehnlich, und der Streifenwagen – ein Skiff, das die Weite durchpflügte.

Er dachte an seine Kindheit. »Daheim«, sagte Ike, »grenzte unsere Farm an einen See. Nichts großes, nur ein Tümpel mit einem Sumpf am Ende, wo Enten und weiße Schwäne nisteten. Das Ufer an unserer Seite war felsig. Man konnte dort nicht reinspringen. Hätte bis zur Erschöpfung Wasser treten müssen. Also kam mein Vater auf diese Idee. Er war ein Mann voller Ideen.« Ike kämmte sich mit den Fingern durchs Haar. »Manchmal erinnerst du mich an ihn. Du und dein Chevy.«

Purvis grinste. »Und mit Prinzipien.«

»Ja«, sagte Ike.

»Hab ich's doch gewusst.«

»Er kam auf die Idee, einen Strand anzulegen, aber es war mitten im Winter und der See vereist. Ich war zehn. Hintereinander verbrachte ich drei Samstagvormittage mit ihm und unserer alten Pritsche im Steinbruch – einem Sandberg unter einer Kruste von fünfzehn Zentimeter Eis und Schnee. Erst mit der Spitzhacke, dann Schaufel für Schaufel den Laster beladen. Weißt du, wenn der Sommer kommt, sagte mein Vater, waten wir knietief im Sand. Zu Hause fuhr er den Laster rückwärts ans Eis, und wir schaufelten ihn leer. Er sagte: ›Wirst sehen, wenn das Eis schmilzt, sinkt der Sand, und wir suhlen uns in unserer Schlauheit.‹« Ike blendete ab, fuhr langsamer. Rotwild stand am Straßenrand. Ein Bock, zwei Ricken.

Purvis' Kopf ruhte an der Kopfstütze. Die Augen waren geschlossen, und er lächelte. Fast schien es, als übermannte ihn der Schlaf, als träumte er von daheim und seinem Bett, von dem prächtigen Weib, nach dem er sich sehnte, doch dann fragte er: »Habt ihr den Strand gekriegt?«

»Im Frühjahr taute das Eis auf dem ganzen See, nur die knapp dreißig Meter nicht, die isoliert unterm Sand lagen. Dann kam der Wind und trieb ihn mitten auf den See, diesen riesigen, schmutzigen Eisberg. Er sank in zwanzig Meter Tiefe. Wir haben zugesehen. Wir waren oben auf der Weide, Steine sammeln.« Ike trommelte mit den Fingern aufs Lenkrad, blickte in den Seitenspiegel dorthin, wo die Sonne untergegangen war, der Himmel jetzt perlgrau. »Er hat gelacht, bis er sich setzen musste - an Ort und Stelle, mitten in den Dreck. Er hat gelacht, bis ich dachte, er wäre verrückt geworden. All die Mühe für nichts und wieder nichts. Das habe ich ihm gesagt. Ich war ein praktisch veranlagtes Kind.«

»Was du nicht sagst«, meinte Purvis.

»›Man ertappt den Herrgott nicht jeden Tag dabei, wie er seine Späßchen treibt‹, hat mein Vater gesagt.« Und das, dachte Ike, brachte die Eigenart seines Vaters auf den Punkt - ein erfolgloser Träumer, unverzagt trotz Eisbergen im Mittleren Westen und einer steinigen Gestrüppfarm, einer von Gottes Narren. Ike konnte heute darüber lächeln. Als Junge hatte er sich angewidert abgewandt, doch konnte er sich immer noch ausmalen, wie der Anblick seines Rückens auf seinen Vater gewirkt haben musste.

»Lebt er noch? Dein Dad?«

Ike schüttelte den Kopf. »Starb an einem Herzinfarkt, als ich achtzehn war. Na ja, die Farm hatte er gut zwei Jahre vorher verkauft. Bekam einen Job in einer Fabrik - Allis Chalmers: Turbinenantriebe. Ich glaube, Traktoren wären ihm lieber gewesen. Er starb in der Montagehalle.«

»Manchmal lassen Gottes Späße zu wünschen übrig. Und dann bist du zur Polizei gegangen?«

Ike nickte. »Erst war's ein Job. Dann merkte ich, dass mir die Arbeit gefiel. Ging wieder ans College, machte einen Abschluss in Kriminologie, zog nach Milwaukee, arbeitete auf dem Polizeirevier, unterrichtete an der Abendschule, traf Pattiann« - er blickte grinsend zu Purvis hinüber - »und lebte glücklich bis an mein Lebensende.«

»Ist dein Dienst jetzt vorbei? Ich könnte ein Bier vertragen.«

Ike nickte. »Für heute mach ich Schluss.«

»Also? Warum hast du mich zu Stubblefields Weide gefahren? Dir ist doch klar, was du gesehen hast. Oder willst du, dass ich Strafanzeige stelle?« Purvis pochte mit den Knöcheln ans Seitenfenster und sah das Land im Dunkeln vorübergleiten. »In solchen Nächten versteh ich, warum Gott sich mit dem östlichen Montana abgegeben hat.«

»Dann wäre es offiziell«, sagte Ike.

»Aber du kannst doch selbst Anzeige erstatten.« Er blickte Ike an und wartete. »Feigheit scheint mir ein unangebrachter Charakterzug für einen Sheriff, findest du nicht?«

»Ich würde es lieber Vorsicht nennen.«

»Glaub ich dir gern. Es ist eine Frage des Eigentums. Und nichts bringt die Leute so in Rage wie Eigentumsfragen. Wer in dieser Sache Alarm schlägt, der macht sich nicht gerade beliebt, das steht jedenfalls fest. Und du wurdest gewählt. Das darfst du nicht vergessen. Kann ich verstehen. Aber ich? Bei mir bleibt ihnen keine Wahl, nicht? Außerdem lebe ich schon viel länger hier.« Er senkte den Blick in den Schoß, murmelte vor sich hin und sah wie jemand aus, der eine Münze werfen will. Dann wandte er sich wieder an Ike. »Nenn du mir *deine* Gründe.«

»Ich bin im Amt, weil man gegen Art gestimmt hat. Das weißt du, und ich weiß es auch.« Der alte Sheriff, ein Mann von makellosem Äußeren, war ziemlich schludrig mit dem Gesetz umgegangen. Er stammte gebürtig aus Montana. Ein großer Mann mit silbernem Haar, der kein Gewicht ansetzte und deshalb einen hemmungslosen Appetit entwickelt hatte. Hortete Knabberzeug – Chips, Donuts, Salzstangen und Cracker; Cremes, die er auf seine verwöhnte Haut rieb, Rasierwässerchen, deren Duft noch heute in den Streifenwagen hing. Wie sich herausstellte, hatte er außerdem eine Vorliebe für junge Mädchen gehabt. Ike war eines Tages in sein Büro gegangen, hatte nach einem Job gefragt, und der Mann hatte sich seine

Referenzen angesehen und ihm einen gegeben. Bestimmt fand er, dass Ike sich wie ein Verräter benahm, als er zwei Jahre später gegen ihn antrat. Doch Art Anders war ein Gauner gewesen, ein Krimineller selbst bei wohl wollendster Betrachtungsweise.

»Ich bin hier der Außenseiter – leg ich Hand an ihr Vieh, finden die das bestimmt nicht lustig.«

»Sieht mir trotzdem wie Feigheit aus. Und das passt nicht zu dir. Nein. Da ist noch was anderes.«

Ike blieb stumm. Dies könnte so eine angenehme Fahrt im Mondlicht sein, ein guter Freund an seiner Seite, während der Bronco Meilen freier Straße fraß, vorbei an vereinzelten Lichtnadeln in der Nacht, wo Rancher sich mit ihren Familien zum Essen an den Tisch gesetzt hatten, das Vieh mit Futter und Wasser versorgt, vom guten Leben – dem Tal der Sterne dort oben und dem weiten Land – in dem Glauben gewiegt, dass die Schlachthauslaster nie zu ihnen kommen würden.

»Das Ganze ist persönlich geworden, stimmt's?«, fragte Purvis.

Pattiann streifte dem Pferd das Zaumzeug über den Kopf und zwängte die Ohren durch die Lederschlaufen. Die gestutzte Mähne knisterte unter ihrer Hand. Der Stall war leer. Als sie vorhin die Stute gestriegelt hatte, war ihr Bruder vorbeigekommen, doch hatte Rob ihr nur einen liebevollen Klaps auf die Schulter gegeben, ehe er zu einer seiner vielen Arbeiten davonstiefelte, die ihn den ganzen Tag in Atem hielten und nachts noch im Schlaf quälten. Er war ein Mann mittlerer Größe, kleiner als ihr Vater, doch Brust und Schultern so breit und mächtig wie bei ihrem Vater in jungen Jahren. Robs Arme waren Keile, die seine Hemdnähte sprengten. Und wie ihr Vater war er jemand, der schnell über etwas hinwegkam. Er nahm Gefühle – Ungeduld, Ärger, Liebe – wie ein Läufer Hürden nimmt.

Er hatte sie nicht gefragt, warum sie hier war, obwohl er es bestimmt seltsam fand, dass sie Heim und Mann verließ, um so spät noch auszureiten. Aber er würde sie nicht fragen. Was sie antworten könnte, war vielleicht mehr, als er hören wollte. Und Pattiann hielt ihrem Bruder seine Diskretion zugute, aber auch seine Großzügigkeit, die nichts mit schlechtem Gewissen zu tun hatte. Er würde gar nicht auf den Gedanken kommen, dass es dafür einen Grund geben könnte, obwohl diese Ranch – die ihm jetzt fast allein gehörte und die ihm ganz gehören würde an dem Tag, an dem ihr Vater beschloss, sie ihm zu übergeben – alles an Erbe war, womit sie beide rechnen konnten. Sie war das älteste Kind, doch er war der älteste Sohn, und so war es nun mal auf dem Land.

Sie führte das Pferd auf den Hof, fuhr mit der Hand unter den Sattelgurt, stemmte ein Knie gegen den Widerrist und zog an. Das Pferd furzte, und Pattiann machte den Gurt fest. Sie ging am Haus vorbei durch Lichtrauten, die durch die Fenster sickerten, und blieb stehen, um dem Geigenspiel ihrer Nichte zuzuhören. Pattianns Vater spielte selbst auch, doch immer seltener, seit ihm das Alter die Finger knotig krümmte. Pattiann gefiel der Gedanke, dass ihre Nichte auf diesem Instrument übte, ihre pummelige, mädchenhafte Hand, die sich um den hölzernen Geigenhals wand. Sie spielte einen Jig, und Pattiann sah es fast vor sich, wie es früher gewesen war, ihr Vater mit der Geige und der junge Rob – in den Stiefeln seines Vaters, Stulpen bis über die Knie, Hut tief im Gesicht –, der für ihre Mutter herumalberte und tanzte, wie er es für niemanden sonst tat, damals nicht und heute nicht.

Anderthalb Meilen weiter querfeldein stand das Haupthaus, in dem noch ihre Eltern wohnten. Sie schnalzte, zog den Kopf der Stute hoch und trieb sie am Zaun entlang über den Wirtschaftsweg. Am Gatter drückte sie das Schnappschloss auf, schwenkte das Tor im Durchreiten auf, gab dann dem Pferd die Hacken, machte eine Viertelumdrehung und schloss das Gatter wieder zu.

Sie trug eine wattierte Jeansjacke, gefütterte Lederhandschuhe und eine Schirmmütze aus Segeltuch, die Ohrschützer unterm Kinn zugeknöpft. Das Pferd scheute vor dem Schnee, doch kaum hatte sie ihm einen Klaps auf die Flanke gegeben und die Zügel angezogen, fiel es in einen ruhigen Schritt. Sie bogen vom Weg ab und stapften durch den Schnee; Hitze stieg vom struppigen Fell des Pferdes auf, der rasche Atem klang wie das Stampfen einer Dampflock, im Herzen ein geschürtes Feuer.

Stille und Einsamkeit hatten sie gelockt, aber sie war auch aus einem anderen Grund gekommen – um sich zu überzeugen, dass es der Herde gut ging. An all dem war nur Chas und ihr Gespräch bei einer Tasse Kaffee Schuld.

»Hättest du wohl nicht erwartet«, hatte er gesagt, »dich hier mit mir zu unterhalten. Auf den Gedanken wärst du sicher zuletzt gekommen, nicht?«

»Jedenfalls war es kein Gedanke, mit dem ich heute Morgen aufgewacht bin.« Sie ließ ihren Blick über die Tische im Diner wandern, hinüber zur Tür und auf die Straße davor, wo sie, wenn sie vernünftig wäre, jetzt eigentlich mit einer Tüte Lebensmittel unterm Arm nach Hause gehen sollte. »Es ist lange her, Chas. Du bist nicht mehr oft in der Stadt.«

»Und wenn ich es wäre, würde es dir auffallen?« Er hob die Hand, ehe sie antworten konnte. »Ich will keinen Ärger. Du sollst bloß verstehen, dass ich Freunde nicht gewöhnt bin.« Er zuckte die Achseln. »Weder daran, sie zu finden, noch daran, sie zu behalten.«

»Was willst du, Chas?«

»Nur das hier.« Er beschrieb mit einer Handbewegung den Raum. »Eine Tasse Kaffee. Ein paar Minuten weit fort von Tod und Sterben. Jemanden, der sich meine Seite der Geschichte anhört. Jemanden, der durchs Zuhören in dieser Welt was zu gewinnen oder zu verlieren hat.«

»Und du glaubst, dass mich die ganze Sache was angeht?«

»Tut sie das nicht?« Er sah ernstlich verwirrt drein und schüttelte den Kopf. »Ich will bloß, dass *du* mich verstehst. Um der alten Zeiten willen.«

Ihre Tasse war halb leer, doch hielt sie ihre Hand darüber, als Fran vorbeiglitt. Chas zupfte an einer blonden Haarsträhne, die ihm in die Stirn gefallen war, eine alte Angewohnheit, die sie einmal liebenswert gefunden hatte; doch war es seltsam, wie vertraut ihr diese Geste immer noch war und wie sie es sich regelrecht verbieten musste, ihm die Locke aus dem Gesicht zu streichen. Emmylou Harris sang im Radio in der Küche. Bekannte und Freunde kamen und gingen, ignorierten sie beide in der hinteren Sitzecke aber taktvoll und höflich. Sie fühlte sich erschöpft. Dies war eine alte Geschichte, die sie längst vergangen geglaubt hatte, und nun saß er da und spekulierte auf ihr Mitgefühl. Sie richtete sich auf. »Was gibt es da zu verstehen?«, fragte sie. »Zu viel Vieh, zu wenig Futter, Kapital und Bares.«

»Nein. Ja«, sagte er. »Natürlich.« Er lehnte sich zurück, schloss die Hände um die Kaffeetasse. »Sie sind zu mir gekommen, die von der Bank. Sind gleich nach dem Tod vom Alten rausgefahren. Wollten den Laden auf Vordermann bringen, die wenigen Schulden mit mir durchgehen. *Ihr Daddy war kein Mann*, sagten sie, *der seine Vorteile zu nutzen wusste.*«

»Die Flötentöne kenn ich«, sagte sie.

Er spitzte die Lippen und stieß seufzend die Luft aus den Backen. »Sie spazierten über mein Land und *zeigten* mir, was möglich war. Natürlich hatte ich selbst schon davon geträumt, damals, vor all den Jahren, als ich als Junge hoffte, dass mir eines Tages die Ranch gehörten würde. Mehr Land, mehr Vieh auf den Hügeln, die Hügel grün wie nie zuvor.

Maschinen. Arbeit. Ein paar gute Jahre. Dazu bräuchte es nur ein bisschen Geld, sagten sie. Mein Gott, war ich noch grün hinter den Ohren.« Er schüttelte den Kopf und lachte, hielt aber abrupt wieder inne.

»Ich Trottel hab mich verschaukeln lassen.«

Pattiann lehnte sich zurück. »Nein«, sagte sie. »So einfach ist das nicht. Die Leute von der Bank haben auch daran geglaubt. Das sind Geschäftsleute, und sie waren davon überzeugt, dass die Sache Profit abwirft. Die machen hier draußen kein Geld mit Zwangsvollstreckungen. Mag sein, dass ihr Rat unklug war, aber ein vorsätzlich schlechter Rat war es bestimmt nicht.«

»Unklug.« Er schnaubte verächtlich. »Du hast dich vielleicht verändert. So *vorsichtig* in deinem Urteil kenn ich dich überhaupt nicht. Verdammt«, sagte er. »Das war wie ein Feuer, diese Kredite.« Er starrte über ihre Schulter hinweg ins Leere. Sie hob die Tasse an die Lippen, nippte am Kaffee und stellte sie wieder hin.

»Beginnt mit einem Funken«, sagte er. »Klar, deine Hände zünden das Streichholz an, aber der Funke – der hat seinen eigenen Willen. Macht sich ans Leben, frisst, breitet sich aus. Schon mal ein Feuer gelegt, Pattiann?« Er musterte sie, beobachtete ihre Hände, ihre Augen.

Er setzte seine Tasse ab und rutschte auf dem Stuhl vor. »Du glaubst, es unter Kontrolle zu haben, und im nächsten Augenblick verschlingt es alles um dich herum, bis außer dir selbst nichts übrig geblieben ist, und inzwischen ist es viel größer als du selbst, größer als alles, was du dir je vorgestellt hast. Es macht sich über dein Haus her, dein Vieh, und dich wird es auch anfallen, weißt du, aber du stehst immer noch da und streckst die Hände aus, als wolltest du sie bloß daran wärmen.« Er rutschte zurück, rührte in seinem Kaffee, dann klirrte der Löffel auf die Untertasse. Seine Augen funkelten mit einer Intensität, die sich durch sie hindurch in die Sitzbank in ihrem Rücken bohrte, durch die Wand und die Häuser dort draußen. Und natürlich wusste sie, was er meinte. Sie verstand, wie etwas außer Kontrolle geraten konnte, wie leicht, wie unbefangen wir unseren eigenen Untergang herbeiführten.

Die Stute rührte die Hinterhand und winkelte ein Bein an. Sie hielten auf einer nahen Weide. Die Herde war nur ein fahler Fleck im Dunkeln, Nebel aus Atem und Körperwärme. Wie die Speichen eines Rades hatten sich die Tiere zusammengedrängt, die Köpfe bildeten die Nabe. Noch etwa einen Monat, dann würden sie zum Kalben reingetrieben. Pattiann griff nach dem Sattelknauf, befreite die tauben Füße aus den Steigbügeln und ließ sich auf den Boden gleiten. Die Zügel warf sie der Stute über den Kopf, leinte das Tier an und ging zu Fuß, um das Blut in ihren Füßen wieder in Bewegung zu bringen. Der Platz war gewalzt worden, damit das Futter nicht in den Schnee getrampelt wurde. Pferde scharrten nach Nahrung, Rinder nicht. Dunkle Striemen waren zu sehen, wo Rob lange Laufdämme aus Heu verlegt hatte, damit das Vieh hintereinander trottete und sich nicht verletzte.

Als das Stechen in ihren Füßen zu wohliger Glut wurde, schwang sie sich wieder in den Sattel, steckte die Füße zurück in die Steigbügel und trieb das Tier voran. Lang gezogene Senken und Hügel prägten das Land, das dem nichts ahnenden Auge täuschend flach erschien. Sie hielt sich an den Trampelpfad.

Kojoten heulten in der Ferne, jaulten und juchzten, ein Laut, für den alle Cowboys eine ketzerische Liebe hegten, obwohl sie wussten, was Kojoten kalbenden Herden antaten, den kranken, verwundeten, den ganz jungen Tieren. Die Stute scheute, doch Pattiann presste ihr die Schenkel in die Rippen und schimpfte. Mit hängendem Kopf gab die Stute nach.

In dem Gespräch mit Chas waren keine Drohungen gefallen. Keine taktlosen Erinnerungen an die gemeinsame Zeit – an damals, als sie noch jung und dickschädelig wie frei weidendes Vieh gewesen waren.

Die Herde döste mit vollen Bäuchen. Falls es keinen katastrophalen Wettereinbruch gab, und diese Möglichkeit durfte man niemals ausschließen, würden Rob und ihr Vater ein gutes Jahr haben; der reichliche Schnee würde zu dringend benötigtem Wasser auftauen. Die Familie würde gedeihen. Und noch während sie an ihn dachte, kam Robs ältester Sohn auf sie zugeritten. »N' Abend, Pattiann«, sagte er mit all der Abgeklärtheit und Liebenswürdigkeit eines Vierzehnjährigen.

»Hat dein Papa dich geschickt, Justin?«

»Nein, Maam.« Er trieb sein Pferd etwas näher, ließ die Zügel sinken und zückte ein Röllchen Kautabak, ein Laster, dem er nur nachging, wenn er vor dem Blick der Eltern sicher war. Er bot ihr etwas an, eine feierliche Gabe, die sie ablehnte.

»Wenn du eine Zigarette hast, würde ich gern eine rauchen«, sagte sie, wusste aber, dass er nichts zu rauchen dabei hatte. Es war lange her, seit sie zuletzt eine Zigarette gewollt hatte, doch wusste sie, dass der Junge bald eine auftreiben und in irgendeiner Tasche verwahren würde, um ihr in Zukunft diesen Wunsch erfüllen zu können; ob sie nun jemals wieder um eine Zigarette bat oder nicht, sie würde für sie da sein. Er war so ein Junge.

»Dachte mir, du würdest dich vielleicht über ein bisschen Gesellschaft freuen.«

Und auch das war typisch für ihn, dass er ihr eine Stunde für sich allein gegönnt hatte, bevor er nach ihr sah. Justin, diesem Jungen mit dem Körper eines Kindes und dem Herzen eines Mannes, konnte man einfach nicht böse sein. Er drehte sich zur anderen Seite und spuckte aus.

»Und? Wo ist Orion?«, fragte sie, obwohl sie den Stern an jedem x-beliebigen Abend am Himmel gefunden hätte, sogar damals als junge Frau in jenen taumelnd trunkenen Nächten, und sie meinte, auch danach wieder ein gewisses Verlangen spüren zu können – nach diesem köstlich kopflosen Zustand.

Der Junge hob pflichtschuldig den Arm. Es war ein Ritual, an dem sie beide Gefallen fanden – die Nacht mit ausgestreckter Hand abzustecken, die Sternbilder zu benennen. Sein Finger nagelte Orion an den Himmel, dann sank sein Arm. »Löwe?«, fragte er. Sie hob den Arm. »Da, dort und dort«, erwiderte sie und wies auf die Sterne. Die Pferde hielten die Köpfe gesenkt, die Augen geschlossen, ihr Atem ging gleichmäßig. Sie traten von einem Fuß auf den anderen, während die Rinder, die sich Wärme suchend aneinander drängten, auf die Knie sanken, als verbeugten sie sich, ehe sie vom Schlaf überwältigt wurden. Pattiann spürte, wie sie ein wildes Glück überfiel, das sie in diesen seltenen Augenblicken fern von ihrem Alltag oft empfand, als sie sich plötzlich an Chas' Abschiedsworte erinnerte: »Dein Mann und ich, wir sollten miteinander reden. Gehört sich so. Schaut man dem Ochsen nicht in die Augen, bevor man ihn erschießt?« Und dann war er fort, hinaus durch die Tür, über die Straße und in seinen Pickup. Pattiann blieb nur noch, sich zu fragen, was er damit gemeint hatte und wer seiner Meinung nach das Gewehr hielt. Sie schaute Justin an, der mit weiten Armbewegungen Sternbilder herauspickte, und wieder überkam sie die Angst, als wäre Chas hier bei ihnen, und irgendwie war er das auch, sodass ihre Wangen brannten, wie sie es im Diner getan hatten, angesichts der Schande – sein verendendes Vieh –, dieses Versagens, das zu ihrem geworden war.

Die Leute hier kannten die Familie jedes Einzelnen, ihre Geschichte, erzählten sich dieselben Witze, und der Kummer des einen wurde zum Kummer aller. Scham saß hier besonders tief. Und Chas' beschämende Tat machte sie alle betroffen, diese Grausamkeit, denn die rüttelte an den Fundamenten ihres Lebens – ihrer Tiere, ihrer Welt –, waren sie doch auf den grundsätzlichen Respekt für das angewiesen, was ihren Händen anvertraut worden war, und zum ersten Mal fragte sich Pattiann, ob ihre Hände wirklich kräftiger gewesen wären.

Das Vieh döste. Sie hörte die Pferde schnauben, das Sattelleder knarren und spürte, obwohl die Rinder im Schlaf zur Ruhe gekommen waren und stetes Mondlicht ihre Schatten in den Schnee schraffierte, dass die Ereignisse außer Kontrolle gerieten und dass sie und Ike und dieser Junge und all die Menschen und Dinge, die sie liebte, in Gefahr waren. Sie betrachtete das glänzende Gesicht ihres Neffen, folgte mit den Blicken dem ausgestreckten Arm, und in der Stille der Nacht kam es Pattiann so vor, als wären die Sterne dort oben zu einer Bedrohung geworden.

Obwohl Ike mit Purvis nur ein Bier getrunken hatte, kam er spät nach Hause, die übrigen Stunden waren mit Schreibarbeit im Büro vergangen. Daheim war die Bettdecke zurückgeschlagen und das Kissen aufgeschüttelt wie luftiges Gebäck. Er entschuldigte sich, aber sie wehrte ab, sagte, sie wäre bei ihrem Bruder gewesen, weshalb es bloß Zufall sei, dass sie vor ihm angekommen war. Doch hätte er daran gedacht, so für sie zu sorgen? Bestimmt nicht. Das Essen im Herd warm gehalten? Wohl kaum. Sei ehrlich. Nein. Er hätte es vielleicht gewollt, wenn er daran *gedacht* hätte, aber genau da lag der Hase im Pfeffer; sie kämen ihm gar nicht in den Sinn, diese kleinen Aufmerksamkeiten, die schon fast ein Teil von ihr waren, nicht, weil sie eine Frau war - nein, das ließe sie sich nicht anhängen, keine Backfischlektionen darüber, wie man den Ehemann besänftigte oder zufrieden stellte –, sondern weil es ihrem Charakter entsprach, Taten eher als Worten zu trauen.

Wortkarg aßen sie zu Abend, dann ließ Pattiann ihm ein Bad ein, setzte sich an die Wanne, seifte ihm den Rücken ab und schien von seiner Erektion leicht amüsiert, lehnte es aber ab, zu ihm ins Wasser zu steigen. Stattdessen wartete sie im Schlafzimmer, während er sich abtrocknete. Eine andere Frau hätte vielleicht Musik aufgelegt. Doch Pattiann zog die Stille vor, das Wippen der Bettfedern, und das war ihm gerade recht. Sie lag nackt auf dem Bett, das Buch »Trockenlandfarmen« aufgeschlagen im Schoß. Eine Kerze flackerte am Fenster.

»Reichlich dunkel zum Lesen«, sagte er.

Sie schlug eine Seite um. »Ich will nicht allzu erwartungsvoll wirken.«

Er schaute an sich herab. »Etwas in der Art stünde mir auch nicht schlecht, vielleicht das *Life*-Magazin.« Er maß seine Erektion mit den Händen, wie er eine Forelle maß, und als er die Arme hob, rückten sie immer weiter auseinander. »Aufgeschlagen natürlich.«

Sie hielt den Daumen hoch wie eine Malerin, die Maß nahm, zog mit dem Nagel einen Strich über den Knöchel und schüttelte den Kopf.

»Dir geht die Perspektive durch«, sagte sie, und er legte sich zu ihr.

»Und darf ihr der Rest jetzt folgen?«

»Alles zu seiner Zeit.«

Sie lachten, und als sie sich zueinander neigten, um sich zu küssen, stießen sie sich die Köpfe. Nichts war besser, als sich im Arm zu halten, während das Lachen in Geplauder überging, bis auch das sich wie ein Unwetter verzog, über das man gemurrt hatte. Wie Freunde kuschelten sie sich aneinander; ihre Zehen zappelten unter der Decke. Pattiann lag in seiner Armbeuge, ihr rotes Haar auf seinem grau melierten Brusthaar. Wenn sie sich liebten, führte Ike sie Schritt für Schritt über ihre eigene, verwunderte Scham hinaus – als zögerte sie nach all den Jahren immer noch, die feine Beherrschung über ihre Gefühle zu verlieren, zu sehen, sie offen zu zeigen, vielleicht auch, ihnen zu vertrauen. Er legte seine Hand auf das Haar, das sich dreist in die Furche zwischen ihren Schenkeln vorwagte, drückte sanft ihre Beine auseinander und streichelte sie da und hier, sah, wie sich ihr Blick wieder sammelte, als er von jenem Ort zurückkehrte, wohin sie sich immer begab, zurück zu ihm, wie sich die Iris noch öffnete, als sie schon angekommen war, und er zügelte seine Ungeduld, küsste ihre Halsbeuge, wie stets erstaunt, dass ihre Haut sich unter seinen Lippen so sanft anfühlen konnte, und als sie schließlich nach ihm verlangte, geschah es mit einer unvertrauten Geste, küsste sie doch seine Ohrläppchen, zog seine Finger an ihren Mund, und als ihre Hände nach seinen Armen griffen, seinen Schultern, Pobacken, drang er mit sanfter Gelassenheit in sie ein und hielt inne, um zu spüren, wie sie sich um ihn schmiegte, und er fragte sich erstaunt, wie es wohl war, sich einem anderen Menschen so zu öffnen, ihn in sich aufzunehmen, und die rückhaltlose Offenheit dieses Aktes war betörend und beunruhigend zugleich, und er bewegte sich langsam, dann schneller, genoss, wie sie feucht wurde wie die Spreite eines Blattes im frühen Morgentau, wie die weiße Hautspanne zwischen Brust und Hals rot anlief, und als sie schließlich mit einem Schrei kam, überraschte ihn sein eigener Orgasmus wie ein Schlag ins Kreuz, ein Ruck, der vom Unterleib bis zur Brust und den Armen aufstieg und ihn über den Abgrund hinaustrug, sodass er gehen ließ, was er sonst nirgendwo in seinem Leben fahren lassen konnte, jene Ordnung nämlich, die er stets so sorgsam aufrecht erhielt.

Als er zur Seite sackte, riss er sie mit sich in die tiefen Falten der Steppdecke; die Kerze spratzte. Sie lösten sich voneinander nur, damit sie ihren Rücken wie ein Löffelchen an seinen Bauch schmiegen konnte, seine Rechte an ihrem Busen, die Augen geschlossen, sein beruhigender Atem in ihrem Haar, und als sie schliefen, blies der Wind seine leise Klage über das Haus und auf die Felder, und Schnee fiel aus sternenlosem Himmel, große Flocken, die schließlich die Kraft des Windes brachen, Lakenbündel, die das Land bedeckten, Zaunpfosten mit Mützen schmückten und Kojoten, Kühe und Pferde in Schneewesen verwandelten; und in der ungeheuren Weite bewegte sich allein der Rauch, der von Schornsteinen aufstieg, der Schnee, der vom Himmel fiel.

Viertes Kapitel

Chas fischte das Buch unter seinem alten Bett hervor, einem Jungenbett, Decke und Kopfkissen immer noch bezogen, als warteten sie darauf, dass der Schläfer die Jahre durchschreiten, zurückkehren und sich wieder hinlegen würde. Er schlug es auf. Nichts Geschriebenes stand darin, keine Scherze, keine guten Wünsche, die einzige Unterschrift seine eigene, in Druckbuchstaben auf dem vorderen Einband. Er benutzte immer Druckschrift. Er glaubte, Druckbuchstaben könnten nichts verraten.

Er blätterte bis zur Oberklasse und fand Pattiann. Sie trug einen Pullover mit rundem Ausschnitt, das Haar zu einem Pferdeschwanz nach hinten gekämmt, Ponyfransen in der Stirn. Kein Lächeln, die Lippen schmal, zusammengepresst. In ihren Augen meinte er ihre alte Wildheit zu sehen. Er fand es faszinierend, dass sie jetzt weicher wirkte – Stahl, der geschmeidig geworden war. Die Seiten mit den Schulvereinen und Veranstaltungen überschlug er – sie war nicht dabei, er auch nicht, noch eine Ähnlichkeit, eine Seelenverwandschaft. Damals kursierten Gerüchte, dass sie trank und mit jedem schlief, und er hatte geglaubt, niemand könne besser als er Macht und Wirksamkeit von Gerüchten einschätzen oder wie sie vor der Wirklichkeit verblassten. Er riss die Seite heraus und faltete sie um ihr Bild, zog sich Mantel, Schal und Handschuhe an, setzte sich den Hut auf und öffnete die Tür.

Schnee war gefallen, ein nasser, schwerer Schnee, der die Luft reinigte, Zäune und Land unter sich begrub, bis selbst das

Muhen der Rinder gedämpfter klang. Das Scheunentor ratterte beim Aufziehen über die Führungsrollen, Stare lärmten in der Traufe. Die ruhigen Farben von Pickup, Scheune, Himmel und Feldern verblüfften ihn: rot, grau, blau, weiß, dann das plötzlich tschilpende, aufflatternde Schwarz. Und wenn es je den richtigen Augenblick gab, Gott zu verfluchen, dann schien er jetzt gekommen, über ihm die stiebenden Stare, das Bild einer Frau liebevoll in der Hosentasche verstaut, der richtige Zeitpunkt, ihn zu verfluchen, sein gutwilliges, böswilliges Gesicht. Er lud einige der letzten, viel zu wenigen Futtersäcke auf den Pickup, stellte die Hydraulik an und kreischend senkte sich das Schild. Er räumte eine Spur bis zur Weide, machte Platz fürs Tor, fuhr durch und zog es hinter sich wieder zu. Auf dem Feld legte er einen sieben Meter breiten Korridor an. Die Rinder in der hinteren Ecke ließen die Köpfe wie Glockenklöppel baumeln und brüllten. Hintereinander stolperten sie näher, ein oder zwei versuchten zu galoppieren und drängten sich um ihn, als er die Säcke öffnete. Einige Rinder sackten in die Knie, manche keilten mit dem Kopf nach ihm aus, andere hielten sich wie betäubt im Hintergrund, bis er mit einigen Tritten in die Hachsen Leben in die Tiere brachte. Er schlug das Eis im Trog auf und ließ neues Wasser ein. Den Rest vom rationierten Futter sparte er für den Schecken auf, dem alten Pferd seines Vaters, das sich abseits hielt. Es wieherte, als er zu ihm ging, und kratzte die Körner mit den Zähnen vom Eimerboden.

Er holte Zaumzeug und Sattel hinten von der Pritsche. Ein paar Rinder beugten ihre Schädel über die Ladefläche und bliesen die Spreu mit stoßweisem Atem in die hintersten Winkel. Er sattelte den Schecken, ließ den Gurt locker durchhängen und band eine Spitzhacke an den Zwiesel. Als er aufsaß, taumelte das Pferd und stellte die Beine breit auseinander, doch setzte es sich anstandslos in Bewegung. In gemächlichem Tempo umrundeten sie die größeren Wehen, stakten aber trotzdem bis zu den Mittelfußknochen durch den feuchten Schnee.

Eine Stunde für eine halbstündige Strecke. Sie hielten am Reservoir, und obwohl er keine *lebenden* Rinder sah, zog er es vor zu glauben, dass einige am Gebüsch gegrast und die Nacht überstanden hatten. Er band das Pferd an, holte die Axt und tastete sich unsicher über den Uferrand auf das schneebedeckte Eis vor. Ein Riss verlief durch die Mitte - wie eine Nabe, ein weibliches Geschlecht -, wo er vor zwei Tagen einen Graben gezogen hatte. Er machte sich an die Arbeit, federte die Schläge mit seinen Muskeln ab, fühlte sich im Schmerz wieder nützlich und dachte an sein Gespräch mit Pattiann. Sie hatte zugehört, ihr Herz von denselben Bedürfnissen bedrängt wie das seine - Land und Vieh -, gescheitert am gleichen Mangel: Sie war eine Frau, er ein Versager. Er hieb die Hacke ins Eis, Wasser schwappte ihm über die Stiefel, es roch nach Schwefel. Ein Stück weiter setzte er erneut an.

Sie waren beim ersten Mal so jung gewesen. Siebzehn? Es geschah gegen Ende des Sommers auf einem Feld, der Weizen wogte im Wind, seine Knie reckten sich in den Himmel, und der Himmel war eine dunkle Platte so nah über ihm, dass er meinte, sie berühren zu können, wenn er sich auf die Ellbogen stützte. Jedenfalls schien der Himmel näher als Pattiann, die über ihm schwankte, eine Flasche ansetzte und trank, trank, bis die Flasche fast leer war. Er hatte sie von dem Geld gekauft, das er für ein neues Paar Stiefel gespart hatte. Doch war es jeden Cent wert, Pattiann so zu sehen, weit mehr zu sehen, als er sich die vielen Male vorzustellen gewagt hatte, wenn er ihr beim Vieh treiben oder auf den Gängen der Schule begegnet war. Oder wenn er dem Gerede der anderen Jungen zugehört hatte - nichts von dem, was sie sagten, konnte ihn irre machen, vielmehr hielt er, was sie betrunken von einem Jungen zum anderen trieb, für die gleiche Leere, die er selbst so oft empfand.

Und als er sie auf dem Ball entdeckte, drängte er sich zu ihr vor, sodass sie, als sie sich zu dem Jungen umdrehen wollte, mit dem sie gekommen war, stattdessen ihn vorfand – in jenen Tagen war einer wie der andere für sie –, und dafür war er dankbar.

Er kämpfte mit seiner Jeans, quälte sich mit dem Reißverschluss ab, dem Kondom, das ihm nie Mühe gemacht hatte, als er es die vielen Male – allein – geübt hatte. Sie schleuderte ihre Jeans beiseite, und er fummelte nicht länger herum, sog stattdessen ihr Bild in sich auf, ihre Haut, den Weizen, die Sterne. Er versuchte, sich das Kondom wie eine Socke über den Fuß zu streifen, aber sein Penis zuckte unstet zwischen Auftrumpfen und klein Beigeben, und der Gummiring zwackte und kniff, ziepte an den Schamhaaren, der Atem flog. Sie stand über ihm, breitbeinig über seinem Torso, und er sagte: »Ja, oh ja«, und dann, »nur noch einen Augenblick.«

Er lag immer noch auf dem Rücken, als sie ihn bestieg, und das Kondom, das sie wie eine abgestreifte Schlangenhaut fortgeschleudert hatte, baumelte am zertrampelten Rand des Weizens. Ein Luftsack. Und dann hielt Pattiann ihn in der Hand, hatte ihn gleich in sich drinnen, und Sex war genauso irre, wie er ihn sich immer vorgestellt hatte. Dabei hatte er schon oft beim Sex zugesehen – Taylor mit einer Schlange von Mädchen hinten in seinem Pickup –, und schon als kleiner Junge hatte er Sex zwischen Tieren gekannt und von Freunden Witze gehört, in denen es meist um Schafe ging, und dann war da noch etwas, das er aber nie jemandem eingestanden hatte, wie er nämlich früher bei der Vorstellung onaniert hatte, dass sich sein Unterleib an einen lockigen Hintern schmiegte, Wollfett seinen Bauch beschmierte. Das hatte er sich damals ausmalen können, dies hier aber nicht. Doch jetzt passierte es, und Stromschläge schienen über seine Beine zu jagen, dass sich die Zehen krümmten. Ihre Brüste pendelten über seinem Gesicht.

Sie war so schön, er zwang sich weiterzuatmen. Ich könnte sie heiraten, dachte er. Was Anständiges draus machen. Er ließ die Vorstellung zu. Er war so jung und dumm. Er war so betrunken.

Sie hockte über ihm, wippte auf und nieder, doch dann änderte sich irgendwas, der Lauf der Sterne oder eine Kleinigkeit in dem Gefüge, wie ihre Hüften ihn umklammerten, jedenfalls scheuerte es jetzt, und sie wetzte auf ihm, als wollte sie ihn zu Gebrösel zermahlen. Sie hielt ihn seltsam gleichgültig in sich, dass es ihm peinlich wurde, da er fürchtete, er könnte in ihr zusammenschrumpfen.

»Lass mich«, sagte er, aber sie hörte nicht zu, hielt die Augen geschlossen, ein Schnalzen in der Kehle, und wieder begann sie auf ihm zu reiten, auf und ab. Da begriff er, dass dies hier nichts mit ihm zu tun hatte. Schwor er sich im selben Augenblick, es zu ändern? Sie zu zwingen, *ihn* wahrzunehmen?

»Lass mich rauf«, sagte er noch einmal, aber da sah sie ihn zärtlich an, und so wusste er nicht, ob er es wirklich ernst meinte, dabei hatte er sich längst wund gerieben und wünschte sich, sie würde endlich kommen, oder er, denn dann wäre er entschuldigt, ganz wie ein kleiner Junge, der vom Mittagstisch aufstehen darf.

Es endete, wie es begonnen hatte. Plötzlich stand sie über ihm, und erstaunt sah er, dass sein Schwanz immer noch steif aufragte. Noch während er aber dachte, dass er den Gedanken nicht ertragen könnte, sie je wieder verlieren zu sollen, richtete er sich bereits auf den unerfüllten Schmerz ein, der sich einstellen würde.

Sie stand da, betrachtete die Sterne durch den Flaschenboden und hielt sich den Glashals ans Auge, sodass einige Tropfen auf ihre Backe träufelten, die sie gleich fortwischte, um dann die Hand abzulecken. »Der Große Bär«, sagte sie, schwang dann die Flasche westwärts, »der Große Bär«, zielte mit der

Flasche auf ihn, seinen Penis, »der Kleine Bär.« Sie sank in die Hocke, bewegte sich aber so plötzlich, dass sie den Halt verlor und neben ihm auf den Boden landete.

Kaum hatte sie sich aufgerichtet, kämpfte sie mit ihren Jeans, hopste auf einem Bein, fiel wieder hin, wälzte sich auf dem Boden. »Blöder Mist«, schimpfte sie.

Er sah ihr nach, als sie übers Feld davonzog. Das Feld ihres Daddys. Sie hatte darauf *bestanden*, ihn hierher zu bringen. Wie eine Mähmaschine bahnte sie sich ihren Weg durch den Weizen. Erst wollte er ihr folgen, ging dann aber zurück zur Straße, setzte sich in seinen Pickup, der unten beim ausgetrockneten Bachbett stand, ließ die Tür offen und die kühle Nacht herein und dachte an den Akt der Vereinigung, an seine schmerzende Primitivität.

Sie waren füreinander bestimmt.

Daran hatte er damals geglaubt. Und überrascht merkte er, dass ein Teil von ihm nach all dieser Zeit bereitwillig vergessen wollte, wie sie sich auf und davon gemacht hatte, es wieder glauben wollte.

Er ging weiter hinaus aufs Eis. Seither hatte er viele Frauen gehabt, einige aus der Stadt, andere von nahe gelegenen Ranches. In letzter Zeit fuhr er jedoch meist nach Lewistown oder Havre, zog sich den besten Anzug an, schwelgte in Distanz. Er traf sie in irgendwelchen Bars, zahlte die Motelrechnung im Voraus.

Er zog das Dunkel vor, da waren sie ein und dieselbe, diese, jene, dürr, groß, dick. Ihre Haut wie Hefeteig unter seinen Fingern. Und bei den meisten fand er Erleichterung, wenigstens für eine Weile. Er war der Ansicht, dass die Frauen mehr von Gott in sich trugen als die Männer, ejakulierten sie doch im Orgasmus seinen Namen hervor, Herrje, Herrgott, Grundgütiger, Gott im Himmel.

Er höhlte den Graben tiefer aus, und das Wasser weinte auf

den Schnee, gelb, als hätten Hunde den Graben der Länge nach bepisst. Er band die Hacke quer über den Sattel, stieg auf und schwang das Bein über ihre Spitze, schmiegte die Füße in die Steigbügel und trieb das Pferd an. Er folgte der Spur, die sie selbst gezogen hatten, kehrte in kürzerer Zeit zurück und sah den Mustang des Sheriffs am Wegrand halten. Die Tür schwang auf, und Parsons kam ihm entgegen.

Chas band die Spitzhacke ab, trug sie zum Pickup und stellte sie auf die Ladefläche. Dann ging er wieder zum Pferd, um den Sattel zu holen.

Der Sheriff rief: »Stubblefield.« Dann noch einmal: »Stubblefield.« Chas streifte ihn mit einem Blick. Er wirkte gedrungen in seiner Sheriffsjacke, und Chas fragte sich, was Pattiann in der Dunkelheit des Schlafzimmers an ihm finden mochte und ob sie bei ihm auch *Lieber Gott* schrie. Er fühlte sich seltsam privilegiert, wenn er so an die beiden dachte, als könnte er sie sehen, wie sie sich selbst nicht sehen konnten. Er dachte an ihr Bild in seiner Tasche, an die grobknochige, jüngere Pattiann, und dann dachte er daran, wie sie jetzt war, und begriff, was es mit ihrer Ehe auf sich hatte, diese Ehe mit einem landlosen Mann, einem Außenseiter, die wie eine Buße war.

»Darf ich raufkommen?«, rief der Sheriff.

»Sie fragen doch sonst nicht.« Chas hievte den Sattel über die Heckklappe. »Haben Sie einen Haftbefehl?«

»Ich bin nicht als Sheriff hier.« Ike schloss das Tor und ging zu Chas, der das Pferd abzäumte, legte dem Schecken eine Hand auf den Rücken und rieb über die Schweiß- und Salzstriemen. Es lag etwas Besitzergreifendes in dieser Geste, und Chas schwieg, bis Ike die Hand zurückgezogen hatte. Dann gab er dem Pferd einen Klaps auf den Hals, und das Tier drehte sich im Kreis, lief ein paar Schritte und schlug aus wie ein Fohlen.

Ike lachte, und Chas meinte zu sehen, wie der Blick des Sheriffs sanfter wurde. Und da wusste Chas, dass er erledigt war, dass der Sheriff sich alles holen würde – mit Stumpf und Stiel. Chas warf das Zaumzeug auf die Pritsche.

»Ich könnte Ihnen das Pferd abkaufen.«

Chas zog den Stetson in die Stirn, sodass der Hutrand den Himmel beschnitt und nur noch das Weiß am Boden und das Pferd zu sehen waren. »Falls ich es verkaufen würde.«

»Sie könnten das Geld gebrauchen. Ich zahl Ihnen einen anständigen Preis.«

»Anständig.« Chas senkte das Kinn auf die Brust. »Kaufen Sie auch mein Vieh? Die Ranch, meinen Laster, das Sattelzeug?« Er hob erst den einen, dann den anderen Fuß. »Und diese alten Stiefel mit Scheiße an den Hacken?« Er blickte auf und sah, wie die Augen des Sheriffs wachsam wurden. Chas lachte, um ihn wieder zu beruhigen. »Warum sagen Sie mir nicht, was Sie für einen anständigen Preis halten?«

Parsons schien erleichtert. »Ich würde bis neunhundert gehen.«

Chas schaute zum Himmel und sah die ersten Vorboten eines neuen Schneefalls aus einigen Metern Höhe auf sie herabtaumeln, vielleicht waren es auch Meilen, das ließ sich nicht sagen, jedenfalls stürzten sie mit der Unausweichlichkeit eines Schicksalsschlages herab. »Dann sind Sie ein Narr, und mit Narren mache ich keine Geschäfte.« Chas wollte gehen, spürte aber eine Hand auf seinem Arm. Er schüttelte sie ab.

»Noch ein paar Wochen, und kein Geld der Welt kann das Pferd mehr retten. Neunhundert«, sagte Ike, hielt aber Abstand, »damit könnten Sie genug Futter kaufen, um einige Tiere über den Winter zu bringen.«

Chas sah zu den dicht gedrängt stehenden Rindern und wusste, dass dies alles war, was sich von der Herde vielleicht noch retten ließe, und falls doch noch einige Tiere auf den entlegeneren Weiden standen, gliche das bloß einer weiteren missgünstigen Geste des Schicksals, zu wenig, zu spät.

»Ich versuche doch nur zu helfen …«

Chas tastete nach dem Bild in seiner Tasche, aber er fand nur eine Münze, ein Flachskorn, das er zwischen den Fingern rollte, kein Bild. Verloren, irgendwo dahinten in der Schneespur, eben erst, nein, eigentlich schon vor Jahren – egal, oder nicht? Chas ging zum Laster, hob die Spitzhacke und ließ sie krachend niedersausen, sodass sie sich in die Ladefläche bohrte und ihr Stiel wie ein Mast aufragte. »Sie können mir das Tor öffnen. Machen Sie es aber hinter sich wieder zu.« Er ließ den Motor an und wartete mit geschlossenen Fenstern, starrte über die Motorhaube an dem Sheriff vorbei, der das Tor weit aufschwenkte, fuhr los und sah sich nicht danach um, ob Ike es hinter ihm wieder schloss.

Ike verbrachte den Nachmittag im Büro über Berichten, fuhr dann ins Gericht, drei Fälle von Trunkenheit am Steuer, ein Einbruch, stellte gleichzeitig Teams zusammen, die sich auf den schneeverwehten Landstraßen um stecken gebliebene Autos kümmern sollten, und musste Harley mitten in all dem Chaos zu einem Ehekrach schicken. Es schneite ohne Unterlass. Und als Ike am späten Nachmittag in seinem Büro ein Sandwich mit Thunfisch, Kaffee und ein Eclair verdrückte, fragte er Troy, den Dienst habenden Polizisten, ob Harley sich schon zurückgemeldet hatte.

Drei Stunden. Kein Wort. Sie versuchten es über Funk. Keine Antwort. Kein Telefon. Ike warf sich seine Jacke über und schnappte sich vorn am Tresen die Adresse. »Klingeln Sie durch, wenn Sie was hören.« Und dann war er wieder draußen in der Kälte, Eclair und Thunfisch schwammen in seinem Magen, und er dachte an das Dinner, das Pattiann sicher schon vorbereitete und das er vermutlich verpassen würde, was vielleicht auch gut so war, denn vorläufig würde er bestimmt nichts mehr essen können. Fisch und Eiercreme. Meine Güte.

Er stellte die Sirene an, und das verschneite Gesicht der Stadt lief bei jeder Drehung blau an. Als er an seinem Haus vorbeifuhr, gab er Gas, obwohl er lieber gebremst und gehalten hätte, ihre Zärtlichkeit gestern Abend immer noch wie ein Nachgeschmack auf der Zunge.

Sobald er auf den Highway fuhr, schaltete er den Allradantrieb ein. Er war unterwegs zum Wohnwagen von Tom und Emily Millan, achtzehn Meilen nach Süden, dann noch fünf Meilen in östlicher Richtung auf einem Schotterweg, der hoffentlich geräumt war. Ike brauste an einem Auto vorbei, das im Graben lag. Der Fahrer stand daneben, rauchte eine Zigarette und war vermutlich stinksauer auf sich, das Wetter und den Streifenwagen, der an ihm vorbeifegte. Ike meldete den Wagen, dachte an Pattiann und daran, wie sie sich in seinen Armen gewunden hatte, wie ihr Busen sich an seine Brust drückte, ihre Beine seine Leiste umklammerten. Er ließ frische Luft ins Auto. Was besagte es, wenn es einen zweiundvierzigjährigen Mann wieder wie einen jungen Spund nach etwas so einfachem wie einer guten Vögelei mit eben jener Frau gelüstete, neben der er seit Jahren schlief? War er wirklich so ein schlichtes Gemüt?

Er bremste, als er auf die Landstraße bog, geriet ins Rutschen und fing den Wagen durch Gegenlenken wieder ab. Aus einiger Entfernung kam ein Schneepflug auf ihn zu, dessen Scheinwerferlicht im Schnee zu qualmen schien; Funken stoben vom Schiebeschild auf, übergossen das Fahrgestell mit kobaldblauem Licht. Die fünf Meilen würden sich hinziehen. Ike fuhr langsam und hoffte, dass die Straße in Ordnung war.

Der Schnee peitschte im scharfen Winkel auf die Windschutzscheibe. Neben ihm stieg eine Schneesäule auf, strudelte über die Straße, prallte gegen die Kühlerhaube seines Mustangs und war verschwunden. Er fragte sich heute nicht zum ersten Mal, was eigentlich für diese Gegend sprach, der lange Backofensommer, der das Land zu Zunder verkokelte, der Frühling, wenn die Straßen sich in fünfzehn, zwanzig Zentimeter tiefen, zähflüssigen Sirup verwandelten, breiiger Lehm, der zu einem flächendeckenden Sumpf aufquoll. Springfluten, die Höhleneulen, Feldhüpfmäuse und Präriehunde nach oben trieben, Skorpione sich zu Rädern krümmen ließen, auf dass sie wie Pennys durch die Abzugskanäle rollten und die Prärie in einen handspannentiefen Ozean verwandelten, der die Reservoire überschwemmte und bis hinab zum Missouri und seinen Zuflüssen alle Hürden und Hindernisse nahm – ein Zusammenströmen von Wasser, Schlamm, Felsbrocken und Kleintieren.

Doch nahm er nicht an, dass eine dieser Jahreszeiten mit dem Winter konkurrieren konnte, dessen Unwetter sich wie ein Katalog verschiedenster Plagen ausnahmen: Hagelstürme, Eiswinde, Schneewüsten, arktische Höllen.

Er bog in die Auffahrt zu den Millans. Zwei Pferde, eine Hand voll Rinder in einem provisorischen Korral. Harleys Streifenwagen am Straßenrand. Die Tür zum Wohnwagen stand einen Spaltbreit offen, und irgendwo im Hintergrund brabbelte ein Fernseher, Gelächter vom Band. Auf der einen Seite stand Tom Foley, ein Mann in den Siebzigern, der eine Vorliebe für lange Unterwäsche und Hosen mit halb geschlossenem Reißverschluss hatte. Er drückte sich eine Waffe an den Kopf. Seine Frau Emily stand vor ihm in rosafarbenem Hauskleid und dazu passenden Pantoffeln. Sie hielt ein Küchenmesser in der Faust. Herrgott noch mal.

Ike ging ans Seitenfenster und stellte sich auf die Zehen, um ins Innere sehen zu können. Harley hockte auf dem Sofa, die gezogene Pistole auf den Knien. Ike hätte schwören können, dass Harley fern sah. Er wirkte mürrisch.

Wenn alles andere versagt, sei höflich. Ike klopfte an die Tür.

»Herein«, rief Emily.

Harley sprang auf, und Tom zielte mit dem Gewehr auf seine Stirn. »Ich schieße!«, sagte er.

»Mach doch, dann schneid ich mir die Kehle durch«, sagte Emily, und die Hautlappen an ihrem Hals bebten.

Ike blieb stehen, klopfte sich den Schnee von den Schuhen und trat vorsichtig ein. Harley ließ sich wieder aufs Sofa sinken, die Pistole immer noch auf den Knien. »Steck das Ding weg, Harley. Hier gibt's schon genug Waffen.« Er drehte sich zu Tom um und bemerkte dabei die aus der Wand gerissene Telefonschnur. »Würde mir vielleicht mal jemand erklären, was hier vorgeht? Tom?«, fragte er.

Der alte Mann schaute zur Seite.

Ike wandte sich an Emily.

»Das Finanzamt. Das behauptet, wir schulden ihm wegen 1987 noch 750 Dollar, und deshalb will er sich den Schädel wegpusten. Als wenn's das wert wäre, alter Dussel.« Sie deutete mit dem Messer auf ihren Mann. »Na schön, hab ich gesagt, mach doch. Aber mit dem Mist lässt du mich nicht allein sitzen!«

Harley seufzte. »Also ruft er uns an, meint, wir würden uns um sie kümmern, damit er die Sache in Ruhe zu Ende bringen kann. Sie geht nicht, er gibt die Knarre nicht her …«

»Also haben Sie Ihre Waffe gezogen?«

»Na ja, ich dachte …«, sagte er und verstummte dann. »Sie hätten sich schließlich auch …« Er wartete.

»Warum gehen Sie nicht ans Funkgerät und sagen im Revier Bescheid? Melden Sie, dass alles in Ordnung ist.« Ike zog seinen Mantel aus. »Warm hier. Hätte ich euch überhaupt nicht zugetraut – so einen Ehekrach.«

»Wir streiten uns doch gar nicht«, rief Tom.

»Ach nee, was du nicht sagst«, meinte Emily.

Ike ließ sich auf einen Stuhl sinken, einer wackligen Angelegenheit aus Chrom und Plastik. Die Küche war eine anderthalb Meter lange, mit alten Kalenderfotos tapezierte Kochnische: Cañons und Schluchten, Dampfloks, die über Viadukte tuckerten, das Geschirr ein Sammelsurium aus Zweiter Hand. Der süße Geruch nach Stärke hing in der Luft, und das Bügelbrett war noch aufgeklappt. Diese Leute lebten von der Hand in den Mund, besaßen vielleicht noch eine kleine Rente, ein paar Rinder, eine Hand voll Hühner. Was konnte das Finanzamt schon von ihnen wollen? Wofür brauchte dieser Bezirk, diese Nation schon so dringend lumpige 700 Dollar, mehr Geld, als diese beiden Leutchen auftreiben konnten. Er hatte ein schlechtes Gewissen, als sei er durch seinen Job als Sheriff irgendwie mitschuldig geworden. »Wir könnten mit einem Steuerberater reden, mit Ben Johnson zum Beispiel«, sagte Ike.

Tom reckte sich, und der Lauf rutschte bis zum Haaransatz. Die Hand des alten Mannes lief weiß an. »Zahlenfuchser. Bevor man sich's versieht, schuldet man denen auch noch was.«

Seine Hand zitterte. Und Ike fürchtete, dass ein Unglück geschehen würde. »In Ordnung«, sagte er, während sich seine Hand näher an die eigene Waffe heranschob – *wirst schon so schlimm wie Harley, was willst du denn als Nächstes machen? Den Alten erschießen?* »Geben Sie mir eine Minute«, sagte Ike.

Tom nickte, setzte sich umständlich auf einen Stuhl gegenüber von Ike und stützte die Ellbogen auf den Tisch. Mit tödlicher Entschlossenheit klebte die Waffe jetzt an seiner Schläfe. »Ein Pfund Fleisch, das können Sie den Shylocks von mir schicken, Sheriff.«

Dann setzte sich Emily ebenfalls, und so hockten sie alle drei da. Es hätte ein Theaterstück sein können, ein absurdes Stück – der alte Mann mit der Knarre an der Schläfe, die Frau mit dem Messer und der Sheriff.

Emily beugte sich zu Ike vor. »Sagen Sie, finden Sie, dass es sich lohnt, wegen 700 Dollar sich selbst und seine Frau umzubringen?«

»Dich bringe ich doch nicht um«, sagte Tom. »Bloß mich selbst.«

»Doch, tust du wohl.« Sie tätschelte die freie Hand ihres Mannes, wie sie es vor vielen Jahren bei ihren Kindern getan haben musste. »Ich würde draufgehen«, sagte sie und legte das Messer hin, »dafür braucht man so was hier gar nicht. Vierzig gemeinsame Jahre, und das habe ich nun davon.« Sie drehte sich zu Ike um. »Mein Mann bringt mich um. Er hat mich auf dem Gewissen.«

»Haben Sie gehört, Tom? Das Finanzamt jucken die 700 Dollar doch überhaupt nicht. Wer gewinnt also?«

Tom schloss die Augen, doch jagten sie unter den dünnen Lidern hin und her, während er selbst so still dasaß, dass Ike schon fast glaubte, er würde schlafen, wären da nicht die Seufzer gewesen – einer, der zweite, dann noch zwei. Als er die Augen wieder aufschlug, ließ er die Waffe sinken, seine Hand zitterte. »Oh Mann!« Er schob das Gewehr über den Tisch zu Ike. »Da hab ich einmal diesen lausigen Job angenommen, hab ein paar Rechnungen bezahlt, zur Abwechslung mal ein paar gute Stücke Fleisch gekauft, einen Satz neuer, langer Unterhosen vielleicht noch, ein paar Sachen für Emily. Zweitausend Dollar, und jetzt wollen sie siebenhundert von dem zurück, was ich schon vor Jahr und Tag ausgegeben hab.

Dabei lieg ich denen kein bisschen auf der Tasche. Keine Stütze, keine Almosen, kein *gib mir, gib mir, gib mir.* Außerdem war ich im Krieg.« Er schüttelte den Kopf.

»Wie wär's denn damit?«, fragte Ike. »Sie zahlen denen einen Fünfer im Monat die nächsten hundertvierzig Jahre, und zur Hölle mit dem Finanzamt.«

Tom nickte. »Das könnte klappen.«

Sie unterhielten sich noch ein bisschen, redeten über die Regierung, ihre erwachsenen Kinder und über das Wetter. Emily schnitt dicke Fladen selbst gemachten Brotes ab, klatschte ein gutes Stück Butter drauf und stellte den Männern einen Teller hin. »Wo bleibt da die Barmherzigkeit?«, fragte sie. »Wo die menschliche Güte?« Sie blickte sich um. »Und wo ist der junge Bursche hin? Der mag doch bestimmt auch ein Brot?«

Harley ließ sich nicht wieder in den Wohnwagen locken. Ike aß, obwohl ihm sein Mittagessen immer noch quer im Magen lag. Als er ging, nahm er das Gewehr mit. »Nächste Woche bring ich's zurück.«

Tom winkte abwehrend. »Ist schon in Ordnung. Ich hol's mir, wenn ich wieder in die Stadt komm. Ich hab ja noch eins.« Und Emily schloss behutsam die Tür, als Ike in den Hof trat. Er nickte Harley zu, ließ den Motor an und fuhr los.

Als sie sich der Stadtgrenze näherten, meldete sich Ike über Funk und sagte Harley, er solle am Diner halten. Sie hockten sich in eine Sitzecke. Harley war nicht nach reden, und Ike fand auch, dass er genug gesagt hatte. Sie tranken jeder eine halbe Tasse.

»Ich hätte auch fast meine Pistole gezogen«, kam Ike ihm entgegen und rührte den Kaffee um. Schwarzer Kaffee. Ihm war schon längst flau im Magen.

Harley blickte überrascht auf und lief dann rot an. »Verdammt noch mal«, sagte Harley, »diese alten Narren.«

Ike langte unter die Jacke und rückte seine Waffe zurecht. Manch ein Jahr reichte aus, um eine Menge Weisheit verpasst zu bekommen, aber mit seinen zarten fünfundzwanzig hatte Harley so ein Jahr noch nicht erlebt. So viel war klar. Es stand nicht in Ikes Macht, ihm diese Weisheit zu lehren, aber er zweifelte nicht daran, dass da was auf Harley zukam. Heute, morgen, nächstes oder übernächstes Jahr, irgendwo auf der Mautstraße rollte ein Sattelschlepper heran, auf seinen Seiten stand der Spruch: *Bin unterwegs, um Harleys Herz zu brechen und einen besseren Menschen aus ihm zu machen*, und Ike beneidete Harley nicht um den Augenblick des Aufpralls. Er hoffte, dass es dazu kommen würde, solange Harley noch jung war und er noch ein dickes Fell hatte. Ike war es passiert, als sein Vater starb – die

Welt war aus dem Ruder gelaufen, und Ike hatte geglaubt, die gesamte Ordnung seiner eigenen Welt hinge letztlich von einem Mann mit klapprigen Beinen und allzu schwachem Herzen ab. »War nicht gerade eine Sternstunde der Millans.«

»Scheiße, nee.«

Ike lachte. »Trotzdem«, er nippte an seinem Kaffee und verzog das Gesicht, »eine verdammt noble Geste.« Jedenfalls hatte er mit den Millans mehr Glück gehabt als mit Stubblefield und seiner List, das Pferd fürs Doppelte seines Wertes kaufen zu wollen. Ike war allerdings davon überzeugt, dass einem manchmal nichts anderes als eine Geste blieb.

»Wie haben Sie denen das Gewehr abgeluchst?« Harley verschüttete Kaffee auf dem Tisch und wischte ihn mit der Serviette auf. »Ich habe alles probiert. Der Alte hatte das Telefonkabel rausgerissen. Und ich konnte sie nicht allein lassen, um ans Funkgerät zu gehen …«

»Da hatte Tom schon längst nach einer Hintertür gesucht.« Ike trank aus. »Mann, das ist vielleicht ein stolzes Pack.«

Harley räusperte sich. »Werden Sie denen was erzählen?« Mit einem Kopfnicken wies er auf ihr Büro. »Über die Sache heute Abend? Über mich?«

»Sicher.«

»Mist.«

Harley ging, und Ike streckte die Beine unter den Tisch und hielt sich den Bauch. Er bestellte Alka Seltzer. Fran tat zwei Tabletten in ein Wasserglas und setzte sich zu ihm. Sie war in Pattianns Alter, ungefähr jedenfalls, und sah so abgekämpft aus, wie es bei Pattiann nur selten vorkam, aber Fran hatte drei Kinder, und Kinder waren etwas, worüber Ike und Pattiann schon vor langem ausführlich miteinander geredet hatten, seither aber kaum mehr. »Ich bin noch nicht so weit«, hatte sie gesagt, und Ike war eigentlich erleichtert gewesen, da er meinte, wenn er jemals so weit gewesen sein sollte, dann vor Jahren schon, als junger Mann, in jener naiven, ernsten Zeit, in der er sich erst um seine Mutter und dann, als seine Mutter wieder verheiratet und fortgezogen war, um sein Fortkommen gekümmert hatte, bis schließlich Pattiann aufgetaucht war, nachdem er die Hoffnung auf eine Ehe bereits aufgegeben hatte, er, der immer wieder mit Frauen ausgegangen war, die es mit einer festen Beziehung versucht und sie erdrückend gefunden hatten oder die den Gedanken an einen Mann nicht ertragen konnten, der jeden Tag mit einer Waffe herumlief. Er hatte genügend Ehen und Scheidungen von Polizisten erlebt, um ihre Befürchtungen verstehen zu können. Als er Pattiann kennen lernte, hatte er Ähnliches erwartet. Er hatte sich getäuscht. Und als sie den Mittleren Westen wieder verließ, um nach Montana zurückzukehren, hatte sie gesagt: »Ich liebe dich, aber ich kann nicht bleiben.« Mit ihm hatte das nichts, mit *Heimat* alles zu tun. Ein Jahr später war er ihr gefolgt, war einfach hingefahren und hatte sich eine Stelle im Büro des Sheriffs besorgt. Allerdings musste er zugeben, in letzter Zeit gelegentlich daran gedacht zu haben, dass sie eigentlich Kinder haben sollten, vielleicht sogar noch kriegen sollten. Eine Tochter womöglich. Oder einen Sohn. Er blickte auf. Fran drohte ihm mit dem Finger.

»Dieses Mittagessen. Ich habe Sie gewarnt«, sagte sie.

»Woran liegt es bloß, dass Frauen einem Mann so gern sagen, sie hätten ihn gewarnt?« Das Alka Seltzer breitete sich in seinem Leib aus.

»Vielleicht haben sie einfach Recht«, sagte Fran, streifte die Schuhe ab und legte die Beine auf die Bank neben ihm; sie hatte schmale Füße. »Sie sollten rülpsen, dann geht's Ihnen besser.«

Er rülpste, nickte. »Vielleicht sprechen sie aber einfach auch nur das Offensichtliche aus.«

Sie öffnete ihren Kragen, »Sie Armer«, schloss die Augen und träumte einen Augenblick.

Sie war schön, ihr Gesicht entspannt und sauber, die dunklen Ränder unter den Augen wie zarte Daumenabdrücke, braune Strähnen, die unterm Haarnetz hervorlugten. Ein Fremder mochte sie für zerbrechlich halten, doch hätte er sich getäuscht. Vielleicht verfügte Fran sogar über mehr Reserven als Pattiann oder Ike, da sie so mutig gewesen war, drei Kinder zu bekommen und - obwohl sie noch eine junge Frau war - von ihrem Mann getrennt zu leben, damit ihre Kinder zur Schule gehen konnten. Ike ertappte sich bei dem Gedanken, wie sie sich allein in ruhelosen Nächten in ihrem Bett wälzte und Trost suchte, wo es keinen gab, träumte ihr Mann doch sechzig Meilen weit fort von den morgigen Arbeiten auf der Ranch. Er schüttelte den Kopf, schaute auf seine Hände herab. Wieder rülpste er.

Fran lächelte. »Hat Stubblefield Sie gestern noch getroffen? Kam gleich morgens her und hat nach Ihnen gefragt. War dann später noch mal mit Pattiann hier.«

Sein Magen verkrampfte sich. Er schaute über ihre Schulter auf die dunklen Schaufenster, in denen sich der Diner spiegelte - die Neonlichter, Stühle, Tresen, das Paar in der Sitzecke, Ellbogen an Ellbogen mit ihren Abbildern, hoben sie Zwillingssandwiches an ihre Lippen, die junge Frau, die den Kopf wandte, die Hand winkend nach der Scheibe streckte, als wollte sie ihren Widerschein greifen. »Ich war morgens nicht in der Stadt«, sagte er.

Fran schob ein Bein übers Knie und massierte sich den Unterschenkel. »Mit Purvis. Neuigkeiten verbreiten sich schnell. Hat mich ein bisschen überrascht, Pattiann mit Chas zusammen zu sehen. Ist eine Weile her.«

Und Pattiann hatte Ike nichts davon erzählt, dass sie Chas getroffen hatte. Er musste an den gestrigen Abend denken, an das Essen, das Bad, daran, wie sie ihn in sich aufgenommen hatte.

Fran zwängte ihre Füße zurück in die Schuhe. »Ist Jahre her, deshalb war ich schon ziemlich verwundert.

Mit Stubblefield gibt's bloß Scherereien, hab ich mir immer gesagt. Konnte nie sehen, was Pattiann an ihm fand – ist ziemlich verschlossen, der Kerl.« Mit einem Fingernagel pochte sie auf den Tisch. »Die beiden haben es wild getrieben.« Sie sah ihn an. »Aber das wussten Sie längst, nicht?«

Ike zuckte die Achseln und lächelte. »Hier gibt's nicht viel, was ich nicht schon längst weiß«, sagte er, was im Großen und Ganzen stimmte, denn Pattiann hatte tatsächlich von ihren Problemen erzählt, von ihren Sauftouren, dem Ärger, hatte aber niemals irgendwelche Einzelheiten genannt. Nie den Namen eines bestimmten Mannes.

»Dachte ich mir«, sagte Fran und rekelte sich auf ihrem Stuhl. »Zwei richtige Spinner waren das, die bloß Unfug im Kopf hatten, so wie damals, als sie Brownings Braunen mit Tarnfarbe angemalt haben, weshalb der arme Mann mit seinen lausigen Augen anderthalb Wochen gebraucht hat, um sein Pferd auf der Weide wieder zu finden. Allerdings glaube ich nicht, dass Pattiann zu einer richtigen Gemeinheit fähig gewesen wäre – hab mal erlebt, wie sie Chas abends eine Flasche an den Kopf geknallt hat, und hab keine Sekunde daran gezweifelt, dass er es verdient hatte. Wollen Sie noch mehr?«, fragte sie. Und einen Moment lang glaubte Ike, sie frage, ob er noch mehr Geschichten hören wollte, sah dann aber, dass sie mit dem Finger auf seine Kaffeetasse zeigte. Er schüttelte den Kopf.

»Ihr Dad hat Chas gehasst.«

»Kein guter Fang?«, fragte Ike.

»Nicht so gut wie der, den sie gemacht hat«, sagte Fran, blinzelte ihm zu und zeigte Grübchen, als sie lächelte.

»Na ja, aber er hat Land.«

Sie zog die Nase kraus. »Sie sehen ja selbst, wohin ihn das gebracht hat. Land ohne Verstand.« Sie rollte mit den Augen. »Ist so gut wie ein Pferd ohne Beine.«

»Dumm scheint er mir nicht gerade zu sein.«

Sie schob sich auf dem Stuhl vor, stemmte eine Faust in den Rücken und reckte sich. »Ist vielleicht nur so ein Gefühl. Etwas, das ihm keiner beibringen kann. Eine bestimmte Bauernschläue, die ihm fehlt. Aber womöglich ist er auch bloß ein Arschloch.«

Sie beugte sich vor. Sie roch nach Seife, nach Hamburgern und Fritten. »Ich mein bloß, dass Pattiann sich gut gemacht hat, und ich fänd's blöd, wenn sie das alles vermasselt.«

Ike wartete, merkte aber, dass Fran sich zu weit vorgewagt hatte und es bedauerte. Sie zog ihren Bestellblock aus der Tasche, riss den Rechnungszettel ab, blinzelte ihm zu und stand auf. »Das Alka Seltzer geht auf meine Rechnung.«

Ike fuhr ohne abzubremsen an seinem Haus vorbei. Das Licht brannte. Er brütete über dem, was Fran ihm erzählt hatte. Eine ziemliche Überraschung. Pattiann hatte Stubblefield mit keinem Wort erwähnt. Nie.

Er fuhr, bloß um zu fahren, doch wunderte ihn nicht, wo er schließlich ankam. Er hielt am Straßenrand. Das Licht in Stubblefields Haus war aus, aber der Schornstein paffte. Die Pritsche stand am Schuppen. Was hatte er sich dabei bloß gedacht? Wollte er Stubblefield in die Mangel nehmen? Ihn fragen, worüber er mit Pattiann geredet hatte?

Es war so still. Das Land, das Haus und selbst die Sterne schienen festgefroren. Die Rinder glichen dunkleren Ausschnitten der Nacht, als wäre der Abend auf dem Schnee zu festen Fragmenten geronnen. Ike zog einen Eimer hinter dem Sitz hervor.

Er baumelte an seiner Seite, voll mit Körnern und Pellets, die er an jenem Morgen in der Futtermittelhandlung gekauft hatte, als er noch glaubte, den ganzen Schlamassel mit dem Kauf eines Pferdes bereinigen zu können. Ike beobachtete das Haus und fragte sich, ob Chas nicht eine Art sechsten Sinn hatte, der ihm verriet, dass hier draußen jemand war. Ike hatte ihn gehabt, als er in der Stadt noch auf Streife gegangen war, und er überlegte, ob man diesen Spürsinn verlor, wenn er nur selten gebraucht wurde. *Er* konnte jedenfalls nur die weite Nacht um sich spüren. Und er hörte das Vieh im Schlaf muhen, das Klapp, Klapp des Pferdes, das gemächlich über den festen Schnee herantrabte. Im Haus blieb es still, und Ike stellte sich vor, dass Chas tief und fest schlief oder im Dunkeln vor dem Holzofen saß, die Füße hochgelegt, während die Glut knackte und langsam erlosch. Das Pferd sog prüfend die Luft ein, schnüffelte und tauchte dann das Maul in den Futtereimer.

Deshalb war er gekommen - einfach nur, um dieses Pferd zu füttern. Welche Bedeutung dieses Pferd für ihn gewonnen hatte, verstand er noch nicht, doch wusste Ike, dass er jetzt weitermachen musste. Er würde das Tier nachts füttern und so auf den Beinen halten, und wenn das Vieh dann konfisziert werden sollte, würde er für den Unterhalt des Schecken aufkommen, bis er ihn auf der Auktion kaufen konnte. Vielleicht konnten er und Pattiann sich in den nächsten Jahren etwas Vieh zulegen, noch ein paar Pferde und etwas Land - ihren eigenen, kleinen Hof. Allerdings würde sie nie darum bitten. Nein. Und wäre es ungebeten nicht auch schöner - als Geschenk? Das Leben würde weitergehen. Als er an diesem todgeweihten Platz stand, fand er es ungeheuer wichtig, daran zu glauben.

Die Nacht legte sich enger um ihn, die Sterne verprassten sich am schwarzen Himmelszelt, und das Pferd schnaubte in den Eimer, leckte mit den Lippen die Seiten, den Boden ab. Als es fertig war, rieb es den Schädel an Ikes Arm und schabte sich ausgiebig und genussvoll. Dann wieherte es, stand da und starrte über Ikes Schulter in die Ferne, als träumte es von Büffelgras, Blauquecke, Silbersalbei und Katzenpfötchen, eine Senke mit Schwingelgras für ein Nickerchen, dem Duft nach frischem, frischem Grün: Ein Fest der Gerüche.

Ikes Arm schmiegte sich um den Hals des Pferdes, die Finger kraulten das Tier hinter den Ohren. Er blickte zum Haus, und es wirkte unverändert, doch Ike spürte etwas. Er beobachtete das Feld, die ruhige Nacht, das schlafende Vieh. Das Pferd reckte den Hals über den Stacheldraht und blieb mit der zottigen Mähne hängen, die Lippen knabberten an Ikes Ärmel.

Ike ging zu seinem Mustang, setzte sich ans Steuer und zog mit dumpfem Schlag die Tür hinter sich zu. Er vergrub die Hände in den Armbeugen, um sie aufzuwärmen. Stubblefields Hoflicht war aus, der Hof ein Durcheinander von verrosteten Autos, Pritschen und altem Farmgerät, ein Wirrwarr von Unrat. Selbst in der eher versöhnlichen Dunkelheit gab es hier nur wenig anzusehen, doch meinte Ike, Stubblefield verstehen zu können – wie ihn die Kredite immer tiefer in ein Knäuel von Glück und Hoffnung getrieben hatten, wie er bei jedem falschen Schritt geglaubt hatte, dass es der richtige sei. So war es bei ihm in den letzten Jahren auch gewesen, ehe er Wisconsin verlassen hatte, als er seine Zeit absaß und hoffte, es möge in seinem Leben mehr als die üblichen Verdächtigen, die gesichtslosen Verbrechen, die endlose Reihe von Verwundeten geben – kein Glück, darauf konnte er nicht hoffen, doch auf eine gewisse Zufriedenheit vielleicht, bloß auf die Fähigkeit, die Verzweiflung des Tages beiseite zu schieben, abends nach Hause zu gehen, den Widerhall der eigenen Schritte in den Zimmern hören zu können und nicht für ein Versagen halten zu müssen.

Ike schnickte den Schlüssel ins Schloss und ließ den Motor an. Er wollte nach Hause. Es hatte ihn verletzt, aus zweiter Hand von Pattiann und Chas zu hören – von ihrer Begegnung. Ihrer *Geschichte*. Das war ein Problem, mit dem er nicht gerechnet hatte, an das er nicht im Traum gedacht hätte. Er wusste zwar so Einiges über die Schwierigkeiten, die Pattiann als junge Frau gehabt hatte, kannte aber keine Einzelheiten: *Eine wilde Zeit*, hatte sie gesagt, *Saufereien. Hab mich rumgetrieben*. Und er hatte ebenso wenig daran gedacht, sie über ihre sexuelle Vergangenheit auszufragen, wie sie daran gedacht haben würde, ihn nach seiner zu fragen. Und das war ihm völlig richtig vorgekommen. Der sicherste Weg. Bis jetzt. Und was wollte er jetzt?

Er bog mit abgeschalteten Scheinwerfern in Stubblefields Auffahrt und blieb einen Augenblick mit laufendem Motor stehen. Auf dem hinteren Teil der Veranda entdeckte er einen Funken, der aufglühte und wieder verglomm. Er wartete. Dann wieder, aufglühen und verglimmen, ein durch die Dunkelheit tanzendes Glutstück. Schließlich flog die Zigarette in hohem Bogen über die Veranda in den Schnee. Etwas bewegte sich im Schatten, die Tür ging auf, fiel zu, und Stubblefield war fort. Ike hieb auf einen Schalter und tauchte die Giebelseite des Hauses in helles Licht. Dann ließ er den Wagen zurück auf die Landstraße rollen und fuhr davon.

Fünftes Kapitel

Stubblefield lief mit einer bislang ungekannten Ziellosigkeit zwischen Haus und Hof hin und her, die ihn gelegentlich so verwirrte, dass er nicht mehr wusste, was als Nächstes zu tun, noch, ob Morgen oder Abend war. Er ertappte sich, wie er an der Schwelle zum Schlafzimmer stand oder sich über das Spülbecken in der Küche beugte und angestrengt darüber nachdachte, was er dort eigentlich wollte. Er hatte nicht gewusst, wie lang ein Tag sein konnte, bevor ihm die Arbeit ausgegangen war. Er räumte den Futterplatz, als gäbe es dort noch Heuballen abzuladen, und er schlug das Eis im Reservoir auf. Das letzte bisschen Futter teilte er für das Pferd und die wenigen, noch stehenden Rinder ein, gerade genug, um sie am Leben zu halten - eine Woche noch? Vielleicht. Was kümmerte es ihn.

Avery Stubblefield hätte es gekümmert. Er hatte Chas die Ranch nie übergeben wollen. Hätte sie ihm auch nicht gegeben, wäre er nicht gestorben, bevor er sie verkaufen und nach Arizona ziehen konnte, wo er seinen Lebensabend verbringen wollte und zu einem Riemen Leder verdorrt wäre. Doch da lag er, ans Bett gefesselt, schon im Leichentuch, das Herz quoll ihm aus den Augen, und er flehte Chas an: *Bring mich zum Arzt.*

Und Chas nahm den Alten auf den Arm, trug ihn zur Tür hinaus und hatte wirklich vor, ihm zu helfen. Doch auf der Veranda blieb er stehen. Der alte Mann war so leicht wie ein Vogel, der Mond ein heller Rotzfleck im Westen, und die Hoflampe brannte ein Loch in die Nacht. Jedes Mal, wenn Avery der

Schmerz packte, konnte Chas die Knochen des greisen Mannes in den Gelenken knirschen hören, als schlüge der alte Leib Knoten, und seinen Atem, der kam, jedoch schwach und von so weit weg, dass Chas meinte, durch Bettdecke und Knochen direkt auf die knorrigen Kieferdielen sehen zu können. War das der Moment, überlegte Chas, als er gelernt hatte, was gerecht war? Chas befahl dem Herz, sich zusammenzuballen, und das tat es; die Augen des Alten irrten auseinander, das eine nach oben, das andere nach unten. Seine Blase leerte sich. Chas hob den Kopf, japste nach frischer Luft, und die Sterne waren wie ein Rausch; das Vieh kniete wiederkäuend im Gras, der Schecke seines Vaters kanterte am Zaun entlang. All das und noch viel mehr würde jetzt *ihm* gehören.

Der Atem des Alten rasselte, um sie herum wurde es still. Er setzte seinen Vater auf die Erde, ging zum Pickup, stellte das Radio an, suchte die Übertragung eines Gottesdienstes und drehte auf. Dann zog er den Alten unters Hoflicht. Und es spricht für Chas, dass er die langen Stunden an der Seite seines Vaters ausharrte, die es nun mal dauerte, bis er sich waschen und ins Bett gehen konnte.

Mag sein, dass dies der Augenblick gewesen war, seitdem alles schief lief. Das Land war ihm ja nie richtig übergeben worden. Vielleicht trieb sich noch Averys Geist hier herum, ein ewiger Geizhals, nur nicht, wenn's darum ging, Unglück anzustiften. Heute Abend hatte Chas einen Umweg gemacht, um an Pattianns altem Haus vorbeizufahren. Rauch war aus dem Schornstein der Schlafbaracke aufgestiegen, die Heustapel im Futterhof hoch und feierlich unter ihrer Schneemütze. Er wendete, fuhr in die Stadt, vorbei an Cokers Futtermittelhandlung, die Tore zum Futter verriegelt. Vor Cokers Haus bremste Chas ab; er meinte, Sams Schatten auf den Vorhängen zu erkennen.

Chas hielt an der Tankstelle und tankte für zehn Dollar. Hinten auf der Pritsche hatte er von zu Hause einen Kanister mit fünf Gallonen Kerosin mitgebracht. Er fuhr zur Bank, parkte davor, steckte sich eine Zigarette an und wartete.

Er ließ den Wagen an. Der Motor würgte, stotterte und sprang an. Kein Verkehr. Sein Laster flimmerte über die Schaufenster, die Markisen fest verzurrt. Der Diner, ein Zedern umstandener Betonklotz, das Schild »Geschlossen« im Fenster. Er fuhr um den Platz. Der Lebensmittelladen, eine Lichterreihe an, der grauhaarige Wachhund dösend hinter der Glastür. Vorbei am Gericht – weiß, kompakt wie der Seziertisch eines Leichenbeschauers. Vorbei am Sheriffbüro, zwei erleuchtete Lampen. Der Parkplatz: ein Auto, drei Streifenwagen und ein Pickup. Ein verdreckter Schneewall. Er fuhr weiter. Das Haus des Viehdoktors, der Pferdeanhänger rückwärts an der Laderampe. Licht im Stall. Das Haus des Sheriffs. Dunkel. Auffahrt frei. Er fuhr vor die Garage, ließ den Motor laufen, dachte an Pattian: ihr schnaubendes Lachen, daran, wie sie an der Innenseite ihrer Unterlippe knabberte, wenn sie sich Sorgen machte, wie sie sich einst auf seiner Hüfte gewiegt hatte. Er dachte an den Sheriff, an sein Angebot, den abgehalfterten alten Schecken zu kaufen.

Keiner zu Hause. Und hier bin ich auf Besuch.

Das schindelgedeckte Haus kauerte da wie eine Zunderbuchse. Er presste die Stirn ans Fenster, summte eine Melodie, deren Titel ihm nicht einfiel.

Er fuhr zurück in die Stadt, an der Kreuzung links, eine Meile geradeaus, dann scharf rechts auf den Kiesweg. Taylors Haus. Eine weitläufige, zweistöckige Angelegenheit. Kein Licht. Chas hielt eine Viertelmeile weiter. Er ging zu Fuß zurück; der Kerosinkanister baumelte wie ein Senkblei an seinem Arm. Sein Schritt war beschwingt. Keine Sterne. Wolken dick wie Rauch nässten durch den Schornstein.

Als er über die Straße ging, regten sich die kleinen Vögel in den Kiefern auf ihren Schlafplätzen und Schneeschuhkaninchen kauerten hinter weißen Verwehungen. Es war dunkel, und die Luft roch wie frisch geschält, hier und da Moschusduft, der Schlafplatz eines Tieres, der Geruch von Holzqualm, nasser Borke, das Bachbett, von Schnee und Eis verstopft, und Chas glaubte wie die Tiere eine Welt zu kennen, die heller in allen Einzelheiten glänzte, weil nichts zu sehen war, und dass sein Duft noch immer hinter ihm über die Straße trieb, ihn wie ein Geist verfolgte.

Er lief über die geräumte Auffahrt, hinterließ keine Spuren; die Haustür war verschlossen. Er versuchte es hinten herum, die Tür ging auf. Drinnen war es kühler, ein Kuddelmuddel von Gerüchen: Benzin, Öl, Katzenpisse. Seine Augen gewöhnten sich an die Dunkelheit, und er erkannte eine Motorhaube, zwei Fahrräder, die an der Decke hingen, die Vorderreifen schief wie aufgehängte Porträts. Er ging zur Tür, die ins Haus führte, und öffnete sie. Neben dem Herd brannte ein Nachtlicht. Die Küche war sauber, die Spüle abgeräumt, der Tisch geschrubbt. Chas trat über die Schwelle. Die Digitaluhr am Herd hielt einen leuchtend grünen Augenblick nach dem anderen fest. Er ging weiter, der Boden knarrte. Von oben ertönte dünnes Gekläff, dann Taylors Stimme: »Verdammt, halt endlich die Klappe«, und das tat der Hund, danach Gemurmel, dann Schweigen.

Chas schlich zurück in die Garage, zog leise die Tür zu. Der Wagen buckelte im Dunkeln, und Chas glitt auf den Fahrersitz. Ein großes Auto, neu. Er malte sich aus, wie es wäre, den Motor anzulassen – der Computer erwachte klickend zum Leben, ein Sitzgurt schlang sich über seine Brust, als wäre er etwas Kostbares. Er sah im Aschenbecher nach, keine Kippen. Es roch nach Rasierwasser. Und Leder. Kein Plastik für den alten Taylor. Offenbar hatte er es weit gebracht seit den Tagen hinten in Chas' Pickup.

Chas stieg aus, streifte die Handschuhe ab und schraubte den Deckel vom Kanister. Er beugte sich in den Wagen, kippte den

Behälter und leerte ihn über die Vordersitze und Teppichboden aus. Gluck, gluck. Ein schwerer, öliger Geruch hing jetzt in der Garage. Er hätte auch Benzin nehmen können - ein schneller, heißer Rumps beim Anzünden - aber Kerosin brannte langsamer, dreckiger. Er trat zurück, suchte in seiner Tasche nach den Handschuhen, dem Feuerzeug.

Hielt inne. Es war alles viel zu einfach.

Er dachte an Taylor, der wieder in seinen Träumen versank. So einfach. Wann hatte Taylor seine letzte schlaflose Nacht verbracht? Chas legte den Kopf zur Seite. Hier konnte er was lernen. Er zog die Handschuhe an, stopfte das Feuerzeug in die Tasche. Schaute sich noch einmal in der Garage um und verschwand durch die Tür nach draußen, wo die Nacht wartete.

Wie verjüngt fuhr Chas nach Hause. Er fuhr am Haus des Sheriffs vorbei, hupte und winkte, als wäre dort jemand, der seinen Gruß entgegennahm. Er kam an Cokers Laden vorbei und bog auf den Highway. Wie ein Halbstarker gab er Gas, bis die Scheinwerfer auf der leeren Straße im Kreis wirbelten, noch einmal, dann krachte der Laster in eine Schneewehe - eine Kompassnadel, die den Heimweg anzeigte. Er schaltete den Allradantrieb ein und beruhigte sich, als ihn die Straße fortzog und hinter ihm die Stadt mit ihren schlafenden, sorglosen Menschen verschwand.

Die ältere Frau am Tisch war in ihrer Jugend eine Schönheit gewesen. Das bewies das vergilbte Foto auf dem Tisch im Wohnzimmer - Martha in Stiefeln und Jeans, Cowboyhut, die Krempe wie eine Adlernase ins Gesicht gezogen. In der Hand hält sie eine Reitpeitsche, fesch in die Hüfte gestemmt. Neben ihr steht ein großer, grobknocher Brauner, und sie sieht aus, als wäre mit ihr nicht zu spaßen. Kaum zu glauben, dass sie von einssechzig auf knapp einsvierzig schrumpfen konnte, der Rücken bucklig, das Rückgrat Knochen um Knochen kollabierend. Schon immer klein gewesen. Aber so klein nun auch wieder nicht.

Dabei hätte niemand gewagt, sie klein zu nennen. Sie war eine Persönlichkeit, ein Einzelkind, das sich geweigert hatte, verwöhnt zu werden, obwohl ihr Vater es versuchte und ihre Mutter ihn wegen all der folgenden Fehlgeburten gewähren ließ. Bis eine Operation die Frage schließlich ein für alle Mal klärte.

Hatte Martha dies gewusst? Bestimmt war sie noch zu jung gewesen. Doch als ihre Mutter nach der Operation Monate brauchte, um sich zu erholen, und Martha von der Weide ins Haus kam, ungestüm und starrköpfig, ganz wie ihr Vater es gewollt hatte, machte sie sich ans Kochen, Putzen und Pflegen. Zehn Jahre alt, doch sie kam gut zurecht, bloß im Brotbacken war sie eine Niete. Wie eine Bulldogge fiel sie über den Teig auf dem Tresen her, noch abends im Bett rochen Arme und Hände nach Hefe. Das harte Brot machte die Hühner zänkisch, aber Martha probierte es unablässig weiter. Das war nicht zu erklären, und ihre Mutter zog aus dem Schlafzimmer aufs Sofa, während ihr Vater sich mit dem Vieh auf die hinteren Weiden verzog, weit fort von diesem mehldurchstäubten Tumult.

Wann es aufhörte? Wann der erste preisverdächtige Laib Brot auftauchte? Das konnte Martha selbst nicht sagen. Doch irgendwann im Laufe eines Jahres wandte sich ihre Aufmerksamkeit nach Innen. Und schließlich kam es zu ihr wie eine Gabe, dieses Reservoir der Ruhe, und die Tage im Haus schienen ihr so weit und abwechslungsreich wie das offene Weideland, das sie so liebte.

Ihre Mutter wurde kräftiger, und Martha half ihrem Vater wieder auf der Weide, wo immer es nötig war, und das angenehme Hin und Her zwischen Haus und Feld bestimmte ihr Leben. Mit gleicher Unbekümmertheit sah sie nach Vieh oder Brot, und als ihr schließlich der Nachbarjunge den Hof machte, musterte sie seine Augen und seine Hände, als wäre sonst nichts an ihm dran. Die beiden heirateten, und ihr Vater starb als alter Mann glücklich und zufrieden, da der Besitz zusammengelegt wurde und sein Schwiegersohn sich um die Herde kümmerte, die er aufgezogen hatte.

Die Geschichte einer Familie. Pattiann saß etwas abseits vom Tisch. Ihr entging das Lächeln nicht, mit dem ihre Mutter Ike über den Tisch hinweg betrachtete, das kurze Blinzeln, diese vertraute Geste, die für Martha so typisch war. Sie überraschte Pattiann, diese Herzlichkeit zwischen ihrer Mutter und ihrem Ehemann. Martha drehte sich zu Bill um, ihrem Mann, der am Kopfende saß. Ihm gegenüber saß Pattianns Bruder neben seiner Mutter. Harriet, ihre Schwägerin, räumte das Geschirr in die Spülmaschine. An Pattianns Seite hockte Justin auf einem Stuhl und flocht Zaumzeug, mühte sich mit dem Bosal ab, dem Nasenriemen, der einem Mustang die Luft abschnitt, bis er sich anständig benahm. Das Flechten war eine Kunst ihres Vaters, die er seinem Enkel beibrachte, so wie er sie Rob und Pattiann beigebracht hatte.

Der Junge schlang eine Borte aus acht Striemen um einen Rohlederkern, fingerdick und einen halben Meter lang, gegerbt und gewalkt um der besseren Haltbarkeit willen. Die acht Enden der äußeren Striemen, eingefettet und biegsam, lagen aufgefächert in seinem Schoß. Die Finger griffen nach einem Strang, verknüpften ihn, führten ihn zur anderen Hand und griffen nach dem Nächsten. Er war geschickt. So ein ernsthafter Junge. Als junge Frau hatte sie sich solche Abende auf der Ranch erträumt – hatte sich aber immer ihr Zuhause vorgestellt, immer mit einem Sohn. An eine Tochter hatte sie nie gedacht.

»Die Gegend ändert sich«, sagte ihr Vater. »Denk an die Bozemans. Meine Güte. Drei, vier Generationen lang haben die Leute da gewohnt, und nun? Aufgekauft, weggezogen. Livingston. Herrgott noch mal. War mal 'ne Stadt, in der einem die Scheiße an den Stiefeln kleben blieb …«

»Bill!«, rief Martha und warf Justin einen raschen Blick zu.

Pattianns Vater beugte sich vor, stemmte die Ellbogen auf den Tisch. »Glaubst du, der hat noch nichts Schlimmeres gehört? Hast doch schon Schlimmeres gehört, Junge, nicht?«

Justin bog einen Striemen unter das Rohleder. »Stimmt. Hab gehört, dass man beim heutigen Preis für Titten nicht mal mehr Hand anlegen kann.«

Harriet knallte die Spülmaschinenklappe zu. »Das kommt von Odell, stimmt's? Du hast dich wieder mit Odell rumgetrieben.«

Bedächtig wechselte Rob das Thema. »Könnte hier nicht passieren, nicht wie ...«

»Schließlich ist das hier immer noch ein christliches Heim, nicht?«, unterbrach ihn Harriet.

»Ist noch Kaffee da, Harriet?«, fragte Martha und wollte aufstehen. Harriet wehrte ab.

»Bleib sitzen. Sonst noch jemand?« Köpfe nickten und verneinten, und das Gespräch kam wieder in Gang.

Manchmal tat Harriet ihr Leid. Sie hatte Rob gleich nach seinem Abschluss an der Montana State University geheiratet: Agrarwirtschaft. Sie war ein Stadtmensch, ihr Vater Steuerberater. Pattiann vermutete, dass Gespräche bei ihnen anders abliefen – Sätze, die zu Ende gesprochen, Gedanken, die ausgeführt wurden. Kein ständiges Ansetzen und Abbrechen, kein Drumherum-Reden, kein Schweigen, das mehr als alle Worte sagte. Ike hatte ähnliche Probleme, doch ging sie davon aus, dass Ike weniger Mühe hatte mitzuhalten, weil er einfach nicht mithalten wollte. Er war dickschädelig. Und seltsamerweise liebte sie das an ihm, so vertraut war es ihr.

»Wölfe«, sagte ihr Vater, »kann man nicht bändigen, es sei denn, man nagelt ihr Fell an die Wand.«

»Hab irgendwann mal irgendwo gelesen«, sagte Rob, »dass sich Will Chamberlain eine Decke aus Wolfsschnauzen machen ließ.«

»Was ist schon dabei? Schließlich hat er sie nicht selbst geschossen, oder?«, fragte Bill.

»Weiß nicht, ob ich darunter schlafen möchte«, sagte Rob.

»Jedenfalls geht die Welt vor die Hunde, und plötzlich liegt's an uns – als ob dies nicht eins der letzten, ursprünglichen Fleckchen auf Gottes guter alten Erde wäre.« Bill schaute sie auffordernd an.

»Kann schon sein«, sagte Ike. »Ein kleiner Zipfel. Gerade Platz genug, sich umzudrehen«, sagte Ike.

Bill rieb sich das Kinn. »Hunderte von Jahren haben diese Stadtleute in ihrer eigenen Scheiße gehockt. Jetzt wachen sie auf und merken, dass ihr Hintern dreckig ist. Und was ist mit uns? Wird das hier eine Gegend, in der sie sich ihren Allerwertesten abwischen? Raketenbunker, Endlager für radioaktiven Abfall, verseuchte Mülldeponien. Es gibt nichts, was wir diesem Land angetan haben, das die nicht schlimmer machen würden, wenn man ihnen auch nur den Hauch einer Chance gäbe.«

»Spielt Angela heute Abend für uns?«, fragte Martha. An der Decke summte das Neonlicht. Der Kaffee war kalt geworden, und als hätte man ihr den Einsatz gegeben, hörten sie Angela im Wohnzimmer ihr Instrument stimmen.

»Hast du deine Fiedel dabei, Dad?«, fragte Rob.

Martha schob ihren Stuhl zurück und hielt sich mit den Händen am Tisch fest. »Hat er nicht, wird er dir sagen, aber natürlich hat er sie doch mit. Sie liegt hinterm Fahrersitz, Justin. Wenn ihr mich jetzt entschuldigt, werd ich mich mal davonschleppen und mir's im bequemsten Sessel im Wohnzimmer gemütlich machen, während ihr bittet und bettelt, dass dieser alte Knösel uns was vorspielt, bis er endlich klein beigibt und genau das tut, was er eigentlich von Anfang an tun wollte.« Ihr Gang war krummbeinig.

Bill sah aus wie vom Schlag getroffen. Martha tätschelte im

Vorbeigehen seinen Arm. »Manchmal, mein Lieber, steht die Scheiße einfach zu hoch, um durchzuwaten.«

Er lachte über ihre Stichelei, ein Lachen, dass tief aus seinem Bauch aufstieg, und sagte: »Ihr habt's gehört. Fangt an zu betteln.«

Pattiann blieb mit Harriet in der Küche. Sie konnte die Reibeisenstimme ihres Vaters aus dem Wohnzimmer hören. Wieder wurde gestimmt. Nachher würde es noch mal Kaffee geben und einen Kuchen, den Harriet vor Rob, den Gehilfen und den Kindern versteckt hatte.

»Soll ich dir helfen, Harriet?«, fragte Pattiann, griff nach einem Stück klammem Rohleder und dachte, dass sie wieder damit anfangen sollte. Eine geflochtene Reitpeitsche, wie die, die Dad ihrer Mutter zum fünften Hochzeitstag gemacht hatte. Die, die ihre Mutter auf dem Foto in der Hand hielt. Das Leder fühlte sich gut an.

»Nicht nötig«, sagte Harriet, ließ die Arme hängen und wandte sich zu Pattiann um. Sie wirkte blass im Deckenlicht, der Tisch abgeräumt, das Spülbecken sauber, die Hände leer. Eigentlich hatte Pattiann nichts gegen Harriet, doch hatte sie ehrlich gesagt auch nie den Drang gefühlt, sich mit ihr anzufreunden.

»Ich würde dich gern was fragen«, platzte es aus Harriet heraus. »Ich denk daran, mit den Kindern in die Stadt zu ziehen. Nächsten Herbst geht Justin auf die Highschool. Aber Angela will weiter hier auf die Schule gehen, will auf der Ranch bleiben, obwohl ihr ein Ortswechsel vielleicht auch ganz gut täte.«

»Vielleicht«, sagte Pattiann.

»Mir geht's um Justin. Du hast ihn ja heute Abend selbst gehört.«

»In der Stadt wird's nicht weniger dumme Sprüche geben.«

Harriet schüttelte den Kopf, senkte die Stimme. »Die ganze Zeit treibt er sich mit *denen* rum. Hat gar keine Chance, mal auf andere Gedanken zu kommen.«

Denen. Pattianns Hände verharrten regungslos. Für Harriet hieß es *die* und *wir*, und sie ging offensichtlich davon aus, dass Pattiann auf ihrer Seite stand. Sie ließ den Streifen Rohleder zurück auf die Bank fallen. »Und was sagt Rob dazu?«

Harriet zog sich einen Stuhl heran. »Er will nicht, dass ich geh.«

»Er würde dich vermissen.«

Harriet nickte. »Und wer würde für die Ranchgehilfen kochen, wer die Arbeiten im Haus erledigen?«

»Andere Männer überleben auch.«

»Wer würde sich um Martha kümmern? Ich fahr zwei-, dreimal die Woche rüber, um das Haus in Ordnung zu halten.«

Natürlich. Sie konnte sich ausmalen, was passierte: Harriet hörte auf, sich um die beiden zu kümmern, und später, wenn Harriet fort war, würde Martha merken, dass mal ihre Wäsche gemacht, mal Staub gesaugt, mal der Boden geschrubbt oder die Gefriertruhe aufgefüllt worden war, und keiner würde darüber ein Wort verlieren, weder untereinander noch vor Pattiann. Erst recht nicht vor Pattiann. Wenn Harriet in die Stadt zog, musste sie sich um drei Haushalte kümmern. »Ich könnte helfen«, sagte sie, »alle paar Tage rausfahren …«

Harriet griff nach ihrem Pullover, pflückte die Fusseln ab und häufelte sie in ihrem Schoß zu einem Nest an. »Darum geht's mir nicht. Rob sagt, Justin käme schon allein zurecht. Könnte sich ein Zimmer besorgen, einen Job, so wie er es in Justins Alter gemacht hatte.«

Und Pattiann auch. War in die Stadt gezogen, weg von dem einzigen Ort, den sie gekannt und verstanden hatte. Wie schrecklich damals alles gewesen war, mit vierzehn, frisch von der Ranch. Dieser Lärm, die Autos. Die Stadtlümmel, die ihr hinterher gegrölt hatten, sie *Jungvieh* genannt hatten. In den ersten Monaten hatte sie entweder den Kopf eingezogen oder gekämpft und in einer Ein-Zimmer-Wohnung über dem Supermarkt gehaust. Hatte einen Job als Kellnerin gehabt, gerade genug Geld fürs Mittagessen. Am Wochenende und zu den Ferien nach Hause. Wie sie das gehasst hatte. War verdammt schnell groß geworden.

»Für Jungen ist es leichter«, sagte Pattiann. »Justin kommt schon zurecht.«

Harriet schnaubte. »Das hat Rob auch behauptet. Und ich hab nichts gesagt, als er Justin mit zum Viehtrieb und zum Bränden genommen hat, als der Junge noch in den Windeln steckte.« Sie stand auf. »Ist ja nicht so, dass ich nicht wüsste, worauf ich mich einlasse.«

Pattiann meinte, eigentlich etwas Tröstliches sagen zu müssen, aber am liebsten hätte sie sofort das Thema gewechselt. Sie wollte gar nicht wissen, dass das Leben ihres Bruders anders aussah, als sie es sich vorstellte. Gelächter brandete im Nebenzimmer auf, dann war eine Geige zu hören. Angela, etwas wacklig, der Ton unsauber. Eine zweite Geige fiel ein, langsamer als gewöhnlich. Zu einer solchen Freundlichkeit war ihr Vater fähig, nur zeigte er sie selten. Er war kein geduldiger Mensch.

Harriets Blick musterte Pattiann, hoffte auf eine verständnisvolle Schwesternschaft, darauf, dass eine Frau sie verstehen würde, eine Frau aus der Stadt, als wäre Pattianns Leben auf der Ranch nur ein Irrweg in ihrer größeren, bedeutungsvolleren Geschichte. Sie seufzte. »Ich kümmere mich jetzt lieber um Kaffee und Kuchen«, sagte sie, stand auf und wandte sich ab. Stumm arbeitete sie an der Spüle vor sich hin. Von hinten wirkte ihr Körper, als hätte man ihm einen Schlag versetzt.

Pattiann fuhr, und Ike genoss es, Beifahrer zu sein, alle viere von sich zu strecken, vom Kaffee aufgeputscht, vom Jim Beam durchglüht, während die Straße unter ihm dahinglitt. Es schneite wieder. Dicke Flocken, ein unbeholfenes, kicherndes

Getaumel. Weiß auf Weiß. Ohne Unterbrechung, meilenweit, keine Scheune, keine Häuser, keine Bäume. Weiß, noch mehr Weiß. Hier draußen konnte man sich verirren. Hier konnte man verrückt werden. Wenigstens ging kein Wind.

»Mir fehlen die Bäume«, sagte er. »Laubbäume: Kastanie, Ahorn, Walnuss, Eiche – etwas, das sich im Herbst verfärbt. Das den Schnee aufhält, den verfluchten Wind.«

»Der Wind geht jedem auf die Nerven«, sagte Pattiann. »*Irgendwas* geht einem hier immer auf die Nerven.« Sie bog auf den geräumten Highway und schaltete den Allradantrieb aus. »Ich muss mich öfter bei Rob blicken lassen.«

Ike schnaubte, lehnte den Kopf zurück und schloss die Augen.

»Und bei Harriet. Meinen alten Leuten unter die Arme greifen.«

Er stemmte ein Auge auf. Pattiann ging nicht mehr zu Bill und Martha ins alte Haus. Nur zu Robs Haus, weiter nicht. Deshalb traf sich die Familie jetzt dort, Marthas Zustand lieferte den Vorwand. Angeblich war sie zu schwach, sich um alle kümmern zu können. Typisch. Bloß nicht drüber reden, verlegen wir einfach die Familientreffen. Er wartete.

»Justin kommt im Herbst auf die Highschool. Deshalb muss er in die Stadt.«

Manchmal hatte das eine scheinbar nichts mit dem anderen zu tun. Sie redeten miteinander, als trieben sie Vieh vor sich her, kreisten ein, stürmten dazwischen, zogen sich zurück. Zuhören war eine gottverdammte Kunst. Mit ihren Witzen, ihrem Schweigen wichen sie einem echten Gespräch aus, als wären Worte für sie zu ungehobelt. Er knöpfte die Jacke auf, drehte die Heizung runter. Vor ihnen warf sich der Schnee ins Scheinwerferlicht, bauschte weiß über die Felder, die zu glühen schienen, als würden Lampen die Erde darunter beleuchten. Sie hatten keinen weiteren Wagen auf der Straße gesehen, was ihm verriet, dass die Leute lieber daheim blieben. Sein Bieper hatte sich nicht gemeldet. Noch ein gutes Zeichen.

Sie räusperte sich. »Wir haben doch unten dieses leere Zimmer. Ich finde, dass könnte Justin haben. An den Wochenenden, in den Ferien und im Sommer würde er dann nach Hause fahren.«

Das war wirklich eine Überraschung. Er streckte die Hand aus, stellte das Radio an, drehte am Senderknopf, suchte den Wetterbericht. »Würde ziemlich viel verändern, so ein Kind im Haus. Laute Musik. Und man muss die Tür abschließen, wenn man ein Bad nehmen will.« Ein Lächeln huschte über sein Gesicht.

Sie starrte auf die Straße, Hände fest am Steuer.

Ike setzte sich auf. Pappschnee, feucht und schwer. Morgen würde es Herzinfarkte geben - ältere Städter, die ihren Bürgersteig freischippten. Der gebrechliche Rancher, der sich zu weit in die tiefen Schneewehen vorwagte, der einen Anfall erlitt, weil er einen Weg zum Schuppen schaufelte. Wer wollte das wissen? »Wir haben schon lange nicht mehr über Kinder geredet«, sagte er.

Pattiann nickte. »Sind wir dem ausgewichen?«

»Ich weiß nicht. Man lebt eben von Tag zu Tag. Denkt nicht dran.« Er schwieg. »Vielleicht bin ich dem Thema wirklich ausgewichen.«

»Du würdest einen guten Vater abgeben«, sagte sie.

Sie fuhren an Stubblefields Haus vorbei. Das Licht war aus. Kein Pickup in der Auffahrt. Ike lehnte sich an das Fenster. Da war der untere Korral und das Feld, ein paar Rinder auf den Beinen, vielleicht fünfzig Tiere. Magerer als vorher. Der Schecke, der sich dank Ikes Hilfe wacker hielt. Und Ike wünschte sich, er hätte Korn mitgebracht. Sie könnten anhalten, und das Pferd, auf dem Rücken eine hohe Schneemütze, würde zum Zaun getrottet kommen, die Nüstern in Ikes Hand tauchen.

Pattiann würde staunen, wie gut sie sich verstanden. Und er würde ihr gestehen, dass er das Tier gefüttert hatte. Würde ihr erzählen, wie er versucht hatte, es zu kaufen. Sie würde nicht darüber lachen.

»Ich weiß nicht«, sagte er. »Ich bin nicht oft zu Haus. Und in meinem Job kann so allerhand passieren.« Ike drehte dem Fenster den Rücken zu. »Ich glaub, mein Dad war ein guter Vater. Verdammt, hat der seine Farm geliebt. Silos voll mit Silage. Kälber im Frühling. Milch, die aus Eutern spritzt. Bullen, die Kühe bespringen. Für seine Kühe kam künstliche Befruchtung nicht in Frage.« Er schaute hinüber zu Pattiann. Sie hielt den Blick auf die Straße gerichtet. »Er war ein sinnlicher Mensch. Überrascht dich das?«

»Nein«. Pattiann lachte.

»Hat meine Mutter immer höllisch verlegen gemacht, so wie er sie anhimmelte. Ein ungleicheres Paar kann man sich kaum vorstellen. Sie hielt uns die Bank vom Leib und die Farm in Schwung, ließ die Kühe abtransportieren, wenn sie keine Milch mehr gaben. Verkaufte die Schlachtkälber. Mein Vater – der hätte alle behalten, die Kranken, die Alten, die Wertlosen, und uns damit an den Bettelstab gebracht.« Doch Ike wusste, dass Pattiann dafür kein Verständnis hatte. Für Sentimentalität, wenn man kein Kind mehr war.

»Hat er sie deshalb gehasst?«

Ike überraschte, dass er sich selbst diese Frage nie gestellt hatte. Er langte nach einer Zigarette, tippte den Filter auf seine Uhr, gab sich Feuer und nahm einen tiefen Zug. Es pfiff durch das Fenster, das er einen Spaltbreit geöffnet hatte. Wenn die Trucks der Freibank abfuhren oder die Schlachtkälber auf die Schlachthaustransporter verladen wurden, hatte sich sein Vater in sein Arbeitszimmer verzogen. Drei, fünf, zwölf Stunden später kam er dann wieder zum Vorschein – sobald es ihm gut ging und er so weit war. Dann klemmte er sich hinters Steuer ihres alten Rambler-Kombi und fuhr los. Meist war er Tage, eine Woche verschwunden, und überließ es Ike und seiner Mutter, sich um die Farm zu kümmern. Seine Mutter hatte nie wissen wollen, wohin er fuhr oder was er trieb.

Wenn er zurückkam, brachte er Blumen mit, erzählte ein paar Witze und machte sich wieder an die Arbeit, als hätte er sie nie im Stich gelassen. »Nein«, erwiderte Ike schließlich. »Er hat sie nicht gehasst.«

Als sie den Stadtrand erreichten, ließ der Schnee nach. Ike meinte, eine Veränderung im Dunkel der Wolkendecke ausmachen zu können, einen schmalen Lichtstreifen, hinter dem sich der Mond verbergen mochte. Es war spät, und er fragte sich, ob er Pattiann unterm Schlafzimmerfenster im fahlen Licht von Schnee und Mond in seinen Armen halten würde. Ob sie ihm entgegen kommen würde. Groß und dunkel würde das Zimmer sie umschließen. Das Haus wäre still. Er überlegte, ob es das Gerede über Kinder war, das seine Lust geweckt hatte.

»Wenn du magst«, sagte Ike, »könnten wir es mit Justin probieren. Ist vielleicht ganz nett, einen Jungen im Haus zu haben.« Er betrachtete ihr Gesicht, und er hatte so ein Gefühl, als ängstigte sie die Möglichkeit, dass es ihr gefallen könnte.

Spät am Nachmittag des nächsten Tages fand Ike Chas bei O'Brian in einer Sitzecke. Ike setzte sich zu ihm an den Tisch, aber Stubblefield blickte nicht mal auf. Ein leeres Whiskeyglas stand neben einer Tasse Kaffee.

Am Morgen war Ike bei den Taylors gewesen, um den Schaden am Auto zu untersuchen. Taylor sah ziemlich mitgenommen aus. Bestand darauf, dass es Stubblefield gewesen war. »Haben Sie Grund zu dieser Annahme?«, hatte Ike gefragt, nachdem er sich den Wagen angesehen hatte.

»Hab einen Kredit abgelehnt.«

»Und? Das ist doch nichts Neues? Bestimmt gibt's mehr als

einen Menschen, dem Sie so auf die Eier gegangen sind.« Ike schaute zur Haustür, in der Taylors Frau unschlüssig wartete. »Tschuldigung, Ma'am«, sagte er, obwohl sie nicht gerade schockiert aussah. Sie lehnte träge am Türpfosten, strich sich mit den Händen das Haar aus dem Gesicht und band es straff nach hinten. Sie war eine hübsche Frau, auch wenn ihre Schönheit sie heute Morgen anscheinend etwas Anstrengung gekostet hatte. Ike sagte Taylor, dass sie sein Haus im Auge behalten und Stubblefield auf den Zahn fühlen wollten.

In der Bar war es dämmrig; ein schmaler Streifen Sonnenlicht zwängte sich unter die geschlossenen Jalousien durch. Eine Rinne war der Länge nach in den Walnusstresen gemeißelt, wo die Gäste das Holz mit dem Rand ihrer Vierteldollarmünzen – Silberdollar in den alten Tagen – eingeritzt hatten. Das war nicht persönlich gemeint gewesen, die eine Hand hatte einfach da weitergemacht, wo die andere aufgehört hatte. Der Thekenschrank ragte durch die abgehängte Decke bis zur alten, vom Rauch oxidierten Pressblechdecke auf, die den Besitzern damals in den sechziger Jahren zu erdrückend gewirkt hatte. Ein gottverdammtes, schäbiges Loch, aber wie man hier an den Sechzigern festhielt, während die pfiffigeren Städte die Achtzigerjahre des letzten Jahrhunderts heraufbeschworen und damit Reibach machten, das konnte man einfach nur bewundern.

Chas wirkte ausgeruht. Die Hände waren geschrubbt, und er hielt die Tasse Kaffee, als wären seine Finger überempfindlich. »Telefon kaputt?«, fragte Ike schließlich.

Stubblefield grinste. »Ist schon komisch, wissen Sie, krieg ich da diese Briefe von der Telefongesellschaft und prompt funktioniert das verdammte Ding nicht mehr. Bloß gut, dass ich nicht bezahlt hab, was?«

Ike versuchte es noch ein Mal. »Alles in Ordnung, Chas?«

Er blickte über Ikes Schulter. »Schneit's schon wieder?« Und als Ike den Kopf schüttelte, fuhr Chas fort: »Wird's aber noch. Hört dies Jahr einfach nicht wieder auf.« Er lehnte sich zurück. »Wie im neunten Kreis der Hölle. Aus Dantes *Inferno*, wissen Sie? Hab's gelesen. Hab auch Miltons *Paradise lost* gelesen. Als Kind. Die beiden Bücher standen oben auf dem Regal, stützten die Bibel, als wären's zwei späte Evangelien. Gehörten meiner Mama, die Bücher.

Da war dieser neunte Kreis der Hölle, nichts als Schnee und Eis und so'n Scheiß, die Sünder bis zum Hals drin vergraben.« Er hob einen Finger, winkte Barry und deutete auf sein Whiskeyglas. »Sie?«, fragte er Ike. »Nein? Na ja, jedenfalls hatte ich letzte Nacht diesen Traum. Steckte bis zum Kinn in gefrorenem Vieh, Hufe, Augen, Euter, Eier, und ich dachte, mir ist arschkalt, aber sollte hier nicht ein Feuer brennen? Was brennt heißer, Feuer oder Eis?«

Ike war nicht in Stimmung für so etwas. »Gestern Abend ist jemand in Taylors Garage eingebrochen und hat Kerosin über die Vordersitze seines Autos gekippt.« Er beobachtete Stubblefields Augen, wartete auf ein Flackern, Unruhe, ein spöttisches Grinsen. Nichts. »Er und seine Frau haben zu dem Zeitpunkt im Bett gelegen.«

Barry brachte den Whiskey und schenkte Kaffee nach. Chas prostete ihm zu und leerte das Glas in einem Zug. Er rekelte sich in seinem Sitz. »Da sieht man's mal wieder«, sagte er. »Hätte doch schlimmer kommen können. War offenbar ein richtiger Christenmensch, wer's auch immer getan hat.«

»Taylor meint, Sie wären's gewesen.« Wieder wartete Ike.

»Na ja, Christenmensch bin ich. Glaub ich.«

Ike stand auf, um zu gehen. »Für so was hab ich keine Zeit. Ich werde Sie nicht aus den Augen lassen, Stubblefield.«

Chas griff über den Tisch, packte Ikes Handgelenk, hielt ihn fest. »Sind Sie nicht hergekommen, um zu reden?« Er ließ los, umfasste wieder die Kaffeetasse.

Ike meinte, eine Veränderung in Chas' Augen zu sehen, weshalb er zögerte, da er glaubte, endlich eine Seite von Chas kennen zu lernen, die er, wenn ihr schon nicht zu trauen war, doch wenigstens verstehen konnte.

Ike setzte sich wieder, und Chas fragte: »Haben Sie Pattiann drüben im Osten kennen gelernt? Stammt Ihre Familie daher?«

Ike gefiel es nicht, den Namen seiner Frau aus Stubblefields Mund zu hören.

»Auch Farmer, oder?« Und als Ike nickte, fragte Chas: »Milchwirtschaft?«

»Sechzig Tiere.«

»Und? Haben Sie den Hof aufgegeben? Wollten Sie ihn nicht?«

»Wir haben ihn verkauft, kurz bevor mein Vater starb.« Ike machte die letzten beiden Knöpfe von seinem Mantel auf. »Mit dem Erlös kamen wir dann bequem über die Runden, bis ich Arbeit gefunden hatte.«

»Bequem. Der Gedanke gefällt mir. Polizei und bequem.«

Ike streckte die Beine aus.

»Ich weiß, dass es Gründe gab, warum man Sie gewählt hat. Ich meine, obwohl Sie von außerhalb sind und so, aber damals hatten Sie ja schon ein paar Jahre hier gelebt und Pattiann geheiratet.« Er löffelte noch etwas Milch in seinen Kaffee. »Sie sind auf einer Farm groß geworden, haben die nötige Erfahrung, ein Diplom in der Tasche und sind den Töchtern der Rancher nicht wie der alte Sheriff an die Wäsche gegangen. Der arme Irre hätte es eigentlich besser wissen sollen, möchte man glauben. Ist wie ein Gesetz: *Geh den Töchtern der Rancher nicht an die Wäsche.*«

»Und lass die Hände von ihrem Land«, fügte Ike hinzu.

Chas legte den Kopf schief und lachte. Heiß fiel das Nachmittagslicht auf die Jalousie, eine warme Bernsteinglut, die den Dämmerschein im übrigen Lokal nur verstärkte. Die Glocke über der Tür bimmelte, die ersten frühabendlichen Stammgäste traten ein.

»Geh nicht an ihre Töchter oder ihr Land.« Chas wischte sich die Augen und setzte sich auf. »Und warum tun Sie's dann? Wir wissen doch beide, dass es mit mir bergab geht – auf Ihre Weise schneller, auf meine langsamer.«

»So langsam wie fürs Vieh?«, fragte Ike.

»Genau so.« Er hielt die Hand über den Tisch, zählte an einer Hand ab, erst einen Finger, dann noch einen und noch einen. »Stück für Stück. Kommen Sie, Parsons. Haben Sie auf der Ranch …«, er korrigierte sich, »auf dem Hof Ihres Vaters nie eine Kuh sterben sehen? Wissen Sie denn nicht, dass alles seine Zeit hat?« Stubblefield streckte die Finger und rieb mit der Handfläche über den Tisch. Die Milchhaut auf dem Kaffee zitterte.

Ike lehnte den Kopf ans Rückenpolster, wandte sich um und schaute zum Tresen hinüber, wo Barrie sich mit dem alten Charlie Sandovar unterhielt, der seine Frau und seinen einzigen Sohn bei einem Autounfall verloren hatte. Das war in Ikes erstem Jahr passiert. Er hatte ihm die Nachricht überbringen müssen. Das war eines der Probleme bei so einer kleinen Bevölkerung. Man kannte das Gesicht der Betroffenen, und sie blieben da, brachten sich immer wieder in Erinnerung. Und dann gab es Leute wie Chas, ein Konsorte ganz anderer Art, der Fragen stellte, die Ike selbst unangenehm waren. Warum? Weil die Tiere leiden mussten? Damit hatte es angefangen. Aber jetzt? War es persönlich geworden? Ein schlüpfriges Parkett für einen Mann mit Stern und Waffe. Aber Chas hatte schließlich Unrecht, und es war Ikes *Job*; das Gesetz konnte man nicht nach Lust und Laune anwenden, ein Auge zudrücken, wenn es einem passte oder wenn es zu ungemütlich wurde. Doch von einem auf den anderen Atemzug kam es Ike plötzlich so vor, als würde er was übersehen, einen Grund außerhalb aller Logik, der aber für seine Arbeit von wesentlicher Bedeutung war, eine ungefähre, beinahe physische Ahnung wie die Erinnerung an einen Geschmack oder einen Geruch. Mit jedem Türgebimmel wurden die Gespräche am Tresen lauter. Chas beobachtete ihn. Ike schüttelte den Kopf, angeödet von der einzigen Antwort, die er ihm bieten konnte. »Ich hab's hier mit dem Gesetz zu tun, Stubblefield, wie es mir der Staat Montana aufträgt. Brechen Sie das Gesetz, schnapp ich Sie mir. Und mir ist völlig egal, ob's dabei um verhungerndes Vieh oder um Vandalismus geht.« Er stand auf und wollte gehen. »Halten Sie sich von Taylor fern.«

Ike war schon fast zur Tür hinaus, als Chas ihm nachrief: »Grüßen Sie Pattiann von mir!« Stubblefield winkte ihm hinterher, als Ike nach draußen trat, und hob dann den Finger, um sich noch einen zu genehmigen. »Das gibt ein Trinkgeld heute, Barry«, sagte Chas.

Es wurde voller, noch zwei Leute am Tresen. Chas nippte am Whiskey und nahm dann einen Schluck Kaffee – ein lausiges Getränk zum Nachspülen, kostete aber nichts. Sein Verstand arbeitete langsamer, die Glieder zuckten. Er drosselte das Tempo, behielt den Überblick, als wären die Drinks ein Darlehen. Und das waren sie auch. Ein Griff in den kleinen Vorrat, den er sich beiseite gelegt hatte. Nicht genug für gar nichts, bloß ein kleines bisschen, Hoffnungsgroschen eben. Aber in dieser Welt gab es keine Hoffnung, bloß Sheriffs, Futtermittellieferanten und Bankangestellte – die kerosingetränkte Autos fuhren. Er schnaubte verächtlich, rutschte auf seinem Platz etwas tiefer und zog eine Schachtel Zigaretten aus der Tasche. Chas schnippte den Deckel seines alten Feuerzeuges auf, ratschte das Rad. Ein Funke, dann eine Flamme, der Geruch nach Feuerzeugbenzin. Er steckte die Zigarette an.

Ein Fehler, Pattiann zu erwähnen. Den Sheriff wütend zu machen. Aber er spürte, dass sie zwischen ihnen beiden stand, und es war doch interessant, dass sie dort stand, eine dritte

Person, die sie einander nicht gönnten, wie ein Phantom am Tisch. Zum Teufel, mit ihm ging es sowieso den Bach runter. Nichts würde ihn aufhalten. Er nahm noch einen Schluck, damit sich das Karussell in seinem Kopf weiterdrehte, das Gebrumm nicht aufhörte, der nette Halt vorm tiefen Fall.

Rauch troff von der brennenden Zigarette, malte Zeichen in die Luft. Er hörte das Wechselgeldgeklimper, das Surren, mit dem die Jukebox wählte, dann Willie Nelsons: »Blue Eyes Crying in the Rain.« Die Tür ging auf, noch jemand kam. Chas bestellte sich einen Whiskey.

Barry trödelte, bediente erst zwei, drei andere Gäste, doch als Chas ihn noch einmal rief und einen fünf Dollar-Schein auf den Tisch legte, kam er endlich. Er gab ihm raus, blieb aber stehen. »Sicher, dass Sie sich das leisten können?«

Chas zuckte die Achseln. »Könnte's mir nicht leisten, es nicht zu tun.«

Er kippte den Whiskey. Die Tür ging auf, und draußen war es dunkler als drinnen. Chas nahm an, dass Wochenende war. Könnte sein. Oder Freitag. Zahltag. Vielleicht. Männer drängten sich in die Bar, einige Paare, an einem Tisch in der Nähe wurde Cribbage gespielt, Typen droschen Karten, *fünfzehn-zwei, ein Paar Vierer*, ein Junge legte am Billardtisch den Queue an. Chas tauchte einen Finger in das Whiskeyglas und schrieb seinen Namen auf den schmierigen Tisch. Als er aufblickte, stand Purvis neben ihm.

Chas grinste. »Ein Hausbesuch?«

Er zeigte auf den leeren Platz vor Chas. »Warten Sie drauf, dass jemand kommt und Fang-mich mit Ihnen spielt?«

»Ich hab gewartet, dass die Erde sich öffnet und alles verschlingt, außer mich, diese Hand voll Wechselgeld und die Bar mit sämtlichen Getränken.«

Purvis stellte sein Bier ab und setzte sich. »Hab Sie in letzter Zeit nicht oft gesehen.«

»Tja«, sagte er und trank aus. »Wir sind nun mal ein zurückgezogenes Völkchen. Stammen von einem ganzen Stamm von Leuten ab, die kein Mensch je gesehen oder gehört hat.«

Purvis zuckte die Achseln. »Ihren Daddy hab ich gekannt.«

»Und? Macht Sie das glücklich?« Chas kippte sein leeres Whiskeyglas um, legte die Hand drüber und rollte es im Kreis hin und her. »Sind Sie wirklich gekommen, um mit mir über meinen Alten zu reden?«

»Ich hab Ihr Vieh gesehen.«

»Sie und der Sheriff und alle, die es nicht gesehen haben, haben es gehört – Carver, die alte Dame, fährt in ihrem Studebaker vorbei, als wär' sie noch die Queen der Vierzigerjahre, sieht, wie auf meinem Land eine Kuh in die Knie geht, und gleich weiß man in zwei Grafschaften, dass meine Herde krepiert. Aber sobald sich rumspricht, dass es der Hunger und keine Krankheit ist, atmen alle erleichtert auf und schicken die Hunde raus, die Heuschober zu bewachen. Vielleicht kommt einer der Hundesöhne mit einer Ladung Heu vorbei, tritt vor meiner Tür von einem Fuß auf den andren und behauptet, so sei es eben Christenpflicht – nicht viel, nein, das nicht, die Zeiten sind hart, und er hat selber Vieh und eine Reihe schlechter Jahre hinter sich, aber ist doch das wenigste, was ein gottesfürchtiger Mann tun kann. Und ich zeig ihm, wo der Zimmermann das Loch gelassen hat, und sag ihm, er soll seine milden Gaben nehmen und verschwinden.« Er hielt Barry das leere Glas hin und bestellte noch einen Whiskey.

Purvis nahm einen Schluck von seinem Bier. »Sie müssen das Vieh schlachten, Chas. Jetzt leidet es bloß und kommt doch nicht mehr durch.«

»Nein«, stimmte Chas ihm zu. »Aber darum geht es ja gerade.«

Purvis sah ihn verwirrt an.

»Glauben Sie vielleicht, ich bin der Einzige, der schuld an dem Schlamassel ist? Ich sag Ihnen was, bringen Sie Taylor und

Sam Cooker raus zu mir. Lassen Sie die eine Weile Blut und Scheiße schaufeln – und ich denk drüber nach. Das wäre ein Anblick, was?«

»Verdammt, Chas.« Purvis knallte sein Glas auf den Tisch, dass der Schaum bis an den Rand schwappte. »Mich kümmert's einen Scheißdreck, ob Sie noch irgendwelche alte Rechnungen offen haben. Außerdem ist mir völlig schnuppe, was alles schief gelaufen ist, und mit der alten Leier, dass Sie Ihr Bestes versucht hätten, brauchen Sie mir erst recht nicht zu kommen. Diese Tiere leiden, und Sie können dem ein Ende machen. Das wäre die anständigste Lösung. Bevor das Gesetz einschreiten muss.«

»Parsons.« Chas lächelte. »Der hat so seine eigenen Pläne.«

»Ich helf Ihnen dabei, Chas.«

Barry brachte Chas' Whiskey und blieb dann stehen, als zögerte er, sich noch einen Schein vom schrumpfenden Häuflein auf dem Tisch zu nehmen. Barrys Kopf wurde von hinten beleuchtet, sodass sein Gesicht im Schatten lag, weshalb es Chas schwer fiel, das Mitleid auszumachen, was dort, wie er wusste, zu finden war. Chas drehte sich zu Purvis um. »Sie wollen mir helfen? Dann zahlen Sie diese Runde.«

Purvis glitt aus der Sitzecke. Er gab Barry Geld für die Drinks und ging.

»Also, das nenn ich wahre Nächstenliebe«, sagte Chas und nippte an seinem Whiskey. Er machte es sich gemütlich, teilte sich Dollars und Cents für den Abend ein, wie lang der auch immer dauern mochte, und trank, bis die Ränder ausfransten. Die Jukebox spielte immer und immer wieder dieselben Lieder, doch Chas ertappte sich nun dabei, dass er sie mitsummte. Im Deckenlicht verschwammen die Gesichter an der Bar. Flaschen staken im Tresenschrank wie schussbereite Gewehre zwischen fassbauchigen Gläsern, in denen eingelegte Schweinsfüße, Würstchen oder Eier in brackiger Lake lagen, sodass er sich auf den ersten Blick an den umherziehenden Monströsitätenzirkus erinnert fühlte, den er als junger Mann in Havre gesehen hatte, diese Reihen von Glaskrügen: Quallen, einen zweiköpfigen Aal, den sechsbeinigen Frosch, ein Lamm, dem ein Bein aus dem Bauch gewachsen war – Phantasmen dank Schwermetall und Inzucht, von Präparatoren ausgeheckte, mythologische Kreaturen. Und die Krönung des Ganzen: auf quietschendem Drehtisch schwamm ein menschlicher Fötus in Alkohol, zog seine eigenen, langsamen Bahnen in der Flüssigkeit, Hinterbacken stupsten ans Glas, fahle Eierovale.

Er würde sich jetzt eins bestellen, fand er, ein Ei, falls er es schaffte, und er lehnte den Kopf ans Polster und hörte dem Gerede zu: Fußball und Kinder, Vieh und Ernteberichte. Er sah den alten Jerry Tallwell auf seinem Barhocker kippeln, und plötzlich stand Chas klar vor Augen, wie er in ein, zwei Jahren kopfüber durch eine Mähmaschine purzelte, während sich die Schneidklingen noch drehten, Weizen und Sand in einer Wolke himmelwärts stiegen. Schließlich fand Chas sich auf dem Abort wieder, das Pinkelbecken mit Kotzbrocken verstopft, die aus ihm aufstiegen und im Wasser schwammen, während er sich erleichterte, und trotz Dunkel und Gestank fühlte er sich tatsächlich erleichtert, trotz der Musik, die an die Tür wummerte, der Stimmen, die zum Gelächter anschwollen, sodass er selbst lachte, während er an seinem Reißverschluss hantierte. Als er es zurück in die Bar geschafft hatte, sah er, dass sein Tisch abgewischt worden war, und merkte, dass man ihm sein letztes Geld in die Tasche gestopft hatte. Von der schwarzhaarigen, kürzlich geschiedenen Tochter von einem alten Kumpan seines Vaters, einer Frau mittleren Alters, wurde er abgelenkt, und obwohl er nicht auf ihren Namen kam, bot sie ihm an, ihm einen auszugeben, nahm ihn an die Hand und führte ihn durch das Gewirr der Tische, vorbei an den rücksichtsvoll zugewandten Männerrücken hinaus in die Dunkelheit hinter der Bar.

Sechstes Kapitel

Ike saß in Richter Costellos Arbeitszimmer. Der Richter fand die Lage bedauerlich. »Passiert eben«, sagte er und rollte auf seinem Bürostuhl zurück. »Damals, im Winter neunundvierzig-fünfzig, hat der ganze Staat gestunken - Vieh verweste auf den Feldern.« Er zuckte die Achseln. »Dieser Stubblefield ... ein Fall von schlechtem Urteilsvermögen. Hochmut kommt vor ...« Der Richter, ein kleiner Mann, der durch den Mahagonitisch noch kleiner wirkte, senkte den Kopf so weit, dass Ike sehen konnte, wo die schwarze Haartönung die Kopfhaut verfärbt hatte. »Haben Sie noch nie daneben gelegen?«

Die Beine waren vornehm übereinander geschlagen, eine Schottenmustersocke war verrutscht und hing um den Knöchel. »Letzten Endes ist es *sein* Vieh. Unsere Wähler sind ziemlich eigen, wenn es darum geht, was ihnen gehört und wer ihnen in ihren Besitz reinredet. Sie haben Hypotheken auf ihre Häuser, ihr Land, auf Scheunen und Maschinen aufgenommen. Sie führen Buch im Kopf, wissen welche Kuh welches Kalb wann geboren hat, und manchmal können sie die Ahnenreihe bis zur Herde ihrer Großväter zurückverfolgen. Die nehmen das schrecklich persönlich.

Der Regen bleibt aus, Preise fallen, die Frau ist liederlich, trotzdem können sie den Finger auf eine Stelle im Buch legen und sagen, in welcher Ecke dieser Bulle steht und wie lang er noch braucht, bis er auf den Markt kommt.« Er wackelte bedenklich mit dem Kopf, doch sein Haar bewegte sich nicht.

»Nichts geschieht auf dieser Welt, Ike, was nicht schon mal geschehen wäre. Hier ist man es gewohnt, damit auf eigene Weise fertig zu werden. Dieser Mann ist ein Sonderfall, und es gibt keinen Menschen in unserer Stadt, der ihn deshalb nicht verurteilt, ihm nicht den Rücken zudreht, wenn er vorbeikommt. Aber wenn Sie ihm das Vieh nehmen, was glauben Sie, gegen wen die Leute sich richten?« Der Richter fischte ein kleines Stück Papier aus einem Stapel loser Blätter auf seinem Tisch.

»Ich hab hier eine Aktennotiz von Anwältin McCann, aber ich glaube nicht, dass ihr Herz an dieser Sache hängt. Wenn dem County die Wahl bleibt, sagt sie, ignoriert es solche Fälle meist. Zu teuer und keine Aussicht, die Kosten wieder reinzuholen. Ich könnte mit ihr reden.«

»Was nicht tot ist, das stirbt«, sagte Ike.

»Ja. Er ist ein Narr.«

»Mit einer Waffe«, fügte Ike hinzu.

»Das ist nicht gegen das Gesetz«, sagte der Richter.

»Aber Vieh verhungern lassen.«

»Nur dann, wenn es dem Gericht zur Kenntnis gebracht wird.«

Das Licht des späten Nachmittags fiel durch die Glastür, und das Haar des Richters schimmerte blau. Aus einem anderen Teil des Hauses wehte der Geruch von gebratenem Hähnchen herüber. Ikes Magen knurrte, außerdem hatte er Papierkrams zu erledigen. Er stand auf. »Was hiermit geschieht.«

Der Richter seufzte und nickte bedächtig. Er hielt Ike die Hand über den Schreibtisch hin. »Ich setz die Schriftstücke auf. Wir treffen uns mit Stubblefield in meinem Amtszimmer; mal sehen, ob wir die Sache nicht gütlich beilegen können.« Er begleitete Ike bis zur Tür. »Wenn's schmutzig wird, dankt Ihnen das kein Mensch.«

Ike stand neben Pattiann am Herd, hob Deckel an und linste in die Töpfe. Purvis hatte sich zum Essen eingeladen, war durch den Schneeregen die anderthalb Meilen zu ihrem Haus gelaufen und stand nun an der Hintertür und tropfte auf den Wollteppich. Pattiann rieb ihm Haar und Gesicht mit einem Handtuch trocken, einen Liebesdienst, den sie keinem anderen Gast erwies. »Er ist wie ein großer, struppiger Hund«, hatte sie mal zu Ike gesagt.

»Du brauchst eine Frau«, sagte Pattiann.

»Find mir eine, die mich aushält.«

»Amy Schumacher?«

Purvis zog den Kopf ein. »Schenk ich der mein Herz, frisst sie mich mit Haut und Haar.«

»Purvis!«, ermahnte ihn Pattiann.

Er hielt ihr drei Finger ins Gesicht. »Von so vielen wissen wir's. Sie ist eine Witwenmacherin.« Er tauchte unter Pattianns Armen durch und stellte sich neben Ike an den Herd. »Spaghetti?«

»Lasagne«, antwortete Pattiann, »falls ich je damit fertig werde. Warum schenkt ihr mir also nicht einen ordentlichen Whiskey ein und lasst mich endlich arbeiten?«

Ike und Purvis saßen im Esszimmer, während in der Küche Töpfe und Pfannen klapperten. Manchmal konnte Ike seine Frau sehen, wenn sie hinüber zur Speisekammer ging. Er dachte daran, wie beruhigend normal dies doch war – die Zeit vor dem Essen, der Schatten seiner Frau, der über den Türrahmen huschte. Er drehte das Glas in der Hand, nippte an seinem Drink und lauschte auf das Klirren der Eiswürfel. Purvis seufzte. »Sie könnte mich fast zur Ehe bekehren.«

»Bei mir hat's funktioniert«, sagte Ike.

»Da hab ich aber was anderes gehört«, sagte Purvis. »Angeblich musstest du ihr 1500 Meilen weit nachlaufen und sogar Geisel nehmen.«

Ike lächelte und legte die Füße auf den nächsten Stuhl. »Nein, keine Geiseln.«

Im Hintergrund schepperte ein Kessel, die Herdklappe ging gähnend auf und schlug wieder zu. Pattiann trug ein weiteres Gedeck herein, zündete die Kerzen an und löschte mit flachem Handschlag das Deckenlicht.

»Aber *Fräulein* Pattiann!« rief Purvis. »Kerzenlicht?«

In der Tür warf sie ihnen einen Blick über die Schulter zu. »Kann jede Menge Sünden verschönen.«

Purvis nickte. »Hättest lieber einen hübschen Kerl heiraten sollen.«

»Die Hefe ist bloß nicht richtig aufgegangen«, korrigierte sie ihn und verzog sich in die Küche.

»Wie, Purvis, du findest mich nicht hübsch?«, fragte Ike.

»So wohlwollend kann überhaupt kein Licht sein.« Er rieb sein trocknendes Haar. »Hab heute einen Anruf von Richter Costello erhalten.«

Ike wartete.

»Du hast es also wirklich getan«, hakte Purvis nach. »Mir wurde in Sachen Stubblefield ein Gerichtsbeschluss zugestellt.«

»Das klingt, als hätte ich meinen besten Hühnerhund erschossen.«

»Mein Daddy hat immer gesagt …«

»Bitte, Purvis, komm mir jetzt um Himmels willen nicht mit deinen hausgemachten Ratschlägen. Der Mann ist eine wandelnde Zeitbombe. Höchste Zeit, dem ein Ende zu setzen.«

Purvis kippelte mit seinem Stuhl nach hinten. Er sah älter aus, als er es nötig gehabt hätte. »Hab von der Geschichte mit Taylors Wagen gehört«, sagte er schließlich. »Glaubst du, Chas hat's getan?«

»Ich glaube, er wäre dazu fähig.« Ike kippte die Flasche an

und füllte ihre Gläser. »Und ich möchte nicht herausfinden, wozu er sonst noch fähig ist.« Er blickte auf und sah Pattiann in der Tür stehen. Das Licht aus der Küche lag wie ein fahler, roter Kranz auf ihrem Haar. Er wusste, dass Pattiann nicht über Stubblefields Probleme reden wollte, und in dieser Hinsicht war ihr missbilligendes Schweigen wie ein Barometer, das die Stimmung der Leute im Ort anzeigte.

Ike klopfte auf den Stuhl neben ihm, doch Pattiann blieb, wo sie war, gefangen im Halbdunkel, ihr Gesicht unkenntlich, zu sehen nur die Konturen von Brust und Hüfte, ihre Füße, die auf der Türschwelle standen. Sie strich mit der Hand über ein Trockentuch, das aus ihrer Jeanstasche hing, eine nervöse Geste. Sie war eine Frau, der sicher viele Männer verfallen wären und immer noch verfallen könnten, doch er war der Glückliche gewesen. Und wie gut hatten dafür die Chancen gestanden?

Purvis schaukelte mit seinem Stuhl, kippte ihn nach vorn und pflanzte seine Ellbogen auf den Tisch. »Der Richter wollte meine Meinung hören. Vor drei Tagen hätte ich mich da wohl noch rausgehalten. Jetzt frag ich mich, ob du nicht doch Recht hast. Überall hör ich Gerede, Leute beziehen Position. Vielen tut er Leid. Sie glauben, die Bank brät ihm eins über. Und nichts tun sie lieber, als sich über Banken das Maul zu zerreißen.«

»Mein Vater hat immer alles bar bezahlt. Lag an der Wirtschaftskrise. Hat sie nie überwunden. ›Als die Banken ihre Tore schlossen‹, pflegte er zu sagen, ›gaben sie den Leuten für jeden Dollar zehn Cents. Aber sobald sie am Zug sind, leeren sie dir die Taschen – Einszehn oder mehr für jeden Dollar, den du dir geliehen hast, und vor denen ist kein Tor zu schließen.‹« Purvis zwirbelte sein Glas in der Hand. »Die Leute können hier verdammt nachtragend sein.«

»Und ich fürchte, Chas hat allen Grund dazu.« Er nippte an

seinem Whiskey. »Pattiann«, rief er zur Tür hinüber. »Wo bleibt das Essen?«

»Ist im Ofen«, sagte sie.

»Gut.« Er klopfte auf den Stuhl neben sich. »Beweg deinen hübschen, scharfen Verstand zu mir rüber und setz dich neben mich.«

Er schenkte ihr nach. »Weißt du, was mir an dir gefällt – du hast den Timer für die Lasagne eingestellt? Gut, gut – du duftest, wie Gott die Frauen duften lassen wollte.« Tief sog er die Luft ein. »Nach Wurst, Zwiebeln und italienischen Tomaten.«

»Mensch, Purvis, gibst du allen Frauen das Gefühl, ein Feinkostladen zu sein?«, fragte sie.

Er schlang einen Arm um ihre Schulter und blies einen Kuss auf ihre Wange. »Nur den besten. Ein Tierarzt verdient übrigens mehr als ein Sheriff.«

»Einen zu viel gehabt, wie?« Pattiann schob Purvis' Glas außer Reichweite.

Ike lachte. Pattiann wurde einfach mit jedem Mann fertig. Jahrelanges Training mit Ranchern, Cowboys und anderen halsstarrigen Kreaturen.

»Wieder mal abgeblitzt«, sagte Purvis und langte nach seinem Glas.

»Soll ich dich jetzt bemitleiden?«, fragte Ike.

Doch Purvis blähte seinen Brustkorb. »Darauf kann ich verzichten.« Er drehte sich zu Pattian um. »Und? Was denken die Leute so über Stubblefield?«

Pattiann nahm einen langen, tiefen Schluck und wollte aufstehen. »Ich muss mal nach dem Essen sehen.«

Purvis schnaubte verächtlich.

Pattiann setzte sich wieder. »Sie halten nicht viel von ihm oder seinen Geldgeschäften. Und sie haben's nicht gern, wenn Vieh verhungert, aber sie erleben's nicht zum ersten Mal.« Sie schaute sie beide an.

»Ihr eigenes Vieh?«, hakte Purvis nach.

Pattiann blickte ihn bestürzt an. »Nein, nicht dass ich mich erinnern könnte.«

»Ist noch nie passiert«, sagte Purvis. »Passiert auch nie. Denn dein Vater hat wie die meisten Leute hier viel mehr Anstand als Stubblefield. Mag sein, dass es mit Geld angefangen hat, aber Geld hindert ihn schließlich nicht daran, die Tiere von ihrem Elend zu erlösen. Nein, er steht im Rampenlicht, wo die meisten Leute beschämt den Kopf einziehen würden, aber er verneigt sich stolz.«

»Findest du das nicht ein bisschen dick aufgetragen, Purvis?«, fragte Pattiann mit verkniffenem Mund. »Glaubst du nicht, dass mehr dahinter steckt?«

Ike beobachtete aus den Augenwinkeln, wie sie sich aufrichtete, das Kinn reckte und die Ellbogen anwinkelte, Kampfhaltung annahm. Er spürte die Glut erlöschen, die ein angeregtes Gespräch, Kerzen und Whiskey in ihm entfacht hatten. Er war verärgert, und es überraschte ihn, dass der Ärger sich vor allem gegen Purvis richtete, der Wendung, die er dem Gespräch gegeben hatte; und Ike fragte sich, was damit über sein eigenes Schweigen in den letzten Tagen ausgesagt war, darüber, wie er dem Problem aus dem Weg gegangen war, der Frage, was die Stadt davon hielt oder auch nur, was Pattiann darüber dachte? Über Stubblefield.

Purvis rutschte auf seinem Stuhl nach hinten. »*Natürlich* steckt mehr dahinter. Mehr als ich, Ike oder Stubblefield auch nur ahnen. Ich will gar nicht leugnen, was es ist, eine Tragödie nämlich, aber ich werde auch nicht einfach vergessen, was ich gestern Abend gespürt habe, als ich ihn zufällig in der Bar traf. Vielleicht lag's bloß am Alkohol oder an meiner mangelhaften Intuition, aber ich glaube, das Elend der Tiere freut ihn, die Verlegenheit der anständigen Leute, selbst das täppische Hilfsangebot von einem Landviehdoktor. Weißt du«, sagte er und drohte mit dem Zeigefinger. »Ich habe schon erlebt, dass Tiere eine heilende Wunde wieder auflecken, weil ihnen der Blutgeschmack *gefallen* hat.«

Sie saßen im satten Küchendunst: Knoblauch und gebackene Tomaten mit einem pfeffrigen Nachgeschmack von Basilikum. Die Kerzen flackerten, als das Gebläse ansprang, und Purvis' Whiskeyglas warf einen wässrigen, bernsteinfarbenen Lichtkringel auf das weiße Tischtuch, über den er mit dem Finger strich, als wäre es ein Fleck. Keiner blickte den anderen an, bis Purvis sich schließlich räusperte.

»Hatte letztens einen interessanten Fall«, sagte Purvis. »Kam dieser Rancher zu mir, meinte, ich solle eine Vasektomie bei ihm machen. Behauptete, alle Ärzte, mit denen er bislang geredet hatte, hätten außer seinen Eiern noch ein Arm und ein Bein von ihm gewollt. Ich hab ihm erklärt, dass ich Tierarzt bin, kein allgemeiner Arzt. Ich würde höchstens Kastrationen durchführen. Sagt er: ›Verdammt, wenn ich das wollte, würde ich's selber machen.‹«

Ike lachte. Pattiann blieb einen Moment reglos, dann lächelte sie Purvis an. »Willst du uns damit etwa eine Lektion in Sachen Stubblefield erteilen?«

Gelassen erwiderte Purvis ihr Lächeln. »Ist es keine?«

Sie tätschelte seine Hand. »Bloß gut, Purvis, dass du ein Tierarzt und kein Prediger bist.«

Danach beruhigte sich das Gespräch wie der Atem nach einem harten Schwimmwettkampf und stockte nur noch einmal kurz, als Ike fragte, wie sich der junge Mattick mache. »Prima«, erwiderte Purvis und wich Ikes Blick aus. »Viel versprechend.« Mehr war ihm dazu nicht zu entlocken. Er aß zwei große Portionen Lasagne, bevor Ike ihm anbot, ihn nach Hause zu fahren, was er dankend annahm. Mit beiden Händen trug er seinen Bauch durch die Tür.

Als sie abends ins Bett gingen, war Pattiann unruhig; sie zerwühlte ihr Kissen, schob ein Bein über die Steppdecke. Sie seufzte.

Ike stützte sich auf die Ellbogen und ließ einen Finger über ihr entblößtes Bein gleiten. Pattiann zuckte zusammen. »Stimmt was nicht?«, fragte er.

Sie drehte sich zu ihm um. »Hat das Essen geschmeckt?«

»Purvis hat jedenfalls für zwei gegessen.«

Sie wartete einen Herzschlag lang im Dunkeln. »Wegen Stubblefield«, sagte sie dann. »Ich habe so das Gefühl, als würdest du was von mir erwarten. Du und Purvis, ihr beide.«

Ike blieb stumm.

»Und das ist merkwürdig, weißt du, weil Chas nämlich auch was von mir zu erwarten scheint. Ich hab ihn übrigens getroffen. Letzte Woche. Hab einen Kaffee mit ihm getrunken.«

Ike nickte im Dunkeln. »Schon gehört.«

»Was hast du sonst noch gehört?«, fragte sie. »Ach was, ist auch egal.« Sie warf die Decke zurück und setzte sich auf. »Nichts, was nicht stimmt, da bin ich mir sicher. Chas meinte, er wolle nur mit jemandem reden. Mit jemandem, für den auch was auf dem Spiel steht.«

»Zum Beispiel?«

»Meine Ehe, zum Beispiel.«

Ike nickte.

»Die Geschichte könnte ziemlich hässlich werden«, sagte sie.

»Ist sie schon«, antwortete er.

»Nicht zwischen uns. Noch nicht.«

»Da scheint es dir aber zwangsläufig zu enden?«

Sie seufzte. »Ich halte es durchaus für möglich. Du nicht?«

Ike verschränkte die Hände hinterm Kopf. »Mich beunruhigt bloß, dass Chas zu dir gekommen ist, dass er glaubt, dich benutzen zu können. Und dass du so lang gebraucht hast, mir davon zu erzählen.«

Pattiann seufzte und zog die Steppdecke über ihre Beine. »Mit Chas und mir, das fing an, da waren wir noch Teenies, beide verrückt und voller Trotz. Wir waren achtzehn, als Chas zum ersten Mal zu mir nach Haus kam. Er hatte seine beste Jeans und ein sauberes, kurzärmeliges Hemd an – zugeknöpft bis zum Hals –, trat ins Haus mit dem Hut in der Hand, Haar eingefettet und zurückgekämmt, ein blendend aussehender junger Mann. Hätte mir fast das Herz gebrochen …«

Und Ike glaubte ihr aufs Wort, wenn er daran dachte, wie ihn Chas' Lächeln getäuscht hatte, wie jung er ausgesehen hatte, so seltsam verletzlich, und wie Ike gedacht hatte, dass vielleicht doch etwas in Chas steckte, das man mögen, das man einen Freund nennen konnte.

»Mein Dad begegnete ihm auf der Veranda, hielt ihn zurück, noch bevor er die Tür geöffnet hatte. Musterte ihn von oben bis unten wie Zuchtvieh auf dem Markt. Man konnte es ihm ansehen – Chas konnte es, das wusste ich –, wie er einen Rückzieher machte, noch ehe er ihm auch nur die Hand gegeben hatte. Er sah Chas nur einmal kurz an wie ein Stück Fleisch auf Hufen, die Brust zu flach, vielleicht auch die Schenkel zu schwach. Mit seinem unbestechlichen Blick hatte sich mein Vater die Ranch aufgebaut, und es war so sicher wie das Amen in der Kirche, dass Chas den Test nicht bestanden hatte.« Sie strich über die Steppdecke, tätschelte sie wie ein temperamentvolles Pferd. »Was für mich Grund genug war, bei Chas zu bleiben, fürs erste jedenfalls.«

»Und später?«

»Das ist heute schwer zu verstehen. Vor allem, weil ich gar nicht drüber nachdenken will; außerdem ist das meiste sowieso einfach vorbei. Ich kann allerdings nicht bestreiten, dass bei mir mehr als bloß Halsstarrigkeit und Trotz im Spiel waren. Ein echter … Respekt.«

Es war dunkel im Zimmer, und Ike wünschte sich, er könnte

ihr Gesicht sehen. Er versuchte, den Klang ihrer Stimme zu deuten, doch kam er sich dabei vor, als wollte er einem Verdächtigen auf die Schliche kommen. »Respekt. Klingt, als hättet ihr euch nur die Hände geschüttelt.« Sie lachte und lehnte sich an ihn. Er schlang den Arm um sie, und sie drückte ihr Gesicht an seine Brust und küsste die schmale Stelle, an der sein Arm in die Brust überging, eine leichte, luftige Berührung, die es ihm möglich machte, wieder zu atmen. Das ist es, was uns rettet, dachte er, diese Gesten, die tiefer reichen als alle Vernunft.

»Ich habe ihn nie geliebt. Selbst damals, als ich mir alle möglichen Gründe für die Dinge überlegte, die ich tat, war von Liebe nie die Rede. Er war da. Er fühlte sich einsam und verletzt. Genau wie ich.« Sie kuschelte sich enger an ihn. »Ich wollte seine Wut.« Sie atmete schwer. »Sie sollte meine schüren.«

»Purvis hat Recht.« Sie zog die Decke bis unters Kinn. »Was Stubblefield angeht. Sein Vieh. Er missbraucht es für seine Zwecke«, sagte sie.

Ike wickelte eine Strähne ihres Haars um seine Hand und strich mit Daumen und Zeigefinger darüber.

»Kennst du diesen Ausdruck in Stubblefields Augen?«, fragte sie.

Er war sich nicht sicher. Er hielt die Hand still und wartete.

»Rache«, sagte sie, drehte sich um und legte sich in seine Armbeuge. »Und die macht mir eine Scheißangst.« Einen Atemzug lang blieb sie still. »Aber weißt du, was das Verrückteste ist?« Er spürte, wie sie den Kopf zu ihm umdrehte. »Etwas in mir will immer noch seine Freundin sein.«

Einer nach dem anderen eilten die Leute früh am Morgen ins Gerichtsgebäude, den Mantel gerafft zum Schutz vor dem Wind. Bürgersteige waren freigeschaufelt, und die halb Meter hohen Schneewälle auf beiden Seiten glitzerten wie frisch gezuckerte Donuts. Chas hockte auf den Stufen, sodass die Leute um ihn herumgehen mussten, als wäre er eine steinerne Statue. Er war schon im Gericht gewesen, als noch kaum jemand hergefunden hatte und die Heizkörper gerade erst krachend und zischend zum Leben erweckt waren. Die Sekretärin, eine ältliche Schlampe in schwarzem Kleid, hob ihr gepudertes Gesicht und sagte ihm, der Richter mache sich noch im Amtszimmer zurecht, ob er so lange warten wolle? Er war auf dem Absatz umgekehrt und nach draußen gegangen. Chas hatte sich für seinen Auftritt fein gemacht. Er trug seine Miststiefel.

Er saß da, den Kopf vornübergebeugt, und fror, dass ihm die Wangen schmerzten. Als die Tür in seinem Rücken aufging und die Schlampe ihn rief, drehte er sich nicht um, sondern starrte über den Platz dorthin, wo Tauben auf einem Belvedere hockten, während über ihnen ein kreischender Habicht seine Kreise zog.

Er hörte sie die Treppe herunterkommen, der Atem keuchend, dann ihre Hand auf seiner Schulter, die er fortschlug, als wäre sie eine Fliege.

Ihr Haar hatte sich im Wind gelöst, die Strähnen gelb wie Stroh und spärlich wie ein nachgelesenes Feld. Er stand auf, ging an ihr vorbei und ließ die Tür in ihren Scharnieren wummern. Ihre kurzen Hacken klackten gegenläufig zu seinen laut bullernden Stiefeln, doch als sie ins Büro traten, huschte sie an ihm vorbei und zupfte abwechselnd an Kleid und Haar, ehe sie die Zwischentür öffnete. »Er ist hier drinnen«, sagte sie und tauchte aus seinem Blickfeld.

Chas wischte die Stiefel an der Schwelle ab, ignorierte die Hand des Richters und nahm in einem Sessel mitten im Zimmer Platz.

Der Richter setzte sich ebenfalls. »Schön, Sie zu sehen, Chas«, sagte der Richter. Der Tierarzt saß in einer Ecke. Parsons sah von der Seite aus zu, seine Blicke trafen die von Chas. Er nickte, und Chas fand, dass sich etwas Neues, etwas anderes in die Haltung des Sheriffs geschlichen hatte. Als ob sich eine neue Sorge in ihm breit gemacht hätte. Chas erwiderte das Lächeln, beachtete aber den Richter nicht weiter. »Sie grinsen wie ein Honigkuchenpferd, Parsons! Passen Sie bloß auf, dass Sie sich nicht verschlucken.«

»Chas«, sagte Purvis. »Machen Sie die ganze Sache doch nicht …«

»Halten Sie den Mund«, herrschte Chas ihn an.

Der Richter erhob sich. Lächelnd wandte sich Chas zu ihm um.

»Wir sind hier, um Ihnen einen Gefallen zu tun, Mr. Stubblefield.«

Chas lachte.

»Ich erwarte von Ihnen, dass Sie uns diese Gefälligkeit erwidern«, sagte der Richter und griff nach einem Stapel Papiere. »In dieser Anzeige wird behauptet, Sie hätten Ihr Vieh derart vernachlässigt, dass der Tatbestand der Tierquälerei gegeben sei. Besagte Herde sei tot oder liege im Sterben, verletze jegliche Auffassung von menschlichem Anstand und stelle eine ernsthafte Gefahr für die Gesundheit des Bezirks dar. Wir sind hier zusammengekommen, um eine Lösung zu finden und Ihnen möglichst jede Verlegenheit zu ersparen.«

Es war warm im Zimmer. Er konnte riechen, wie sich seine Stiefel erwärmten, ein süßer, ranziger Geruch. »Wo ist Taylor?«, fragte Chas. »Und Coker?«

Der Richter legte die Papiere hin. »Sheriff Parsons hat die Anzeige erstattet, und Purvis hier hat das Problem bestätigt. Ist doch eine Selbstverständlichkeit, Mann. Gehört sich so. Sie müssen wegen der Tiere einfach was unternehmen.« Er lehnte sich in seinem Sessel zurück. »Wie wär's mit einer Tasse Kaffee?«

»Whiskey wär' mir lieber.«

Der Richter seufzte. Purvis rollte mit dem Kopf, als hätte er Nackenschmerzen. Parsons trat an das Fenster zum Hof.

»Der Habicht immer noch draußen?«, fragte Chas, und Parsons schaute in den Himmel und nickte.

»Wir werden wie folgt vorgehen«, mischte sich der Richter ein. »Wir einigen uns von Nachbar zu Nachbar darauf, dass Sie sich um diese Sauerei kümmern, oder Sie geben uns freie Hand, und wir erledigen das.«

»Und falls ich nicht einverstanden bin?«

»Kommt's zum Prozess, Sie verlieren die Herde, Sie zahlen die Gerichtskosten, es gibt eine Geldstrafe und Gefängnis.«

»Einen Anwalt kann ich nicht bezahlen.«

»Ich werde Ihnen einen zuteilen.«

»Ich kann keine Strafe bezahlen.«

»Müssen Sie eben länger ins Gefängnis.«

Chas trommelte mit den Fingern aufs Hosenbein. Bücher säumten die Wände, goldbeschriftete Rücken. Bestimmt waren es Gesetzesbücher. Wälzer über die Lebenden und die Toten.

»Denken Sie über das nach, was ich Ihnen gesagt habe?«, fragte der Richter.

»Ich denke über die Lebenden und die Toten nach«, erwiderte Chas. »Und aus den Lebenden werden schnell genug die Toten, also ist letztlich wohl alles ein und dasselbe.« Chas stand auf und wischte sich die Hände an der Hose ab. Er sah sich um. Er ging die Regalreihe ab, ließ den Finger die Buchrücken entlanghüpfen wie einen Stock am Palisadenzaun, das leise Ta-bamm, Ta-bamm, Ta-bamm, stieß gegen Purvis' Sessellehne und ging weiter, bis er schließlich vor Parsons am Fenster stehen blieb. »Hier war ich noch nie.«

»Wir haben die Sache nicht in Gang gesetzt«, sagte Purvis.

Chas wandte sich zu ihm um. »Nein. Sie sind bloß das

lebende Werkzeug, das die Maschine anwirft. Parsons hier ist nur der Handlanger und Sie«, sagte er und zeigte dabei auf den Richter, »Sie drehen den Schlüssel um. Machen sich wohl nicht gern die Hände schmutzig, wie?« Er trat zurück in die Zimmermitte. »Ich muss los«, sagte er. »Hab noch viel zu tun.«

Der Richter erhob sich mit sichtlicher Mühe. Chas überlegte, zu ihm zu gehen, hinter seinen Tisch zu treten und den knochigen Ellbogen in seiner eigenen starken Hand zu zerquetschen, um dem alten Mann begreifen zu helfen, dass er trotz all seiner Bücher, Roben und breiten Tische in Wahrheit bloß ein Fliegenschiss war, genauso einer, wie es Chas' eigener Vater zum Ende hin gewesen war.

»Das war's dann?«, fragte der Richter mit erhobener Stimme.

»Falls Sie zum Abschluss nicht noch irgendwo mit Ihrem Hämmerchen draufhauen wollen …« Chas ging zur Tür, öffnete sie und blieb mit dem Rücken zu ihnen stehen. Als er sich umdrehte, hingen sie alle ihren eigenen Gedanken nach: Der Tierarzt dachte an seine Barmherzigkeit, der Sheriff an das Gesetz und der Richter an seine sauberen Hände. »Ich überleg mir's. Geb Ihnen morgen Bescheid.« Dann schloss er die Tür hinter sich. Die Sekretärin war noch nicht wieder da. Versteckte sich vielleicht.

Als er wieder in den Wind hinaustrat, wartete Taylor draußen, den Mantelkragen hochgeschlagen, die Hände in den Taschen vergraben. Sein Gesicht war aufgequollen, die Augen in die Haut gekeilt, als hätte er schlecht geschlafen. Die Sache hat auch ihren Reiz, dachte Chas.

»Stubblefield«, sagte Taylor. »Du Arschloch. Ich mach dich fertig.«

»Mit dem Auto hier, Taylor?«

Taylor ballte die Hände in seinen Manteltaschen zu Fäusten. Doch es waren weiche Hände an schwachen Handgelenken und dürren Ärmchen. Seine eigenen Hände ließ Chas locker herabbaumeln. Vor lauter Schwielen spürte er keine Kälte. Der kleine Scheißer tat ihm beinahe Leid.

»Ich hab ein Gewehr, Stubblefield. Setzt du noch mal einen Fuß auf meinen Grund und Boden, bring ich dich um.«

»Was du nicht sagst«, erwiderte Chas und schaute über den Marktplatz und auf die Leute, die von Wind und Schicksal über die Bürgersteige getrieben wurden. Wie Vieh. Er wandte sich wieder Taylor zu. »Man besorgt sich ein Gewehr, und hast du's nicht gesehen, richtet man's auf alte Freunde.« Chas ging an ihm vorbei. »So ein Gewehr ist gefährlich, Taylor. Das sollte man nicht geladen im eigenen Haus aufbewahren. Wer weiß, sonst spielt noch dein kleiner Köter damit und bläst sich ein Loch in den Hintern.«

Taylors Miene war wie erstarrt. »Dann besorg ich mir eben einen größeren Hund.« Er zog eine Faust aus der Tasche, doch Chas packte sie, bevor Taylor sie heben konnte, und hielt sie fest.

»Immer mit der Ruhe«, sagte Chas und drehte ihm den Arm um. Dann ließ er ihn los.

Taylor sah aus, als wäre er bestraft worden. Selbst ein geprügelter Hund. »Verdammt, Chas, es liegt doch nicht an mir, wer Geld kriegt und wer nicht. Da gibt es Richtlinien ...«

»Na, warum nimmst du deine Richtlinien dann nicht mit ins Bett und siehst zu, dass du mal wieder richtig ausschläfst?«

»Komm mir nicht noch mal zu nahe, Chas.«

»Taylor.« Chas schüttelte den Kopf, beugte sich vor und raunzte ihm ins Ohr: »Ich hab mir dich nicht ausgesucht. Du bist selbst an meine Tür gekommen, und wie schon Jesus sagte: Wer ins Himmelreich will, der braucht bloß anzuklopfen.« Er trat zurück und legte eine Hand hinters Ohr. »Was hör ich denn da? Ein Klopfen?«

Er trennte sich von Taylor und schlenderte davon, den Wind im Rücken, als wären sie alte Freunde.

Vielleicht lag es an der Büroarbeit, dass Ike so schlechte Laune hatte, diesem nie versiegenden Strom von Berichten und Anfragen, eine Plackerei, die er vorausgesehen, deren Ausmaß er aber nicht geahnt hatte, als er sich für den Job bewarb. Acht Stunden am Schreibtisch machten sogar das Fahren auf einsamen, verschneiten Straßen zu einer Verlockung. Vielleicht lag es auch daran, dass er den Vormittag in einem geschlossenen Raum mit Stubblefield und seinen stinkigen Stiefeln verbracht hatte. Und natürlich lag es vor allem an seinem Gespräch mit Pattiann, ihrer Verwirrung über ihre Loyalität zu Chas. Der Tropfen, der das Fass zum Überlaufen brachte, war Harley, der zu spät kam und einen ganzen Haufen von Entschuldigungen parat hatte, die letztlich aber alle darauf hinausliefen, dass er mal wieder mit der Fahrdienstleiterin rumgeknutscht hatte.

Ike reichte ihm ein Radargerät und sagte ihm, er solle sich in Dodson aufstellen – es hätte aus der Kleinstadt Beschwerden über Raser auf der Hauptstraße gegeben. Eine Stunde hin. Drei Stunden am Radar. Eine Stunde zurück. Damit hätte er ihn sich eine Weile vom Hals und für den Rest des Tages vom Tisch der Fahrdienstleiterin geschafft.

Harley schaute am Lauf der Radarpistole lang. »Verdammt, was soll ich damit um diese Jahreszeit aufs Korn nehmen? Vögel etwa?« Harley folgte ihm in sein Büro.

Ike setzte sich und stierte auf den Stapel Papiere. Seine Stimmung wurde immer miserabler.

»Dieser Neue, Dan, der könnte das doch machen. Tut sowieso nichts.«

»Harley«, sagte Ike, holte tief Luft und wartete.

»Na ja, ist doch bloß eine blöde Gespensterjagd.« Er fuchtelte mit der Radarpistole vor Ike herum.

Ike schloss die Augen. Er war hungrig, und er konnte den Mist in seinen Kleidern riechen, als hätte sich Stubblefields Gestank dort eingenistet. Die Pistole baumelte an Harleys Seite, als er die Augen wieder aufschlug. »Wie weit willst du die Sache noch treiben, Harley?«, fragte er.

Harley nickte mürrisch und verließ das Zimmer. Er schloss die Tür leise hinter sich, und das rechnete ihm Ike hoch an.

Er nahm den Schreibkram mit ins Diner. Fran wies ihm einen Platz in der hinteren Sitzecke zu. »Sie sehen aus wie ein Köder für Ungeziefer«, sagte sie.

Er knallte die Papiere auf den Tisch. »Ihre Steuergelder bei der Arbeit.«

»Sie nehmen am besten das Hühnchen. Dazu einen grünen Salat – hält die Verdauung in Schwung. Und noch ein schönes Glas Milch.«

»Wie wär's, wenn Sie noch Fieber messen und mir eine Entschuldigung schreiben?«, flachste er. »Ich will den Fleischkäse mit ordentlich Soße, extra Kartoffelbrei und so viel schwarzen Kaffee, wie Sie nur haben.«

»Und zum Abschluss wieder ein Eclair?«

»Muss sich Ihr Mann auch so einen Scheiß anhören?«

Die Farbe wich aus ihrem Gesicht. Sie trat einen Schritt zurück und wandte sich ab, drehte sich dann aber wieder um, setzte sich Ike gegenüber, legte die gefalteten Hände auf den Tisch und schaute ihm in die Augen. »Mein Mann isst, was ich einfriere, ruft freitags an, weil er wissen will, ob die Kinder und ich zum Wochenende nach Hause kommen, und wenn das nicht geht, fährt er die zwölf Meilen bis zu Jolene Pecks Wohnwagen, wo er bestimmt gut versorgt wird.«

Sie reckte ihr Kinn und presste die Finger zusammen, bis ihre Knöchel weiß schimmerten. Country-Musik dudelte am Küchenradio, Geschirr klapperte, eine Herdtür wurde geschlossen. Ein Gast ließ einige Dollarscheine und etwas Wechselgeld auf den Tresen fallen, stand auf und ging.

»Tut mir Leid«, sagte Ike. Und das tat es auch, doch fiel ihm nicht ein, was er sonst noch sagen sollte. Er schaute auf ihre

Hände, die Finger zu müder Faust gekrümmt. Und er wünschte sich, er könnte ihr was sagen, was für sie tun. Er fragte sich, wie ein Mann, der mit ihr verheiratet war, eine andere Frau auch nur ansehen konnte. Und er staunte, wie leicht sich das Leben änderte, wie er gerade noch allein gelebt, auf dem Polizeirevier einer großen Stadt gearbeitet und jeden Abend den Fleischkäse spezial verdrückt hatte, und nun war er plötzlich hier, im Diner dieser kleinen Stadt, und versuchte, sich an Frans gebrochenem Herzen vorbeizulavieren, sich seinen Weg durch Pattianns verzwackte Loyalitäten zu suchen. In einem anderen Leben hätte er auch Chas sein können, um den herum die Welt zusammenbrach. Ike schloss die Augen. Tatsache war, dass er *verstand*, was für ein Mitleid Pattiann mit Stubblefield empfand, aber er konnte es nicht *fühlen*. Er schaute Fran an. »Er ist ein Idiot«, sagte Ike. »Ihr Mann.«

»Nein, ist er nicht. Er denkt nur praktisch. Vor allem dann, wenn es um *seine* Bedürfnisse geht. Und ich«, sie zeigte mit dem Finger auf sich, »bin eine praktisch denkende Frau. Ich habe drei Kinder, die ich liebe und die ihren Daddy lieben. Ach, du grüne Neune, was Sie sich alles anhören müssen.« Sie tippte mit einem Finger auf den Stapel Papiere – »als müssten Sie sich nicht schon um genug Blödsinn kümmern« – und sie zwängte sich aus der Sitzecke.

»Fleischkäse?«, fragte sie.

»Hühnchen«, antwortete er. »Mit grünem Salat.«

Sie nickte und klappte ihren Notizblock auf.

»Aber Kaffee. Ein Mann muss sich schließlich auch mal durchsetzen können.«

Schweigend aß er sein Mittagessen, das Hühnchen war gut, der Salat frisch. Als Ike fertig war, ging die Tür auf, und Joe Mattick kam herein, nach ihm ein Schuljunge, dann Lester Colcoc, ein Stallbursche von einer Ranch, ein vernünftiger Kerl, jedenfalls solange er nüchtern war. Was er im Augenblick nicht zu sein schien. Üble Gesellschaft. Und Ike fiel wieder ein, wie Purvis einem Gespräch über Joe ausgewichen war. Er schaute auf seine Uhr. Halb zwei. Ein bisschen spät für die Schulpause.

Von dem Hühnchen waren auf seinem Teller nur noch Knochen übrig. Er dachte daran, sich ein Stück Kuchen zu genehmigen, überlegte es sich dann aber anders. Fran brachte die Rechnung. Er schob die Papiere zu einem ordentlichen Haufen zusammen und wollte gerade aufstehen, als sie eine Hand auf seine Schulter legte. Behutsam. Doch mit leisem Nachdruck.

»Wie geht's Pattiann? Kommt sie zurecht?« Sie lächelte, die Mundwinkel zuckten nervös. Sie redete nicht über Pattiann, sondern über sich selbst. Sie war eine junge, gesunde Frau, die versuchte, mit einem Treuebruch fertig zu werden. Die das Terrain erkundete.

»Klar«, sagte er. »Ihr geht's gut.«

»Prima.« Sie ließ die Hand sinken. »Dachte nur, ich frag mal nach.« Sie wich zurück, schaute auf ihre Schuhe, warf einen Blick über die Schulter und sah dann wieder Ike an. »Sagen Sie ihr, ich hätte mich nach ihr erkundigt, ja?«

Er nickte, aber sie war schon wieder unterwegs zu einem der anderen Tische. Am Tresen lümmelte sich der junge Mattick auf seinem Barhocker. Lester summte verhalten eine Melodie.

»Mittagspause?«, fragte Ike.

Der Junge neben Joe kicherte. »Schulfrei«, wagte er sich vor. »Die ganze Woche.« Er stupste Joe in die Rippen, doch Joe schlug seinen Arm beiseite. Lester sang jetzt »The Last Roundup«, einen alten Song von Rex Allen.

»Stimmt aber doch.« Der Junge glühte und zappelte nervös. »Wegen Trunkenheit suspendiert. Letzten Freitag schon.« Wieder kicherte er.

»Was du nicht sagst? Du warst betrunken?«, fragte Ike.

Joe zuckte die Achseln.

»Und Lester hier hat nicht zufällig was damit zu tun?« Ike griff zu, packte Lester am Kragen. Er hörte auf zu singen.

Er maß den Sheriff mit seinen Blicken, die Augen weiteten sich. »Oh je, der Sheriff!«

Wieder kicherte der Junge. Allmählich ging er Ike auf die Nerven. Insgeheim dankte er Fran für die Ruhe in seinem Magen. »Habt ihr Jungs etwa Lesters Schnaps gesüffelt?«, fragte er den Schuljungen.

»Keinen Tropfen. Wir sind völlig nüchtern«, sagte der Junge mit überschnappender Stimme.

Ike wandte sich an Joe. »Hab Purvis getroffen. Sagte, du würdest prima Arbeit leisten.«

Joe schien sich zu freuen. »Der alte Chevy läuft fast wieder«, sagte er. »Purvis meinte, ich würde keinen schlechten Tierarzt abgeben.« Joe schien diese Logik ebenso zu verwirren wie Ike. »Er hat gesagt, er würde mich in seiner Praxis helfen lassen. Keine großen Sachen, bloß Instrumente reichen, Tiere vorbereiten und so.«

»Würde dir das gefallen?«, fragte Ike.

»Klar. Glaub schon. Will mich dafür bezahlen.«

»Könnte schlimmer kommen«, sagte Ike. Er blickte Lester an. »Haben Sie noch Arbeit, Lester?«

»Lazy K - Ranch. Im Moment noch, für eine Weile noch, für immer.« Er legte den Kopf in den Nacken.

»Gut. Würde mir gar nicht gefallen, wenn mir zu Ohren käme, dass Sie keine Arbeit mehr haben, sich bloß rumtreiben oder Kinder besoffen machen.«

»Schon kapiert«, sagte Lester. »Milkshakes für alle. Schokolade, okay?« Die Jungs nickten. Und wieder stimmte er den Refrain von »The Last Roundup« an.

Chas hielt vor Cokers Futtermittelhandlung. Der Ladengehilfe sagte, Coke sei ›unpässlich‹.

»Heißt das, er hat Dünnschiss und hockt wie angenagelt auf der Klobrille?«

»Was? Ich weiß nicht. Er ist nicht da. Kann ich Ihnen helfen?«

»Klar doch. Siehst du den Pickup da draußen. Wie wär's, wenn du den mit Getreidepellets auffüllst?« Chas kippelte auf den Hacken, schaute prüfend in die Gänge der Lagerhalle, ob es dort was Interessantes gab.

»Futter für Rinder?«

»Sehe ich vielleicht wie ein Schweinebauer aus? Oder wie ein Schafhirt?« Er wippte nach vorn auf die Zehen. Der Junge wich zurück. Bloß ein junger Spund. Stoffelig und schlaksig.

»Wie viele Säcke?«

Chas dachte nach, knibbelte an seinem Kinn. »Sagen wir zwanzig, pack sie eng zusammen.«

Der Junge lächelte. Sein größtes Geschäft heute. »Bar oder auf Kredit?«

Chas zeigte mit dem Daumen auf den Lautsprecher. »Weiß Coker, was hier für'n Zeug läuft, wenn er nicht da ist?« Unbeholfen probierte Chas einen Tanzschritt, gab dann aber auf. »Einfach grauenhaft.« Er ging zur Tür. »Mach dich wieder an deine Arbeit. Hab wohl mein Geld vergessen. Und sag Coker hallo von mir.«

»Von wem bitte?«

Doch Chas war bereits im Lager und ging zum offenen Bansentor. Die Sonne schien. Es sah nach einem dieser schönen Tage aus, an denen die Sonne hoch im weiten Blau hing. Er blickte über die Schulter, aber der Junge machte sich wieder an den Regalen zu schaffen, die Hüften zuckten im Takt. Chas schaute sich um. Futter. Futter und noch mehr Futter. Doch dann fiel sein Blick auf etwas, nach dem er gesucht hatte, ohne es auch nur zu ahnen. Er schnappte sich die kleine Schachtel, schob sie sich unter den Mantel und sprang von der Laderampe. Er verstaute sie unter dem Sitz. Als er die Pritsche rückwärts ausparkte, knallte die Sonne blendend weiß auf die vereiste Windschutzscheibe, war aber gleich wieder aus seinem Blickfeld verschwunden. Ihm war, als hätte ihn von Kopf bis Fuß ein Blitzstrahl zerspalten und hätte ihn mit einer plötzlichen Eingebung reingewaschen. Wenn er jetzt den Mund öffnete, würde er in Feuerzungen reden.

Siebtes Kapitel

In der Küche, am Dielentisch, freigewischt mit dem Handballen, schlitzte Chas Fleischwürfel auf. Filetstücke. In jeden Würfel ritzte er eine Tasche, fühlte mit dem Finger hinein, vor und zurück, säuberte ein hübsches, enges Plätzchen. Er summte dabei »Rock of Ages«, eine Melodie, die seine Mama so gern gemocht hatte. Auf dem Tisch vor ihm stand die Schachtel, die er sich in Cokers Futtermittelhandlung unter den Nagel gerissen hatte. Fünfundzwanzig Päckchen Rattengift in Alufolie, jeweils zu fünf Päckchen angeordnet. Er wickelte eins aus, schnupperte daran. Roch gar nicht schlecht. Er stopfte es in die Fleischtasche, drückte den Schlitz über dem Leckerbissen wieder zusammen und legte das Stück beiseite. Er ließ sich Zeit.

»Große Hunde, kleine Hunde. Komm, Fido, komm.« Er probierte einen Pfiff, stellte sich einen Hund vor, irgendeinen – dickbäuchig, langbeinig, mischfarbig –, wie er angekrochen kam, um sich den Leckerbissen zu stibitzen, ihn herunterzuschlingen. Er steckte zwei rein, ging auf Nummer sicher, legte den Brocken nach links, merkte ihn für einen großen Hund vor, einen sehr großen Hund.

Er dachte an Taylors kläffenden kleinen Köter. An Cokers Töle an kurzer Kette. Die vielen Stadthunde. Arbeit für eine Nacht.

Er hatte für Hunde nichts übrig, genauso wenig wie sein Vater, der auch für Katzen, Frauen und Kinder nichts übrig gehabt hatte, obwohl er sich eine Frau aufbürdete und mit ihr ein

Kind zeugte. Wo da der Spaß blieb? Na ja, das war, als würde man einen Hund vergiften, bloß zog man's über Jahre raus. Er stellte sich seine Mutter vor, diese kleine, untaugliche Frau – die Leinenwäsche in der Brauttruhe, gebleicht und gelaugt, gebleicht und gelaugt – wie sie Avery nicht anders als all die anderen Beleidigungen in sich aufnahm, die er immer wieder austeilte. Chas legte eine zweite Extraportion zur Seite. Manche Lebewesen waren geborene Märtyrer: Kühe, Schweine, Schafe, Ziegen, Hunde, Hühner, Frauen. Nachdem er das letzte Päckchen verstaut hatte, stopfte er das präparierte Fleisch in einen Papiersack.

Draußen lag die Nacht schwarz unterm Neumond. Die Sterne pulsierten so klar und nah, dass der Himmel herabzufallen schien, als Chas den Kopf in den Nacken legte, und er breitete die Arme aus, um den plötzlichen Schwindel abzufangen, weshalb der Papiersack in seiner Hand wild hin und her baumelte, bis Chas ihn schließlich an sich drückte, wie eine Hand ein rasendes Herz beruhigen mochte. Frost versiegelte die Pritschenfenster, und Chas wartete in der Kälte, während das Warmluftgebläse tobte; sein Atem zog Reif über Wimpern und Brauen. Er überlegte sich eine Route. Das meiste wollte er für die Stadthunde aufsparen, aber mit gut zwei Dutzend Portionen konnte er es sich leisten, großzügig zu sein.

Von einem beinahe fiebrigen Schwindel gepackt, rollte er über den Highway. Dabei war es gar nicht das Töten selbst, das ihn in einen solchen Taumel versetzte, vielmehr dieses Gefühl von Zweckmäßigkeit, von Zielgerichtetheit, auch wenn es nur für wenige, flüchtige Stunden vorhielt. Er hatte eine Entschlossenheit wieder entdeckt, die seine innere Uhr erneut auf Echtzeit einstellte, denn war es nicht eben das gewesen, was ihn in diesen Tagen am meisten erschreckt hatte, dass er nämlich feststellen musste, wie sein Leben zu einer bloßen Aneinanderreihung seltsamer Momente verkam, die sich zu Stunden häuften, zu Tagen, zu gar nichts? Manchmal kam er sich vor wie ein Toter im Wartezustand.

Außerhalb der Stadt stellte Chas die Scheinwerfer ab und fuhr auf Seitenstraßen weiter. Er hielt hinter der Werkstatt von Truman, dem Automechaniker der Stadt, wo jeden Tag andere Wagen und Laster standen und darauf warteten, repariert zu werden. Ein weiteres Fahrzeug würde dort überhaupt nicht auffallen. Chas ging zu Fuß weiter und stellte fest, dass er das Fleisch meistens bis zu den angeketteten Hunden werfen konnte. Auf dem Hinterhof des Gemischtwarenladens fand er einen Streuner, der einen Müllcontainer durchwühlte. Ein langhaariger Mischling mittlerer Größe mit ungleichmäßigem, schwarzweißem Fell – wohl eine Jagdhundkreuzung. Das Tier trottete zu Chas, die Nase unverwandt auf den Papiersack gerichtet. Chas trat in den Gebäudeschatten. Der Hund lief ihm nach. *Sitz* sagte Chas. Der Hund setzte sich, wedelte mit dem Schwanz. »Leg dich«, sagte er, und das Tier warf sich auf den Bauch. »Guter Junge.« Chas tätschelte den breiten Schädel. Die dunklen Augen blickten vertrauensvoll zu ihm auf. Chas griff in den Sack und nahm einen Fleischwürfel heraus. Der Hund richtete sich auf. Chas zog das Fleisch zurück. »Nein«, sagte er. »Leg dich.« Und der Hund gehorchte ihm.

»Schon besser«, sagte Chas und streichelte über die schwarzweiß gestreifte Stirn. Der Atem des Hundes wärmte seine Hand, der Schwanz klopfte leise auf den Asphalt. Er umschloss die Schnauze mit einer Hand und hielt dem Hund das Fleisch vor die Augen. Chas hätte schwören können, dass der Hund lächelte. »Ich glaub, es geht schnell«, sagte er, und es überraschte ihn, wie sehr sich seine Worte nach einer Entschuldigung anhörten. Macht keinen Unterschied, sagte er sich, ein Tod ist wie der andere, ob Kuh oder Hund. Trotzdem zog er das Stück Fleisch zurück, und der Augenblick verstrich, dann noch einer und noch einer, jeder zog sich weiter in die Länge. Noch vor wenigen Minuten, nur zwei Häuserblocks entfernt, war es ihm leicht gefallen, das Fleisch über den Zaun zu werfen, stehen zu bleiben und sich anzuhören, wie der Kettenhund schlabbernd den Leckerbissen runterwürgte. Das Geräusch zusammensackender Körper war ihm schließlich durchaus nicht fremd, denn trotz aller Gründe, die er an einfallsreichen Tagen anderen oder sich selbst nennen mochte, wusste er durchaus, welchen Anteil er selbst an der Ursache und den Umständen des Todes seiner Herde hatte. Der Hund legte den Kopf auf die Pfoten, die Augen unverwandt auf Chas gerichtet. Letztlich drehte sich alles ums Töten. Weil er es konnte. Weil er es wollte. Denn auch wenn man ihn für einen hilflosen Narren hielt, war er doch bestimmt nicht *harmlos*. Der Hund regte sich, kroch auf den Sack zu und vertuschte sein Vorhaben mit einer liebevollen Geste – er legte seinen Kopf auf Chas' Knie. Chas lächelte. Es entsprach der Natur der Hunde, für den Menschen den Clown zu spielen. Er wuschelte seinen Hals und spürte ein scharfes Gefühl des Bedauerns. Wenn es doch nur jemanden gäbe, mit dem er reden könnte. »Platz«, sagte er und legte dem Hund den Fleischwürfel auf die Nase. Der Hund schnupperte vorsichtig, rührte sich aber nicht vom Fleck, das Fleisch wachsam im Blick. Es war eine Frage der Selbstbestimmung. »Sei ein braver Junge, und wir werden sehen …« Er gab die Schnauze frei, das Fleisch schwebte im Dunkeln über der Hundenase. »Platz«, befahl er. Er würde ihm eine Minute lassen, vielleicht noch zwei, und wenn der Hund solange gehorchte … na ja, dann …

Chas ging in die Hocke und staunte, wie der Hund sein gespaltenes Wesen ertrug – Herz gegen Instinkt. Es wurde kälter, und Chas schlug den Jackenkragen hoch, vergrub die Hände in den Taschen. Raureif fiel, und drüben auf dem Parkplatz konnte er unter dem Bogen der Straßenlampe wie Glaspulver schimmernden Nebel aufsteigen sehen. Am Morgen würden die Telefonleitungen vor Frost starren, und Gebüsch, Steppenläufer und Salbei würden eindicken, sich mit Kristall ummanteln, aus dem Luftmeer geborene Korallen. Chas hob das Gesicht, schloss die Augen und stellte sich völlige Stille vor, die lange Nacht des Träumens, die es brauchte, um einen Eismantel wachsen zu lassen. Es war so ruhig, dass er meinte, hören zu können, wie sich die Kristalle formten, wie Reifen über den meilenweit entfernten Highway knirschten, wie Töpfe in der nahen Küche aneinander klapperten. Dann riss ihn das ferne Bellen eines Hundes wie ein Wecker aus seinen Gedanken, und als er zu dem Hund zu seinen Füßen hinabschaute, lag dieser da, geduldig im Dunkeln harrend, den Blick auf Chas gerichtet. Der Fleischklumpen war verschwunden.

»Braver Junge«, sagte Chas und empfand weder Freude noch Enttäuschung, nur Erleichterung, als wäre die willentliche Tat des Hundes eine Bestätigung seines eigenen Tuns. Auf die eine oder andere Weise wurden wir alle dazu gebracht, unseren eigenen Tod zu verschlingen.

Am späten Vormittag verließ Ike das Büro. Er schaute im Gericht vorbei. Keine Nachricht von Stubblefield, aber der Richter wollte nichts überstürzen. Ike hielt vor Purvis' Scheune und ließ sich vom Heizgebläse aufwärmen, ehe er in die Kälte hinausstieg. Er verweichlichte. Früher hatte er viele Stunden draußen und in den Scheunen gearbeitet, die Temperaturen im Januar minus zehn Grad und kälter, Schnee bis an die Dachtraufe. Doch hier lagen die Schwierigkeiten anders. Im offenen Gebäude wanderte der Schnee, wandelte sich ständig, und ohne Gebäude als Bezugspunkte wusste man erst, wie tief er war, wenn man drinsteckte. Man verirrte sich so leicht. Und darauf lief letztlich alles hinaus. Man wusste, wo man war, oder man wusste es nicht, und ihm war, als taumelte er ständig zwischen beidem hin und her. Teuflisch, wenn man Sheriff war und so was zugeben musste.

Ike fand seinen Freund in der Scheune. Vor ihm lag eine Reihe toter Hunde, der Größe nach geordnet, mit heraushängender Zunge, die Zähne fest zusammengepresst. »So geht das seit dem frühen Morgen«, sagte Purvis. »Joe ist unterwegs und holt noch mehr.« Er stupste einen steifen Terrier mit der Stiefelspitze an.

»Was ist los?«, fragte Ike.

Purvis schälte die Lippen eines Hundes zurück – ein Schäferhund, der zu fett und zutraulich geworden war, um der letzten, unfreundlichen Hand widerstehen zu können. »Strychnin. Kein schöner Tod. Ordinäres Rattengift. Die ganze Welt spielt verrückt. Neun tote Hunde, und es werden immer noch mehr.« Er rang nach Atem und hielt sich den Bauch. »Dabei habe ich noch nicht mal gefrühstückt.«

Ike ging vor ihm her ins Wohnhaus. Er machte den Kühlschrank auf, und ihm bot sich der längst vertraute Anblick: Plastiktüten voll mit diversen Kadaverteilen. Gewebeproben auf schmalen Objektträgern. Blut- und Urinröhrchen. »Kein Wunder, Purvis«, sagte Ike, »dass du nicht zu Hause essen willst.«

»Was?« Er drehte sich mit tropfnassen Händen zu ihm um, langte nach einem Handtuch, roch erst daran und trocknete sich dann ab. »Völlig sicher. Sind alle gut verpackt. Den Samen bewahr ich im Eisfach auf.« Er ging zu Ike, nahm ein Dutzend Eier heraus, einen Viertelliter Milch, zwei Koteletts und übrig gebliebene Bohnen, die Ike aber gleich in den Mülleimer kippte.

Ike briet die Koteletts, schnibbelte Schmorkartoffeln und schlug vier Eier darüber. Sie räumten eine Ecke vom Küchentisch frei und setzten sich. Purvis hatte den Kaffee gemacht, also trank Ike nur Wasser.

Er löffelte Ei mit Kartoffeln in sich hinein. »Joe wurde von der Schule relegiert, wusstest du das?«

Purvis nickte wieder. »Hat er mir erzählt.«

»Wegen Alkohol. War mit Lester Colcox unterwegs.«

»Hat er mir nicht erzählt.«

Ike biss vom Kotelett ab, kaute bedächtig. »Ich dachte mir, du würdest das bestimmt gern wissen.«

Purvis aß auf und schob den Teller von sich. »Danke«, sagte er und blickte zur Tür, die in die Praxis und zur Scheune führte. »Da draußen ist mehr los, als man ahnt oder verkraften kann. Weißt du, Joe könnte sich gut machen. Er könnte Tierarzt werden. Oder Anwalt, Arzt, ich weiß nicht was, ist mir auch egal. Aber wenn man ihm seine Chance gibt, könnte wirklich was aus ihm werden.«

»Bist du sicher, dass er eine haben will?«

Purvis blickte auf seinen leeren Teller. »Bestes Frühstück, das ich in dieser Küche je gehabt habe. Ich weiß nicht. Er kommt vorbei, wir arbeiten und reden. Er hat meinen Chevy zum Laufen gebracht. Hab ich das schon erzählt?«

»Nein«, Ike lächelte. »Wann wird er der Öffentlichkeit vorgeführt?«

»Im Frühjahr. Wenn die Straßen aufgetaut sind. Ich kauf mir einen Panamahut und eine gute Zigarre, und dann fahr ich an einem warmen Abend mit offenen Fenstern über die Main Street und winke allen zu, als wär ich meine eigene Parade.«

Purvis rieb sich den Bauch. »Vielleicht fahr ich direkt bis Illinois durch, halt vor Leroys Custard, bestell mir ein dunkles Malz, Cheeseburger und Fritten und lass mich von sämtlichen Sechzehnjährigen beneiden.«

»Sehnst du dich nach Illinois?«

Purvis lächelte. »Nur manchmal. Wenn ich einem Tier eine Korntrespe aus dem Auge fischen muss und es meilenweit kein Fleckchen Schatten gibt und das Wasser wie Pisse schmeckt. Aber vor allem, wenn so einer wie du daherkommt und solche Fragen stellt. Hast wohl selbst Heimweh, wie?«

»Bloß einen Anfall winterlichen Trübsinns.«

»Na ja, ich hab mich herverpflanzt und bin dickschädelig genug, es hier auch aushalten zu wollen. Ehrlich gesagt, mir gefällt es hier sogar. Muss man sich mal vorstellen, da fängt man an, eine ganze Menge nichts auch noch schön zu finden.« Ein Laster fuhr vor. »Das ist Joe«, sagte Purvis und stand vom Tisch auf. Sie gingen beide nach draußen, um zu sehen, was der Junge gebracht hatte.

Hinterm Steuer wirkte er jung, aber selbstsicher – hatte schon mit zwölf Jahren Traktoren gefahren, den Führerschein mit fünfzehn gemacht. In dieser Gegend wurden die jungen Burschen ziemlich früh erwachsen, dachte Ike, oder wurden sie woanders zu lange verhätschelt? Wer wusste das schon? Er verstand Kinder nicht, und schuld daran war vielleicht, dass er ein Einzelkind gewesen war. Was wiederum schuld daran sein mochte, dass er keine rechte Lust auf eigene Kinder hatte. Doch wie es schien, würde Justin Anfang Herbst bei ihnen einziehen und bestimmt alles durcheinander bringen. Und jetzt nahm Purvis, der alte Junggeselle, auch noch Joe unter seine Fittiche. Weshalb glaubten Männer mittleren Alters eigentlich, dass sie besser in der Lage waren, ein Kind aufzuziehen, als jüngere Männer, die besser in Form waren? Disziplin? Größere Geduldreserven? Oder war es eher was Egoistisches? Ein letzter Versuch, noch etwas bewirken zu wollen?

Hinten auf dem Laster lagen zwei Hunde – ein Jagdhund und ein Collie. »Den hab ich gleich vor der Stadt aufgesammelt. Cokers Hund«, sagte Joe.

Ike stupste den Kadaver mit dem Finger an. »Woher willst du das wissen?«

»Hab gesehen, wie er ihn aus dem Auto geworfen hat.« Er drehte sich zu Purvis um.

Ike hob den Hund von der Ladefläche. Joe trug den anderen Hund. Purvis machte ihnen die Tür auf, und Joe ging neben Ike her.

»Kaum zu fassen, dass man so was tun kann«, Joe schüttelte den Kopf. »Glauben Sie, es war jemand, den wir kennen?«

Nach vier Meilen auf vereister Straße, vorbei an windverschliffenen Schneewehen, bog Pattiann in die Auffahrt zum Haus ihrer Eltern. Sie konnte sich an keinen Winter erinnern, in dem so viel Schnee gelegen hatte. Gut für die Erde im Frühling. Der Wasserstand ließ immer noch eine Menge zu wünschen übrig, und es würde Jahre mit reichlich Schnee und verregneten Frühjahren brauchen, um ihn wieder auszugleichen. Ein gutes Jahrzehnt oder zwei, so musste man es hier draußen sehen, und eine Generation, die damit draufging, den Bestand zu wahren oder für die Zeit der Kinder ein wenig aufzuholen.

Ein Turmfalke auf dem Zaun, Halsfedern zerzaust, ein Auge auf jeder Bewegung – Mäuse, die Schneetunnel bohrten, ein Adernetz, das sich durch die ansonsten flache, weiße Oberfläche buckelte. Und wenn sie aus dem Truck stieg und über den Schnee ging, würde sie sehen, wo Mäuse sich bis nach oben vorgearbeitet hatten, die kleinen, hingetüpfelten Spuren. Vielleicht sah sie auch die Schleifspuren der Flügel, wo Habichte und Präriehühner schwerfällig abgehoben hatten. Und Eselhasenspuren wie Ausrufezeichen. Mulden, in denen Elche gelegen hatten. Fuchsfährten. Waschbären – eine Plage in den letzten Jahren, dezimierten sie doch die Zahl der Präriehühner. Was hatte das Gleichgewicht gestört, die Zahlen ins Missverhältnis gebracht? Etwas Neues – eine neue Getreidesorte, Düngemittel? Oder war das alles bloß eine Frage der Vermehrung? Denn irgendwie schien jede kleine Veränderung eine Lawine auszulösen. Man vernichte die Büffel. Die Wölfe, die Frettchen, Füchse, Habichte, Adler. Baue Straßen und Städte, verbreite Feuerkraut, Korngras, Rinder, Leute und Müll und sehe zu, wie alles kunterbunt durcheinander gerät, langsam, über hundert Jahre, bis es nie anders gewesen zu sein schien als so, wie es im

Augenblick war, und man mit Bestürzung sah, wie sich Präriehunde in Scharen ansiedelten, Waschbären sich ausbreiteten und es an Kugeln, Fallen oder Menschen auf Gottes grüner Erde fehlte, um es mit ihnen aufzunehmen. Aber hier draußen war das Leben noch nie leicht gewesen, und zum Glück musste man sich wenigstens nicht mehr mit den Wölfen abplagen. Das allerdings machte ihr zu schaffen, denn sie hatte das Land nie anders gekannt und wollte auch nicht erleben, dass es sich änderte, brachte es nicht über sich weg zu gehen, konnte sich für die Rückkehr von Wolf, Büffel und unbewohntem Weideland nicht einsetzen, da sie sich selbst so heimisch fand wie die Bäume, die Felsen und die Schlangen. Das ließ sich auch nicht ändern. Sie hatte es versucht.

Robs Pickup stand vor der Scheune, doch die Pferde fehlten, weshalb Pattiann annahm, dass sie nach der Herde, dem Zaun oder nach beidem sahen. Oder sie trieben die Kühe zum Kalben her, das in wenigen Wochen begann. Das hatte ihr immer am besten gefallen. Die Nächte allein in der Scheune. Der warme Pferch. Das Muhen der Rinder, das Knacken im Holz. Das erste, kräftige Pressen.

Sie ging über die Auffahrt, fand das Vertraute fremd. Es war lange her, seit sie zuletzt zum Haus ihrer Eltern gekommen war. Wut? Aus-dem-Weg-gehen? Oder bloße Bequemlichkeit? Die Dinge lassen, wie sie sie zurückgelassen hatte?

Die Tür war nicht verschlossen, wie immer, auch dann, wenn sie in die Stadt fuhren. Verdammt weiter Weg und zu wenig, was sich lohnen würde, hatte Mutter oft gesagt. Das Wohnzimmer war unverändert, doch nicht so gepflegt wie früher. Eine schleichende Unordnung. Teppiche, die gesaugt, Tische, die abgestaubt werden mussten. Der Platz ihres Vaters war picobello, die Zeitungen gefaltet, die Lesebrille geputzt und auf dem Tisch, sodass er nur den Arm auszustrecken und sich die Gläser auf die Nase zu pflanzen brauchte, um sich dann die

Bügel hinter die Ohren zu klemmen, als wehte ein scharfer Wind. Sie stellte ihn sich vor, die Füße in einem Eimer mit Epsomer Bittersalzwasser, *Rancher's Quarterly* oder *Horse and Tack* oder seine Lieblingszeitung *Field and Stream* aufgeschlagen im Schoß, obwohl sie sich nicht erinnern konnte, wann er zuletzt angeln oder auf einem längeren Ausritt gewesen war. Bestimmt lag es an Mutters zarter Gesundheit, an seinem Alter.

Als jüngerer Mann hatte er zwei Mal im Jahr ein auf vier Tage verlängertes Wochenende mit Freunden verbracht: Bill Baxter, Charlie Potts, Blair Oliver und Jason Fales. Sie trafen sich auf der Ranch, die Pferdeanhänger beladen, Vorräte unter Planen auf den Pickups verstaut und schmiedeten Pläne in der Küche, wenn es draußen noch dunkel war, brüteten über Karten, die sie wie ihre Westentaschen kannten. Ihre Mutter hatte das Essen eingepackt und darauf gewartet, dass sie fortfuhren, damit ihre eigenen *Ferien* begannen, ein Mund weniger zu stopfen – zwei, sobald Rob alt genug war – und abends Zeit zu lesen, das schmutzige Geschirr bis zum Morgen stehen zu lassen oder mit Pattiann nach Lewistown zum Essen zu fahren, ins Kino zu gehen oder eine Nacht in einem Motel zu verbringen, wo jemand anders das Bett gemacht hatte. Für Pattiann nur ein zweitklassiges Abenteuer, wäre sie doch viel lieber bei den Männern in den Bergen auf dem Rücken eines Pferdes gewesen.

Pattiann rief ihre Mutter und hoffte, sie nicht allzu sehr zu erschrecken. Sie rief noch einmal, und aus dem Schlafzimmer kam die Antwort: »Bin gleich da. Gib mir noch einen Augenblick.«

Als Mutter ins Zimmer kam, tat sie, als würde ihre Tochter regelmäßig vorbeikommen, als wären Jahre nur Tage gewesen. »Hab Kaffee aufgesetzt.« Sie verschwand in die Küche. Pattiann schenkte ein, schnitt den Kuchen und servierte ihn auf Tellern ohne Sprünge – das Sonntagsgeschirr. »Ich war gerade in der Nähe«, sagte sie.

Ihre Mutter nickte. Sie würde es ebenso wenig bezweifeln, wie sie es glauben würde. »Dein Dad und Rob holen die Kühe. Da zieht was auf. Kommt ein ziemliches Unwetter. Du lachst, aber ich kann's spüren. Hör ich mich nicht schon wie eine richtige Greisin an? Alter macht leichtgläubig. Wir sind nie weit fort vom Lehm, aus dem Gott uns schuf.« Sie nippte an dem heißen Kaffee, setzte behutsam die Tasse ab. »Ich bin Urgestein, aufgeweicht zu Modder. Entschuldige die Unordnung.« Sie humpelte zu den wartenden Geschirrstapeln. »Ich schaff's schon, bloß nicht mehr so rasch wie früher.«

»Du könntest einen Geschirrspüler gebrauchen«, sagte Pattiann.

»Ist hinterher nie so sauber wie von Hand. Und Arbeit hält in Schwung. Soll mich der Teufel holen, wenn ich weniger tu, als ich kann. Ich schaff's ja schon. Bloß eben nicht mehr so schnell.«

Der Kaffee wurde kalt. Zärtlichkeiten waren ihnen nie leicht gefallen.

Martha trommelte mit einem Finger auf den Tisch. »Ike geht's gut?«

Pattiann nickte.

Martha lächelte. »Ein anständiger Mann und keine leichte Aufgabe.«

»Die des Ehemanns oder des Sheriffs?«

»Ha«, entfuhr es Martha. »Als Baby hast du an meinen Nippeln gesaugt, als ob du alles auf einmal wolltest – Milch und Fleisch.« Sie beugte sich vor und stemmte ihr Kinn in die Hand. »Hast wohl von deinem Appetit nichts verloren, wie?«

Pattiann wartete.

Martha blickte sich in der Küche um. »Besser hätte ich es gar nicht haben können, hätte meine Mama gesagt. Mit dem Nachbarjungen verheiratet, Grund und Boden vereint. Noch am Tag nach der Beerdigung von meinem Vater wurde der Besitz überschrieben. Versteh mich nicht falsch, ich habe deinen Daddy geliebt, hätte ihn auf jeden Fall geheiratet, ob mit Land oder ohne, aber meine Mama hat's gefreut, dass all das hier zusammenwuchs. An dem Tag, an dem wir die Heimstatt zusammengeschoben haben, stand sie bei uns. Sagte, sie wollte die Gegend sehen, wie sie am ersten Tag ausgesehen hatte. ›Hübscheste Fleck auf Gottes weitem Erdenrund‹, sagte sie, ›bevor wir diese potthässliche Hütte aus Teerpappe gebaut haben.‹ Eben jene Hütte, in der sie uns großgezogen hatte, einen nach dem anderen.

Bis zu dem Augenblick, in dem die letzte Mauer fiel, sah sie zufrieden aus. Lief in der Spur vom Bulldozer bis zum ehemaligen Wohnzimmer. Und dann passierte das Seltsamste, was ich je bei einem Menschen erlebt habe. Meine Mama stand da, mit beiden Beinen fest auf den bebenden Mauern, verrückt vor Glück, und in der nächsten Sekunde konnte man sehen, wie ihr ganzer Körper schwankte, uneins mit sich selbst. Ihre Blicke wanderten ziellos umher, als hätten sie jeden Anhaltspunkt verloren. Als wüsste sie nicht mehr, wo sie war. Das Land hatte alles zurückgefordert – ihren Platz, ihre Geschichte. Einfach so.« Sie schnippte mit den Fingern.

»Ich hab seither bestimmt schon hundert Mal an diesen Tag gedacht. Stell dir vor, du stellst fest, dass man dich so einfach, so vollständig auslöschen kann. Oder dass dieses eine, was du dir vom Leben gewünscht hast, dich so zu Grunde richten kann. Das Haus war weg, und bald war sie auch nicht mehr da.« Martha stocherte mit der Gabel in ihrem Kuchen.

»Ich hätte sie gern kennen gelernt«, sagte Pattiann.

»Meine Güte, ähnlich genug bist du ihr ja. Sie starb, bevor du geboren wurdest, und manchmal denk ich, wenn es so etwas wie Wiedergeburt gibt, dann hat sie nicht lange gewartet und nicht lange gesucht.«

Pattiann lachte, doch Martha stierte weiter auf ihren Kuchen und nahm dann einen kleinen Bissen. »Ike ist ein anständiger Mann«, sagte sie noch einmal.

Pattiann nickte.

»War nicht leicht für ihn, sich hier zurechtzufinden, als Sheriff und so. Ist dir das bewusst? Ich meine, Art hat sich selbst um seine Stelle gebracht, und Ike hat sie verdient. Gibt keinen hier, der ihn nicht kennt oder nicht was Gutes über ihn zu sagen hat. Ist wirklich keine leichte Aufgabe.«

»Das könnte sich ändern«, sagte Pattiann. Sie legte ein Stück auf ihren Teller. Schenkte sich und ihrer Mutter Kaffee nach.

»Ändert sich schon«, sagte Martha und nickte. »Stubblefield. Ich mag ja alt sein, aber ich komm rum. Hab so manches gehört.«

»Und?«

»Froh ist keiner darüber. Und Stubblefield hat sich schon lange keine Freunde mehr gemacht. Avery, sein Daddy, stand auf der sozialen Leiter noch eine Stufe unter dem Kojoten. Es heißt, er wäre geizig genug gewesen, die Tiere aus Trotz verhungern zu lassen. Aber Chas? Angeblich haben die Banken ihn so weit gebracht.« Martha schnaubte verächtlich.

»Chas hat sich zu weit mit den Banken eingelassen«, stimmte ihr Pattiann zu, »aber letztlich war es seine Entscheidung.«

»Ich glaube, das hat dein Vater auch gesagt.«

Was Pattiann ziemlich überraschend fand. Ihr Vater, der sich auf Ikes Seite stellte, auf die Seite des Gesetzes, der Bankiers? Das musste ihm völlig gegen den Strich gehen.

»Außerdem haben die kleinen Rancher bis auf die Knochen abgespeckt oder alles verkauft. Chas' Vater hat ihm schon vor Jahren den Untergang prophezeit. Und Chas hat Averys Schulden übernommen und seine eigenen ohne eine Spur von Verstand noch draufgesattelt. Hatte keinen Schimmer von dem, was aufs Hochland zukommt.

Heutzutage ist die Ranch ein Geschäft und nicht einfach eine Art, sein Leben zu führen. Wahrscheinlichkeitsberechnungen und Finanzmanagement. Rob quält sich damit ab, und ich bete zu Gott, dass er's schafft, aber auf lange Sicht würde ich keinen Pfennig auf ihn oder auf Justin setzen. Ist vielleicht besser so. Ich weiß nicht.« Sie langte über den Tisch nach der Hand ihrer Tochter. »Ich will nicht hier sein, wenn die Bulldozer wieder alles auslöschen. Mir ist egal, wie das Land ohne uns aussieht. Findest du das egoistisch?«

Sie schüttelte den Kopf. »Chas tut den Leuten Leid. Die meisten glauben, es hätte sie genauso gut treffen können, trifft sie vielleicht auch noch. Und deshalb nehmen sie's persönlich. Armer Chas. Ist doch ganz natürlich.« Sie hob die Hand und berührte die Wange ihrer Tochter, eine ungewohnte Geste. »Für dich wird's noch schwer werden.« Sie ließ die Hand wieder sinken. »Genau zu wissen, was du fühlst.«

Pattiann räusperte sich. Wollte etwas sagen. Doch konnte sie es nicht so leicht in Worte fassen, dieses Gemisch von Gefühlen, Liebe oder Freundschaft, Mitleid oder Schuld.

Martha seufzte, und schweigend aßen sie ihren Kuchen. Als sie sich schließlich wieder miteinander unterhielten, sprachen sie von unverfänglichen Dingen: der Ranch, dem nahenden Frühling, den Enkeln und dem Tratsch aus der Stadt, doch als sich die Küche in der späten Nachmittagssonne erwärmte, stand Pattiann auf und räumte das Geschirr ab. »Ich muss los«, sagte sie.

»Du könntest zum Abendessen bleiben. Dein Dad kommt bald nach Hause; er würde sich ärgern, wenn er hört, dass er dich verpasst hat.«

»Glaub ich nicht.« Pattiann trug das Geschirr zum Spülbecken. Ihre Mutter blieb sitzen. Die schmutzigen Teller waren wie ein Vorwurf. Wäre sie jünger, hätte der Gedanke, dass man ihre Küche in diesem Zustand sehen könnte, sie umgebracht.

»Du bist zu hart zu deinem Vater. Er liebt dich, hat er immer getan. Er weiß bloß nicht mit Worten umzugehen.«

»Ich weiß noch, dass er verdammt gut mit Worten umgehen konnte«, sagte Pattiann.

»Und ich weiß noch, dass du dich damals verdammt taub stellen konntest.«

Die beiden Frauen blickten sich über die Küche hinweg an. Lange Schatten fielen schräg über den Boden, über das karierte Linoleum, das an der Tür immer noch Blasen warf. Leise summte der Kühlschrank. Plötzlich fühlte sich Pattiann wie die verlorene Tochter; sie war die Fremde im Haus, nicht Harriet, wie sie immer geglaubt hatte. Sie nahm sich ein sauberes Trockentuch aus einer Lade. »Soll ich dir beim Abwasch helfen?«

Martha winkte ab. »Den kann ich später machen. Ich komm schon noch allein zurecht.«

Pattiann blickte lächelnd auf ihre Hände. Es war nie einfach mit ihr gewesen. »Du willst, dass ich bleibe?«, fragte sie. »Dann gib mir was zu tun.«

»Na schön.« Martha zwängte die Worte aus sich heraus, als müssten sie aus hartem Boden hervorgemeißelt werden. »Du wäschst ab. Ich trockne ab.«

Als Pattiann schließlich vom Hof fuhr, graute der blaufleckige Himmel. Ihr Vater war mit Rob heimgekommen und dass zu Hause das Geschirr abgewaschen, der Boden aufgewischt und überall geputzt worden war, schien ihn keineswegs zu überraschen. Typisch für ihn – eher würde er sich über Gottes Wege als über das Treiben der Frauen wundern. Pattiann verabschiedete sich, bevor man sie zum Essen überreden konnte. Was ihr leicht fiel. Sie benutzte Ike als Vorwand. »Ohne mich würde er verhungern«, hatte sie gesagt, was Ike gegenüber unfair gewesen war, doch hatte ihr Vater den Grund offenbar annehmbar gefunden.

Sie schlängelte sich über den Feldweg auf die Landstraße und warf die Scheinwerfer an. In diesem Dämmerlicht, die Straße schnurgerade wie eine Furche, verkürzten sich Entfernungen, verschwammen Land und Himmel grau in grau. Die Verlockung war groß, den Wagen auf diesem schmalen Weg der Rechtschaffenheit sich selbst zu überlassen. Schließlich konnte sie diese Strecke im Schlaf fahren. Das Rumpeln der Reifen auf dem Viehgitter, dann der rasche Hopser über die Brücke am Beaver Creek, auf der sie als Kind Karpfen geangelt und sich von ihrem Vater ein Donnerwetter eingefangen hatte, weil sie den Fang Forellen genannt hatte.

Sie dachte an ihre Großmutter, die zusah, wie der Bulldozer dem Haus und ihr selbst den Garaus bereitete. Als sie an Stubblefields Besitz vorbeifuhr, merkte sie, dass sie langsamer wurde. Ihre Familie hatte mit den Stubblefields nur wenig zu tun gehabt, obwohl die unmittelbare Nachbarschaft eigentlich ein anderes Verhältnis vorschrieb, in jedem anderen Fall auch vorgeschrieben hätte. Was wusste sie von Chas aus Kindertagen? Nicht viel, ein Junge, der auf Zäunen hockte. Sie meinte, sich an seine Mutter erinnern zu können, eine hoch gewachsene, schlanke Frau, die die Wäsche von der Leine holte. Ein verschwommener Fleck, als der alte Pickup vorüberholperte, sie und Rob, hinten draufgeladen, die mit offenem Mund gegen den Wind anschrien.

Und wie eine heraufbeschworene Erinnerung tauchte plötzlich Chas auf, sein Pickup am Straßenrand, und winkte. Sie trat auf die Bremse, obwohl sie wusste, dass sie es lieber nicht tun sollte. Etwa zehn Meter hinter ihm kam sie zum Stehen. Stubblefield trottete zu ihr herüber.

Er lehnte sich an das geschlossene Fenster, Hände um die Augen, und lächelte. Da war sie, die Jungenhaftigkeit, die sie immer so anziehend gefunden hatte. Er tappte mit dem Zeigefinger ans Glas. Sie kurbelte das Fenster nach unten.

»Brauchst du Hilfe, Chas?«

»Ich muss geschäftlich zum Richter, und mein Laster will nicht mehr. Fährst du in die Stadt?«

Sie zögerte und sah, wie Chas belustigt lächelte.

»Nur eine Mitfahrgelegenheit«, sagte er und hakte die Hände über den Türrand, die Nagelränder geschrubbt und rot.

»Warum rufst du nicht an?«

»Ist abgestellt. Dachte, du hättest schon davon gehört – mein Leben hat in Teufels Küche Platz genommen.«

Und er sah ratlos drein, der Blick konfus angesichts der Katastrophe, zu der sein Leben geworden war, und Pattiann spürte Gewissensbisse, ein leichtes Schuldgefühl bei dem Gedanken daran, wie sie ihn verlassen hatte. Aber nein, das war nicht die ganze Wahrheit, oder?

»Himmel, das Gebläse tut gut«, sagte er. »Nimmst du mich jetzt mit? Ich schwöre dir, wenn du nicht ja sagst, fall ich vor Kälte tot um.« Er legte die Hand aufs Herz, und diese Geste traf sie wie ein Schlag. Ihr altes Zeichen. Sie langte zur Beifahrertür und stieß sie auf.

Chas hastete vorn herum und verpasste der Motorhaube einen krachenden Hieb, der Pattiann erschrocken zusammenfahren ließ. Er stieg ein und legte den Arm auf die Sitzbank, seine Hand hinter ihrem Nacken. »Ich bin kein reicher Mann, bloß reich an Freunden. Ich sag dir was …« Er machte die Tür wieder auf und schwang die Beine nach draußen. »Warte. Ich hab was für dich.« Und er rannte zum Haus.

Im Hof stand ein Knäuel Vieh, die Bäuche eingefallen, und sie begriff, dass sie, sooft sie an seiner Ranch vorbeigefahren war, nicht hingeschaut hatte, und selbst jetzt warf sie nur einen flüchtigen Blick hinüber, als gäbe es dort etwas Beschämendes, an dem sie Anteil hatte, etwas Ekelhaftes. Sie rutschte unruhig hin und her, trommelte mit den Fingern ans Lenkrad. Sie könnte fahren. Die Tür ins Schloss feuern, einen Gang einwerfen und Fersengeld geben. Was nur vernünftig wäre. Es würde dunkel sein, bevor sie in die Stadt kam. Sie dachte daran, mit Chas allein über die Landstraße zu fahren. Ihr Fuß drückte auf die Kupplung, sie griff nach der Gangschaltung – der Weg des geringsten Widerstandes –, doch dann lief der Motor wieder im Leerlauf. Sie konnte jetzt nicht losfahren. Vor allem konnte sie nicht zulassen, dass Chas glaubte, sie so durcheinander gebracht zu haben, dass sie einfach abgehauen war. Wieder einmal.

Sie blickte über den Hof mit seinem Sammelsurium an Gerümpel zum Haus hinüber, die Bohlen vom Wetter glänzend dunkel verfärbt. Es mochte früher mal ein hübscher Flecken gewesen sein, ein schmuckes Häuschen mit großzügigen Fenstern beidseits der Tür und einer vorgelagerten Veranda mit Staketenzaun, in dem allerdings mittlerweile viele Latten fehlten, ein zahnlückiger Anblick, der seltsam anheimelnd wirkte. Die Tür ging auf, und Chas warf sie hinter sich wieder zu. Er sprang von der Veranda, stolperte, fiel auf ein Knie und humpelte zur Wagentür, die Wangen hochrot vor Kälte und Scham. Er fuhr sich mit einer Hand durchs Haar, pfefferte ein eingewickeltes Paket auf den Boden und setzte sich. »Fleisch«, sagte er. »Lendensteaks.«

»Danke, Chas, aber …«

»Ich hab mehr Fleisch, als ich essen kann.« Er lachte und blickte hinüber zur Weide, auf der einige Rinder standen. Das Pferd scharrte mit den Hufen im Schnee und lief dann weiter. »Kein schöner Anblick«, sagte Chas. »Aber sie gehören mir. Hab jede Mutterkuh selbst großgezogen. Hast du einen Augenblick Zeit? Willst du ihnen guten Tag sagen? Den Toten deinen Respekt bezeugen?«

»Bitte, Chas …«

»Dein Mann macht das, weißt du? Kommt spät abends her, um den Schecken da zu besuchen, füttert ihn, wenn er glaubt, dass ich nicht hinsehe. Stell dir vor, er hat mir sogar Geld für den alten Gaul angeboten – klapprig vor Alter und schwach vor Hunger. Als anständiger Nachbar musste ich das natürlich abschlagen. Ist bloß gut, dass er Sheriff ist, dein Mann, von Vieh hat er nämlich keinen blassen Schimmer.«

»Ike?«

Chas nickte. »Wollte mein Pferd. Vielleicht sogar das ganze Land dazu. Hätte dir gefallen. Wolltest doch schon immer einen eigenen Hof, nicht?«

Sie schien verletzt. »Du hast keine Ahnung, was ich will, Chas.«

Er legte seinen Arm wieder über die Rückenlehne. »Hab dich mal gekannt«, sagte er, und seine Hand raffte sanft ihr Haar zusammen. »Kenn dich immer noch.« Wie eine Münze rieb er das Haar zwischen den Fingern.

Pattiann rührte sich nicht. Sie konnte seine Hand in ihrem Nacken fühlen, und die Glut stieg ihr ins Gesicht. »Du solltest jetzt lieber aussteigen«, sagte sie.

»Nein«, Chas schüttelte den Kopf. Er ließ ihr Haar los und legte die Hand zurück in den Schoß. »Es ist ein kalter, kalter Weg in die Stadt, und kein Mensch kann sagen, wann hier wieder jemand vorbeikommt. Ich hab was mit dem Richter zu besprechen – will ihm was mitteilen, worauf er und dein Mann warten. Aber ich seh ein, dass zwischen uns noch was offen ist, was dir nicht gefällt, und deshalb könntest du mich rauswerfen und weiterleben wie bisher … oder du könntest mir helfen, die Sache hinter mich zu bringen.«

Sie hieb auf die Kupplung, warf den Gang ein und fuhr an. Chas behielt seine Hände auf den Knien. »Geht doch nichts über einen anständigen Laster«, sagte er. »Meiner ist ein alter Schrotthaufen, und er läuft eigentlich ganz gut, nur manchmal eben nicht.«

Schweigend fuhren sie weiter.

Chas verlagerte sein Gewicht und schob das eingewickelte Fleisch mit der Stiefelspitze zur Seite. »Ist gutes Fleisch, weißt du. Hab mir gestern Abend selbst was davon gebraten.« Er pfiff leise vor sich hin und hörte dann wieder auf. »Verdammt«, sagte er und schaute aus dem Seitenfenster. »Ich hab jetzt so scheiß viel Zeit.« Er drehte sich zu ihr um. »Da kommen mir die seltsamsten Gedanken. Ständig denke ich an Dinge, an die ich seit Jahren nicht gedacht habe – an dich. Wir beide sind vom selben Schlag, du und ich. Zwei Seiten einer Münze – dein Daddy hat dich für was erzogen, was du nicht haben kannst, und meiner hat mir was hinterlassen, auf das er mich nicht vorbereitet hat.« Er wühlte in seiner Tasche und fischte ein Zehncentstück heraus, warf es hoch und ließ es fallen. »Wir hätten ein gutes Paar abgegeben.«

Pattiann streifte ihn mit einem Seitenblick. »Wir waren ein lausiges Pärchen, Chas.«

Chas wandte sich wieder zum Fenster um, die Beine gespreitzt; das Knie, auf das er gefallen war, sah nass und dreckig aus. Irgendwie anrührend, wie das schmutzige Knie eines unbändigen Kindes. Sie fragte sich, ob die Haut darunter aufgeschürft war. Dann wandte sie den Blick ab, schaute nach vorn und suchte die Lichter der Stadt, die, wie sie wusste, noch meilenweit entfernt waren. Der Himmel war dunkel geworden, und die Straße zog sich breit und weiß im Scheinwerferlicht dahin.

»Na ja, ob gut oder schlecht, jedenfalls war es mir schon immer ein Rätsel, was zwei Menschen zusammenbringt. Früher hat mich gewundert, was meine Mutter an meinem Vater fand. Sie war eine Frau ohne besonderes Talent, die nur ihren Glauben hatte, und vielleicht war das ja auch genug. Weißt du, der Glaube macht einen mürbe. Glaub lang genug an deinen Sturz und bei Gott, du wirst stürzen. Stürz dich Hals über Kopf auf einen Mann, der bis auf den Grund gesunken ist und dem es da gefällt. Was sagt der Teufel in *Paradise Lost* – lieber in der Hölle herrschen als im Himmel dienen? Meinst du, er hat dabei an Montana gedacht?« Chas kurbelte das Fenster herunter und hielt das Gesicht in den kalten Wind. Sein Haar, hell wie Flachs, peitschte ihm um die Ohren, als er den Kopf drehte. Dann zog er ihn zurück und blickte zum verhangenen Himmel auf. »Kein Stern zu sehen. Wolken. Und noch mehr Wolken.« Er schloss das Fenster.

Sie bogen auf den Highway, und Pattiann beruhigte sich, fuhr auf dem geräumten Asphalt sogar ein bisschen schneller.

»Willst du wissen, was ich dem Richter sagen werde?«

Damit überraschte er sie. Ja, sie wollte es tatsächlich wissen, brachte es aber nicht über sich, ihn danach zu fragen.

»Nein? Ist kein Geheimnis, zumindest wird's keins bleiben. He, weißt du was? Ich verrat dir ein *echtes* Geheimnis, und dann sagst du mir eins. Wie unter richtigen Freunden.«

»Ich glaube nicht, dass es da etwas gibt, das ich dir sagen könnte, Chas.«

»Nein?« Er rieb sich mit dem Handballen über die Wangen. »Was soll ich dir bloß erzählen?« Dann klopfte er sich auf die Schenkel und holte tief Luft. »Einmal, ich muss so um die fünf gewesen sein, da habe ich eine Katze gefunden. Ein kleines, schmuddeliges Ding. Mein Daddy war für ein paar Tage außer Haus, Viehmarkt oder irgend so ein Vorwand, also habe ich sie heimgebracht, um sie meiner Mama zu zeigen. Mama sagte, wir könnten sie *vorläufig* behalten, denn wir wussten beide, dass er mit Katzen nichts am Hut hatte. Doch nach ein oder zwei Tagen war ihr das Tier ans Herz gewachsen, und als mein Vater zurückkam, hielten wir die Katze versteckt, sie und ich. Anderthalb Tage fütterten wir sie mit Überresten und steckten sie nachts zu mir unter die Decke.« Sein Gesicht leuchtete. »Mein Gott, sie hatte das kleine Vieh wirklich gern, obwohl es mir längst zuwider war, die Flohbisse und ihre

Krallen. Doch schien mir der Preis gering zu sein. Mama war nicht oft glücklich, und sie so zu sehen, das war schon was Besonderes.

Bis mein Vater sie gerochen hat. Er hatte eine gute Nase, das muss man ihm lassen. Der konnte alles riechen. Hat mir mal erzählt, er könnte Mamas Muschi noch aus einem Puff herausriechen. ›Scheinheilig‹ hat er den Geruch genannt – ›wie Gottes schmutzige Hände.‹« Chas blickte zu Pattiann, um zu sehen, wie sie seine Geschichte aufnahm. Wenn er doch bloß erkennen könnte, ob sie rot anlief, aber sie starrte geradeaus und konzentrierte sich auf die Straße, als wollte die plötzlich irgendwohin abbiegen, wo sie noch nie zuvor hingeführt hatte. Das fand Chas durchaus verständlich. Hatte er doch selbst erlebt, wie Vertrautes plötzlich unter seinen Füßen zu schwanken und kippen begonnen hatte – einen Tag wohlhabend, den nächsten hundert Rinder weniger, keine zwei Vormittage, die einander ähnlich waren, wie viele man auch erlebte. »Tja«, sagte er, »ich hoffe, du nimmst das nicht krumm, aber verstehst du, das Schwierige an Geheimnissen ist …« Er beugte sich zu ihr, die Hand auf dem Polster zwischen ihnen, »dass man entweder alles erzählt oder gar nichts.«

Sie nickte.

»Am zweiten Morgen fand er jedenfalls die Katze in meinem Zimmer und schaffte sie am Genick nach draußen. Ich hab nie kapiert, wie er das gemacht hat; ich meine, mich hat sie schließlich oft genug gekratzt –, aber im Griff meines Daddys wurde sie schlaff wie ein Erhängter. Und selbst als Daddy sie vor meinem Gesicht schüttelte, blinzelte sie bloß. »Wo hast du die her?«, fragte er mich.

Ich muss meiner Mama zugute halten, dass sie ›Nein, Avery‹ rief, vielleicht ein-, zweimal. Aber er war kein Mann, der sich leicht von etwas abbringen ließ, und so fragte er noch einmal. Ich konnte die Katze nach Luft japsen hören. Dann griff er mir mit der anderen Hand so in den Nacken, wie er es bei der Katze getan hatte.«

Er schwieg, und in der Stille waren das Summen der Reifen auf dem Highway und ihr steter Atem zu hören, dessen Rhythmus er sich bereitwillig anpasste. Ein trübes, grünes Glühen ging vom Armaturenbrett aus, das Pattianns Fingerknöchel, ihre Kinnspitze und Wangenknochen wächsern färbte. Im Dunkeln hinter ihnen schlossen sich die Reihen der Leitpfosten. Er kniff die Augen zusammen. Öffnete sie und nahm die Geschichte wieder auf.

»Daddys Hand in meinem Genick griff fester zu, stauchte meinen Hals zur Seite. Ich höre die Katze jaulen.

Dann ein kurzes Schlenkern der linken Hand, und die Katze blinzelte nicht mehr. »Begrab das hier.« Und das tat ich. Hab die Katze zum Misthaufen getragen, mit meinen eigenen Händen ein Loch gebuddelt und sie reingestopft. Ich sollte meinen Daddy nie wieder hintergehen.«

Er holte tief Luft und stieß sie langsam zwischen den Zähnen wieder aus. Pattiann starrte auf die Straße. Sie streckte die Hand aus und drehte das Gebläse ab. Er meinte, Schweiß und Parfüm riechen zu können, und überlegte, wie es wäre, sie in der Fahrerkabine zu nehmen oder hinten auf der Ladefläche, das kalte Metall in ihrem Rücken, das seine Geilheit dämpfte. Er fragte sich, ob sie sich jetzt, nach all den Jahren, anders anfühlte, ob ihre Knochen gewachsen oder geschmeidiger geworden waren, ob sie immer noch die süße Mulde überm Hintern hatte. Er blickte aus dem Fenster, damit sie sein Gesicht nicht sehen konnte, schob aber den Arm wieder auf die Rückenlehne, die Hand hinter ihrem Nacken.

»Der Alte sorgte für Schwung in der Bude.« Er lachte. »Der Schwachkopf. Hat länger gelebt als ihm zustand.« Er schwieg einen Moment. »Hätte keinem die Ranch gegeben, mir schon gar nicht. Aber dann lag er da, endlich tot. Hast du eine

Ahnung, wie sich das anfühlt, wenn passiert, worauf du schon nicht mehr gehofft hast; wenn die Veranda, auf der du stehst, endlich dir gehört und das ganze Land zu was Besonderem für dich wird, jeder Stein und Strauch, sämtliches Getier darauf, und selbst Gottes verdammten Sterne stehen vor dir stramm, und die Nacht kann gar nicht weit genug sein. Ich hätte nicht überraschter sein können«, fuhr er fort, »hätte der Himmel sich aufgetan und Posaunen wären erklungen.« Er kicherte. »Halb hatte ich erwartet, dass die Welt unterging.«

»Tat sie aber nicht«, sagte Pattiann.

Chas lehnte die Stirn ans Seitenfenster. »Nein«, erwiderte er leise. »Damals nicht.« Er sah die Straße unter ihnen davonhuschen und blickte zu ihr hinüber, sah etwas in dem geneigten Kopf, der Art, wie ihre Gesichtszüge weich geworden waren, das ihn an ihre gemeinsame Zeit erinnerte und ihn so bewegte, dass er glaubte, sie fragen zu können: »Warum bist du weg von mir?« Seine Stimme fast ein Flüstern. »Warum bist du einfach so abgehauen? Manchmal glaube ich, wenn ich je in dieser Welt eine Chance gehabt habe, dann nur mit dir zusammen.«

Ihre Hände am Lenkrad griffen fester zu. Sie schüttelte den Kopf. »Verdammt, Chas.«

Er hatte sie getroffen, und das tat gut, auch wenn es nicht gerade Glück war, was er fühlte, eher etwas tiefes, ganzheitliches, als stieße man lang angehaltene Luft aus.

Ihre Stimme klang gelassen. »Du hast dir ja den richtigen Zeitpunkt ausgesucht, mir diesen Haufen Blödsinn vorzusetzen. Nach all den Jahren. Ich frag mich langsam, ob du an dieselbe Zeit denkst, die ich in Erinnerung habe. Ich meine, wie kannst du bloß glauben, dass wir *gut* zusammengepasst haben? Weil wir uns gegenseitig unter den Tisch saufen konnten und uns nichts Schlimmeres als höchstens mal ein, zwei Ohrfeigen verpasst haben? Das können wir allerdings wirklich zu unseren Gunsten verbuchen.«

Sie wischte über ihr Gesicht, als würde sie ein mikroskopisch kleines Insekt belästigen, eine nervöse Geste, die meist einem heftigen Knatsch zwischen ihnen vorausgegangen war. Es war eine Geste, die er hassen gelernt hatte, hielt er sich doch selbst für die unsichtbare Mücke, die über ihr Gesicht zuckte.

»Was waren denn schon die guten Zeiten? Wenn wir mit dem Auto herumkutschierten und keiner von uns mehr wusste, wer eigentlich fuhr? Oder damals, als ich am Straßenrand in meiner eigenen Kotze wieder zu mir kam, zwanzig Meilen weit fort von der Stadt, und du warst mitsamt dem Auto verschwunden? Ich meine, du redest doch bloß gequirlte Scheiße – wenn dir wirklich was daran läge, ehrlich zu sein, müsstest du zugeben, dass wir nur in einem wirklich gut waren, nämlich darin, Ärger zu machen. Und das hat auf lange Sicht nicht viel für sich.«

»Wir waren jung, leichtsinnig«, sagte er. »Und das hätte sich geändert, wenn du uns etwas Zeit gelassen hättest.«

»Nein«, erwiderte sie, die Augen zu schmalen Schlitzen zusammengekniffen. »Du glaubst, wenn wir zusammengeblieben wären, würde heute alles anders sein – deine Ranch noch in Ordnung, dein Vieh gesund. Aber in Wahrheit wäre alles genauso schlimm gekommen, weil uns nämlich nur ein Hang zur Selbstzerstörung verbunden hat. Solange wir uns wehtun konnten, sind wir prima miteinander ausgekommen. Aber dieser Schmerz wäre da nicht geblieben, zwischen uns, oder? So ein Schmerz, der breitet sich aus.«

Sie öffnete das Fenster einen Spalt weit, ließ sich den Wind um die Nase wehen, kurbelte es dann wieder hoch. »Ist mein Geheimnis«, sagte sie, »weshalb ich so überstürzt auf und davon bin.«

Pattiann schaltete in der Kurve runter, und der Motor jaulte auf. Es hatte sie Jahre gekostet, die Geschichte hinter sich zu bringen. Nur in den Träumen kehrte sie wieder. Und manchmal wachte sie schweißgebadet auf, mit rasendem Herz, die Luft schwer wie Rauch. Es war lange her, seit sie sich gestattet hatte, an diese Jahre zu denken – an ihre Sauferei, den Kummer, mit dem sie ihre Familie überhäuft hatte. Und daran, dass sie sich mit Stubblefield eingelassen hatte. Vor allem, um ihrem Vaters eins auszuwischen. Wie er gelacht hatte, als sie ihn fragte, welche Hälfte der Ranch ihr später mal gehören würde. *Mein Gott, Mädchen, eines Tages hast du einen Mann, und wenn der nicht völlig blöd ist, macht er dich zu seinem Vorarbeiter.*

»Du und ich, wir waren vorher bei Stockman, haben uns eine Flasche gekauft und sind dann raus zur Ranch von meinen Alten.«

Er nickte, grinste sie an. »Du hast Jeans und ein Hemd mit Blümchen getragen, mit blauen Blümchen.«

Sie gab sich Mühe, den Abend so genau zu erinnern, wie er es tat. Aber es fiel ihr schwer. Zu lange hatte sie versucht, ihn zu vergessen.

Chas unterbrach sie noch mal. »Im Weizen«, sagte er. »Selbe Stelle, an der ich dich zum ersten Mal flach gelegt habe, hinten auf eurem Land, auf dem Südfeld. Mann, hatten wir es eilig.« Seine Stimme klang beinahe ehrfürchtig, als überraschten ihn die Begierden des Körpers, die achtlose Art, mit der Jugendliche das Leben in sich aufsogen wie Lungen, die nach Luft schnappten. »Hatten kaum Zeit, den Reißverschluss aufzuziehen.«

Pattianns Blick war auf die Straße gerichtet. Ihre Kiefer zuckten, pressten sich zusammen, gaben nach. »Wir haben gevögelt. Es war vorbei, und ich bin gegangen. Kein hübscher Anblick.«

Chas lachte. »War gar nicht so übel, wie ich ihn in Erinnerung habe. Du hast dir dein Hemd vom Leib gerissen und bist losmarschiert, in nichts als Sex, Schweiß und Nachtluft getaucht.« Er wollte ihr sagen, dass er ihr Hemd aufbewahrt hatte. Die langen sechs Jahre, in denen sie fort gewesen war. Und auch noch das erste Jahr nach ihrer Rückkehr, ein Pfand, ein Versprechen, als würde sie zurückkehren, wenn schon nicht seinetwegen, dann um dieses Ding zu holen, das sie zurückgelassen hatte – ein Hemd mit blauen Blümchen.

»Besoffen, wie ich war, bin ich heimgestolpert und vor Rob, ein paar Ranchgehilfen und meiner Mama ins Haus gestiefelt«, und sie sah Martha wieder vor sich, wie sie damals war, wie sie auf Pattianns Brüste gestarrt hatte, der Blick nach unten zu den schmutzigen Knien ihrer Jeans geglitten war, den Weizenhalmen, die ihr an der Haut klebten. »Hab kein Wort gesagt.«

»Und dein Daddy?«

»Hat Rob und die Männer nach draußen geschickt. Dann ist er auf mich los, hat mich dabei aber nicht richtig angesehen, eher bloß über meine Schulter geguckt. Er machte dabei so ein Geräusch, als hätte er einen fahren lassen. Dann sagte er was, dass er dich umbringen wollte, und Mama hat sich ihm in den Weg gestellt und mit ihm gekämpft. Ich stand da und hab gelacht, bis sie wieder aufhörten. Und dann hat er zugelangt und mich von den Füßen gefegt.«

»Also bist du abgehauen«, sagte Chas.

»An dem Abend haben sie mich eingesperrt«, sagte sie. »Ich war immer noch total aufgedreht und fühlte mich mächtig stark. Stolz sogar, weil mein Dad mich zu Boden geschlagen hatte und ich wieder aufgestanden war. Mitten in der Nacht bin ich aus dem Fenster geklettert, in die Scheune gegangen und dann zurück zum Südfeld gelaufen.«

»Was wolltest du in der Scheune? Ein Gewehr holen?« Er hob den Kopf, schnaubte vielsagend. »Benzin«, riet er und lächelte.

»Du warst nicht mehr da. Nur ich und der Weizen – Korn, das ich selbst geholfen hatte auszusäen. Noch einen Augenblick vorher wäre ich überzeugt gewesen, dazu unfähig zu sein. Es war Hochsommer, das Korn noch grün, begann aber langsam zu reifen. Ich hab das Benzin ausgegossen, einen Streichholz angesteckt, und zum zweiten Mal an diesem Abend hat's mich umgehauen.«

Er warf den Kopf in den Nacken. »Wussschhh«, sagte er und rieb sich die Hände, als säße er vor einem Feuer. »Das muss ein Anblick gewesen sein«, sagte Chas.

»Eine Zeit lang griff das Feuer rasch um sich. Und dann gingen im Haus die Lichter an – ich konnte sie sehen: das Licht im Schlafzimmer, im Flur, im Wohnzimmer, in der Küche, auf der Veranda.« Was sie nicht gesehen hatte, wusste sie, ihre Mutter am Telefon und Rob, der schlaftrunken und verängstigt in seine Jeans fuhr, ihr Vater, der nasse Jutesäcke auf den Laster lud und die Männer antrieb, den Traktor zu holen, um eine Schneise ums Feuer zu pflügen. Später dann trafen Männer von anderen Ranches ein und packten mit an, halfen, die Feuerwand aufzuhalten, bevor sie die Scheunen, das Haus erreichte.

»Ich war immer noch blau, und mir war übel vor Angst. Ich verschwand, bevor sie aufkreuzten, hab mich einen Tag lang bei einer Freundin verkrochen, sämtliche Ersparnisse abgehoben, an die Straße gestellt und bin losgetrampt.«

»Und keiner wusste, was es mit dem Feuer auf sich hatte.«

Ihre Eltern hatten es gewusst. Und vielleicht war es das, was sie letztlich aus ihrem Zuhause und ihrer Stadt vertrieben hatte, die Einsicht nämlich, dass ihr Vater immer schon gewusst hatte, wozu sie fähig war. Dass er richtig gehandelt hatte, als er Rob die Ranch übergab, denn wenn es darauf ankam, würde sie in einem trunkenen Anfall alles aufs Spiel setzen – Vieh, Korn, Land und Gebäude, Heim und Geschichte ihrer Familie. Und dann hatte sie begriffen, dass es in den langen Jahren, in denen sie und Chas von ihrer gegenseitigen Wut gezehrt hatten, weniger um Liebe als vielmehr um Ehrgeiz gegangen war – eine durch kleinere Gewalttaten vorbereitete Bühne für genau eine solche niederträchtige Tat.

Sie näherten sich dem Stadtrand, die ersten Häuser, trauliche Heime, Licht in Küchen und Esszimmer. Ike würde auf sein Essen warten. Sie hatte keinen Hunger mehr. »Ich habe das Land verbrannt«, sagte sie.

»Tja, und?« sagte er. »Du warst betrunken.«

Sie umklammerte das Steuer, schaltete runter bis zur zugelassenen Höchstgeschwindigkeit und gab keine Antwort. Ihre Tat war ein Vergehen gegen Land und Familie gewesen. Doch das würde Chas nie begreifen – seine Seele war ebenso befleckt wie die ihre. Vor dem Gericht hielt sie an. Das Gebäude war dunkel. »Du könntest eine Nachricht hinterlassen«, sagte sie.

Er schüttelte den Kopf. »Nein. Ich muss zum Richter. Ich geh rüber zu seinem Haus.« Er lachte. »Vielleicht lädt er mich ja zum Essen ein.«

Pattiann schnaubte verächtlich bei dem Gedanken.

Chas langte zur Tür und erstarrte, die Hand auf dem Griff. Dann drehte er die freie Hand nach oben. »Nichts von dem Gesagten wird irgendwas ändern. Du bist jetzt verheiratet, und das verstehe ich.« Er blickte aus dem Seitenfenster, bevor er sich wieder zu ihr umdrehte. »Aber so leicht lass ich auch nicht locker.« Er beugte sich vor und flüsterte ihr ins Ohr: »Wir *hatten* auch schöne Momente« und drückte ihr einen Kuss auf die Wange. »Ich weiß noch, wie du dich in meinen Armen gewunden hast.« Er zwinkerte ihr zu und stieß die Tür auf. »Hab Ihnen zu danken, Miss Pattiann, für das Gespräch und die Mitfahrgelegenheit.«

»Und wie kommst du wieder nach Hause?«

Er zuckte die Achseln, bog den hutlosen Kopf in den Nacken, musterte den Himmel und zeigte auf den Abendstern. »Ich weise meinen Füßen den Weg und halte den Daumen raus.« Er schlug die Tür zu und beugte sich zum offenen Fenster hinunter. »Ich werde dem Richter androhen, auf seinem Sofa zu übernachten. Möchte wetten, dass er mir dann eine Fahrgelegenheit auftreibt.« Er trat zurück und ließ die flache Hand auf die Motorhaube knallen, ging und drehte sich gleich noch einmal um. »Sag deinem Mann, dass ich das Vieh abgebe. Vielleicht verzeiht er mir dann unsere gemeinsame Fahrt.« Er machte auf den Hacken kehrt und verschwand.

Ike kehrte heim in ein leeres Haus. Allmählich gewöhnte er sich daran. Wie an alles andere in diesem gottverdammten Kaff, an ein Dutzend toter Köter, an Harley, der ihm was vorjammerte, weil er Bereitschaft hatte. Und dann musste sich auch noch der einzige weibliche Deputy über die sexuellen Anspielungen von Jim Parker beschweren, einem schnauzbärtigen Deputy in Ikes Alter, dem sein Stetson wie angegossen saß und der im gottverdammt falschen Jahrhundert lebte.

»Ich war doch bloß nett zu ihr«, hatte er gesagt und sich in den Sessel fallen lassen. Er schob den Hut tief in die Stirn. Ikes Bürotür war geschlossen, doch vor der Milchglasscheibe mehrten sich die Gestalten, die sich kein Wort entgehen lassen wollten.

»Und haben ihr gesagt, dass sie ohne BH kommen soll, damit man ihre Titten besser sehen kann?«

»So hab ich's nicht gemeint.«

»Wie denn?«

Er zuckte die Achseln. »Ich weiß nicht.« Dann lächelte er. »Hab jedenfalls nichts gesagt, was nicht schon hundert Mal gesagt wurde.«

»Nicht von meinen Beamten«, sagte Ike, und Jim grinste höhnisch, was Ike klarmachte, dass er den Rest des Nachmittags mit den übrigen Männern verbringen durfte. Ein Gespräch von Mann zu Mann über Respekt für Kollegen und Kolleginnen, ein freundlicher Befehl, den Schwanz in der Hose zu lassen, weil er ihnen sonst den Stern abnehmen würde. »Sie sind vom Dienst suspendiert. Zwei Wochen ohne Bezahlung.«

Jim richtete sich auf. »Sie können doch nicht ...«

»Und ob ich kann. Sie haben verdammtes Glück, dass sie keine Anzeige macht, denn ich würde zu ihren Gunsten aussagen. *Kapiert?*« Ike zügelte sich. Er war wütend, und Wut war ein schlechter Ratgeber, wenn es um Disziplinarmaßnahmen ging.

Jim stand auf. »Zwei Wochen?« fragte er und ging zur Tür. »Vielleicht sollte ich mich mal am schwarzen Brett nach einem anderen Job umsehen.«

Parker war ein guter Deputy, kannte das Land, die Leute besser als manch ein anderer in der Truppe. Ike wollte ihn nicht verlieren, aber wenn er es zu weit trieb ... Ike seufzte und zuckte die Achseln.

»Sie machen sich keine Freunde«, sagte Parker. »Die Leute hier kennen mich.«

Ike war müde. Er hatte Schreibkrams zu erledigen. »Zwei Wochen.«

Für den Rest des Tages war er ans Büro gefesselt – ein vermasselter Raubüberfall draußen in Shono, Vandalismus in der Grundschule in Derby und ein paar betrunkene Jungs, die mit dem Auto auf der falschen Straßenseite erwischt worden waren – und schließlich noch ein Anruf am späten Nachmittag von Parkers Frau, die Ike ein Arschloch nannte und fragte: »Was glauben Sie denn, wie zum Teufel wir ohne das Geld für die zwei Wochen die Raten für den Lieferwagen, die Hypothek und unsere Lebensmittel bezahlen sollen?«

Und dieser letzte Anruf trieb ihn endlich nach Hause, Rücken und Kopf taten ihm weh, er war hungrig und überhaupt nicht in der Stimmung, Licht anzumachen, als er durch das leere Haus stiefelte. Also ließ er es sein. Er saß im Dunkeln, nippte an seinem Dickel, war angeheitert und bald betrunken, wenn er jetzt nichts aß, aber er hatte keine Lust, sich im Dunkeln auf die Suche nach kaltem Hühnchen oder einem Brot mit altem Käse zu machen.

Als das Telefon klingelte, hätte er es am liebsten klingeln lassen. Bestimmt wollte Parkers Frau wieder was von ihm, oder ihm wurde noch ein toter Hund gemeldet. Doch er nahm ab, weil vielleicht Pattiann dran war, und ob betrunken oder nicht, er konnte sie schließlich kaum draußen im Dunkeln lassen. Es war seine Mutter, ein Ferngespräch aus Florida, wo sie hingezogen war, nachdem sie Raymond, einen pensionierten Colonel der Streitkräfte, geheiratet hatte. Sie hatte an ihn gedacht, und wahrscheinlich war sie an der Reihe mit Anrufen, aber wer wollte das schon so genau wissen, nicht?

Ike ließ sich in den Sessel sinken, schmiegte den Kopf an die Rückenlehne, nippte an seinem Whiskey, nickte ins Dunkel und sagte wenn nötig ›ja‹ und ›prima‹.

»Ist Pattiann nicht da? Trinkst du, Ike?«

»Nur einen Schluck.«

»Willst du, dass sie dich so antrifft?«

»Sicher.«

Er konnte ihren Atem durchs Telefon hören. »Oder meinst du, ich sollte mich woanders hin verziehen?«, fragte er und merkte, dass er betrunkener war, als er geglaubt hatte. Sein Dad war ein Quartalssäufer gewesen, der sich in die Einsamkeit verdrückt hatte. Natürlich hatte er seinen Dad geliebt, aber geglaubt hatte er bloß seiner Mutter. Und jetzt hatte er sie gekränkt. Der passende Abschluss für einen perfekten Tag. »Tut mir Leid. Weißt du, bei uns ist alles in Ordnung. Ich hatte bloß einen schweren Tag«, sagte er.

»Das ist keine Entschuldigung«, sagte sie, mit fünfundsiebzig immer noch so streng wie mit dreiundvierzig oder zweiunddreißig. Er sah ihre Hand vor sich, die sich spinnengleich um den Hörer wand, das linke Bein, das wie immer wippte, sodass der Boden, die Erde unter ihr zitterte. Als Kind hatte er dieses Beben beruhigend gefunden; war es nicht seltsam, wie er ihre Nähe spüren konnte, die gleichsam durch den Dielenboden übersprang, während sein Vater einer stillen Abwesenheit glich? »Hör mal«, fuhr sie fort. »Ich wollte nicht meckern. Offensichtlich habe ich einen ungünstigen Augenblick erwischt. Eigentlich wollte ich auch nur wissen, ob es euch gut geht.«

»Schön, das zu hören, Mom. Mir tut es auch Leid. Weißt du, ich ruf dich in ein, zwei Tagen zurück, auf meine Kosten, okay?«

»Bestell Pattiann einen lieben Gruß«, sagte sie und legte auf. Stets knapp und effizient, selbst beim Verabschieden. Er dachte daran, sich noch nachzuschenken, aber ihm war nicht mehr danach. Wenn er als junger Mann mal ausnahmsweise einen über den Durst getrunken hatte, war er stets sorgsam darauf bedacht gewesen, es nicht daheim zu tun. Wie sein Vater vor ihm. Seine Familie unterschied sich eigentlich nicht besonders von den Leuten hier draußen. Was man nicht sah, das brauchte einen nicht zu kümmern. So ließ es sich angenehm zusammenleben. Ihm war schwummerig. Er schloss die Augen, und als er sie wieder aufschlug, hatte er wohl ein bisschen geschlafen. Er war steif vom Sitzen, die Zunge geschwollen. In der Küche rumorte es.

»Bist du das?« rief er.

Sie steckte den Kopf durch die Tür. »Du hast geschlafen, und da dachte ich mir, ich weck dich erst zum Abendessen. Hab ein schönes Stück Fleisch mitgebracht.«

»Was für eine Überraschung«, murmelte er. Die Tochter eines Viehbauern. Er hievte sich aus dem Sessel. Der Kopf brummte, und er tastete blinzelnd in die Küche, um seinen Kater zu begießen. Am Spülbecken trank er ein Glas Wasser in wenigen, großen Zügen und japste dann nach Luft.

»Gefeiert?«, fragte sie.

Er setzte sich auf einen Küchenstuhl und stupste das eingewickelte Paket an. »Was ist das?«

»Fleisch«, sagte Pattiann. »Rinderfleisch. Hat Chas uns gegeben.«

»Stubblefield?« Er nahm das ungeöffnete Paket und sah es sich genauer an. »Kriegen wir jetzt Geschenke von dem?« Das Paket lag schwer in seiner Hand, und er wog es, schätzte sein Gewicht. Beträchtlich. Sein Mund war trocken. Er musste sie einfach fragen: »Seid wohl wieder dicke Freunde, was?«

»Mein Gott, Ike. Er hatte eine Panne, und ich hab ihn mitgenommen.«

»Wie praktisch.« Noch während er das sagte, wusste er, wie spießig er klang. Abgedroschen. Doch sein Schädel dröhnte, sein Herz raste, und er glaubte, in ihren Augen etwas sehen zu können, das am Morgen noch nicht da gewesen war. Sie mied ihn. Er ging auf sie zu, das eisige Fleisch immer noch in der Hand. Er wollte sie bedrängen, sie zwingen. Doch wozu? Einem Schuldbekenntnis? Einer Beichte?

Sie schob ihr Kinn vor. »Was ist? Machst du mir eine Szene?«

Er schwenkte das Fleisch hin und her, schaute sie an, ging zur Hintertür und kickte es wie einen Fußball hinaus, ein weiter Pass in die Dunkelheit. Er hörte es auf dem Boden aufklatschen, sah das fahle Einwickelpapier, als das Paket ins Gebüsch kugelte. Kleine Zweige brachen, dann kein Laut mehr. Die Nachtluft strich kühl über seine Haut, der Schock war belebend. Wie eine kalte Dusche. Wie ein guter Kampf. In seinem Rücken war es still, dann hörte er ihren langen, ungehaltenen Seufzer.

»Das war gutes Fleisch, Ike, das du da gerade den Hunden vorgeworfen hast.«

»Die Hunde«, sagte er und drehte sich zu ihr um, »sind tot. Lang leben die Kojoten.« Er schloss die Tür. Sie stand am Spülbecken, die Küche in ihrer ganzen Breite lag zwischen ihnen. Eine sorgsame Distanz. Und plötzlich glaubte er, was er bis dahin nicht geglaubt hatte, dass er sie nämlich nicht nur verlieren konnte, sondern sogar fähig war, sie zu vertreiben. Direkt in Stubblefields Arme. Wieder einmal. Vielleicht war es schon passiert. Und diese Einsicht nagte wie ein leichtes Zucken in seinem Gedärm, eine plötzlich nötige Vorsicht, die stattdessen etwas auslöste, das eher einer heftigen Wut glich. Ein Teil von ihm merkte erschrocken, wie rasch die Lage eskaliert war, versuchte zu zügeln, während ein anderer Teil von ihm die Zügel schießen lassen wollte, Pattiann verletzen wollte, egal wie, Hauptsache, sie war ihm ausgeliefert, wie er ihr ausgeliefert war. Nach all den Jahren im Polizeidienst meinte er die Faszination der Gewalt, ihre Befriedigung, verstehen zu können, wie es war, wenn man sich der Tat überließ, zur treibenden Kraft wurde. Wie man paradoxerweise im Ausüben der Gewalt, der allzu körperlichen Tat, das Körperliche hinter sich ließ, eine Erlösung, die an Ekstase grenzte … und obwohl er sich nicht für einen gewalttätigen Mann hielt, wusste er, dass er dafür anfällig war, dass das Pokergesicht, das man aufsetzte, bevor man die Tür eintrat, zum *eigenen Gesicht* werden konnte, Gewalt, die Gewalt zeugte. Und manchmal meinte Ike, die Gewalt riechen zu können, wenn er ihnen Handschellen umlegte, sie vom Tatort fortbrachte, dass er sie auch an sich selbst bemerkte, Moschus auf der Haut, ein Geruch wie von Schweiß, eine Süße, die nach begangener Tat rasch säuerlich wurde und in Bitterkeit umkippte.

»Was ist los?«, fragte sie und berührte seine Hand. Er zuckte zusammen und zog den Arm fort.

Er schob die Hand in die Tasche, um davon abzulenken, wie sehr es ihn überraschte, dass sie, als er in Gedanken war, die Distanz zwischen ihnen überbrückt hatte. Zugleich versuchte er, den Abgrund wieder zu öffnen, an dem er so sorgsam entlangbalanciert war. »Was los ist? Ich hab einen wirklich höllischen Tag hinter mir, komm in ein leeres Hause, und du fragst mich, was los ist? Jemand hat die Hälfte aller Hunde im Bezirk vergiftet, und ich musste meinen besten Beamten suspendieren, der mir außerdem noch damit droht, mich mitten in diesem ... diesem Hundegemetzel sitzen zu lassen.« Er wies mit dem Daumen auf den Hof. »Und Parkers Frau will wissen, wer jetzt die Lebensmittel bezahlt. Fehlt nur noch, dass wir hingehen und denen diesen Klumpen Fleisch bringen.« Er ging an Pattiann vorbei und ließ sich auf den Stuhl sacken. Er war nüchterner, als ihm lieb war.

»Du hast Parker suspendiert?«

»Scheiß auf Parker.«

Pattiann trat zur Seite und setzte den Kessel auf. Sie machte sich am Herd zu schaffen, hielt inne, als wollte sie etwas sagen, schüttelte dann aber den Kopf, nahm den Deckel ab und stocherte mit einer langen Gabel im Kessel herum. Sie versuchte es noch einmal. »Heute Abend gibt es Eintopf, wenn du es genau wissen willst.« Sie wartete, schloss den Deckel wieder. »Hättest du Licht angemacht und meinen Zettel gelesen, dann wüsstest du Bescheid. Der Eintopf steht im Kühlschrank. Du hättest ihn bloß auf den Herd zu stellen brauchen.«

»Nein«, er deutete mit dem Finger auf sie. »Ich hätte mich bloß in meinen Sessel setzen und mich von meinem Tag erholen zu brauchen, während du bloß hier zu sein und den gottverdammten Eintopf auf den Herd zu stellen brauchtest. Stattdessen ziehst du mit diesem bekloppten Psychopathen Stubblefield durch die Gegend, der dir auch noch Geschenke macht, Fleisch von seinen halb vergammelten Kühen.«

Er dachte, sie würde explodieren, und er freute sich schon darauf, ein ehrlicher Streit, ein bisschen gute, saubere Wut, die die Luft wieder reinigen würde, bloß nicht dieses Rumgedruckse. Doch sie lehnte sich auf ihrem Stuhl zurück, blickte blinzelnd ins Deckenlicht und verschränkte die Hände.

»Ich war den ganzen Tag bei meiner Mutter«, sagte sie mit leiser werdender Stimme. »Ich war ihr in letzter Zeit keine große Hilfe.«

Und das war so verdammt unfair von ihr. Stülpte ihn völlig

um, das Innerste nach außen. Ließ ihn als Rüpel dastehen, schlimmer noch, machte es nicht mal mit Absicht. Er ließ den Kopf in die Hände sinken, fühlte den wachsenden Kopfschmerz, den Ärger des Tages, Parker und Harley. Und Stubblefield – durch den die ganze Geschichte so persönlich geworden war, wie sie für einen Polizisten nicht sein sollte. »Haben wir Aspirin da?«, fragte er. Sie brachte ihm zwei Tabletten und noch ein Glas Wasser.

Sie setzte sich zu ihm, nachdem er die Pillen geschluckt hatte. »Ich war auf dem Weg nach Hause, als Chas mich anhielt. Sein Pickup war liegen geblieben.«

Sie hatte wieder diesen Blick, der in seltenen Momenten in ihren Augen zu sehen war, wodurch sie heller funkelten, die Brauen sich enger zusammenzogen. Pattiann holte tief Luft und lehnte sich zurück. »Ich wusste, dass dir das nicht gefallen würde, aber ich konnte ihn schließlich nicht stehen lassen, also habe ich ihn mitgenommen, und zum Dank dafür hat er mir das Fleisch gegeben. Nicht mehr und nicht weniger. Er wird sein Vieh abgeben. Er kam her, um es dem Richter zu sagen.« Sie wartete.

Morgen ist es auch nicht besser, dachte er. Vielleicht ließ sich wenigstens diese Stubblefield-Sache zu Ende bringen. Er wollte über den Tisch greifen, ihre Hand nehmen, aber er traute sich selbst noch nicht recht. »Wie geht's deiner Mutter?«, fragte er stattdessen und »Wann gibt's was zu essen?« Doch war er sich nicht sicher, ob er wirklich einen Bissen hinunterbekommen würde.

Der Richter klopfte Chas auf die Schulter. »Gut, gut«, sagte er. »Ist besser so.«

Chas sagte, wie glücklich es ihn mache, diese leidige Geschichte vom Tisch zu haben. Sie standen in der Diele. Hinter dem Richter öffnete sich die Tür ins Wohnzimmer. Im angrenzenden Zimmer war der Tisch gedeckt. »Na ja, ich wollte Sie nur wissen lassen, dass ich Ihnen nichts nachtrage. Riecht gut. Schweinefleisch?«

Er hätte schwören können, dass der Richter zusammenzuckte. Chas lächelte. »Hab Rindfleisch daheim. Prima Stücke. Ein bisschen mager, aber das ist gut fürs Herz, nicht?« Und er hieb dem Richter auf die Schulter, dass der alte Mann in die Knie ging. »Ist allerdings eine kalte Nacht und ein teuflisch langer Weg auf leerem Magen. Mir ist der Laster verreckt, musste trampen. Keine Ahnung, wie ich zurückkommen soll. Vielleicht bleib ich bis morgen, such mir einen *Nachbarn*, der ein Zimmer frei hat. Gott wird sich schon um sein verlorenes Schäflein kümmern, nicht? Auch wenn dies das Land der Rinder ist, und *unser* Gott keine Schafe ausstehen kann. Schweinefleisch, sagten Sie?« Und das war der Moment, in dem der Richter zum Telefon griff. Nur wenige Augenblicke später fuhr ein Streifenwagen vor, und Chas war auf dem Weg nach Hause.

Die Fahrt verlief wortlos. Harley, der junge, dünnlippige Deputy, bestand darauf, dass Chas auf dem Rücksitz Platz nahm, hinter dem Gitter, außer Reichweite der Schrotflinte, und das war vielleicht ganz geschickt, denn Chas war ziemlich geladen, ihm standen sie bis zum Hals, diese Mächtiger-und-besser-als-du Kerle, zu denen sogar Harley gehörte, der da am Radio rumfummelte, Halteschilder überfuhr und an der einzigen Ampel der Stadt das Blaulicht anstellte, als wäre dies ein echter Notfall. Gott ertrug mehr Narren als nötig.

Daheim brachte Chas das Pferd in den Stall und gab ihm die letzten Getreidepellets. Was mit den Rindern passierte, lag nicht mehr in seiner Hand, und es gab nichts mehr, was er für sie tun konnte, höchstens noch irgendjemandem ein Loch in den Schädel schießen, Sam Coker zum Beispiel oder Taylor.

Er hatte sich abgefunden mit dem, was unweigerlich geschehen würde. Wenn der Sheriff mit seinen Leuten kam, würden sie sehen, was es zu sehen gab - Rinder so gut wie tot, blutarm und mit einem Stickhusten, der sie schneller als der Hunger in die Knie zwang. Um ihre Föten abzutreiben, hatten sie schon vor einiger Zeit die Strauchkiefern abgenagt; die Nadeln hatten ihre Zungen grün gefärbt. Was sie jetzt noch an Proteinen verbrannten, kam aus Leber, Milz und Muskeln. Ob Parsons wusste, dass sie nach einer Weile zu pissen aufhörten? Verschont blieben nur Herz und Hirn. Die Natur bewies einen zweifelhaften Sinn für Humor - das Herz schlug weiter, damit dem Hirn nichts entging, keine Hoffnung und kein Schmerz.

Der Schecke wieherte, suchte schnaubend auf dem nackten Boden nach Futter und trat gegen die Stallwände. Das alte Pferd seines Daddys. Pfiff schon aus dem letzten Loch und war dennoch kräftiger als die übrigen Tiere. Dafür hatte der Sheriff freundlicherweise gesorgt. Und deshalb versteckte Chas jetzt das Pferd. Ein kleiner Schlag für den Sheriff, mag sein. Sollte der Klepper verhungern. Immerhin war das sein Recht. Er hatte ihnen die Rinder überlassen, aber das Pferd gehörte ihm, und falls sie anderer Meinung sein sollten - nun, was sie nicht sahen, würden sie nicht vermissen. Er beugte sich über den Verschlag, und der Schecke fuhr mit dem Maul zu ihm herum. »Wenn du hungrig wirst, sag mir Bescheid«, sagte er zum Pferd und lachte. Er ging ins Haus. In ein oder zwei Tagen würde der Sheriff Chas das Vieh abnehmen. Er würde ihm ein weiteres Stück seines Lebens nehmen und sein Vorgehen menschlich nennen; dann würde er nach Hause fahren und seine Füße an Pattianns Pobacken wärmen. Doch dieses Bild überstieg seine Vorstellung, sodass Chas nichts damit anfangen konnte, nicht einmal seine Wut ließ sich damit anstacheln. Stattdessen dachte er an die lange Fahrt mit ihr im Laster, wie sie, ob gewollt oder nicht, ihm das Gefühl gegeben hatte, als ob es da noch was für ihn gäbe. Und er wusste nicht, ob er ihr dafür danken oder sie deshalb verfluchen sollte.

Er blieb in der Tür stehen, drehte sich zum Hof um und schaute zu den Autoskeletten hinüber, auf verrostete Kotflügel und sperrangelweit klaffende Türen, ausgediente Ballenpressen, die Karosse eines alten Kombis, hier und da eine Radkappe, die ihn aus tauendem Schnee beäugte. Er hob den Blick, schaute über den Korral hinweg dorthin, wo der dampfende Atem der Rinder die Luft vernebelte, aufs offene Land, das selbst jetzt noch so wie in jener Nacht aussah, in der er seinen sterbenden Vater in Armen gehalten hatte, und zum Träumen einlud, weit und großzügig wie es war. Genug Land, um einen Mann vor lauter Möglichkeiten ganz hibbelig werden zu lassen. Es hätte klappen können, dachte er, trat ins Haus und schloss die Tür hinter sich. *Hätte klappen können*, wenn da nicht all die Dinge gewesen wären, die der Mensch nicht wissen kann, all die Kränkungen, mit denen er überhäuft worden war. Nein. Dies war kein Zufall, keine beiläufige Katastrophe der Natur. Es gab eine Fährte der Schuld: die Futtermittelhandlung, die Bank, die Regierung. Und wessen höhere Fügung hatte die Dürre, den langen Winter bewirkt? Dahinter steckte Absicht. Und er sagte sich, wenn es wirklich Gerechtigkeit auf dieser Welt gäbe, wenn Gott ein Mensch wäre, dann würde er noch einmal wiederkehren, nur damit Chas ihm eine Kugel in den Schädel jagen konnte.

Achtes Kapitel

Sie brauchten drei Tage zur Vorbereitung und wurden zwei weitere Tage lang durch schlechtes Wetter aufgehalten, aber am sechsten Morgen hing die Sonne rund und makellos im Blau. Leute winkten sich auf den Straßen zu, hoben grüßend einen Finger vom Lenkrad, wenn sie sich auf dem Highway begegneten, öffneten ihre Fenster einen Spalt weit und schälten sich aus ihren Mänteln. Rancher achteten auf die Nachrichten von der Terminbörse, tüftelten Anbaufolgen aus und stellten sich darauf ein, in den Kalbpferchen die Ärmel aufzukrempeln. Bald. Alles an diesem Morgen verhieß *bald*.

Als Ike auf Stubblefields Futterplatz stand, kam es ihm wie ein merkwürdiger Widerspruch vor, dass alles um ihn herum erneut zum Leben erwachte, während er zusehen musste, wie die Frontlader ihre gründliche Arbeit verrichteten, die Ladeschaufeln Rinder aus Eis und Schnee schabten, einen weiteren Kadaver anhoben, eine Rinderhälfte, ein Viertel, um die Überreste in den wartenden Lastern zu verladen, *Western BiProducts*, breite rote Buchstaben. Über dem Wimmern der Hydraulik, der Dieselmotoren, dem Rattern der Ketten, die sich über die aufgewühlte Grasnarbe quälten, konnte Ike eigentlich nicht hören, wie die Leiber losgerissen wurden, aber irgendwie lieferte seine Vorstellung die fehlenden Einzelheiten, das Zerren und Reißen, Knochen und Muskeln – alles noch gefroren, nichts mehr weich und lebendig.

Der Richter hatte die Papiere fertig gehabt, seine einzige Frage galt den Kosten, wer sie denn tragen würde? Daher wusste Ike, dass der Richter sich Rückendeckung geholt, mit dem Büro des Commissioners geredet, den Aufwand für Transport und Beseitigung von knapp zweihundert Stück Vieh überschlagen, die mögliche Reaktion des Wahlvolkes ausgelotet und seine Hände öffentlich in Unschuld gewaschen hatte. Ike beruhigte ihn. Die Tierkörperverwertungsfirma war nur zu froh gewesen, ihnen dieses Problem abnehmen zu können.

Die ersten drei Ladungen hatten sie schon geholt. Die Ranchgehilfen seines Schwagers waren gekommen. Ike hatte Rob darum gebeten – um Männer, die das entlegenere Weideland abritten, um dort Vieh ausfindig zu machen, sowie um ein Pferd, damit er sie begleiten konnte. Falls nötig, würde er das Töten selbst übernehmen. So sollte es schließlich auch sein, nicht?

Pattiann war mitgekommen. Sie hatte darauf bestanden. Trotzdem wäre es Ike lieber gewesen, er hätte sie nach Hause schicken können. Um sie zu beschützen. Nein. Ehrlich gesagt, um sich selbst zu schützen, davor, dass sie ihn so sah, unbeholfen im Sattel, all diesem Land ausgesetzt, und wie er die Kühe eines anderen Mannes abschoss. Kaum besser als irgendein Viehdieb.

Purvis hatte sein eigenes Pferd im Anhänger hergebracht und Viehmarker mitgenommen, dicke, farbige Fettstifte – um die Rinder wie Bäume in einem Gehölz, das ausgelichtet werden sollte, mit einem leuchtend roten X zu markieren. Aber die Herde war nicht mehr zu retten. Es lohnte nicht, sie zu markieren. »Mein Gott«, hatte Purvis gesagt, »die sind erledigt – haben nicht genug Protein, um ihr Blut in Bewegung zu halten. Sobald es richtig taut, laufen die Beine schwarz an und verrotten. Was für eine Verschwendung.« Er wandte den Blick ab.

Harley war im hinteren Korral und half, das Vieh zu verladen. Ein flüchtiger, bitterer Gedanke ließ Ike überlegen, was

Harley über diesen Tag wohl heute Abend der Fahrdienstleiterin erzählen würde.

Chas hatte sich noch nicht blicken lassen, und obwohl Ike wusste, dass er dafür eigentlich dankbar sein sollte, vor allem, da Pattiann bei ihm war, wollte er sie sonderbarerweise zusammen sehen, wollte Pattianns Stimme hören, wollte sehen, ob sie verärgert den Kopf einzog oder vor Freude errötete. Sein Haus bot einen friedlichen Anblick, hingeduckt und heimelig. Schneebänke zierten die Fenster, eine Rauchfahne stieg aus dem Schornstein auf. Es sah einfach so verdammt wohnlich und normal aus. Ike riet Harley, die Ruhe zu bewahren, die Augen offen, den Mund geschlossen und sein Temperament im Zaum zu halten.

Sie ritten am Nordzaun lang, über den Beaver Creek, vorbei an den Steilufern und Büffelsturzhängen, dorthin, wo der Pfad die Hügel hinauf zum Hochplateau anstieg. Sie gingen es langsam an, in einer Reihe hintereinander, hielten sich an die höher gelegenen Stellen, wo der Wind den Schnee fortgeweht hatte und wechselten sich in den Niederungen beim Vorreiten ab, um die Pferde zu schonen, die brav voranstapften, die Köpfe gesenkt, wie man es von guten Ranchpferden erwarten durfte. Ike dachte an den Schecken. Ob sie ihn gefunden hatten? Oder war er abtransportiert worden, als er einen Augenblick nicht hingesehen hatte? Würden sie ihn noch finden, hier draußen? Oder hatte er sich wie die übrigen Tiere in einen gefrorenen Erdhügel verwandelt? Er dachte an jenen ersten Abend auf der Weide, an das nicht gerade ansehnliche Tier mit dem ehrlichen Gesicht, wie es ihm nachgelaufen war. Er schämte sich, dass er es vergessen hatte. Vielleicht wäre es das eine Tier gewesen, das zu retten sich gelohnt hätte. Die Pferde, auf denen sie ritten, waren jedenfalls gepflegt und gut genährt. Sie schnaubten im warmen Wind.

»Chinook«, sagte einer der Männer und knöpfte seinen Parka auf.

Pattiann ritt voraus. Der Rücken gerade, das Gesäß wie angegossen im Sattel. Er beneidete sie um ihr Geschick und war stolz auf sie. Einmal hatte sie ihm erzählt, wie sie als Kind immer weit rausgeritten war, bis niemand sie mehr sehen konnte, nur um zu reiten, *frei von allem Zwang und in halsbrecherischem Tempo*. Ihre eigenen Worte. Bis sie von einem der Rancharbeiter gesehen worden war und ihr Daddy davon erfuhr. Er hatte ihr das Pferd weggenommen. Hatte sie ans Haus gekettet, damit sie die Rancharbeiter bekochte, mit ihrer Mutter arbeitete, ein störrisches Gespann, das es fast fünf Jahre miteinander ausgehalten hatte. »Zwei Frauen in einer Küche«, hatte Pattiann gesagt. »Lieber wäre ich von ihm verhauen worden.«

Auf dem Plateau verteilten sich die Männer, um Fahnen aufzupflanzen, wo sie Rinder unterm Schnee fanden, und bald war die weite Ebene mit knallroten Fetzen gesprenkelt, die munter im Chinook flatterten. Das überlebende Vieh war zu schwach, um noch zum Futterplatz getrieben werden zu können, einige Tiere, blind vor Futtermangel, rempelten sich gegenseitig oder die Pferde an, liefen einen Moment lang aufgeregt durcheinander und erstarrten dann wieder in mürrischer Stille. Ike trieb sein Pferd an Pattianns Seite.

»Du hättest nicht kommen sollen.«

»Ich blamier dich schon nicht«, sagte sie und lenkte ihr Pferd von ihm fort, bevor er sagen konnte, dass er sich um *ihre* Fähigkeiten keine Sorgen machte. Aber dann wusste er nicht mehr, ob er das wirklich über seine Lippen gebracht hätte.

Kaum dreißig Rinder standen noch auf dem Hochplateau. Wenn sie sich bewegten, klackten die Hufe wie ein Bund hölzerner Löffel aneinander. Den Weg hinab zu den wartenden Lastern würden sie niemals überleben. Ike stopfte sich die Handschuhe in die Tasche, krümmte und streckte die Finger und wischte sich die Handteller an der Jeans ab. Er zog die Winchester 30.30 aus dem Futteral.

Dann schlang er die Zügel ums Sattelhorn, sagte: »Ruhig, Mädchen« zum Pferd und hob das Gewehr an die Schulter. Für sie war es eine Gnade, sagte er sich und konzentrierte sich auf ein kleines Fellstück, die weiche Stelle hinterm Ohr. Black-Angus Rinder haben verdammt knochige Schädel. Er *könnte* einen Schuss zwischen die Augen riskieren, gerade unterhalb der Stirnplatte, doch stellte er sich die Flugbahn der Kugel vor, wie der Knochen sie bremste, wie sie das Fleisch zerfetzte, implodierte – ihren mörderischen Schaden anrichtete. Nein. Hinters Ohr und durchs Auge wieder heraus. Ein Schuss. Ein glattes Loch und pardauz, die Kuh fiel, ganz leicht, und scheiß auf Chas Stubblefield. Er repetierte das Gewehr, schmiegte den Ahornkolben an seine Schulter, hielt den Atem an und zielte auf den kleinen Fleischlappen.

Er konzentrierte sich auf das Schwarze, der Schnee ein gleißender Rahmen um das Tier. Er drückte ab. Ein Rückschlag gegen die Schulter, das Rind fiel zu Boden. Das Pferd zuckte, blieb aber stehen. »Braves Mädchen«, sagte er und trieb die Stute mit den Schenkeln voran, nahm das nächste schwarze Fell ins Visier. Er repetierte, zielte, drückte ab. Die Patronenhülse sirrte wie eine Wespe durch die Luft. Er musste sich nicht anhören, wie die Kuh zusammenbrach, stattdessen lauschte er auf den Knall, der sich übers Plateau schwang, dorthin, wo sich die Kojoten verkrochen, und immer weiter, bis das Land sich ins Tal senkte und Pappeln in Hainen am Flussufer wuchsen. Beim fünften Schuss zuckte das Pferd nicht mehr zusammen. Ikes Schulter reagierte empfindlich. Beim zehnten Schuss fuhr ihm der Schmerz bis in die Knochen. Er wechselte das Gewehr. Immer noch wahrte Ike Abstand zum Vieh, stellte sich vor, er sei unten auf der Lichtung, wo der Lärm des Tötens gewiss längst verhallt war, folgte dem fernen Fluss, lauschte auf das gedämpfte Rauschen des Wassers unterm eisigen Schelf, wo Forellen aus der Tiefe aufschossen.

Beim achtzehnten Schuss war seine Schulter wie zusammengestaucht, die Arme taten ihm weh. Er traute sich den genauen Schuss hinters Ohr nicht mehr zu. Also wählte er nun doch den Punkt zwischen den Augen, seine Gedanken kehrten zu Fleisch und Knochen zurück. Er hörte den Aufprall wie einen Schlag gegen den eigenen Kopf, und er ließ das Gewehr in den Schoß sinken. Seine Schulter war taub, die Wangen brannten. In seinem Schädel hallte ein Kupfergong wider. Er wartete, bis der Lärm sich gelegt hatte.

Pattiann ritt zu ihm, streckte die Hand aus und berührte sein Knie. Die Männer waren über das Plateau ausgeschwärmt. Purvis blickte höflich zur Seite. »Ich könnte weitermachen«, sagte sie.

Er würde sie gern weitermachen lassen, aber dies war seine Arbeit. Unwichtig, wie es dazu gekommen war. Die gute Absicht zählte nicht mehr. Dies war eine Buße, die er jemandem auferlegen wollte, die aber nun ihn selbst traf. »Nein«, sagte er und strich über ihre Finger. Dann steckte er das Gewehr ins Futteral, stieg ab und ließ die Zügel sinken. Er stapfte durch den Schnee. Nahm den Revolver aus dem Holster, ging zur nächsten Kuh. Sie drehte sich zu ihm um, die Augen weit aufgerissen, der Blick wie vor lauter Verzückung verschwommen. Ike zielte und schoss. Es gab keinen Abstand mehr, es war hautnah und persönlich geworden. Ihn überraschte nur, wie wenig er außer Dankbarkeit dafür empfand, dass er nichts mehr empfand. Er schoss. Die Tiere brachen zusammen. Eines nach dem anderen.

Pattiann und die Ranchgehilfen arbeiteten um ihn herum, setzten Fähnchen in den Schnee, einen Schwarm Kardinalsvögel. Markierten die verdeckten Kadaver für die Männer der Verwertungsgesellschaft, die zu ihnen stoßen würden, sobald sie unten fertig waren. Purvis saß auf seinem Pferd und blickte übers Tal.

Das eigentliche Töten dauerte nicht mal eine Stunde. Letzten Endes halfen ihm beide, Pattiann und Purvis. Purvis hatte als Erster mitgemacht. Dann Pattiann. Ein paar von Robs Arbeitern ritten weite Strecken ab, um nach Tieren zu suchen, die sich vielleicht noch auf den Beinen hielten. Die wenigen, die übrig blieben, waren Futter für die Kojoten, und die Natur war gründlich: Kojoten, Bussarde, Elstern, Käfer.

Die Reiter hatten keinen Schecken gesehen. »Da draußen ist verdammt viel Platz«, hatte einer von ihnen gesagt, »und was sich noch bewegt, ist sowieso bald am Ende.«

Pattiann und Purvis blieben noch, als die Ranchgehilfen ihre Pferde zurück auf den Pfad lenkten. Zu dritt standen sie in lockerer Gruppe zusammen und blickten auf die Flaggen, das erlegte Vieh. »Es waren Gnadenschüsse«, sagte Purvis.

»Ich hab's schon mal so schlimm erlebt«, sagte Pattiann. »Ein Blizzard – dauerte zwei, zweieinhalb Tage. Mein Dad verlor einige Rinder. Ging allen so. Aber verdammt, er hat sich für sie ein Bein ausgerissen. Hat sich noch jahrelang Vorwürfe gemacht, weil er nicht stärker als das Wetter gewesen war. Aber dies hier …« Sie kehrte ihnen den Rücken zu. »Ob Chas nachts noch schlafen kann? Man muss einfach Mitleid mit ihm haben.«

Ike wollte ihr sagen, sie solle es sich aufsparen. Chas war noch gut davongekommen. Doch er hielt den Mund, schaute sie aus einigen Schritten Entfernung an. Ihre Hand langte nach der Kinnkette, Finger knüpften eine Schlaufe.

»Mitleid?«, fragte Purvis. »Vielleicht hab ich diese ganze Geschichte so über, dass ich nicht mehr klar denken kann. Und ich wäre natürlich gern ein Mensch, der die andere Wange hinhält, wenn die Gelegenheit es erfordert.« Er ließ die Zügel sinken, hob einen Fuß in den Steigbügel und schwang sich in den Sattel. Das Leder knarrte, und das Pferd schnaubte, als Purvis den Sattel unter sich zurechtrückte. »Aber wenn du jetzt von Mitleid reden kannst, Pattiann, dann bist du ein besserer

Mensch als ich.« Er lenkte das Pferd im langsamen Schritt zum Pfad herum.

Ike musterte die Gegend ein letztes Mal. Dann hob er den Fuß in den Steigbügel und federte zwei Mal mit dem Standbein nach, was ihm peinlich war, da er nicht wie Pattiann oder gar der ältere Purvis mit einem einzigen, makellosen Schwung aufsitzen konnte. Er ritt zu Purvis, und kurz darauf hörte er Pattiann nachkommen.

Der Chinook hatte den Schnee an den tiefer gelegenen Stellen bereits zu Pfützen geschmolzen. Sie überraschten den ein oder anderen Eselhasen, der von dem Wasser schlürfte. Falls es kein schweres Unwetter mehr gab, würde der Schnee in weniger als einem Monat verschwunden sein. Dann verwandelten sich die Weiden in Morast, aus dem bald saftige Schösslinge sprossen, und die Rancher würden aufatmen, wenn die Kalbzeit anbrach, Kühe und Weiden sich fruchtbar zeigten. Ike hielt das Gesicht in den Wind, ließ die Zügel im Rhythmus mit dem Kopfnicken des Pferdes schwingen. Bald. Frühling und Sommer würden sich vor ihnen ausdehnen, als ob sie nie wieder zu Ende gehen wollten, denn daran dachten nur die Menschen, die Anbaufolgen planten und aus den Lektionen lernten, die ihnen dieser Winter ebenso wie all die vorangegangenen Winter erteilt hatte. Und er fragte sich, wie lange ein Mensch lernen konnte, verlernen und erneut lernen, bis ihn etwas traf, was ihn in die Knie zwang? Sturm. Dürre. Alter. Der Markt. Ein Jahr ist man zu Hause und im nächsten – ein Fremder an dem Ort, den man sich selbst geschaffen hatte. Und vielleicht war das Beste, worauf man in solch einem Fall hoffen konnte, dass man wie Chas noch jung genug war, um noch einmal etwas völlig anderes anzufangen.

Als sie wieder zum Futterplatz kamen, war die Mannschaft der Verwertungsgesellschaft bester Laune. Ein gefundenes Fressen. Fleisch zum Aufsammeln, genug, dass es sich lohnte.

Der untere Platz war geräumt, sauber geschabt. Arbeiter sammelten sich um die Maschinen. Harley saß im Streifenwagen, hing am Funkgerät. Er machte es erst aus, als er Ike sah. Am Straßenrand hielt ein halbes Dutzend Autos und Pickups. Die Leute saßen in ihren Wagen oder sammelten sich am Zaun. Neugierige. Nachbarn mit einem Riecher für Katastrophen.

»Harley«, rief Ike. »Sag ihnen, dass sie verschwinden sollen.«

»Hab ich schon versucht«, erwiderte Harley. »Und machen Sie mich deswegen nicht an. Immerhin hab ich dafür gesorgt, dass sie hinterm Zaun bleiben.«

Fred Timbers war da, Ben Joust, Paul Lange und seine Frau Letta. Der alte Tom Millan stand bei seiner Pritsche. Er war immer noch stinkig auf das Finanzamt, und was er hier sah, war in seinen Augen bestimmt ein weiteres Beispiel dafür, wie die Großen die Kleinen zerquetschten. Ike merkte es ihren Gesichtern an. Eine Lynchmeute. Blieb nur noch abzuwarten, wen sie lynchen wollten.

»Haben Sie ein Pferd gesehen?«, fragte Ike seinen Deputy. »Einen Schecken? Mit weißem Gesicht? Stubblefields Pferd?«

Harley schüttelte den Kopf. »Mann, ich habe heute mehr Kühe gesehen, als ich in meinem ganzen Leben sehen wollte, aber kein Pferd außer dem, auf dem Sie hergeritten sind.«

»Schauen Sie im Stall nach«, sagte Ike.

Harley blickte auf die Uhr. »Eigentlich wollte ich gerade los …«

»Dann ist's ja gut, dass ich Sie bitte, den Stall zu überprüfen.«

»Sicher doch«, sagte Harley und lächelte.

»Und wenn Sie schon dabei sind, sehen Sie doch auch mal im Schuppen nach.« Er zeigte in die hintere Hofecke.

Ike gab Harley die Zügel und ging zu den Schaulustigen. Er setzte sich den Hut auf und nickte Letta zu, die noch in ihrem Pickup saß. »Sind Sie gekommen, um zu helfen?«

Joust schnaubte verächtlich. »Sieht mir nicht so aus, als ob die Bank noch mehr Schlägertypen bräuchte.«

»Dafür halten Sie uns, Ben? Für bezahlte Killer? Ganz so wie in der schlechten alten Zeit, wie?«

»Für Regierungskiller«, sagte Foley, dessen Stimme sich bei der letzten Silbe überschlug.

»Tom«. Sagte Ike und hob eine Hand. »Ich bin's, Ike Parsons, und das da ist Harley, der da Purvis. Hier gibt's weit und breit keinen Menschen, den Sie nicht beim Vornamen nennen.«

»Und was ist mit Stubblefield, dessen Rinder Sie gerade umgebracht haben?«, fragte Joust.

Ike nickte. »Er hat das Vieh auf uns übertragen, damit wir es auf bestmögliche Weise beseitigen, eine weise Entscheidung, finden Sie nicht?« Er schob den Hut in den Nacken. »Aber das wissen Sie ja alle längst, und deshalb sind Sie als gute Nachbarn hergekommen, um Mr. Stubblefield in seiner Stunde der Not beizustehen. Ich bin mir sicher, dass er das zu schätzen weiß, da er bestimmt vom Fenster aus zuschaut und Ihnen dankbar ist, dass Sie alle aus alter Freundschaft gekommen sind und nicht, um zu tratschen und Maulaffen feil zu halten.«

Lettas Lachen erscholl aus dem Pickup. »Voll aufs Auge«, rief sie. Paul beugte sich zu ihr herunter und riet ihr, den Mund zu halten. »Ha«, rief sie, dann noch einmal, lauter: »Ha!«

»Wenn Sie noch irgendwelche Fragen haben, können Sie mich zur üblichen Zeit im Büro sprechen.« Doch Ben stieg bereits in seinen Wagen.

Einer nach dem anderen fuhren sie davon. Tom Millan war der Letzte. »Alles Blutsauger von der Regierung«, rief er.

»Sicher, Tom. Fahren Sie vorsichtig.«

Tom lächelte, winkte ihm zu, als er auf die Straße bog und knatterte in seinem alten Studebaker davon. Ike drehte sich um und blickte hinüber zu Stubblefields Haus. Leere Fenster. Keine Hühner, Katzen oder Hunde. Schwere Maschinen rumpelten auf den Hof, und Männer riefen sich etwas zu. Er konnte Harley lachen hören. Pattiann und Purvis verluden die Pferde, und Ike versuchte sich vorzustellen, wie es hier sein würde, wenn sie fertig und die Laster und Männer mit all ihrem Lärm verschwunden waren. Da würde nichts mehr sein. Bloß noch Stubblefield. Und so viel Stille, wie er sich je gewünscht haben konnte.

Pattiann fuhr mit Purvis zurück. Eigentlich hatte sie bleiben wollen, bis der letzte Laster abgefahren war, spürte aber, dass Ike etwas dagegen hatte. Er wollte sie nicht in Stubblefields Nähe haben, wollte sie vielleicht nicht mal in seiner Nähe haben. Jedenfalls war sie ins Fettnäpfchen getreten, so viel war sicher. Chas zu bemitleiden, tja, aber so war es nun mal. Die Wahrheit würde sie nicht wieder zurücknehmen. Purvis fuhr langsam, sah immer wieder im Seitenspiegel nach dem Anhänger. Das Pferd scharrte mit den Hufen und lehnte sich zur Seite, sodass der Wagen ausscherte und über die Mittellinie zog. »Verdammt bockbeiniges Biest«, sagte Purvis.

»Dein Pferd scheint sich gern anzulehnen«, stimmte ihm Pattiann zu, als der Wagen wieder mal nach links abwich.

»Ich meine den Wagen. Ist einfach nicht dafür geschaffen, was abzuschleppen, das starrköpfiger als er selbst ist. Aber mit der Zeit wird er sich schon beruhigen.«

»Der Wagen?«

»Nein, der Gaul. Spinnt immer auf den ersten paar Meilen. Irgendwann lehnt er sich dann bequem auf die Seite – ich lenke dagegen – und bis nach Hause wird geschlafen. Ich meine, das Pferd schläft, nicht ich.«

»Das beruhigt mich.«

»Du bist müde. Wenn du willst, kannst du deinen hübschen Kopf anlehnen.« Er klopfte auf seine Schulter. »Mach ein Nickerchen.«

»Nein«, sagte Pattiann. »Ich bin müde, kann aber nicht schlafen.« Im Seitenspiegel sah sie, wie sich hinter ihnen die Straße fortschlängelte. Bald würde es dunkel sein. Wie kam es bloß, dachte sie, dass sich im Herbst die Tage viel rascher verkürzten, als sie zum Winterende hin wieder länger wurden. Vielleicht waren aber auch die Wintertage so grau, dass es schien, als herrschte von morgens bis zum Anbruch der Nacht Dämmerung. Doch heute war es herrlich gewesen, der Chinook hatte sie hoffen lassen, dass das Ende nicht mehr weit war. Vielleicht hatte ihre Mutter das Ziehen in den Knochen falsch gedeutet und das Schlimmste war überstanden, der letzte schwere Schlag längst vorbei. Ein zeitiger Frühling. Etwas, um das zu beten man nie müde wurde. Sie massierte einen Krampf im Oberschenkel und hoffte, dass Ike früh nach Hause kommen würde. Sie wollte sich mit ihm wieder vertragen.

»Glaubst du, dass Ike sauer auf mich ist?«, fragte Pattiann.

Purvis zog den Kopf ein. »Du kennst ihn besser als ich.«

Pattiann lachte. »Meinst du wirklich? Oder weichst du bloß meiner Frage aus?«

»Beides.« Der Wagen schlug seitlich aus, und Purvis lenkte gegen. »Ich glaube, Ike ist im Moment uneins mit der Welt, was durchaus verständlich ist, da du wie immer völlig im Zentrum seiner Aufmerksamkeit stehst. Gehört einfach zur Ehe – man braucht sich bloß anzusehen und weiß, was für ein Wetter ist. Ich will damit nicht behaupten, dass du verantwortlich bist, aber Ike sieht, wie du Chas bemitleidest, und in seinen Augen stehst du für die ganze Stadt. *Sie* sieht, wie du Chas bemitleidest, und das heißt Öl ins Feuer gießen.«

»Soll ich mir also nichts draus machen?«

Purvis seufzte und sackte auf seinem Sitz zusammen. »Du machst mich ganz konfus, Pattiann.«

»Chas hat weit und breit keinen Freund«, sagte sie.

»Er hat sich selbst«, fauchte Purvis. »Genau die richtige Gesellschaft.«

Purvis starrte auf die Straße, die Hände fest am Steuer. Pattiann blickte über den Schnee auf die kleinen Schalen Schmelzwasser, die dunkel wie verstreut ausgeworfene Münzen schimmerten. Verdammt, wie hatte es bloß so weit kommen können? Ein schlimmer Winter, nun gut. Und der letzte Sommer war wieder mal ein Dürresommer gewesen. Aber andere hatten es auch geschafft, hatten Futter eingelagert, Vieh verkauft. Und genau das war der Knackpunkt. Sie sah es vor sich, wie Chas es gesehen haben musste. Mehr Land, fürs schnelle Geld zu Weideland gemacht, das Geld in Rinder investiert, auf einen milden Winter gesetzt und auf den Allmächtigen, auf ein Wunder in letzter Minute.

Aber nicht mit jenem Gott, wie Pattiann ihn kannte. Ihr Gott war ein zerstreutes Wesen, dessen Gedanken umherschweiften und der sein Werk im Laufe von Jahrtausenden verrichtete. Sie betete nie um ein Wunder. Ihr Gott war größer als ein Wunder auf dem letzten Drücker. Und wenn es stimmte, dass Gott in früherer Zeit unter den Menschen gewandelt war, dann war er ihrer Fragen längst überdrüssig geworden.

Purvis brach das Schweigen. »Vielleicht täusche ich mich ja. Vielleicht weißt du was über Chas, das ich nicht weiß?«

Pattiann schüttelte den Kopf. »Wer außer Chas kennt schon Chas oder sonst wen aus seiner Familie? Mit Avery wollte keiner was zu tun haben, das fand er auch ganz in Ordnung, und an seine Mutter Abbie kann ich mich kaum erinnern. Ich weiß bloß noch, dass sie eine sehr religiöse Frau war. Nicht die Sorte, die sich den Glauben wie ein neues Kleid überstreift.« Pattiann sah aus dem Fenster. »Sie war« – sie drehte sich zu Purvis – »wie sagt man …«

»Eine Fanatikerin?«

»Dafür war sie zu distanziert. Immer starrte sie ins Weite oder schwebte in anderen Sphären. Dabei sind wir ihr gar nicht oft begegnet. Wahrscheinlich hat meine Mutter sie am besten gekannt, aber wenn du sie fragst, wird sie dir sagen, sie wäre nur flüchtig mit ihr bekannt gewesen. Entrückt, das mein ich.«

»Ist jung gestorben.«

»Selbstmord.«

»Und wie alt war Chas damals? Zwölf? Ziemlich schlimm für einen kleinen Jungen. Und dann natürlich all die Jahre allein mit Avery.« Purvis lehnte seinen Kopf zurück, schloss für einen Moment die Augen, und als er sie wieder öffnete, wanderte sein Blick in den Rückspiegel und fixierte dort ein weit entferntes Ziel, als sähe er sich selbst. »Aber kommt nicht irgendwann der Augenblick, an dem wir sagen können: Gut, jetzt beginnt der Rest *meines* Lebens? Ein Leben, für das wir die Verantwortung übernehmen?

Er sah zu Pattiann hinüber. »Chas ist Hilfe angeboten worden. Er hat sie nicht gewollt. Da kann man die Achseln zucken und die ganze Geschichte auf seinen Stolz schieben, manche Leute mögen das sogar bewundern, frei nach dem Motto: *tja, waren schlimme Zeiten für ihn, aber er ist eben keiner von denen, die sich nehmen, wofür sie nicht zahlen können*, so was in der Art. Aber er ist schließlich auch nicht verhungert, oder? Er hat von den toten Rindern gegessen, als hätte ihm ihr Fleisch zugestanden, und das mag auch stimmen. Fakt ist jedenfalls, dass ich nicht in seine Seele blicken kann. Ich kann ihn nur nach seinen Taten beurteilen, und da mag es in seiner Vergangenheit manches Leid gegeben haben, aber jetzt seh ich was anderes. Ihm hat das alles Spaß gemacht.«

»Das glaubst du?« Pattiann beugte sich zu Purvis hinüber. »Mann, vielleicht versucht er nur, seinen eigenen verdammten Weg zu finden.«

Purvis nahm den Fuß vom Gaspedal, schaltete runter und bremste ab, fuhr an den Straßenrand und hielt mit laufendem Motor. Das Pferd im Anhänger wurde wach und schüttelte sich, der Wagen ruckelte sanft. Purvis zog eine Zigarre aus der

Jackentasche, streifte die Zellophanhülle ab, biss das Ende ab und steckte sie an. Er nahm einen Zug, hielt die Luft an und amtete wieder aus. »Du bist ganz schön empfindlich, wenn es um Chas geht.«

»Sollte ich lieber den Mund halten und in die Küche gehen?«

»Verdammt, Frau, das habe ich nicht gesagt. Wenn du Chas unbedingt bemitleiden willst, na gut, aber jeder Mensch mit Selbstwertgefühl hätte nur Verachtung für ihn übrig. *Verstehen*, das ist was anderes.« Seine Zigarre tanzte im dämmrigen Wagen auf und ab. »Erbarmen, ja. Und das, glaube ich, verlangt rechtschaffenes Denken. Ein wohl erwogenes und verdientes Gefühl, aber Mitleid ...«

»Wortklauberei«, sagte Pattiann.

»Verdammt, ja, Wortklauberei. Mir scheint, du weißt gar nicht genau, was du fühlst und warum – Mitleid ist genau das, worauf Chas jetzt spekuliert – Selbstmitleid und kein Gedanke an diese Tiere oder daran, was er uns allen antut. Mitleid ist gedankenlos, durch Selbstmitleid geweckt. Ein Gefühl, das kein unmittelbares Handeln verlangt. Mitleid spricht uns frei – *für den armen Hund kann ich nichts tun, kann nur Mitleid mit ihm haben.* Und du, weichherzig wie du bist – versteh mich nicht falsch, ich sag nicht, dass ich nichts dafür übrig habe, Gott schütze mich vor hartherzigen Frauen –, dich hat er mit Haut und Haaren für sich eingenommen.«

Die Augenbrauen hochgezogen, kräuselte Zigarrenrauch durch sein Haar und wehte zum Fenster hinaus. Er klemmte sich den Stummel zwischen die Zähne, legte einen Gang ein und fuhr langsam an.

»Ich will nicht behaupten, dass du völlig schief liegst«, sagte sie leise, »aber ich glaube, Stubblefield ist tief verletzt. Wenn vorher jemand für ihn da gewesen wäre, dann hätte all dies nicht passieren müssen.«

Er schnalzte mit der Zunge. »Das ist die schlimmste Art von

vergebener Liebesmüh«, sagte Purvis. »Was du getan oder nicht getan hast, kannst du nicht ungeschehen machen, und auch wenn du dir noch so sehr die Haare raufst, wirst du Stubblefield dadurch kein bisschen mehr ändern.«

»Also lassen wir es einfach laufen?«

»Im Augenblick, ja. Diese Sache ist hoffentlich bald vorbei, und wir bieten ihm alle Hilfe, die er annehmen will.« Purvis kaute seine Zigarre in den anderen Mundwinkel und blinzelte mit tränenden Augen in den Rauch.

»Weißt du, eines Tages wird dich die Raucherei noch umbringen.«

»Fürchtest du oder hoffst du?«

»Ich stell mir vor, wie es sein wird, wenn es niemanden mehr gibt, der mir die Leviten liest.« Sie musterte ihn im schwindenden Licht, diesen grauhaarigen Mann, dessen klobige Finger sich um die Zigarre schlangen, der still seine Arbeit verrichtete und seine Freunde ernst nahm. Der einzige Schutz sein deftiger Humor und ein treues Herz. Hände und Ärmel von den Fettstiften rot betupft. Hatte mehr als die Kühe abbekommen. Sie drehte sich um und schaute die letzten Meilen bis zur Stadt aus dem Fenster.

Es war dunkel, als sie schließlich den Lader auf den Hänger fuhren. »Sollten Sie noch mal Hilfe brauchen«, sagte der Vorarbeiter der Verwertungsgesellschaft, »rufen Sie uns an. Kommen Sie nach Helena, schauen Sie auf ein Bier vorbei. Und wollen Sie mal das Werk sehen, geben wir Ihnen eine Führung. Ist wirklich was Anständiges. Sauber. Wir liefern Futter für sämtliche Hunde des Landes, füttern auch Ihren Hund – haben Sie einen? Nein? Egal, wir leisten trotzdem gute Arbeit. Sind schließlich keine Leichenschänder«, sagte er und breitete die Arme aus, als wollte er sich entschuldigen. »Sieht bloß so aus.« Er lächelte und zuckte die Achseln, und als er losfuhr, stand Ike im Auspuffqualm auf dem leer geräumten Platz, glaubte, immer noch den Tod riechen zu können, und fragte sich, ob dieser Mann den Geruch mit nach Haus zu seiner Frau und zu seinen Kindern brachte, ihn mit an den Tisch zum Duft von Kartoffeln und grünen Bohnen nahm. Ike schnüffelte an seinen eigenen Händen, seiner Jacke. Schießpulver, eigentlich eine saubere Sache. Der letzte Sattelauflieger fuhr die Straße hinunter, die Arbeiter machten sich auf den Weg, ab nach Hause oder irgendwohin auf ein Bier, und immer noch keine Spur von Chas, obwohl Licht im Haus angegangen und von Zimmer zu Zimmer gewandert war, als trüge jemand eine Kerosinlampe vor sich her, und Ike fragte sich, ob man Chas auch den Strom abgestellt hatte. Aber nein, schließlich brannte Licht im Hof und zeichnete verworrene Schatten ins Gewirr alter Autos und Maschinenteile.

Er stand auf dem geräumten Platz und drehte den Rücken in den Wind, der über die Weiden brauste. Zum ersten Mal hatte er den Tod damals in einem Miethaus, Wohnung 4D, in der Sutter Street in Milwaukee gerochen. Mitte August. 37 Grad. Feuchtwarm. Er war zweiundzwanzig, und das war sein erster schwerer Fall. Eine pensionierte, allein lebende Lehrerin hatte eine Überdosis Tabletten und Alkohol geschluckt. Als sich ein Nachbar beschwerte, war sie schon vier Tage tot. Vor Ort, noch vor der Wohnungstür, streckte sein Partner die Nase in die Luft, witterte und trat einen Schritt zurück. »Das wird nicht gerade lustig«, sagte er und bedeutete Ike, vor ihm hineinzugehen. Die Wohnung war sauber. Das fiel Ike als Erstes auf. Sämtliche Lampen trugen Rüschenschirme, die Tische waren abgewischt. Über dem Sofa lag eine Chintzdecke, und es gab nur ein einziges, verschlissenes Kissen, als hätte die Frau ihr Leben auf diesem Fleck verbracht. Es war eine ordentliche Wohnung, wenn man einmal vom Leichnam absah, der so aufgebläht war, dass die Haut platzte. Das Kleid war über ihre Wabbelbeine hochgerutscht, was Ike unanständig fand, sodass er es zurechtzupfte, doch Bassette untersagte es ihm. »Lass das. Außer dir ist es keinem peinlich. Machen wir erst mal einen Bericht, und du holst den Coroner.« Sie sahen sich die Wohnung an, warteten auf den Leichenwagen, und als er kam, hielten sich die Männer mit einer Hand die Nase zu und schoben die Frau mit der anderen auf eine Gummidecke. Sie war wie Brei, schwabbelte wie Wackelpudding und ließ dicke, stinkende Fürze fahren. Basette schien enttäuscht, dass Ike sich nicht übergeben musste, doch später, im Schatten der von Eichen gesäumten Straße, sagte er: »Hast dich gut gehalten, Junge.«

Ike stand da, starrte auf die Felder, die Zäune, das in die Nacht gekuschelte Haus. Es überkam ihn wie eine Ahnung, dass es noch nicht vorbei war, ein Vorgefühl, das ihn verharren ließ, bis die Haut vor Kälte brannte und sich so geschrubbt und gescheuert anfühlte, wie der Hof um ihn herum aussah. Und dann ging er über den Platz, durch das Gatter, das er diesmal einfach offen ließ, und trat auf Stubblefields Veranda. Er klopfte zwei Mal. Er wusste nicht genau, warum er hier stand, wusste nur, er konnte sich nicht in die Dunkelheit davonstehlen. Es gab da eine offene Rechnung, die noch nicht beglichen war, doch war er sich nicht sicher, worum es dabei eigentlich ging.

Stubblefield öffnete die Tür einen Spalt weit und steckte den Kopf hinaus. Mit gekrümmter Hand winkte er ihm zu und verschwand. Ike folgte ihm. In der Küche war Licht zu erkennen, aber Stubblefield ging ins dunkle Wohnzimmer und nahm irgendwo im Schatten Platz. Ike setzte sich aufs Sofa daneben. Ein Lichtkeil schlug aus der Küchentür über die Rückenlehne auf seinen Schoß.

»Dachte, Sie würden wissen wollen, dass wir fertig sind.« Ike wies mit einem Kopfnicken auf die Tür. »Es ging rasch und schmerzlos. Purvis sagte, das nichts mehr zu retten war …«

Stubblefield seufzte, ein Laut, wie der letzte Atemzug aus

einem Leichnam. Ike wartete. Er hätte die Dinge auf sich beruhen lassen sollen. Dann breitete er die Hände in dem Lichtstrahl aus, und die Geste wirkte so unbeholfen, als wären seine Hände in dem kleinen Zimmer übergroß geworden. »Ich dachte nur, ich sag Ihnen Bescheid.«

»Wollen Sie einen Drink, Sheriff? Ich muss irgendwo noch eine letzte Flasche haben.« Glas klirrte, und dann beugte sich Stubblefield mit einer halb leeren Flasche ins Licht.

Ike nahm einen Schluck und gab sie zurück. Stubblefield trank ausgiebig, bevor er sich wieder zurücklehnte.

»Wir sind alle miteinander ein ziemlich trostloser Haufen.« Chas schwieg. Ein gurgelnder Laut, noch ein tiefer Schluck. »Letztes Jahr, als ich noch jung war, da habe ich geglaubt, ich könnte dieses Land zu etwas machen, und es würde auch mich zu jemanden machen.«

Es wurde so still, dass Ike glaubte, Chas wäre eingeschlafen, doch dann sagte er: »Ich hatte Pläne.« Er gackerte, dann klang sein Lachen weicher, beinahe so, als weinte er, und vielleicht tat er das auch.

»Jippieee«, rief Chas, als er ausgetrunken hatte. »Ich werd immer blauer. Machen Sie mit? Hauen wir uns die Nacht um die Ohren wie alte Freunde, zwei wahre Komplizen?«

Er hielt die Flasche ins Licht, aber Ike schüttelte den Kopf. Er musste zurück. Sollte beenden, weshalb er hergekommen war. Doch was er eigentlich von sich erwartete, konnte er immer noch nicht recht fassen. Er rutschte vor, auf die Sofakante. In einer Ecke des Sofas lag ein aufgerolltes Paar sauberer Socken, und im Dunkeln meinte Ike, einige Umrisse ausmachen zu können – Hemden, die Ärmel wie zur Kapitulation erhoben, Hosen, Unterwäsche. Obwohl es schon die ganze Zeit zu hören gewesen sein musste, vernahm er erst jetzt das tropf, tropf, tropf. Ike roch Lauge und Waschmittel. Frische Wäsche.

»Sie könnten neu anfangen«, sagte Ike.

»Klar doch«, sagte Chas. »Für jemand anderen auf der Weide arbeiten, sparen. Ein paar Rinder kaufen, meinen alten Kumpel Taylor um ein Darlehen anhauen, den Gürtel enger schnallen, mich an den Haaren aus dem Sumpf ziehen, eine gute Partie an Land ziehen. Allerhand könnte passieren. Ich bin ein Mann, reich an Möglichkeiten.«

»Fangen Sie was anderes an«, sagte Ike. »Menschen ändern doch ständig ihr Leben.«

»Guter Junge! So ist's brav!« sagte Chas. »Ein neues Leben als Ladengehilfe.« Er stand auf und trat hinüber ans Fenster, wo ihn das Mondlicht überschüttete und die fahle Haut blau wie Neuschnee färbte. »Was suchen Sie hier? Was genau? Wir haben doch beide keine Lust, Händchen zu halten. Was wollen Sie also *noch*?« Er drückte die Handinnenflächen ans Glas, lehnte den Kopf dagegen und starrte nach draußen.

Ike blickte auf seine Hände. Was wollte er? Die Zusicherung, dass dies hier das Ende war. Dass es hier aufhörte. Doch Ike fand dafür keine Worte, oder er gönnte Chas nicht das Vergnügen, ihn sehen zu lassen, wie sehr er ihn verunsicherte.

Chas schaute über die Schulter, die gespreizten Hände immer am kalten Glas. »Eigentlich habe ich Ihnen doch schon vor Jahren alles übergeben.«

Ike hockte reglos auf dem Sofa und wartete ab, welchen Haken Chas als Nächstes schlagen würde. Er umklammerte die Knie mit seinen Händen.

In sich zusammengesunken stand Chas am Fensterbrett, das Licht im Rücken, eine fahle Korona bläute das Haar, links und rechts vom Kopf glitzerten die feuchten Handabdrücke auf der Scheibe. »Als Pattiann damals zurückkam, dachte ich, ich bräuchte bloß abzuwarten. Gib ihr Zeit, dann kommt sie schon wieder zu dir.« Er lachte, schüttelte den Kopf und blickte hinüber zu Ike. »Kaum zu glauben, nicht?«

Ike merkte, wie er den Kopf schüttelte. Nein. Pattiann würde nie als Erste wieder auf jemanden zukommen. Da kannte Ike sie besser.

»Mein Gott, eigentlich kannte ich sie besser«, sagte Chas.

Ike lehnte sich zurück. Die eigenen Gedanken wie ein Echo von Chas zu hören, die Stimme vor Kummer aufgeraut, weckte eine Intimität, die er nicht teilen wollte, gab aber ebenso plötzlich einen Eindruck von dem Paar, das sie einmal gewesen waren, und vielleicht war es doch nicht bloß wahllose Vögelei gewesen, jugendliche Zügellosigkeit, wie Ike nur zu gern glauben wollte, sondern etwas Tieferes, das eher ins Gefilde der Liebe als in das der Lust gehörte.

»Schon komisch, nicht? Hier sitzen wir beide und reden wie alte Freunde, dabei verbindet uns nichts, nur ein paar tote Rinder und dieselbe Frau.«

»Nein, Chas«, sagte Ike. »Sie ist nicht mehr die Pattiann, die Sie gekannt haben.«

»Ha!« Sein Lachen klang wie ein Bellen. »Sie glauben, Sie kennen eine andere Pattiann?«

Ike rückte wieder an den Sofarand. Er hielt beide Hände eng an sich, ließ sie am Kissen kleben. Irgendwie lief das hier schief. Er konnte spüren, wie sein Herz arbeitete, als wäre sein Blut dicker geworden, obwohl sich Arme und Hände seltsam leicht anfühlten, und er umklammerte das abgewetzte Kissen noch etwas fester. Der Kolben seiner Waffe drückte sich ihm in die Rippen. Ich bin ein Profi, sagte er sich. Kein Platz fürs Persönliche im Job. Ike stand auf, spielte mit der Hutkrempe, blieb stehen.

»Ich bin nicht hergekommen, um über meine Frau zu reden.« Er war wütend und kam sich plötzlich blöd vor, weil Chas ihn so weit gebracht hatte, der Mann, der schließlich alles verloren hatte, der den Tag damit verbracht hatte, seine Wäsche zu waschen, während ein anderer Mann sein Vieh erschoss. Es war einfach albern, wirklich. Und plötzlich wusste Ike, was er sagen wollte, obwohl es ihm schwer fallen würde. »Es tut mir Leid. Das wollte ich Ihnen sagen. Es tut mir Leid, dass es so kommen musste.«

Stubblefield rührte sich. Die Flasche landete auf dem Boden, rollte das kurze Stück zu ihm herüber und blieb liegen. Wieder gackerte Chas, dieser gequälte, kurze Laut. »Wollen Sie wissen, was ich gelernt habe?«, fragte er. »Ich hab gelernt, dass uns auf dieser Welt nicht genug Zeit bleibt, um uns für all unsere Verfehlungen zu entschuldigen. Für die kleinen, die großen, Vieh, *Freunde*; scheiß drauf, sag ich.« Er beugte sich ins Licht, gackerte. »Und das heißt, scheiß auch auf Ihre Entschuldigung.« Er tauchte wieder ins Dunkel.

Ein Kichern drang aus dem Schatten zu ihm, und Ike verließ das Haus mit dem Gefühl, dass ihm dieser Laut auf dem langen Weg nach Hause nicht mehr aus dem Ohr gehen würde, doch die frische Luft brachte die gute Laune zurück. Wie von einer Last befreit, fuhr er in die Stadt zurück, und er fuhr schnell, das Fenster offen, um den Chinook noch etwas zu genießen.

Nachdem er sich im Büro zurückgemeldet hatte, schaute er im Diner vorbei. Er redete sich ein, dass er bloß anhielt, weil er hungrig war. Nur auf einen Bissen, eine Stunde, bevor er nach Hause fuhr. Er überlegte allerdings nicht lange und setzte sich in eine Ecke. Fünf Leute saßen an einem Tisch vorn am Fenster und ein Pärchen auf den Barhockern. Er konnte das Tagesmenü riechen: Gebratene Leber mit Zwiebeln, ein Gericht, das ihm so oft von seiner Mutter vorgesetzt worden war, dass er halbwegs Geschmack daran gefunden hatte. Seither hatte er es nicht mehr gegessen.

Roy war in der Küche und sang ein monotones ›Stairway to Heaven‹ vor sich hin. Fran bediente allein, und als sie an seinen Tisch kam, lächelte sie, als koste es sie harte Arbeit.

»Langen Tag gehabt?«, fragte er.

Sie blickte über die Schulter zu dem Tisch mit den fünf Gästen. »Drei Stunden, um drei Mal das Spezial zu essen, zwei gebratene Hähnchen, einen Eimer schwarzen Kaffee zu trinken und sich einmal quer durch die Nachtischauswahl zu probieren. Dann zahlen sie und gehen. Kein Trinkgeld. Jeden Mittwochabend. Ist doch nicht zu Hause hier. Oder sieht's hier vielleicht wie zu Hause aus?« Sie seufzte. »Aber in zehn Minuten ist meine Schicht vorbei. Also was soll's«, sie streifte die Schürze ab und warf sie auf den Sitz. »Tasse Kaffee?«

Sie brachte eine Kanne und zwei Tassen. Offenbar hatte sie ernsthaft vor, sich auszuruhen, da sie die Füße auf den Sitz neben Ike legte, eine Schachtel Zigaretten zückte und sich eine ansteckte. Füße scharrend erhoben sich die fünf Gäste, durchwühlten ihre Taschen und suchten in ihren Portemonnaies. »Schönen Tag noch«, rief sie über die Schulter und nahm einen tiefen Zug. »Sie sehen selbst aber auch ziemlich erledigt aus. Die Geschichte mit Stubblefield? Hab davon gehört.«

Ike nickte. »Die üblichen Querulanten?«

»Dieses ganze verdammte Land ist unzufrieden. Liegt am Winter. Der bringt gerade dann das Schlechteste zum Vorschein, wenn man es wirklich nicht sehen will.« Sie verzog das Gesicht. »Ich hätte uns frischen Kaffee machen sollen.« Sie nahm einen Schuss Milch, gab etwas Zucker hinzu. »Nörgel ich zu viel? Auf Nörgler können Sie jetzt verzichten, stimmt's?« Sie fuchtelte mit der Zigarette vor seinem Gesicht herum. »Und? Wie ist's gelaufen?«

Es strömte nur so aus ihm heraus. Er erzählte ihr von den Rindern, von der angeschlagenen Schulter, dem Dröhnen in den Ohren. Er glaubte, ihr einfach alles erzählen zu können, sie würde ihn schon verstehen. Er erzählte ihr von Stubblefield.

»Na ja, es gibt genügend Gründe in diesem Leben, sich zu besaufen. Einer ist sicher, dass einem die Herde genommen wird«, sagte sie. »Muss man die Arbeit eines anderen erledigen und seine Herde erschießen, ist das ein anderer. Aber Sie sitzen hier und trinken Kaffee. Sie haben Ihre Arbeit getan, und Sie werden sie morgen wieder tun und übermorgen auch. Das unterscheidet Sie von Stubblefield.« Sie nippte an ihrem Kaffee, schwieg und schaute ins Fenster, wo steif im Licht des Diners ihre Spiegelbilder saßen. Sie griff nach ihrer Zigarette und drückte sie aus.

Sie stand auf. »Schrecklicher Kaffee. Wundert mich nicht, dass ich kein Trinkgeld kriege. Ich muss nach Hause. Der Babysitter wartet. Begleiten Sie mich?« Sie stand am Tisch, knüllte die Schürze zusammen, hielt die Bänder aber in der Hand. Sie sah klein aus.

»Machen Sie sich fertig«, sagte er. »Ich trink das hier noch aus. Ist vielleicht nicht der beste Kaffee, aber er ist der erste warme Schluck für mich heute.«

Sie lächelte und ging in die Küche.

Einige Minuten später kam sie in Mantel und Fäustlingen zurück. Ihr Gesicht sah rosig und wie geschrubbt aus, als sie vor ihm zur Tür hinausstiefelte und sich dabei von Roy verabschiedete. Roy nickte Ike zu und grunzte irgendwas. Ike stellte sich schon vor, wie sich die Gerüchte in der Stadt verbreiteten, aber das war nicht fair, da Roy ein Mann weniger Worte war, der die Nase nur in die eigenen Angelegenheiten steckte. Die Straßen lagen wie verlassen, leer gefegt vom Wind. In einem Abfluss in der Gosse glitzerte ein Rest Tauwasser von den warmen Stunden des Tages. Fran lebte im kleinen Wohnviertel, zwei Straßen nach Westen, eine nach Süden.

Fran hielt mit Ike Schritt. »Ist nett von Ihnen«, sagte sie. »Sie haben Ihre eigenen Probleme, und da komme ich und lade Ihnen meine auch noch auf. Aber in der ganzen Stadt kenne ich keine Menschenseele, mit der ich reden könnte. Kann vorkommen. Man wächst mit den Leuten auf, macht sich auf ihren Partys zum Narren, kämpft und kommt drüber weg, was bleibt einem auch anderes übrig? Aber sagt man denen was, wird es einem ein Leben lang nachgetragen.«

Ike wusste, was sie meinte. Manchmal glaubte er, sogar ihre Gesichter würden sich ähnlich, wie es nach langer Zeit gelegentlich bei verheirateten Paaren geschieht. Pappeln säumten die Straßen, dürre Äste knarrten im Wind. Er stellte den Kragen auf.

Sie ging weiter. »Wissen Sie noch, wie ich Ihnen gesagt habe, dass Dave an den Wochenenden, an denen ich nicht nach Hause kommen konnte, was mit Jolene hatte? Tja, jetzt hat er ihren Wohnwagen auf unser Feld geschleppt, dahin, wo man ihn vom Haus aus nicht sehen kann. Vor ein paar Abenden hat er angerufen, um es mir zu sagen. Meinte, er sei bloß nett zu einer Nachbarin. *Die Arme kommt allein nicht zurecht, aber versteh mich nicht falsch. Ist bloß nett gemeint.* Er glaubt, wir könnten noch Freunde sein. Hält mich wohl für blöd. Warum auch nicht? Hab schließlich all die Zeit keinen Ton gesagt.«

In dem Augenblick kam es Ike so vor, als wäre er dazu verdammt, sich sein Leben lang für Sünden entschuldigen zu müssen, die er nicht begangen hatte. »Tut mir Leid«, sagte er.

»Ach, muss es nicht. Gibt noch genug Gerede, wenn sich das rumspricht. Wissen Sie, was ich einfach nicht kapiere? Als ich ihm auf dem Kopf zugesagt habe, dass er die letzten fünf Jahre immer wieder zu ihr ins Bett gestiegen sei, hat er es gar nicht abgestritten. Er sagte, wir kämen drüber weg. Als wär's eine Kleinigkeit. Und dann hat der Scheißkerl geheult. Hab ihn in fünfzehn Jahren nicht einmal heulen sehen, aber da ... *da* hat er geheult.«

»Und was wollen Sie jetzt machen?«, fragte Ike.

»Ich lass mich scheiden. Zieh die Kinder allein groß und versuch, nicht zu Hause zu sein, wenn er sie mal abholt. So läuft das doch, oder? Wissen Sie, was ihn am schlimmsten trifft? Er kann sich ausrechnen, dass ihm die Sache richtig teuer kommt, deshalb all die Tränen. Er hat Angst, die Ranch zu verlieren.«

»Das Gericht treibt ihn schon nicht in den Ruin«, sagte Ike, dachte dann aber an Stubblefield und an die im Dunkeln tropfende Wäsche.

»Könnte aber verdammt knapp werden. Er weiß es, und ich weiß es, und im Moment glaubt er, ich wäre sauer genug, ihm an die Kehle zu gehen.«

»Sind Sie aber nicht, oder?«

»Na ja, ich bin schon ziemlich sauer, aber er ist immer noch der Vater der Kinder, und den kann ich ihnen schließlich nicht nehmen, oder?«

Sie gingen die letzten Schritte zu ihrem Haus. Überall im Erdgeschoss brannte Licht. Sie standen auf der Straße im Dunkeln.

Fran neigte den Kopf. Blecherner Lärm drang aus dem Haus, Stimmen und Musik. »Warum müssen Kinder bloß immer so aufdrehen, dass man den Krach im ganzen Haus hören kann? Als würden sie was verpassen, dabei ist es doch bloß Müll, hier rein, da raus. Es wäre besser gewesen, wir hätten früher Schluss gemacht, aber da waren die Kinder und dann die Ranch. Ich hasse den Gedanken, er könnte glauben, ich würde da draußen bei seiner Freundin hocken und mich mit allem abfinden, aber in erster Linie bin ich erleichtert.« Sie legte eine Hand auf seinen Arm. »Und ich habe Angst, das gebe ich zu.«

Er legte seine Hand über ihre Hand, strich ihr übers Gesicht, wischte mit dem Daumen die Tränen fort und stellte sich vor, ihre Wange zu küssen, dann stellte er sich ihre Lippen vor, und in der Stille der vertrauten Straße unter den ehrlichen Pappeln würde er aufregend fremd sein, ihr Mund, schockierend, und Ike wünschte sich, er könnte vergessen, wer und wo er war. Es wäre so einfach, dachte er, und trat einen Schritt zurück.

Sie lächelte und blickte hinüber zum erleuchteten Haus. »Ich sollte lieber reingehen und den Fernseher leiser stellen, bevor die Nachbarn den Sheriff holen.« Sie legte den Mund an sein Ohr. »Danke, Ike«, flüsterte sie. »Grüß mir Pattiann.« Dann machte sie auf dem Absatz kehrt, überquerte den Bürgersteig und ging zur Tür. Sie winkte ihm noch einmal zu und verschwand dann im Haus.

Das Haus war blitzblank. Pattiann war rastlos, was dazu führte, dass sie den Küchenboden wienerte, Tische und die Arbeitsfläche schrubbte und den Staub von den Bildern wischte, die im Flur hingen. Sie versuchte es mit einem Buch. Stellte den Fernseher an, ließ ihn im Hintergrund laufen, stellte ihn wieder ab. Sie ging in die Küche, um Spaghetti zu kochen, die hielten sich und konnten leicht wieder aufgewärmt werden. Sie formte Fleischklöße, schnitt Zwiebeln, Tomaten, Paprika, heizte den Backsteinofen vor und dachte an Ike.

Es war ein schmutziger Job, und kein Rancher tat ihn gern – den ein oder anderen Ochsen erledigen, der sich ein Bein gebrochen hatte, eine alte Kuh, die prolabiert hatte oder nicht kalben wollte und fürs Einmachglas bestimmt war – das Fleisch streng im Geschmack und im Schnellkochtopf gekocht, bis es sich kauen ließ. Damit war sie groß geworden. An einem solchen Morgen saß ihr Vater etwas länger vorm Kaffee, ehe er sich den Hut in die Stirn drückte und Martha bedeutete, die Gläser fertig zu machen. Und Martha brauchte nicht zu fragen, um welches Tier es ging; sie kannte die Herde so gut wie er, gab ihm stattdessen einen Kuss auf die Wange und dankte ihm für seine Arbeit und versprach, dass ihnen das Fleisch im kommenden Winter gut schmecken würde. Mit zehn Jahren halfen die Kinder beim Wursten. Mit vierzehn wurde Pattiann das Gewehr in die Hand gedrückt.

»Mach es kurz und schmerzlos«, hatte er gesagt, und das hatte sie getan. Nachhilfe in Sachen Respekt war unnötig angesichts dessen, was sie ihr Leben lang zu sehen bekam – Rancher, die für das Wohl ihrer Tiere alles gaben; und das Fleisch war der Dank dafür.

Sie drehte die Flamme unter der Soße kleiner, warf sich den Mantel über, trat auf die Veranda, hockte sich auf die oberste Stufe und zog den Mantel eng um sich. Still lag die Straße da, und Pattiann beugte sich vor, um unterm Verandadach hervor zu den sternenhellen Nadellöchern im schwarzen Himmel aufsehen zu können. Der Schnee war verschwunden, nur in einigen Ecken an Garagen und in Gräben harrte er noch störrisch aus. In einem Monat, vielleicht auch schon früher, würde der frische Geruch nach Regen und Tau in der Luft liegen. Kinder würden sich in Frühlingsspielen auf dem Schulhof balgen und die Stadtleute ihre Blumentöpfe wieder hervorsuchen.

Eine Katze schlich durch den Rinnstein, ein großes, grauweiß getigertes Tier, das mit der Tatze im Abflussgitter fischte. Als Pattiann sich rührte, duckte sie sich und huschte in die Dunkelheit davon. Pattiann lehnte sich mit dem Rücken an einen Pfosten und blickte die Straße entlang. Eine kleine Stadt. Fenster glühten. Das halbe Dutzend Häuser dicht zusammengedrängt, die Grenzen durch Jäger- und Palisadenzäune abgesteckt, über die die Kinder hüpften und die von Erwachsenen gepflegt wurden, als hätten sie Angst, ihre Nachbarn könnten ausbrechen und frei umherstreifen wollen. Sie dachte an die Städte im Mittleren Westen, in denen man sich so eingesperrt fühlte wie in einer vom Bretterzaun umgebenen Mastviehanlage. Unaufhörliche Bewegung auf Bürgersteigen, auf Straßen – sie erkannte eine Herde, wenn sie eine sah, und sie hatte sie zu lange vor sich hergetrieben, um dazugehören zu können. Pattiann rutschte auf der Stufe ein wenig zurück, um dem Rücken besseren Halt zu geben. Dieses Haus war komfortabel, ein Kompromiss zwar, aber kein schlechter, doch manchmal schien ihr selbst diese kleine Stadt zu eng zu werden, und dann merkte sie, dass sie auf die einzige Weise reagierte, die sie kannte, dass sie sich weiter auf ihr eigenes Territorium zurückzog, mehr Zeit auf der Ranch verbrachte, mehr Stunden irgendwo auf der Straße zwischen hier und dort hin und her fuhr.

Die Katze war wieder da und spielte mit ihrem Schatten. Pattiann lockte sie, das Tier erstarrte, kam dann aber wie auf Zehenspitzen angeschlichen und schob sich bis auf wenige Zentimeter an die ausgestreckten Finger heran, doch dann fiel auf der Straße eine Tür krachend ins Schloss, und die Katze war verschwunden.

Als Ike nach Hause kam, war die Soße fertig. Pattiann hoffte, er möge den leckeren Geruch einladend finden. Ike hängte seinen Mantel auf, wusch sich, wie er es gern tat, am Becken in der Küche, eine Angewohnheit aus seiner Jugend, die ihr liebenswert schien, als könnte sie so in ihm den kleinen Jungen sehen, der sich Wasser über den Nacken schöpfte. Er hob das tropfnasse Gesicht. Pattiann nahm ein Handtuch vom Halter und tupfte ihm Wangen, Nase und Lider ab, die Stirn und das Haarbüschel, das ihm immer unbändig über die Brauen fiel, trocknete alles sorgsam ab. »Es tut mir Leid«, sagte sie, »was ich gesagt habe ... über Chas. Es war gedankenlos von mir.«

Er blieb einen Augenblick reglos stehen, das Gesicht in ihren Händen, ehe er die Arme um sie legte. Durch das Hemd konnte Pattiann seine nassen Hände auf ihrem Rücken spüren, seine Daumen, die sich an ihre Schulterblätter schmiegten. Er roch nach Pferd – ungewöhnlich für ihn, doch vertraut für Pattiann. »Ein Tag der Entschuldigungen«, sagte er.

»Pssst.« Sie strich mit dem Tuch über seine Lippen, ließ einen Kuss folgen und wünschte sich, er würde sie leidenschaftlich nehmen, seine Hände in ihre Bluse krallen, den Mund in ihrem Haar vergraben, doch er war müde und verletzt, und ihr Naturell machte sie zu einer praktisch veranlagten Frau, also bugsierte sie ihn auf einen Stuhl und häufte warme Spaghetti auf zwei Teller. Anfangs aß er langsam, doch nachdem er die erste Portion verdrückt hatte, lud er sich noch einmal die gleiche

Menge auf und schaffte auch die. Sie zauberte eine Apfelpastete hervor, gab Eiscreme dazu, und als er den Löffel in den Kuchen tauchte, fragte sie: »Ist alles gut gelaufen, nachdem ich losgefahren bin?«

Er nickte, schluckte einen Bissen herunter. »Hätte nicht gedacht, dass sie's schaffen. Aber sie waren ein gutes Team und außerdem richtig dankbar«, sagte er. »Haben uns auf ein Bier und zu einer Werksbesichtigung nach Helena eingeladen. Wüsste nicht, was ich lieber täte, du vielleicht?« Er lächelte. »Chas hat sich nicht blicken lassen.« Er hörte auf zu essen. »Ist im Haus geblieben. Von einem anderen hätte ich geglaubt, dass er sich schämen und verstecken würde, aber nicht von unserem Mann, nicht von Chas.«

Pattiann wartete. Sie zuckte zusammen, als sie ihn mit einer unvermuteten Zärtlichkeit *unser Mann* sagen hörte. Wenn die Stadt glaubte, Ike zeigte keine Gefühle bei der Arbeit, war das eine Sache, eine völlig andere jedoch, wenn sie es glaubte. Sie wusste, wie viel ihm das Gesetz bedeutete. Sie wusste aber auch, wie oft er über die Konsequenzen brütete, die es für das Leben der Leute hatte. Manchmal, dachte sie, war er für seinen Job einfach zu menschlich. Aber gerade deshalb war er auch der Beste.

»Ich war hinterher bei ihm, um ihm Bescheid zu sagen. Er war dabei, sich zu betrinken. Wollte, dass ich mitmache.«

»Hättest bestimmt einen Drink gebrauchen können«, sagte sie.

Er wandte den Blick ab. »Tja, hab aber keinen genommen.« Er schob den Teller beiseite und stand auf. »Ich glaub, ich geh ins Bett.«

»Wie wär's? Soll ich mitkommen?«, fragte sie.

Er zuckte die Achseln. »Wenn du müde bist.«

Er ging, und Pattiann wusste nicht genau, wie sie ihn zurückhalten sollte, also lief sie ihm nach. Wie ein alter Mann stieg er die Treppe hinauf, und sie wollte ihm ihren Arm anbieten, etwas sagen, das seinen Schritt oder sein Herz beschwingen mochte, doch darauf lief es letztlich immer hinaus, dachte sie, auf dieses schlichte Fehlen aller Worte, einer Zärtlichkeit, die ihr abging.

»Ich schlag das Bett auf«, sagte sie, und er schloss die Tür zum Bad hinter sich. Als er zurückkam, lag sie unter der Decke und wartete auf ihn. Er machte das Licht aus und tastete sich ins Bett. »Wir könnten etwas Zeit für uns gebrauchen«, sagte sie.

Er gab keine Antwort. Sie rückte zu ihm, schmiegte sich an ihn an. »Du arbeitest zu viel.«

Er seufzte und schob einen Arm unter ihren Kopf. »Hast du, was du wolltest? Von deinem Leben?«, fragte er. »Dieser Ort? Ich?«

Sie griff nach seiner Hand, drückte sie an ihr Gesicht. »Ich wüsste nicht, was ich mir sonst wünschen sollte.« Sie sollte noch etwas sagen. Etwas tun. Sie wollte ihn den Tag vergessen lassen. Ihn in sich aufnehmen und ihn wiegen, wie sie ein Kind in ihrem Leib wiegen würde. Sie fuhr mit dem Finger über seinen Arm, spürte den straffen Muskel unter der Haut. Seine Schultern waren völlig verspannt, und sie hätte sie am liebsten geknetet, sich auf seinen Bauch gehockt und seine Brust gestreichelt, gefühlt, wie der Schwanz unter ihr anschwoll. Sie hob einen Ellbogen. Sie sollte ihn nehmen, egal, wie müde er war, ihn in sich hineinziehen und ihn an einen Ort jenseits dieses Zimmers, dieses kleinen Hauses, dieser Stadt tragen, ihn fühlen lassen, wie sich das Land unter seinen Füßen weitete, der Himmel sich am Rand des Herzens kräuselte. Sie sollte all das mit ihrem Körper tun, da sie es mit Worten nie schaffen würde. Sie wollte ihn wissen lassen, wie sehr dieser Ort ein Teil von ihr und er längst ein Teil von allem war.

Doch er war müde. Die kleine Furche zwischen seinen Brauen

glättete sich, sein Atem ging tiefer. Er trat mit den Füßen, als er mit dem Schlaf kämpfte, und sie legte sich zu ihm, schob einen Arm über ihn, als könnte sie so seine Träume hüten, nestelte ihr Ohr an seine Brust und schloss die Augen.

Chas hatte zugesehen, wie der Sheriff in seine Einfahrt fuhr und sein Trauerspiel von Schuld und Reue dorthin mitnahm, wo es ihm etwas nützen mochte - vielleicht ins Bett zu seiner Frau. Es gab nichts auf dieser Welt, um das Chas meinte, trauern zu müssen. Um das Vieh bestimmt nicht. Das wurde aufgezogen, um zu sterben. Chas schnickte das Licht an und fütterte den Holzofen mit dem Papierkram aus anderthalb Generationen Rancherleben. Die Buchführung seines Vaters, die Druckbuchstaben in seiner krakeligen Schrift. Was würde der Alte jetzt empfinden? Keine Überraschung. Schadenfreude, das war's. Schadenfroh würde er sein und hämisch, weil er Recht behielt. Und nichts war dem Alten so lieb, wie Recht zu behalten. »Freut mich, dass ich dir den Gefallen tun konnte, Daddy«, sagte Chas und warf einen weiteren Stapel ins Feuer. Er schlüpfte in seinen Mantel, band die Schnürbänder zu und stapfte hinaus. Rauch quoll aus dem Schornstein. Ein heißer, schmutziger Rauch - Papier, Tinte, Ehrgeiz.

An der Pumpe füllte er einen Eimer mit Wasser und trug ihn in den Schuppen. Morgen wollte er das Pferd wieder in den Stall bringen. Am Nachmittag hatte es einen Augenblick gegeben, da hatte Chas geglaubt, man würde ihm auf die Schliche kommen. Harley hatte rumspioniert und war direkt zum Schuppen gegangen. Das war knapp gewesen, aber er hatte sich bloß dahinter gestellt und sich eine angesteckt, so verdammt von sich eingenommen, dabei hatte er nur wenige Schritte neben dem Schecken gestanden, dem letzten Lebewesen auf diesem Hof, wenn man einmal von Chas absah. Und dann noch mal, als der Sheriff vorbeikam. Chas hatte auf die

Frage gewartet: *Wo ist das Pferd?* Aber auch daraus wurde nichts. Und deshalb war es immer noch hier, lebendig und unbestritten seins. Jetzt kam keiner mehr, nicht vorm Frühling, und dann würden die Leute von der Bank, vom Auktionshaus und Bekannte anrufen, um ihm zu sagen: *Tut mir Leid, der ganze Ärger* und *klar, ich nehm den Traktor, dreißig Cents für den Dollar.* Und die Banken würden tief bekümmert sein, dass es so weit kommen musste, doch Geschäft ist Geschäft. Und seine Nachbarn und Freunde, oh ja, ihnen würde es auch Leid tun, *aber du verstehst, die Zeiten sind hart.*

Sein Vater hatte immer gesagt: »Du bist ein Trottel, wenn du glaubst, du könntest damit reich werden.« Aber Chas hatte es fast geschafft. Wieso? Drei, vier Wochen hatten gefehlt, ein verfluchter Monat Futter, höchstens zwei, und die Kühe hätten gekalbt, dann ab auf die Sommerweide, eine Menge Ochsen und die entsprechende Nachfrage.

Tja, ein todsicheres Geschäft.

Er knipste das Deckenlicht an, eine einzelne Glühlampe unter der Balkendecke. Durch das Pferd war es im Schuppen neben Scheibenpflug und Egge, Wender und Ballenpresse ziemlich eng geworden; dicht an die Wand gedrängt stand es in der hintersten Ecke. Ein hässliches Tier, aber sein Eigen. »Du bist das letzte Wort in dieser Auseinandersetzung«, sagte er zu ihm. »Und ich hab's gesprochen.« Er stellte den Eimer auf den Lehmboden, und das Pferd schnupperte daran, roch an seinen Hosenbeinen, senkte das Maul ins Wasser und soff in langen Zügen.

»Schlag dir den Bauch voll«, sagte er. »Sauf, bis du wie eine Feldflasche gluckerst, und dann sauf noch ein bisschen mehr, kommt schließlich alles frei Haus.« Er lachte und fühlte sich gut, doch wusste er, dass der Alkohol schuld daran war, vor allem aber ein seltsames Gefühl der Erleichterung. Sein Leben reduziert auf diese letzte gewisse Tatsache.

Ein Nasenstüber kippte den Eimer um. Wasser tröpfelte heraus und perlte über den Lehm. Der Schuppen bot ein Sammelsurium von Kleinigkeiten aus dem Rancherleben: Schnur, eine Rolle Stacheldraht, einen abgebrochenen Axtstiel, einen Erdbohrer, ein Drahtziehgerät, eine alte Kiste für Milchflaschen, voll mit leeren Öldosen und einer Kaffeetasse mit abgebrochenem Henkel. Schaufeln, Hacke und Spitzhacke, Keil und Axt hingen an der Wand, und unten in der Ecke war ein Loch, das sich eine Packratte gegraben hatte, um ihr Leben zu leben und dann zu verschwinden oder zu krepieren. Und widerwillig musste Chas zugeben, dass er für diese Viecher was übrig hatte. Bei erstbester Gelegenheit würden ihm die kleinen Diebe die Schnalle vom Gürtel klauen, sobald er die Augen zumachte. Er verfluchte ihre Dieberei mit einem Gefühl, das fast an Bewunderung grenzte. Er hatte Gift ausgelegt und Fallen gestellt, mit Eifer die Kadaver eingesammelt, als gäbe es einen Preis zu gewinnen, und sie auf den Mist gefeuert, wo sie in der Hitze verwesten und im Winter steif froren.

Aber das würde es nicht mehr geben. Kein Kälberziehen mehr, kein Eis brechen, kein Schleifen der Eggenscheiben. Das konnte er sich vorstellen. Das Haus verschwunden, der Brunnen versandet, die Zäune zurück ins Land gesunken. Und er? Er kniff die Augen zusammen, als könnte er durch die Schindelwand sehen, vorbei an Hacken und Rechen, über brach liegende Felder hinweg, dorthin, wo er mit Profilsohlen über Betonboden lief, vorbei an Häusern und Friedhöfen, an Wolkenkratzern, um die herum Tauben segelten, die zum Geratter der Züge, dem Klacken der Kupplungen gurrten und dem endlosen Frachtverkehr in eine ferne Gegend folgten, wo die Erde rot und sein Gesicht dreckverkrustet sein würde, da er das Land eines anderen Mannes bearbeitete und außer seinem Schweiß nichts sein Eigen nennen konnte. Aber *sehen* konnte er es nicht. Konnte keine greifbare Zukunft heraufbeschwören.

Er war ein Loch in der Stadt, ein Fehltritt auf der leuchtend roten Erde eines Fremden. Er war nichts, zu nichts verpflichtet. Niemandem Rechenschaft schuldig. Ein Wölkchen. Ein Lufthauch, kaum fassbarer als der Atem seines Pferdes.

Er fragte sich, was er heute Abend anstellen sollte. Morgen. Übermorgen und am Tag danach. Bis auf diese letzte Kleinigkeit gab es hier nichts mehr zu tun. Was er gewesen war, das war nicht mehr, und was er werden würde, war ihm ein Rätsel. Er wurde, so schien es ihm, zum Spielball der Laune Gottes. Doch selbst wenn er nur Ausdruck seiner Laune war, sollte man sich ansehen, was seine Launen so anrichten konnten: Feuer, Überschwemmungen, Hurrikane, Dürre, Tornados, Krankheiten, Seuchen. Gott schuf den Menschen, damit er was zum Vernichten hatte. Er gab dem Menschen einen Willen, um ihn brechen zu können. Und *dann* kam der Hammer – wenn alles gelaufen war, wurde das Jüngste Gericht eingeläutet und ER ließ sich in alle Ewigkeit von dem Pack loben, das er von der Wiege bis zum Grab verarscht hatte.

Chas nahm den Eimer, und das Pferd riss vor dem baumelndem Metall den Kopf zurück. Der Griff quietschte und schnarrte, quietschte und schnarrte. Chas beobachtete das Pferd, und das Pferd beobachtete den Eimer, der in immer kleineren Bögen hin und her schwang.

»Hörst du das?«, fragte er das Pferd. Die Ohren zuckten vor und drehten sich wieder zurück. »Könnte ebenso gut eine Uhr sein, die langsam stehen bleibt. Und vielleicht bleibt dir nur noch so lange Zeit, bis dieser Eimer zu schwingen aufhört.« Mit der freien Hand hielt er den Eimer an und setzte ihn wieder ab. Er legte dem Pferd eine Hand auf den Bauch, hielt das Ohr an die Bauchdecke und lauschte auf ein Magengrummel, doch war nichts zu hören. Still wie der Schuppen und die Weiten dahinter. Er verharrte so, und nach einer Weile legte das Pferd den Hals auf Chas' Rücken und schmiegte sich mit dem Kopf an ihn, wie es das bei einem anderen Pferd auf der Weide machen würde.

Chas hörte auf das Pochen und Hämmern des Pferdeherzens. Wartete auf das leise Pressen des Magens, des Gedärms, und stellte sich die Landschaft dort drinnen vor, von Wasser umspült, sich selbst verzehrend, während die Zeit verrann. Das war alles, was geblieben war. Zeit. Er würde ganze Tage haben, um zu erklären, um mit Mensch und Schicksal zu hadern. Mit genügend Zeit brachten Launen Gebäude zum Einsturz, teilten das Land neu auf, nährten die Flammen, jagten Angst ein, wurden keck und grauenhaft.

Der Schecke regte sich, Chas trat zur Seite, und plötzlich zweifelte er an dem, was er vorhatte. Er dachte an den Sheriff und daran, wie liebevoll er zu diesem alten Gaul mit seinem durchhängenden Rücken gewesen war. Er dachte an Pattiann, verdrängte sie aber ebenso rasch wieder aus seinen Gedanken. Erstaunlich, dass sie immer noch Gefühle in ihm zu wecken vermochte, die er sich nicht länger leisten konnte. Hoffnung. Rettung. Doch hieße das nicht, einen toten Gaul zu Schanden zu reiten? Er lachte, ein heiseres, leises Geräusch, das ihn selbst überraschte. Das Pferd schnaubte, senkte den Kopf zum leeren Futtertrog, der nur noch leerer werden konnte. Und Chas kehrte dem Tier den Rücken zu, schloss die Tür hinter sich und stand auf der Schwelle zum Land. Eigentlich hatte er das Pferd nie gemocht, all das Weiß, als hätte Gott selbst ihm ein Gesicht verpasst, das man nur verfluchen konnte.

Neuntes Kapitel

Sieben Uhr morgens, und Ike war bei den Brandts – ein Wohnwagen auf über tausend Morgen unergiebigem Buschland. Lila Brandt hatte eine Schießerei gemeldet. Sie war die Tochter des kürzlich verstorbenen Asa Brandt, der sein Leben lang selbstständiger Rancher gewesen war. Fünfzig Stück Vieh und eine hundert Quadratmeter große Blockhausscheune. Außerdem Anhänger der Theorie, dass ein Heim keine Scheune, aber eine Scheune ein Heim schuf. Und so war er letztes Jahr mit fünfzig gestorben, nachdem sein Traum von einer ansehnlichen Scheune endlich in Erfüllung gegangen war, obwohl er immer noch in dem Wohnwagen gehaust hatte, vor dem Ike jetzt stand. Im Hof stand Lilas neuer Freund und trauerte um sein Motorrad.

Sie erzählte Ike von Eddie Bacon aus Absorokee, ihrem vorherigen Freund, der für die Millers arbeitete. Ein rundgesichtiger Mann, kaum zwanzig; Ike hätte ihm die nötige Phantasie gar nicht zugetraut.

»Um sechs hat er an die Tür gehämmert, Gewehr unterm Arm.« Sie wies mit einem Kopfnicken auf den Mann im Hof. »Henry hat nur einen Blick auf ihn geworfen und gleich wieder zugeknallt.«

»Er ist bewaffnet«, sagte Ike.

»Hab ich doch gerade gesagt, oder? Ballert ein Loch durch mein Verandadach, springt auf sein Pferd, fängt Henrys Motorrad mit dem Lasso, schleift es hinter sich her über den Hof und stößt dabei Indianergeheul aus.« Sie zog ein nachdenkliches Gesicht.

»Er hat es erschossen«, sagte Henry. Er hatte eine hohe Stimme, die in seinem mächtigen Körper fehl am Platz wirkte, die Jeans hauteng, die Taschen vor lauter Sorgen abgewetzt, das Hemd fleckig unter den Achseln. Seine Fußspitze stocherte nach Chrom- und Glassplittern, den Überresten seines Scheinwerfers. »Er hat's um den Hof geschleppt und anschließend in den Kopf geschossen. Dann ist er losgaloppiert, ein frisches Pferd an der Leine.«

Ike hatte es mit einem Outlaw zu tun, samt Fluchtpferd und allem.

Wo die Straße nach Norden abbog, holte er den Desperado ein. Ike ließ zwei Mal die Sirene aufjaulen und griff dann nach dem Mikro.

Es war eine kurze, doch temperamentvolle Verfolgungsjagd. Als Eddie abstieg, wirkte er ein wenig bekümmert, aber auch stolz. Die mutwillige Naivität des Ganzen erstaunte Ike. Eddie, der junge Narr, romantisch und verliebt, machte sich zum Leinwandhelden, zum Don Quijote des Wilden Westens, der auf der einsamen Prärie Motorräder mit dem Lasso fing.

»Werden Sie mir Handschellen anlegen?«, fragte er.

Da stand dieser Eddie, ganze einssiebzig und wollte größer als das Leben selbst aussehen in seinem Staubmantel, den mexikanischen Sporen, die bei jedem Schritt klirrten, dem Cowboyhut und dazu, war das zu fassen, ein weißes, vor den Mund geknüpftes Halstuch. Das Pferd schüttelte den Kopf, die Kandare schepperte. Ike starrte über Eddies Schulter hinweg auf das Land, das sich weit und flach vor ihnen ausdehnte, als könnte es gar nicht rasch genug zum Horizont gelangen. Wie sollte man es nicht ein wenig bewundern? All die hochtrabenden Pläne, die es in diesen Leuten ausbrütete.

Eddie wollte zu Lebzeiten zur Legende werden. Als gäbe es

davon nicht schon genug. Eine Plage. Das waren diese Legenden, eine wahre Plage.

»Nein«, sagte Ike, ging zu ihm, nahm das Gewehr und warf es hinten in den Bronco. »Du bist mir heute genug auf die Nerven gegangen. Bring die Pferde nach Hause und meld dich am frühen Nachmittag auf dem Revier, sonst lass ich dich mit Haftbefehl suchen.«

Als Ike losfuhr, sah er, wie Eddie wieder aufsaß. Er würde sich sofort stellen. Daran zweifelte Ike keinen Augenblick. Eddie würde sich entschuldigen und den Schaden bezahlen. Er würde seine Geschichte in der Zeitung finden und hoffen, dass seine Mutter sie nicht zu lesen bekäme, und wenn doch, würde sie ihn einmal drauf ansprechen und danach nie wieder. Die anderen Cowboys würden ihm das Leben eine Zeit lang mit ihren Frotzeleien zur Hölle machen, aber das würde er überstehen. Irgendwann, wenn er verheiratet war, würde er seiner Frau vielleicht davon erzählen. Aber kein Wort zu seinen Kindern. Denn dann wäre er längst ein gestandenes Mitglied der Gesellschaft.

Ike rief die Zentrale an. Diese Frau Brandt könne mit ihrem Henry kommen und Anzeige aufgeben. Er würde bald zurück sein. Müsse sich vorher noch um ein paar Dinge kümmern.

Er machte sich auf den Weg zur Ranch seines Schwagers, wo Pattiann bei den Vorbereitungen zum Kalben half und die Kühe auf die unteren Weiden trieb. In nächster Zeit würde er nicht viel von ihr zu sehen kriegen und ihm fiel ein, dass er ihr das anfangs übel genommen hatte. Doch das hatte sich inzwischen gelegt – was er beim diesjährigen Kalben empfinden würde, wusste er allerdings noch nicht genau. Gleichgültigkeit? Sicher auch – aber die Wahrheit war: Er liebte Pattiann immer noch, und er wollte, dass es zwischen ihnen wieder so unbeschwert zuging wie bei jenen ersten nächtlichen Zärtlichkeiten damals in seiner kleinen Wohnung, deren Enge ihnen köstliche

Fesseln angelegt, sie zu einem Nahkampf gezwungen hatte, der sie einander noch tiefer in die Arme trieb, ohne dass sie je an die nahe Wand, an das schmale Bett gedacht hätten. Und was war aus diesen frühen Tagen geblieben? Nur dies – die Gewissheit, dass sie ihm all den Freiraum bot, den er brauchte.

Er bog auf die Bundesstraße, auf der kaum noch Schnee lag, wurde langsamer und kurbelte das Fenster herunter, in der Hoffnung den Zug der Wildgänse zu hören, das Trommeln der sich paarenden Präriehühner, irgendein Anzeichen dafür, dass der Frühling gleich um die Ecke lag. Doch in der Luft hing noch der Geruch nach Schnee, und der Wind pfiff ziellos vor sich hin. Er gab wieder Gas, um die Meilen rasch hinter sich zu bringen und auf Robs Ranch diese Gegend in einem anderen Licht zu sehen, um zu spüren, dass sie ihm immer noch nicht scheißegal war.

Stubblefields Ranch flog vorbei. Es war schon fast eine Woche her, dass sie das Vieh aus seinem Hof geräumt hatten, und seither hatte kein Mensch etwas von Chas gesehen oder gehört. Das war sicher einer der Gründe, weshalb er hier entlangfuhr, dachte sich Ike. Keine Spur von Chas. Er empfand ein leises Bedauern bei dem Gedanken an das Pferd. Niemand hatte es gesehen, und er fragte sich wieder einmal, ob die Arbeiter es aus dem Schnee gegraben hatten, ob es sich Futter suchend in höhere Regionen verzogen hatte oder den Kojoten zum Opfer gefallen war, und da ihm Letzteres am wahrscheinlichsten schien, verdrängte er den Gedanken – noch eine Schuld, mit der zu leben er sich nicht leisten konnte.

In der Ferne stürzte das Land Hals über Kopf auf die Ausläufer der Little Rockies zu, die sich klar gegen den Himmel abzeichneten. Noch ein paar Meilen, und er wäre bei Rob, und der einzige Grund dafür war, dass er Pattiann sehen wollte.

Harriet lag auf den Knien und schrubbte den Küchenboden. »Du kannst reinkommen«, sagte sie und wedelte mit dem Lappen. »Es ist trocken. Und ich bin gleich fertig.« Die Küche war warm, und Ike konnte Hühnchen im Ofen riechen. »Bleibst du zum Essen?«, fragte sie. »Bei mir reicht's immer für eine ganze Kompanie. Kann einfach nicht weniger kochen, ob Saison ist oder nicht. Sie werden bestimmt bald da sein … schließlich geht jede Arbeit bald zu Ende, wenn der Magen leer ist.«

»Wer ist draußen?«, fragte Ike.

»Bill, Rob, Pattiann und Justin. Martha ist im Stall, um sich das neue Pferd anzusehen, das Rob für Angela gekauft hat. Sie schleppt jeden rüber, damit er sich das Biest ansieht. Hässliches Vieh, ein Wallach mit einem Schädel wie ein Kontrabass.« Sie zuckte die Achseln, strich sich mit ihren feuchten Händen das Haar zurück und seifte dabei die Spitzen ein. »Ich wollte Martha ja selbst erlösen«, sagte sie und warf den Schrubber in den Eimer, sodass das Wasser überschwappte und sich wieder beruhigte, »aber könntest du das vielleicht tun? Dafür sorgen, dass Angela ihr nicht allzu sehr auf die Nerven geht?«

Er freute sich über den Vorwand. Er mochte Harriet, doch war sie eine Frau, die oft bloß Satzfetzen von sich gab und deren Gedanken abschweiften, sodass man nie genau wusste, ob man nicht nur redete, um sich selbst reden zu hören.

Im Stall roch es nach Heu und Pferdeäpfeln – dieser schwere Geruch nach frischem Dung und Urin, eine wilde Ahnung von Katzen, Ratten, Staren und Elstern. Daheim wären es Stallschwalben und Tauben gewesen. Der Schlag ihrer Flügel hatte wie das Austeilen von Spielkarten geklungen, und stets gurrten sie undeutliche Nachrichten, die sein Vater für ihn entschlüsselte. Eines Nachmittags zog er Ike beiseite und sagte: »Hast du das gehört? Das war die kleine Mollige. Jetzt stell dir mal vor, du wärst an *ihrer* daunenweichen Brust groß worden. Und dann, eines Tages«, sagte er und versetzte Ike einen sanften Tritt in den Hintern, »raus aus dem Nest, hinein in die kalte, weite Welt, und so ziehst du dann dein Leben lang umher und suchst ein Nest, das ebenso behaglich wie das ist, was sie dir bereitet hatte. Irgendwann …« Er hob den Blick zum harschen Lichtviereck, dem einzigen Strahl, der auf den von Hufspuren übersäten Stallboden fiel, und so stand sein Vater da im Staub und gebrochenen Licht, die Hände in der Brusttasche seines Kittels, in den strahlenden Augen ein Blick irgendwo zwischen Verzückung und Verzagen, sodass Ike nicht wusste, wohin er sich abwenden sollte.

Er konnte Angela plappern hören, ihre helle, mädchenhafte Stimme, die laut piepste: »Ist er nicht schön? Ich hab das bei der Landjugend gelernt.«

Martha saß im Gang auf einem Melkschemel. Sie wirkte zerbrechlich im Dämmerlicht, der Rücken gebeugt, die Beine übereinander geschlagen, so musterte sie das breite Hinterteil eines Pferdes. Im hinteren Stall trat die Milchkuh von einem Bein aufs andere, spitzte die Ohren und schien der Mädchenstimme zu lauschen. Ike nahm den Hut ab und schlug ihn sich an den Schenkel. Martha blickte über ihre Schulter, lächelte und nickte ihm zu. Er konnte Pattianns Energie in ihr erkennen, doch auch eine Ruhe, die er an seiner Frau noch nie bemerkt hatte. Was bei ihrer Tochter noch bloßes Temperament war, hatte Martha in Kraft und Güte verwandelt, und Ike hätte gern geglaubt, dass Pattiann mit den Jahren zu einer ähnlichen Liebenswürdigkeit fand und dass er dann noch mit ihr zusammen war.

»Ike«, sagte Martha und lockte ihn mit dem Finger zu sich. »Komm, wirf einen Blick auf Angelas neues Pferd. Ein großes Tier, aber sie wird damit fertig.«

»Ach, der ist lieb, Onkel Ike. Den könntest sogar du reiten«, sagte sie, drehte sich wieder um und striegelte weiter.

Martha griff nach seiner Hand und drückte sie. »Schön, dich zu sehen, Ike. Was treibt dich her?«

»Ich habe gehört, dass du in einem kalten Stall hockst und

den Launen eines Mädchens im ersten Liebesrausch ausgeliefert bist. Da dachte ich mir, ich komm, um dich zu erlösen. Harriet ist mit der Küche fast fertig, Essen ist warm gestellt. Und ich bin eingeladen.«

»Wenn du so weitermachst, Angela, ist das Fell durchgescheuert, bevor du ihn zum ersten Mal gesattelt hast. Warum fragst du nicht mal deine Mutter, ob sie etwas Hilfe braucht?«

Angela blies einen Luftschwall aus, der ihr die Locken aus der Stirn fegte. »Du willst mich ja bloß los werden.«

»Stimmt«, sagte Martha.

»Mensch«, erwiderte Angela, legte aber trotzdem die Bürste aus der Hand, rieb dem Pferd ein letztes Mal über die Stirn, ging langsam zur Stalltür und schaute sich dabei noch zwei Mal um. An der Tür blieb sie stehen.

»Ich hab vergessen …«

»Du hast dein gutes Benehmen vergessen. Dein Pferd wird nach dem Mittagessen auch noch hier sein. Ab mit dir.«

»Ist es nicht schön?«, fragte sie.

»Ja, ein selten schönes Tier«, antwortete Martha, und das Mädchen schloss leise die Tür hinter sich.

»Mit Pattiann war's genauso schlimm«, sagte Martha. »Nimm dir den Sägebock. Kann's nicht leiden, wenn Leute auf mich runtergucken.« Ike setzte sich. »Wollte dich übrigens schon lange fragen, wie's dir so geht«, sagte sie. »Ich mach mir nämlich Sorgen, weißt du.«

Er wartete, da er sich nicht sicher war, worauf sie anspielte. Er hielt den Hut in Händen, ließ die Krempe durch die Finger kreisen. Sie nahm ihm den Hut weg.

»Du siehst aus wie Rob, wenn ich ihn erwische, wie er sich vor der Arbeit drückt. Diese Geschichte mit Stubblefield. Die ist noch nicht vorbei. Das weißt du doch, oder?«

»Hab seit fast einer Woche nichts mehr von ihm gehört. Mir scheint sie vorbei zu sein.«

»Es gibt Gerede. Immerzu Gerede. Hier und da. Kann nicht viel sagen, weil wir verwandt sind, aber ich hab's gehört, und du solltest Bescheid wissen. Die Leute behaupten, Art hätte die Sache anders angepackt.«

»Hätte er ganz bestimmt.« Ike lächelte.

Martha zupfte an ihren Jeans. »Oh ja. Art hatte so seine Methoden. Was er nicht wusste …«

»Und wenn er es gewusst hätte?«

»Na ja, dann hätte er Stubblefield kräftig die Leviten gelesen, und damit wäre die Geschichte erledigt gewesen. Ihm ließ man das durchgehen. Bei dir hätte man auch ein Auge zugedrückt. Verpass dem Kerl eine ordentliche Tracht, diesem Schwachkopf, und sie werden sagen, er hätte es darauf angelegt. Aber ihm das Vieh wegnehmen?«

»Ich hab's ihm nicht weggenommen. Ich hab's erschossen.«

»Na ja, gut.« Sie lehnte sich zurück, stemmte eine Hand in den Rücken und streckte sich auf ihrem Schemel. »Ich sag dir nicht, wer's war, aber jemand, der vielleicht ein Auge auf deinen Job geworfen hat, behauptet, dass Geld im Spiel gewesen ist.«

»Jim Parker.«

Ein hartes Lächeln spielte um ihren Mund. »Ich hab keinen Namen genannt.«

»Das vergeht.«

»Mag sein. Wenn das Wetter umschlägt und die Leute was anderes im Kopf haben. Dann vergisst man Stubblefield und sämtliche Gerüchte, und Parker ist wieder dein Deputy und froh drüber. In anderthalb Jahren hat er diese Kröte sicher längst geschluckt und spuckt sie vielleicht auch nicht wieder aus, wenn er sich gegen dich aufstellen lässt.«

Ike rutschte mit dem Hintern auf dem Holz hin und her und stützte sich schließlich mit beiden Händen auf dem Balken ab. »Falls ich ihm oder jemandem wie ihm vorher nicht alles vor die Füße werfe und mich mit dem Geld, das ich aus Stubblefields klappriger Herde geschlagen habe, aus dem Staub mache.«

»Das ist gar nicht witzig.« Sie drohte ihm mit dem Finger. »Parker ist ein netter Kerl aus guter Familie, und wenn er nicht mit Art in den Skandal verwickelt gewesen wäre, hätte er sich um den Job bewerben und ihn auch bekommen können.«

»Und für diese Stadt wäre er sicher auch der Richtige gewesen. Hätte die Arbeiten erledigt, die ihm aufgetragen worden wären, und ignoriert, was er nicht wissen sollte. So wär's ihnen doch am liebsten. Ein Einheimischer, der mit ihnen gemeinsame Sache macht und falls nötig auch mal fünf gerade sein lässt.«

Resolut hockte sie auf ihrem Schemel. »Kommen wir dir so kleinstädtisch vor?« Sie musterte ihre Füße, ließ sie wie ein Schulmädchen baumeln. »Ich fürchte, wir machen manchmal wirklich einen ziemlich hinterwäldlerischen Eindruck. Aber täusch dich nicht, wir sind alles andere als dumm.« Sie wies mit dem Finger auf ihn. »Du bist ein guter Sheriff, und wir haben einen wie dich gebraucht. Das kapieren die schon noch. Lass ihnen etwas Zeit ... und setz dich mit Verstand zur Wehr. Verklag den Idioten wegen übler Nachrede.«

Er seufzte, stützte die Ellbogen auf die Knie und verschränkte die Hände. Er schaute sich um. »Vielleicht bin ich für diese Gegend einfach nicht geschaffen.«

»Willst du fort?« Sie ballte eine Faust und massierte sich das Kreuz. »Sie kommt nicht mit. Das würde sie nicht fertig bringen.«

»Kennst du deine Tochter wirklich so gut?«

Martha stand vom Schemel auf und hielt ihm die Hand hin. »Lass uns zusammen zum Haus gehen. Früher«, sagte sie, »konnte ich schneller als jeder Cowboy rennen, fester zuschlagen und schneller reiten. Du hättest mich damals erleben sollen. Von mir und ihrem Vater hat Pattiann nur das Beste mitgekriegt. Und das Schlimmste.«

Sie traten ins helle Licht der Nachmittagssonne. Martha kniff die Augen zusammen. Ihre Haut war voller Sommersprossen und Altersflecken, braun gebrannt und dünn, beinahe durchgescheuert. »Dies hier hat Pattiann immer gewollt.« Mit einer Geste deutete sie auf die Ranch. »Und die gemeine Wahrheit ist: Sie wäre damit auch fertig geworden. Sie brachte alle Voraussetzungen mit: Intelligenz, Talent, Schwung und den nötigen Dickkopf – davon sogar eine ganze Menge. Mit zehn hat sie eine Klapperschlange getötet, von der sie gebissen worden war, und gab auf dem langen Weg zum Arzt das verdammte tote Biest nicht wieder aus der Hand. Bill konnte sie ihr nicht abnehmen, und auch der Arzt und die Krankenschwester nicht. Ich hab's gar nicht erst versucht. Warum auch? Ich kannte sie schließlich gut genug. Sie wollte uns alle wissen lassen – die Familie, die Stadt, Gott und die Schlange –, dass sie sich nicht hatte unterkriegen lassen.« Martha blieb stehen und holte tief Luft. »Wenn das Kind einen Fehler besaß, dann den, dass ihm jegliche Demut fehlte. Musste erst zwanzig werden, bevor es die lernte. Und dann ist sie fort.«

»Pattiann ist zurückgekommen«, sagte Ike.

»Sie kam erst wieder, als sie so weit war. Nachdem sie dich kennen gelernt und begriffen hatte, dass das Leben noch etwas anderes zu bieten hatte, sogar hier draußen. Vorher war sie eine junge, verkommene Frau, die jeden Mann in hundert Meilen Umkreis verscheuchte, um sich stattdessen lieber mit diesem nichtsnutzigen Stubblefield abzugeben. Und mir war auch klar, was dahinter steckte.« Sie wies mit der Spitze ihres Zeigefingers auf das Haus. »Harriet ist eine gute Frau, versteh mich nicht falsch. Sie ist genau das, was ein Rancher braucht. Hält das Haus sauber, packt mit an, zieht eine Schar Kinder auf und hält sich gewöhnlich im Hintergrund. Pattiann hatte keine Lust, sich damit abzufinden. Aber sie kannte nichts anderes. Also hat sie sich Stubblefield genommen, den einzigen Mann, mit dem ihr das garantiert nicht passieren würde.« Der Blick in Marthas Augen wurde sanfter. »Pattiann hat mich in meinen besten Zeiten einfach nie erlebt.«

»Du musst auf einem Pferd eine höllische Figur gemacht haben.«

Sie zupfte an seinem Arm. »Und dass du das ja nie vergisst.« Sie blieb stehen und blickte über die Schulter. »Eine Mutter sollte das nicht sagen, aber ich sag's trotzdem. Pattiann wird überleben, ob du bleibst oder nicht. Sie wird für Cowboylohn auf der Ranch arbeiten und in unser Haus ziehen, wenn wir sterben. Sie wird der Stachel in Robs Fleisch sein, und du, mein Lieber, bist außen vor.

Pattiann fällt immer wieder auf die Füße. Ich will nicht behaupten, dass mir das Bild gefällt, das ich dir male. Lieber wäre mir, sie würde ein anständiges Leben mit dir führen. Ein paar Kinder, die sie in Atem halten; mit der Zeit wird sie sich dann schon von dem hier lösen. Vielleicht findet ihr beiden euer eigenes Stück Land, und das wird dann ihr gehören. Nicht mir, nicht Bill und nicht Rob. Ihr eigenes Land.« Martha griff nach seiner Hand und schüttelte sie kräftig. »Du solltest bleiben. Es wird schon noch besser. Dieser verdammte Winter geht den Leuten einfach auf die Nerven.«

Er führte sie zur hinteren Veranda. »Und du willst, dass ich bleibe.«

Sie hielt das Gesicht in den Wind und lauschte einen Moment. »Unglück liebt Gesellschaft, mein Junge.« Dann öffnete sie die Tür und steckte den Kopf in die Küche. »Stell's Essen auf den Tisch, Harriet. Sie kommen.«

Die ersten Kühe drängten muhend auf den Futterhof, hinter ihnen kamen Justin, der auf seinem Pferd viel älter wirkte, dann Rob und Bill und zum Schluss Pattiann. Über die Höfe und das Gewimmel der Kühe, der müden, absitzenden Männer hinweg sah Ike das Lächeln, das sich bei seinem Anblick auf Pattianns

Gesicht ausbreitete. Sie winkte ihm fröhlich zu. Seine Liebe zu ihr war so groß, dass er sie kaum ertragen konnte, und als er sich umdrehte, sah er, dass Martha, die neben der Tür stand, es seinem Gesicht angemerkt hatte.

Purvis saß auf einem Hocker in der leeren Garage. Der Chevy war weg – und der Warteraum voll mit Haustieren. Sie sorgten dafür, dass es auch in den ruhigen Wintermonaten Arbeit für ihn gab, bevor es dann wieder Zeit für die Tuberkulinproben, das Kalben und die üblichen Wehwehchen von Arbeits- und Ranchpferden war. Gerade hatte er eine Katze mit Scherpilzflechte verarztet, durch die eine Reihe Kinder infiziert worden waren.

Ein Fall von Verdauungsproblemen bei einer Dänischen Dogge hatte für einige Ablenkung gesorgt. Sie hatten das Tier auf den Röntgentisch gewuchtet, er und Joe, während Lois Varner, die Halterin, die Hände wrang und im Babykauderwelsch auf den Hund einredete: »Ach, mein süßes, mein liebes Häschen.« Der Hund knurrte und schnappte nach Joe.

Für eine Seitenaufnahme zog Purvis die Hinterläufe hoch und sagte zu Joe: »Werf dem süßen Häschen lieber eine Decke über den Kopf, damit es dir keinen Arm abbeißt.«

Die Frau schwor, ihr Hund sei ein lieber Hund und ein wählerischer Feinschmecker. »Der rührt nichts an, was ich ihm nicht in sein Schälchen schütte«, versicherte sie. »Er ist ein herzensguter Kerl, aber schrecklich pingelig, wenn's um sein Futter geht. Sie wissen gar nicht, was ich alles durchgemacht habe, um ihn so groß zu kriegen. Bestimmt hat er einen Tumor. Ich weiß einfach, dass er einen Tumor hat. Bei uns liegt Krebs in der Familie«, erklärte sie.

Blähsucht hatte den Bauch des Hundes kugelrund aufgetrieben, und bevor Purvis operierte, wollte er sehen, was mit dem Hund war und ob die Milz noch da saß, wo sie hingehörte oder sich bereits mit dem Magen gedreht hatte. Blähsucht ist unter Hunden, die in weiten Revieren frei umherlaufen, keineswegs selten. Sie fressen, was sie finden, bis sich ihr Bauch aufbläht und Gase ihren Magen verdrehen, die Gedärme mitziehen und die Milz verlagern – und wenn dies nicht chirurgisch korrigiert wird, stirbt das Tier. Purvis hatte sogar von einem ähnlichen Fall bei einem Menschen gelesen. Der Kerl hatte so viel gerösteten Mais gegessen, dass sich die Magenwände verklebten und der Mais genügend Gas entwickelte, um ihn wie eine Boje aufzuschwemmen. Hatte ihm den Magen zerrissen. Tod durch Maiskörner.

Sie machten zwei Aufnahmen, Seitenlage und Bauch. Eine echte Leistung. Als sie die Aufnahmen in den Bildbetrachter schoben, schnappte die Besitzerin nach Luft und ging näher heran. Sie fuhr mit den Fingern über den beleuchteten Mageninhalt – erst über einen Knochen, dann noch einen, ihr Finger ergänzte die Details. »Er hat eine von meinen Ziegen gefressen. *Er hat eine von meinen Ziegen gefressen.*«

Dann erst fielen Purvis ihre Ziegen ein, nubische Zwergziegen, preisgekrönte Sieger der Landesschau. Und tatsächlich, da war eine, der winzige Schädel fast unversehrt, an eine Fessel geschmiegt, als schliefe das Tier nur im Mutterleib.

»Mein Gott«, wisperte Joe. »Jetzt sieh sich das einer an.« Er betrachtete den aufgeblähten Hund, als wäre er ein Wunder. »Er hat sie in einem Stück verschlungen.«

Purvis steuerte die Frau von der Aufnahme fort. »Bring sie nach vorn«, sagte er. »Leg sie auf die Couch, die Füße hoch, Kopf nach unten. Sieh zu, dass sie einen OP-Schein unterschreibt, und dann komm zurück und hilf mir bei den Vorbereitungen.«

Der Hund überlebte, hatte aber eine Vorliebe für nubische Ziege entdeckt. Im Großen und Ganzen ein gewöhnlicher Tag mit seinen normalen kleinen Notfällen. Gegen fünf hatte Joe die Praxis verlassen. Purvis war nach dem Essen in die Garage gegangen, um sich im Glanz des mit Parnuba gewachsten, vollständig reparierten Wagens zu sonnen und musste feststellen, dass er verschwunden war.

Er schritt die Garage ab, als könnte er den Wagen unter einem anderen Blickwinkel wieder finden, wich den Ölflecken auf dem Betonboden aus und setzte sich. Er wollte nicht glauben, dass es Joe gewesen war. Aber Joe hatte einen Schlüssel. Purvis hielt den anderen in seiner rechten Hand. So also, dachte er, fühlte man sich als Vater. Da hatte man sich solche Mühe gegeben, und nun hockte der Filius am Steuer eines geklauten 57er-Chevy. Was hatte er sich dabei bloß *gedacht*? Wie sollte er erklären, was er in dem jungen Mattick gesehen hatte, was ihn wie eine Erinnerung an seine eigene Jugend in dem Fünfzehnjährigen berührt hatte, sodass er stellvertretend die Freundlichkeit, die ruhige Hand und das ausgeglichene Gemüt seines eigenen Vaters an dem Jungen spüren wollte. Außerdem hatte er sich vielleicht eine letzte Gelegenheit gewünscht, etwas anderes auf dieser Welt als einen Ziegen fressenden Köter retten zu können.

Er scharrte mit den Hacken über den Boden, langte nach einem Lappen und wischte sich die Hände ab. Er versuchte wohl immer noch, das Schwein zu retten. Seine Frau Barbara hatte es früh kapiert und nach einem raschen Ehejahr ihre hübschen, neunzehnjährigen Arme in die Höhe geworfen, um mit ihrer Lieblingsplatte von den Stones und einem Juwelierlehrling zu verschwinden, dem guten Leben entgegen, weit weg von Lehranstalten für Veterinärmedizin und Ein-Zimmer-Wohnungen. Und Teufel auch, sie hatte Recht gehabt. Er war damals ein angehender, junger Arzt gewesen, doch keiner von der richtigen Sorte, sondern einer der besser zu Tieren passte, der knausern und sparen und sein ganzes verdammtes Leben arbeiten musste, um mit einer kleinen Praxis im Ödland von Montana sein Auskommen zu finden.

»Gut gemacht, Babs«, sagte er. Hatte sich aus dem Staub gemacht, bevor es eintrat, was eingetreten wäre, sobald er mehr von seinem Leben verlangt und das bei ihr gesucht hätte. Das konnte kein Mensch von einem anderen verlangen; nicht von seiner Frau noch von einem Freund oder gar von einem fünfzehnjährigen Jungen namens Joe Mattick. Hatte Joe *jemals* gesagt, dass er der Assistent eines Viehdoktors sein wollte, oder etwa Tierarzt oder Automechaniker? Hatte Ike ihn nicht gewarnt? Nein?

Sein Magen verkrampfte sich. Er sollte Ike anrufen. Seine Brust schmerzte, und schnell setzte er sich wieder auf den Hocker, versuchte, durch die Nase zu atmen.

Er sah die Verfolgungsjagd vor sich, den Wagen, wie er sich überschlug und eine Böschung runterrollte, ein dumpfes rumps, rumps, rumps. Purvis zitterte. Der Wagen war ihm scheißegal. Er wollte einfach nur wissen, dass er in seinem fortgeschrittenen Alter keinen irreparablen Fehler gemacht hatte.

Er stand auf und drehte langsam eine Runde um die Garage. Das Beste wäre, er würde Joes Eltern anrufen oder in seinen Pickup steigen und den Jungen suchen. Er knüllte den Lappen zusammen und feuerte ihn auf die gegenüberliegende Wand, doch der Lappen öffnete sich wie ein Schirm und landete sanft weit vor der Mauer. Verdammt noch mal. Krieg ich denn gar nichts hin?

Pattiann und Ike hatten soeben ein spätes Abendessen beendet, als Ikes Telefon klingelte. »Wieder tote Hunde, Purvis?«, fragte er, halb hoffend, dass es um nichts Schlimmeres ging. »Wir kümmern uns drum«, sagte er, und das taten sie auch, gewissermaßen, wenn auch nicht gerade mit höchstem Nachdruck. Er hatte Harley den Fall übergeben.

»Vergiss die verfluchten Köter. Es geht um Joe.«

Ike wartete und konnte hören, wie Purvis zögerte und wie verzweifelt er zugleich war. »Was ist?«

»Der Wagen ist weg. Joe hat einen Schlüssel. Er brauchte einen, weißt du, er hat ja dran gearbeitet …«

Ike konnte hören, wie Purvis sich Vorwürfe machte. Und hatte Ike nicht gewusst, dass es irgendwann so weit kommen musste? »Vielleicht macht er ja nur eine Probefahrt.«

»Nein.«

»Bist du sicher, dass Joe ihn hat? Hast du seine Eltern angerufen?«

»Ja, ja, natürlich. Die dachten, er wäre bei mir. Ich hab ihnen gesagt, sie bräuchten sich keine Sorgen zu machen. Hab ihnen auch gesagt, dass du dich um Joe kümmerst. Das machst du doch, oder, Ike?«

»Mist!« Er blickte zu Pattiann hinüber, die sich auf den Tischrand setzte. »Ich tu, was ich tun kann, und sag meinen Kollegen Bescheid, dass sie die Augen offen halten sollen.«

»Nur eins: Keine Verfolgungsjagd, okay? Soll er die verfluchte Karre fahren, bis der Sprit alle ist.«

In der Truppe des Sheriffs war Dan Roehe ein Neuling. Das zeigte sich an seinen Dienstzeiten: die Eulenschicht auf abgelegenen Landstraßen, im Wechsel mit der Straßenpolizei. Der Tuntenstrich, die Pärchengasse. Die kürzeste Strecke zwischen den Kneipen im Reservat. Seine Nächte verbrachte er damit, Autofahrer einem Promilletest zu unterziehen. Eine gerade Linie gehen, rückwärts, Hacke an Zehenspitze. Das Alphabet aufsagen, langsam und deutlich, Arme ausstrecken, links und rechts abwechselnd mit dem Finger auf die Nase zeigen. Mit geschlossenen Augen auf einem Bein stehen. Dann das andere. Röhrchen lud er sich kistenweise ins Auto.

Doch einen Großteil der Nacht, vor allem zu dieser Jahreszeit, wenn der schlimmste Winter schon vorbei war, brachte er damit zu, träumend auf die dunklen Weiden zu starren oder Kojoten mit den Scheinwerfern anzustrahlen, hin und wieder auch eine Elchherde, einen Antilopenbock mit seinem Harem. Am liebsten waren ihm seltsamerweise die Eselshasen, diese langbeiningen, großohrigen Tiere, die in riesigen Scharen übers Land hoppelten. Ein- oder zweimal am Abend gönnte er sich einen Spaß, öffnete leise die Tür des Streifenwagens und schlug sie laut wieder zu, sodass hundert Köpfe in den Nachthimmel zuckten, die Löffel kapitulierend gestreckt. Wenn nachts die Kälte den Boden hartgeklopft hatte, lenkte er den Wagen aufs Feld und teilte das Meer der Hasen wie Moses, der die Juden befreite. Er stellte den Motor ab und kurbelte das Fenster runter, um ihrer wilden Flucht zu lauschen. Das leise Donnern von abertausend Pfoten. Er hätte gern ein paar abgeknallt, aber der Sheriff war bei Patronen immer ziemlich pingelig. Als müsste er sie aus eigener Tasche bezahlen. Rechenschaftspflicht nannte er das. Aber was zum Teufel sollte man hier draußen in der Nacht anfangen, wenn es außer einer Menge Zeit und Hasen nichts weiter gab?

Ehe er ihn richtig gesehen hatte, war der Wagen an ihm vorbeigeflogen. Und schon war er nur noch ein Streif verglimmender Rücklichter. Er schaute auf die Radarpistole. Er hielt sie weit von sich – wusste doch jeder, dass man von diesen Dingern Krebs bekam. 153 km/h zeigte das Gerät an. Das gute, alte Adrenalin schoss ihm ins Blut, und er atmete tief durch, um Ruhe zu bewahren, stellte den Motor an, die Scheinwerfer, kontrollierte den Rückspiegel und rauschte auf die Straße. Ein herrliches Maschinchen, von null auf Hundert in null Komma nichts. Mit einer Hand überprüfte er den Sicherheitsgurt, lehnte sich zurück und trat das Gaspedal durch. Die Rücklichter kamen näher. Er fuhr fast hundertvierzig. Der Wagen vor ihm wurde langsamer. Er stellte das Blaulicht an und zuckte zusammen – ein Reflex aus der Zeit, als er noch nicht bei der Polizei war. Dieser kleine Angstschub, wenn flackerndes Blaulicht über die Straße fiel.

Es waren zwei oder auch drei Leute im Auto. Ein Oldtimer. 57er-Chevy. Ein paar Jungs auf Spritztour. *Tja, das wird bitter für euch.* Zwei Mal ließ er die Sirene aufjaulen, doch der Wagen jagte davon; er konnte Öl und Abgase riechen, als der Fahrer das Gaspedal durchdrückte.

Dieses Arschloch, der Kerl wollte wirklich türmen. Er schob den Unterkiefer vor, spürte ein nervöses Zucken am Kinn und fühlte sich wieder wie damals, als er über diese oder eine ähnliche Landstraße gebraust war. Meist mit einem Mädchen an der Seite. Bernice oder lieber noch Adrian, Mann, hatte die schnelle Autos geliebt, und so waren sie gerast, bis die Straße schließlich den Sieg davongetragen hatte. Das tat sie immer, denn vom Qualm der alten Ölschleudern aus zweiter Hand verschmierten die Windschutzscheiben. Aber jetzt hatte er den richtigen Untersatz. Und den nötigen Vorwand. Alle Zeit der Welt und die Straße gehörten ihm, und diese Kids würden eine verdammt harte Lektion einstecken müssen, bevor er mit ihnen fertig war.

Er gab Stoff und rief die Zentrale an. »Yeah, hab die Verfolgung aufgenommen. Bei Frazier. Noch gut zehn Meilen bis Baptiste, fahr Richtung Süden. Ein 57er-Chevy, Kennzeichen … Moment. Kein Kennzeichen. Dunkelrotes Chassis, weißes Dach.« Er ließ das Funkgerät eingeschaltet und hörte, wie die Fahrdienstleiterin bei der Straßenpolizei Verstärkung anforderte. Er fuhr jetzt gut 150 km/h, hatte aber immer noch Spiel. Die Straße sauber, frei und so schnurgerade wie der Tag lang war. Fast 170, und die Maschine schien gerade erst in Schwung zu kommen. Eselhasen wischten von der Straße. Er schob sich an die Stoßstange des Chevys. Zwei im Auto, noch mal die Sirene, sah den Beifahrer, der Kleine fuhr auf seinem Sitz zusammen, als hätte er ihn mit dem Ochsenziemer bearbeitet. Der Chevy zog an, hatte jetzt aber mächtig zu tun. Eine klasse Karre – was hätte er früher nicht dafür gegeben, ordentlich Power, aber alt; er konnte das Öl riechen.

Vor sich glaubte er einen hellen Widerschein kreisen zu sehen, blaues Licht wie Hitzeblitze, die sich aus der Ferne näherten, und langsam schob er sich am Fahrzeug vorbei. Er wusste nicht genau, was er wollte, vielleicht die Kids nur mal gründlich in Augenschein nehmen, sie ein bisschen abdrängen und ihnen eine Heidenangst einjagen. Vielleicht genoss er auch bloß die reine Freude an dem unter ihm surrenden Motor, die Straße eine schnurgerade Bahn und Verstärkung nur wenige Augenblicke entfernt, sodass die wilde Jagd zu einem waghalsigen Spiel wurde, für das ihm Ike bestimmt das Fell über die Ohren ziehen würde, aber das war jetzt egal. Dies hier war seine Sache, und das würden die Jungs zu spüren kriegen. Er schaute in ihr Fenster und grinste. Einen in die Stirn gezogenen Cowboyhut, Kinn und vorspringende Nase konnte er erkennen. Der Beifahrer, fast noch ein Kind, war bleich im Gesicht und nicht ganz seine Kragenweite, beinahe tat er ihm Leid. Dann wichen sie zur Seite aus, bremsten, schlitterten, verspritzten Dreck und Split, schleuderten aufs Feld, und er blickte nach vorn, gerade noch rechtzeitig, sah *es* im Scheinwerferlicht, und dachte, als er aufprallte, wie schön – der Schädel ins Licht gehoben, leuchtende Augen, mit voller Wucht aufs Hinterteil, und dann bäumte sich das Tier auf, reckte sich, schwamm in der Luft, die bloß Licht und Glas war, und knallte auf die Windschutzscheibe, die zu einem Netz zersprang, das sich wölbte, als würfe er es ins Wasser und zöge einen riesigen, glitzernden Fisch an Land, und mehr wusste Dan nicht, denn da trieben die Läufe durch die Scheibe, und ein Huf traf ihn am Hals, ein Knirschen, und der Kopf fiel ihm auf die Schulter, als gehörte er einem Baby, das ihn allein noch nicht heben konnte. Der Elch pflügte durch den Wagen, die Hinterläufe zerschlitzten den Beifahrersitz, kippten auf den Rücksitz, blieben dort hängen, und der Streifenwagen raste übers Feld, knallte gegen einen Stein, fiel auf die Seite, drehte sich aufs Dach und hobelte sich eine Bahn durch Salbei und Kaktus, verteilte Metall- und Glassplitter, bis er mit der Motorhaube voran in der Furche stecken blieb, die er selbst gepflügt hatte. Nach kurzem Verharren inmitten fliehender Eselhasen kippte der Wagen wieder auf sein eingedelltes Dach und blieb liegen, ein letztes Ächzen der Schrauben und Schweißnähte, und die Räder drehten sich, als rollten sie immer noch über eine Straße.

Ike erhielt den Anruf, kurz nachdem Purvis aufgelegt hatte. Er fuhr zu Fred Elrose raus, der wie betäubt in seinem Streifenwagen saß, während die Straßenpolizei Umleitungsschilder aufstellte. Elrose war mit den Nerven fertig, sagte, er hätte über Funk Bescheid erhalten und wäre, weil er in der Nähe war, auch sofort losgefahren. Zwei Paar Scheinwerfer hatte er auf der Straße näher kommen sehen, aber dann sei das Paar auf der rechten Spur seitwärts ausgewichen, kurz darauf das auf der linken, und dann habe er nur noch gesehen, wie die linken Scheinwerfer auf etwas aufgeprallt und durch die Luft geschleudert worden seien, und dann das hier. Er sei so schnell wie nur möglich hergekommen. Was mit dem anderen Wagen passiert war, wusste er nicht. Er war nach rechts geschwenkt, danach hatte er ihn nicht mehr gesehen. Vielleicht war er auf das Feld hinausgeschossen. Vielleicht hatte er es zurück auf den Highway geschafft. Er konnte sich nicht erinnern. Er war aufs Feld gelaufen, hatte in den Streifenwagen gesehen und plötzlich auf dem Boden gesessen, die Augen fest geschlossen. Da war Dan gewesen – und all das Fleisch und Blut –, und dann ließ Fred wieder den Kopf sinken und atmete durch den Mund.

Es musste einfach Purvis' Chevy gewesen sein. All das war geschehen, machte sich Ike klar, noch während er mit Purvis geredet hatte. Dan war schon tot gewesen, das Genick gebrochen, während der Wagen sich überschlug und liegen blieb. In der Zeitspanne eines Telefonats. Nein. Es musste schon vorher passiert sein. Zeit genug für Elrose, um herzukommen, Zeuge des Unfalls zu werden, sich zu fassen und Meldung zu machen, für die Fahrdienstleiterin den ersten Schock zu überwinden und Ike anzurufen. Eine Suchmeldung nach dem Wagen war rausgegangen. Ein Beamter war tot.

Es war alles so sinnlos. Dan war ein guter Kerl gewesen. Ike würde zu seiner Familie fahren müssen, würde ihr sagen müssen, dass der Sohn in Erfüllung seiner Pflicht gestorben war. Sie wohnten gut achtzig Meilen weit draußen auf einer kleinen Ranch, und Dan hatte immer damit angegeben, wie froh er sei, ihr entkommen zu sein – dem engen Leben, der Langeweile. Und jetzt war er tot, und seine Eltern, beide in mittleren Jahren, würden ihre restlichen Tage durchwachen und den erbarmungslosen Geschmack der Trauer kennen lernen, der sich auf der Zunge so scharf und kalt anfühlte wie Metall an einem Wintermorgen.

Die Winde des Abschleppwagens ratterte, der Streifenwagen ruckte in die Höhe, und Einzelteile – Stoßstange, Glas, einige Metallstücke – rieselten wie ein seltsamer Regen herab; dann kippte der Wagen langsam wieder auf seine Räder, die sich nie mehr drehen würden. Der Krankenwagen stand in der Nähe, streckte rote Lichtfinger aus, die sich mit dem Geflimmer der vielen Blaulichter wartender Streifenwagen verschränkten, weshalb die ganze Gegend ein karnevaleskes Aussehen erhielt, das selbst die düster blickenden Deputys bunt färbte, die sich ein wenig abseits in kleinen Gruppen versammelt hatten und es wie die Mannschaft des Abschleppwagens vermieden, ins Fahrzeug zu schauen, aber doch nicht anders konnten, während das Rettungsteam noch überlegte, wie es den Leichnam am besten bergen konnte, und die Fahrer des Krankenwagens, die das alles schon oft gesehen hatten, sich an ihr Fahrzeug lehnten, Zigaretten rauchten und darauf warteten, dass die Tür aufgestemmt wurde, damit sie die Leiche eintüten und wieder verschwinden konnten, zurück zum letzten Rest ihrer Schicht und heim zur Frau oder zu den Eltern. Und er versuchte sich vorzustellen, wie Dans Eltern die Nachricht aufnehmen würden, wie sie im Morgenmantel höflich im Wohnzimmer darauf warteten, dass der Sheriff etwas sagte, wie sie dort sitzen würden, obwohl sie doch Bescheid wussten, seit sie ihn in der Tür stehen sahen. Und er wünschte sich, er könnte es ihnen ersparen – wie er da auf der Schwelle unter einer einzelnen Glühbirne stehen würde, den Sheriffhut in der Hand, während langsam bereits die Wahrheit dämmerte, die Glieder nachgaben und der Gedanke kam: *Unser Dan ist tot.*

Sie setzten den Spreizer an, und das Fauchen des Schneidbrenners übertönte ihre Stimmen. Die Fahrer drückten die Zigaretten aus. Ike trat direkt hinter das Rettungsteam, da er es für nötig hielt, Zeuge zu sein, ein Freund unter Fremden. Flüchtig tauchte ein Bild vor ihm auf, Dan in schmucker Uniform mit knallrotem Gesicht, weil die anderen ihn wegen seiner blitzblanken Schuhe gehänselt hatten. Es war nicht leicht, ihn in dem Gewirr von Tier und Mensch auszumachen, und alarmierend, wie der Kopf auf die Brust baumelte, als sie ihn heraushoben. Elrose kehrte ihnen den Rücken zu, und Ike fühlte sich hin und her gerissen zwischen dem Wunsch, dem Toten die Ehre zu erweisen und sich um den Lebenden kümmern zu wollen. Die Fahrer waren geschickt, schoben Dan schon in den Leichensack, und niemand riss – womit er fast gerechnet hatte – Witze über den Elch, dessen Geweih im Rahmen der Windschutzscheibe eingeklemmt war, keine Frotzelei am Ort des Todes, und so ging er zu Elrose, der ins Weite hinausstarrte, als rechnete er damit, dass jemand aus dem Dunkel kommen würde. Elrose redete. »Mir geht's gut«, sagte er. »Alles in Ordnung.« Ike begriff, dass Elrose Selbstgespräche führte und sich vergewisserte, dass seine Beine noch funktionierten, sein Herz noch schlug und dass er, falls keine weitere Katastrophe geschah, am nächsten Morgen wieder in seinem Bett aufwachen würde.

»Ab nach Hause«, sagte Ike. »Können Sie fahren?«

»Klar«, sagte er. »Sicher doch. Teuflisch langsam, darauf können Sie Gift nehmen, aber ich schaff's schon.« Er schob den Hut in die Stirn und hielt die Hände über die Ohren, um sie zu wärmen. Elroses Hände zitterten, und er steckte sie zurück in die Hosentaschen. »Seh so was schließlich nicht zum ersten Mal«, sagte er.

Ike gönnte ihm einen Augenblick. Er blickte auf seine Hände, und es überraschte ihn, dass sie nicht bebten und zuckten, dass sein zweites Ich übernommen hatte, den Unfallort inspizierte, sich distanzierte und auf die restliche Nacht einstellte.

Fred nickte. »Aber das hier war ziemlich übel. Ich war so verdammt nah«, sagte er. »Und Dan – Scheiße, was hatte der eigentlich vor? Ich meine, ich war doch so nah. Wir hätten ihn ohne weiteres zu zweit ausbremsen können.«

Er stieß einen leisen Seufzer aus. »Ich habe nicht damit gerechnet, ihn noch am Leben zu finden, als ich da reingeleuchtet habe. Nicht bei dem Chaos, bei der Geschwindigkeit, die sie drauf gehabt haben müssen. Ich dachte, ich könnte es wegstecken. Aber dann all das Fell und die Knochen. Ich meine, der gottverdammte Elch hat mich angestarrt, und Dans Kopf Wange an Wange mit ihm, sodass ich erst gar nicht sehen konnte, wer wo aufhörte und wo anfing. Hat mir einen Heidenschreck eingejagt. Hab einen Moment gebraucht.« Elrose lachte leise. »Ich meine, *damit* hatte ich einfach nicht gerechnet. Und dann ist diese Geschichte passiert – als würde ich in einen Spiegel gucken, und ich war's, der in Uniform mit gebrochenem Genick in meinem Streifenwagen hing, und plötzlich hab ich nur noch da gehockt, und es war dunkel« – wieder lachte er – »dunkel war's, weil ich die Augen geschlossen hatte, und als ich sie wieder aufmachte, saß ich im Dreck, und Dan war Dan, aber ich hab gelebt.«

»Hat sich bestimmt gut angefühlt«, sagte Ike und legte eine Hand auf Elroses Schulter.

»Das können Sie glauben.«

»Tja«, sagte Ike und blickte sich um. »Ich schick Sie mit einem der Männer nach Hause. Ihnen geht's gut, ich weiß, alles bestens. Ich sorg dafür, dass man Ihnen Ihren Wagen bringt. Schließen Sie ihn ab, geben Sie mir die Schlüssel, lassen Sie sich nach Hause fahren und schlafen Sie sich erst mal aus.«

Krankenwagen und Rettungsmannschaft fuhren fort. Die Leute vom Abschleppdienst zogen eine Kette unter den Wagen, um ihn anschließend auf die Ladefläche zu hieven. In einer Stunde würden nur noch die Bremsspuren zu sehen sein, eine Furche im Boden, einige Glassplitter und etwas Metall, das sich bestimmt die Packratten holten. Bei Tage würden sich die Bussarde am Elch gütlich tun, und vielleicht flocht eine Elster etwas von seinem Fell in ihr Nest. Ike kümmerte sich darum, dass Elrose nach Hause gebracht wurde und klärte die Details, ehe er sich selbst auf den Weg machte. Er hatte schlechte Nachrichten zu überbringen. Es war eine Viertelstunde nach Mitternacht.

Im Büro des Sheriffs ging es hoch her, als Purvis eintrat, dann sank der Lärmpegel auf ein leises Geflüster herab, danach Stille. Er fühlte es auf sich zukommen, etwas Schreckliches, so wie die Nachricht vom Tod seines Vaters, so wie damals, als Babs ihn verlassen hatte, wonach alles, was er auch anpackte, fehlgeschlagen war. Er setzte sich, wappnete sich.

Ike erzählte Purvis die ganze Geschichte, berichtete vom Wrack, der Fahrt zu Dans Eltern und davon, wie sie später den Chevy und Joe Mattick in der Stadt gefunden hatten.

»Großer Gott«, sagte Purvis.

Ike rieb sich das Gesicht mit den Händen. »Hör bloß auf, dir die Haare zu raufen. Für einen Abend habe ich genug Mist erlebt. Joe fragt nach dir. Seine Eltern und ein Anwalt sind jetzt bei ihm. Er behauptet, sein Hirn hätte ausgesetzt, er könne sich an nichts mehr erinnern. Wenn du sein Freund bist – und davon ist er überzeugt –, dann bring diesen Jungen zum Reden.«

Purvis nickte. Er fühlte sich alt, als hätte er gerade seine eigene Lebensspanne überschritten.

Hinter Gittern sah Joe irgendwie klein aus. Ein Kind, das sich jeden Moment übergeben musste. Die Beine bäumelten vor und zurück, erst das eine, dann das andere. Neben ihm saß der Anwalt auf einem Stuhl, neben sich auf dem Boden ein gelber, voll gekritzelter Block. Ike ließ Purvis in die Zelle und blieb vor der Tür. Der Junge schaute auf, blickte aber rasch wieder auf seine Füße. Die Augen waren rot, von feuchten Ringen umrandet. Ihm lief die Nase, er wischte sie an seinem Ärmel ab. Purvis reichte ihm ein Taschentuch, und Joe nahm es.

Joe drehte sich um, starrte auf die Graffiti an der Wand. *Hank was here.* Ein Bibelzitat: *Führe aus dem Gefängnis heraus meine Seele, damit ich deinen Namen preise.* Und *scheißfrohe Weihnachten, Dezember 1984.* Purvis fragte sich, was dieser Junge denken musste. Er versuchte zu begreifen, was er an diesem Jungen fand.

Chas fuhr nur noch selten in die Stadt. Außer Langeweile trieb ihn auch nichts mehr hierher. Er fuhr jedes Mal an Taylors Haus vorbei, sah sich nach dessen Frau um, dem winzigen, kläffenden Hund, gondelte dann an Cokers Laden vorbei, hupte, wenn er ihn sah, und grinste. Denen wäre es am liebsten, wenn es mit ihm aus und vorbei wäre. Manchmal wünschte er sich das auch. Er fragte sich, ob Coker wohl schon einen neuen Hund hatte.

Und natürlich hielt er immer Ausschau nach Pattiann. An jenem bewussten Tag auf seiner Ranch hatte sie ihrem Mann zur Seite gestanden. Und er hatte durchs Küchenfenster zugesehen und seine Kleider über einem Becken mit Spülwasser ausgewrungen, während die Sonne Farben verstreute, als wären es

Blüten: blauer Himmel, grüne Jacken, grau, braun, ein Tupfer rot auf Pattianns Schulter, dort, wo sich ihr Haar gelöst hatte. Das gefiel ihm. Von weitem sah er zu, wie Pattiann ihr Pferd ritt, einen großen Grauen. Er fragte sich, was sie dachte. Ob sie überhaupt an ihn dachte oder nach ihm Ausschau hielt, so wie er nach ihr, ob sich etwas in ihr zusammenzog, wenn er das Tuch in seinen Fäusten wrang.

Er hielt mit seinem Laster vor dem Lebensmittelladen. Blöd, sicher, aber hier hatte er sie schon mal getroffen, und das schien ihm Grund genug für die Annahme, dass es wieder passieren könnte. Er streckte die Beine aus, lehnte den Kopf ans Fenster und blinzelte in jenes graue Dämmerlicht, das in dieser Jahreszeit so schmerzhaft war, die Farbe eines verwesenden Leichnams: Bürgersteige, Straßen, Autos und Laster, Häuser aus Hohlblocksteinen, matte Fenster wie eine Reihe blickloser Augen. Er fühlte sich in Grau getaucht, schaute auf seine fahlen Hände und glaubte, wenn er durch das Fleisch in seine Brust zu sehen vermochte, einen bis auf die Knochen verdreckten Brustkorb entdecken zu können. Es überlief ihn kalt, und er dachte an den Laden, die Leuchtstoffröhren, die den Blick in den Augen der Menschen stumpf werden ließen und ihre uniforme Fadheit über die grellbunten Lebensmitteldosen, das Winterobst und die Ladenrückwand mit dem Sarg voller Gefrierfleisch breiteten, das zerteilt frischer als lebendig schien. Er stieg aus seinem Lieferwagen, schloss hinter sich die Tür, wedelte dem elektrischen Auge zu und ließ sich so in den Laden ein.

Johnny Cash quengelte aus den Deckenlautsprechern – war schon wieder losgezogen und hatte eine Frau abgeknallt, Delia diesmal. Chas tippte sich vor der Kassiererin grüßend an den Hut, einer Frau um die fünfzig, die nie ihren Blick vom Warenband hob, sich aber unablässig mit den Kunden unterhielt, als wären sie am Geruch zu erkennen, und er hätte schwören mögen, dass sie ihre Nase rümpfte und kraus zog, als er an ihr vorbeiging. Ein Klingeln zeigte die Gesamtsumme an, und eine junge Hausfrau gab sich betont lässig, während sie wie eine Diebin auf der Suche nach der richtigen Zahlenkombination an ihrem Portemonnaie herumnestelte. Ray Weldert, der Besitzer, stand am Schalter für Kundenbetreuung und sah zu, wie der einzige Gehilfe des Ladens neue Etiketten über die alten klebte. Chas ging durch die verkürzten Gänge: Shampoo, Seife, Regale mit Make-up, auf den Verpackungen Hausfrauen mit Schmollmündern und lasziven Blicken. Das Gangende war enttäuschend: Duschköpfe, Medikamente gegen Blähungen, Artikel für die weibliche Hygiene – bis eine Frau alt wurde, hatte sie sich einen riesigen Berg Watte zwischen die Beine geklemmt. Er nahm sich eine Schachtel Tampons und schob sie unter den Arm, ging um die Ecke und wusste im gleichen Moment, dass er Pattiann sehen würde. Doch war da bloß eine alte Frau. Ihr Kopf zuckte zu ihm herum, und sie warf ihm ein Lächeln zu, das sie gewiss für kokett hielt, während sie eine Dose Kaffee in ihren Wagen fallen ließ und ihn dann weiterschob; ein Vorderrad flatterte quer zur Fahrtrichtung. Er schob die Tampons zwischen die Pulverkaffees und griff sich stattdessen eine Schachtel Earl Grey. Tee mit Pattiann. Er würde ihr Apfelsinenstücke vorsetzen. Dann stand er in der Haustierabteilung mit Halsbändern und Leinen, Flohpuder, Gummiknochen und Katzenstreu. Trockenfutter, Dosenfutter. Er nahm eine Dose Hundefutter, drehte sie in den Händen.

Sein eigenes, gutes Fleisch.

Er lachte, konnte sich die schönen, rasch in einer Pfanne angebräunten Scheiben Chappi vorstellen. Sein eigenes gutes Fleisch, das auf sauberen, weißen Tellern lag, statt durch die Kehle eines unzufriedenen Köters zu rutschen, der einen ranzigen Furz donnern ließ, bei dem sein Besitzer, selbst wenn er ihn roch, sich niemals vorstellen konnte, was sich hinter dem

Geruch verbarg: die herrlichen Felder, Grammagras, Büffelgras und Salbei. Nie würde er Chas in einer Sommernacht vor sich sehen, wie er auf dem Feld stand und seine Kühe beobachtete, als wären sie viele dunkle Sterne.

Er drehte eine Runde durch den Laden. Er reichte ihm, und Pattiann fand er rücksichtslos, weil sie ihn in den Gängen warten ließ, als müsste sie wissen, dass sie sich heute begegnen sollten. Am Ende der dritten Runde warf er, ehe er wiederum am Schalter für Kundenbetreuung vorbeikam, seine sämtlichen Waren zu Eier und Butter in die Gefriertruhe, ging mit einer Schachtel Zigaretten zur Kasse und zahlte, als würde er das Geld hinpissen, eine Münze nach der anderen. Die Kassiererin wünschte ihm noch einen schönen Tag.

Er trat in die Kälte, blickte die Straße auf und ab und hoffte, Pattiann zu sehen. Keine Kinder, musste ein Wochentag sein, Schule. Meist Frauen, hier eine und da eine. Und es schien ihm, als seien sie in Trauer, die Mäntel bis zum Hals zugeknöpft, die Arme von Tüten schwer, aber dennoch blieben sie immer wieder stehen, um in Schaufenster zu starren, matte Blicke, die einander begegneten, und vielleicht zog die eine den Bauch ein, während eine andere sich abwandte, als hätte sie mehr gesehen, als ihr am heutigen Tag zustand.

Doch keine Pattiann. Er könnte sie anrufen, und das schien ihm vernünftig. Auf der anderen Straßenseite gab es eine Telefonzelle, aber dann stellte er sich vor, wie er ihre Nummer wählte, dort draußen an der Straße, und ging hinüber zur Bar, in der es hinten im Flur ein Telefon gab.

Es war so früh, dass Barry noch auf einem Barhocker saß, die Füße auf dem Tresen. Er las ein Buch im Licht einer Schwanenhalslampe. In behutsamen Schlücken drang das graue Tageslicht durchs Fenster. Chas nickte, bestellte ein Bier vom Fass und ging durch den Schankraum in den hinteren Flur. Er fischte einen Vierteldollar aus der Tasche, steckte ihn in den Schlitz und hängte auf, als ihm einfiel, dass er ihre Nummer nicht wusste. Das Telefon baumelte an einer Kette. Der obere Rand war abgegriffen, an der Seite ein brauner Fleck. Er blätterte durch: Ableson, Dilling, Latouse, Miller, N., O., P. Er fuhr mit dem Finger das Namensverzeichnis lang: Pamier, Pape, Pappet, Parsons. Ike und Pattiann.

Er merkte sich die Nummer. Er hörte wie die Münze fiel und unten aufschlug, fuhr sich mit der Zunge über die Lippen, gab die Nummer ein. Nach dem dritten Klingeln hob sie ab.

»Ja?«, fragte sie.

»Ja«, gab er ihr Recht und klemmte sich den Hörer unter die Schulter.

»Wer ist da?«

Und er wusste, er konnte ihr antworten, tat es aber nicht; stattdessen wartete er und wollte ihre Stimme noch mal hören. Es summte in der Leitung, und der Radiator an der Wand verströmte einen Geruch nach verbranntem Haar. Er hätte sich erst ein Bier genehmigen sollen. Dann das Besetztzeichen. Sein Vierteldollar war aufgebraucht, und sein Mut hatte ihn verlassen. Er nahm sich die Zeitung von heute, die jemand auf einem der hinteren Tische liegen gelassen hatte, trank sein Bier langsam aus, zahlte und verließ die Bar.

Er wusste nicht, was er vorhatte, aber er fuhr zu Pattianns Haus und hielt auf der anderen Straßenseite. Er stellte sie sich vor, wie sie in der Küche hantierte, duschte oder die Betten machte. Er saß da, eine Hand auf dem Türgriff, musste nur ein wenig drücken, etwas schieben, über den Bürgersteig gehen, an die Tür klopfen. Sie würde wissen wollen, was ihn zu ihr führte.

Gute Frage.

Er stellte sich vor, dass sie im ersten Augenblick überrascht sein, ihn dann aber hereinbitten würde. Schließlich waren sie Freunde. Vielleicht stimmte das sogar. Er ging auf das Haus zu, hielt den Finger über den Klingelknopf, genoss die Möglichkeiten - was, wenn er es tat, wenn sie da war? - und dann probierte er die Klinke, die Tür war unverschlossen wie die meisten Türen in dieser kleinen Stadt. Er öffnete sie einen Spaltbreit, und Wärme drang nach draußen. Ein erster tiefer Atemzug, der Geruch ihrer Wohnung: Holzrauch, Zitronenöl, Speck, etwas Blumiges, Leder. Er trat über die Schwelle, lauschte, ging in den Flur und blickte in den Spiegel über der kleinen Truhe im Eingangsbereich, in dem er sich selbst und das Wohnzimmer hinter sich sehen konnte, wie es sich im alten Glas wellte, während er einen Fuß hinter den anderen setzte. Als er sich zum Zimmer umdrehte, überraschte ihn, wie genau es zu ihr passte. Es war geschmackvoll eingerichtet, einige wuchtige Möbel machten es gemütlich, am Kamin ein Schaukelstuhl mit handgestickten Sitzbezügen. Er versuchte, sich Pattiann in dem Schaukelstuhl mit einem Nähkorb auf den Knien vorzustellen und begriff noch im selben Moment, dass dies nicht Pattianns Stuhl war. Nein. Gleich neben der Tür stand ein Stiefelknecht, der Hartholzboden zerkratzt, wo die Hacken in die Gabelung geschlagen worden waren. Er klemmte seine Hacke in den Keil und zog behutsam an. Der Stiefel gab nach, und Chas ließ es gut sein, trat zurück und ging ins Wohnzimmer.

Er setzte den Schaukelstuhl in Bewegung. Wahrscheinlich gehörte er Ike, und so machte er es sich auf den Plüschkissen bequem, stemmte die Hacken gegen die Ottomane, legte den Kopf in den Nacken und atmete tief ein. Er meinte, Pattiann riechen zu können, geradeso, wie es sein Vater von seiner Mutter behauptet hatte. Wo war Pattiann eigentlich? Eine Besorgung machen? Oder war sie hier im Haus? Er wuchtete sich aus dem Stuhl, wischte über den frischen Schmutzfleck auf der Ottomane, spuckte auf seinen Finger, rieb über das Tuch und gab mit einem Achselzucken auf. Leise ging er über den Flur. Das

Beste, dachte er, ist der Augenblick der Überraschung, wenn er um diese oder um die nächste Ecke bog, eine Anspannung, die ihn so aufregte, wie er es schon lange nicht mehr gewesen war. Seit jenem Abend nicht mehr, an dem er die Hunde erledigt hatte.

In der Küche konnte er noch den Frühstücksspeck riechen, und die Kaffeekanne war halb voll. Eine Tasse stand daneben, und er ließ einen Finger über den Lippenstiftfleck gleiten. Dann hob er die Tasse wie zum Gruß und nippte daran. Mochte ihren Kaffee immer noch am liebsten schwarz. Er trank und schritt dabei die Küche ab, öffnete Schubladen. Ihm gefiel das leichte Durcheinander, Trocken- und Putztücher, dazwischen angesengte, doch saubere Topflappen. Das Spülbecken war an einer Ecke angeschlagen, und neben dem Becken lag ein dickes Hackbrett. Er nahm sich ein Fleischmesser. Das dürfte Pattiann gehören – ihre Gerätschaften in gutem Zustand. Das hätte er sich denken können. Er presste die rasiermesserscharfe Klinge an die Hornhaut seiner Hand, und ein Stück Haut löste sich wie eine matte Schuppe, ein undurchsichtiger Fleck auf dem blitzenden Messer. Die Uhr über dem Becken tickte laut, summend sprang das Heizgebläse an, Sonnenlicht fiel durchs Fenster und spießte seine Hand auf, das Messer glühte, die Haut auf der Klinge krümmte sich, und dann hörte er oben ein Geräusch. Ein Knarren, Gewicht verlagerte sich, dann wieder Stille. Er spitzte die Ohren, horchte zur Decke. Es war so ruhig, dass er an sich selbst gezweifelt hätte, hätte er nicht von Anfang an gewusst, dass sie hier war, ganz so, wie es sein *sollte*.

Er legte das Messer hin, und dann war er plötzlich auf der Treppe, gleich darauf oben im Flur, wo er stehen blieb, um sich die Bilder an der Wand anzusehen: Pattiann als junge Frau auf einem Pferd, daneben ihr Bruder beim Bränden der Kälber. Und Ike. Die Farm seiner Familie. Ein junger Mann, der Kühe melkte, die Stirn an die Rippen der Kuh gepresst, das lächelnde

Gesicht zur Kamera gedreht. Chas beugte sich vor. Parsons Vater. Chas versuchte sich vorzustellen, wie es gewesen wäre, Ikes Leben zu leben – die hübschen Ställe im Hintergrund, die kleinen Pferche, die Aufmerksamkeit des Mannes auf diesem Foto. Wie behutsam sich die Finger um den Euter schmiegten. Chas schüttelte den Kopf. Er ging den Flur entlang, warf einen Blick ins Gästezimmer, ins Bad und blieb am Ende des Flurs stehen, ehe er durch die Tür schlich. Pattiann schlief auf dem Bett, vollständig angezogen. Er wartete an der Tür, betrachtete sie einfach nur. Dann ging er ans Bett und beugte sich über sie, als hätte er ein Recht dazu.

Im Haus war es still, selbst das Summen des Heizgebläses hatte wieder aufgehört, und Sonnenlicht schwemmte durch das Fenster über dem Bett, streichelte ihr Haar, wärmte ihre Haut. Es würde ihm reichen, dachte er, hier nur eine Weile zu stehen und dann zu gehen – kein bisschen klüger als zuvor. Dann beugte er sich noch dichter über sie, sah, wie die Chenilledecke Grübchen in ihre Wangen presste, fuhr mit der Hand über die noch warme Mulde, in der sie gelegen hatte, bevor sie sich umdrehte. Er setzte sich auf den Bettrand, die Matratze bog sich unter seinem Gewicht, und er streichelte mit einem Finger über ihre Wange. Sie rührte sich, und er sah ihr an, dass sie aus den Tiefen ihres Traums wie ein Fisch an die Oberfläche stieg, während ihre Augen unter blassen Lidern zuckten und ein Lächeln sich auf ihrem Gesicht ausbreitete, langsam, liebevoll. Die Augen flatterten, öffneten sich, wurden größer vor Überraschung, als sie ihn erkannte, und zogen sich dann zu schmalen Schlitzen zusammen. Sie blieb still liegen.

»Pattiann«, sagte er.

Sie schloss die Lider, als wollte sie ihn zurück in den Traum schicken, in dem sie sich wohl immer noch gefangen glaubte. Doch als sie die Augen wieder aufschlug, merkte er ihnen an, dass sie sich mit ihm abgefunden hatte. »Chas«, sagte sie, stützte sich auf einen Ellbogen auf und sah ihn an. Lange bannte sie ihn mit ihrem Blick. Er versuchte, ihre Miene zu deuten.

Mit dem Finger zog er eine Rinne in die Bettdecke. »Dies hier braucht nicht mehr zu bedeuten als das, was du daraus machst«, sagte er.

»Ein Eindringen in meine Privatsphäre mache ich daraus, auch wenn Ike dem einen anderen Namen geben würde – Hausfriedensbruch zum Beispiel. Je daran gedacht, Chas?«

»Die Tür war offen.« Sein Finger folgte der Deckenfalte bis zu ihrem Knie, dann zog er ihn wieder zurück, und er legte die gefalteten Hände in den Schoß. Das war für ihn keine vertraute Haltung, eher merkwürdig, seine Hände so nichtstuend zu sehen, so müßig in seinem Schoß, so geziert ineinander verschränkt. Er kreuzte die Arme und ließ sie wieder sinken, die Hände hingen schlaff herab.

»Ich hab das hier nicht geplant, falls du das glaubst«, sagte er. »Ich habe überhaupt nichts geplant.« Er blickte über das Kopfbrett zum Fenster hinaus in den grauen Himmel, die schwarzen Stämme verschwommen vorm Grau, das Gewirr von Zweigen und Äste, wenn der Wind durch die Baumkronen strich. »Nicht mal, dass ich in die Stadt fahre oder die Ranch verlasse, aber hier bin ich, und wenn du mich fragst, warum das so ist, kann ich es dir nicht sagen, bloß« – er rieb mit der Hand über ein Hosenbein – »zu Hause gibt's *nichts*. Gar nichts, was ich noch zu tun hätte.«

»Und so spazierst du einfach in mein Haus und mein Schlafzimmer, als wäre das die natürlichste Sache der Welt?«

Er musterte die Hand, die über das Hosenbein rubbelte, die gerötete Handfläche. »Klar«, sagte er. »Ist doch logisch.«

Sie schwang die Beine über die andere Bettseite und blieb mit dem Rücken zu ihm sitzen. »Chas.« Ihre Stimme klang müde. »Ich gehöre nicht in dein Leben, und das schon lange nicht mehr.«

»Blödsinn.« Er langte über das Bett und griff nach ihrem Ellbogen. »Immerhin gehörst du noch so sehr dazu, dass du selbst zur Ranch kommen und dich mit eigenen Augen überzeugen musstest. Vielleicht willst du es nicht wahrhaben, aber dir ging es immer noch um mich, als du dir mein Vieh angesehen hast.« Sie riss ihren Arm an sich, und er ließ sie los. Sie stand auf, fuhr sich übers Hemd, als wollte sie Staub abwischen, und schaute ihn an. »Ich will doch bloß wissen«, sagte er, »weshalb du mich so hasst«, blieb auf dem Bett sitzen, machte die Lade des Nachttischschränkchens auf und besah sich den öligen Lappen, der dort sorgsam gefaltet lag. »Nun, das mit deinem Mann, das kann ich verstehen, was nicht heißen soll, dass es richtig oder gerecht oder auch nur entschuldbar war.« Er hob den Lappen, roch daran und warf ihn zurück in die Lade. »Wie zwei Hunde, die ihr Revier abstecken. Ich heb ein Bein, aber er hebt sein Bein ein bisschen höher.« Er lächelte. »Ich hatte dich zuerst, aber er hat dich jetzt. Nicht?«, fragte er und kehrte ihr immer noch den Rücken zu, die Stimme sanfter als zuvor. »Nicht?«

»Ach, kaum.« Pattiann ging zur Tür und verschränkte die Arme über der Brust. »Die Rolle passt überhaupt nicht zu dir: ›Oh nein, ehrlich, es geht gar nicht um krepierendes Vieh, nicht mal um schlechte Ratschläge, sondern um etwas viel Größeres, beinahe was Nobles. Es geht natürlich um Liebe.‹« Sie schüttelte den Kopf, zeigte mit dem Finger auf ihn. »Das ist jetzt wirklich Schwachsinn.« Sie drehte sich um und verschwand über den Flur.

Er ging ihr nach.

Ihre Stimme drang zu ihm herauf, während sie die Treppe hinunter stürmte: »Ike hat dein Vieh gesehen und getan, was er tun musste. Dabei geht's um keinen Wettkampf im Pinkeln, Chas. Aber bestimmt lebt sich's leichter, wenn du glaubst, es würde um etwas anderes als um deine eigenen Fehler gehen.« Sie bog um die Ecke in die Küche.

Er blieb abrupt in der Tür stehen. »Was weißt du schon von meinen Fehlern? Seit drei Jahren …« – er hieb mit beiden Händen auf den Türrahmen – »führst du das behagliche, kleine Leben der Frau des Sheriffs, hältst das Haus sauber und versorgst das Vieh deines Bruders, wenn dir langweilig wird. Wie schön für dich.« Er klatschte in die Hände. »Miss Pattiann irrt sich niemals, mein Herr.« Er ging zu ihr hinüber, und sie rührte sich nicht von der Stelle. »Für sie gibt's kein Versehen. Sie macht sich ihre Hände niemals schmutzig.« Seine Finger schlangen sich um ihr Handgelenk, hoben es auf Augenhöhe an.

Sie ballte die Hand zur Faust. Er umfing sie mit seiner freien Hand, fühlte die angespannten, schlanken Knochen und spürte den Drang, sie zu zermalmen, sie Knochen um Knochen zusammenzudrücken, bis die Faust und die Distanz, die sie wahrte, wie Fleisch in sich zusammensackten. Er beugte sich zu ihrem Ohr vor.

»Ja«, sagte er, »ich habe *Fehler* gemacht. Manche davon … Hör zu, ich habe Sachen angestellt, von denen du sicher nichts wissen willst«, sagte er. »Und die Dinge … haben sich nicht so entwickelt, wie ich es mir *vorgestellt* hatte.« Er wich zurück und lachte leise. »Vielleicht«, sagte er, »ist dies alles bloß ein Fall von mangelnder Vorstellungskraft. Ich seh aus meinem Fenster. Nichts. Ich geh auf den Futterplatz. *Puff.* Alle Kühe weg.« Er lächelte. »Alle. Wie in einem Traum.« Er ließ ihre Hand los, und sie sank langsam herab, die Faust immer noch geschlossen. Er zupfte an seiner Stirnlocke. »Deshalb bin ich hier, und mein Gott, da hast du gelegen, hast mitten am Tag geträumt.«

Sie gab keine Antwort, doch sah er, wie sie sich entspannte, wie sich die Halsmuskeln lockerten, die Wangen plötzlich nicht mehr so straff wirkten, wie der Blick sich senkte und sie zur Seite schaute. Pattiann machte auf dem Absatz kehrt und ging zur Tür. Mit einer Hand auf dem Türknauf blieb sie stehen. »Du musst jetzt gehen, Chas. Und du darfst nie wieder herkommen.«

Er trat von einem Fuß auf den anderen, wippte auf der Stelle, sodass die Dielen unter ihm wie alte Knochen im Gelenk knirschten. Er konnte spüren, wie sie nachgaben und sich wieder hoben, der Boden bedeckt mit grauweiß kariertem Linoleum der alten Sorte - eine durchgehende Fläche, die sich vor dem Spülbecken und dem Fenster zu einer ausgetretenen Mulde senkte. Die Vorhänge flatterten kurz auf, als das Gebläse ansprang, und der warme Luftzug strömte über ihn hinweg. Erst da merkte er, dass er unter seinem schweren Mantel bereits schwitzte, roch den ranzigen, klebrigen Geruch von Angst, Wut und Scham, der durch Lagen und Schichten drang, aufstieg in die Luft, in das Zimmer, ein Geruch, der sich zwischen Arbeit, Schlaf und Brunft dieses Paares breit machte. Noch ein Geruch im Haus.

Er durchquerte die Küche, und Pattiann schwang die Tür auf, sodass die Kälte seine Hitze und seinen Gestank umspülte, und er glaubte, dass es ihn wütend machte, wie leicht sie ihn los wurde. Doch alles wirkte so gewöhnlich, so vorhersehbar, beinahe langweilig. *Puff,* fort war er. Genau wie sein Vieh. Er drehte sich in der Tür um, legte eine Hand in ihren Nacken, um ihr Haar zu streicheln - das leuchtete, als könnte es seine Hand erwärmen. Die Füße stemmte sie auf die Schwelle, ihre Augen blickten über seine Schulter. Er ließ die Hand sinken und entdeckte Purvis, der an der Straße stand und ihnen zusah. Er lächelte. »Scheint dein geselliger Tag zu sein«, sagte er und freute sich, als er sah, dass sie die Fassung verlor. Und dann wies sie mit einem knappen Kopfnicken auf die Straße wie einen Hund, den sie *Gassi* schickte.

Sie hatte eine Weile gebraucht, bis sie Purvis überzeugen konnte, ins Haus zu treten und auf eine Tasse Kaffee zu bleiben. »Ich störe doch nicht?«, fragte er immer wieder. »Ich will mich nirgendwo zwischendrängen ...« Solche und ähnlich anzügliche

Bemerkungen. Doch sie brachte es nicht über sich, ihm zu erklären, was er gesehen hatte, oder sich gar dafür zu entschuldigen. Sie war die Männer leid und ihre Erwartungen, hatte es satt, sich mal auf diese, mal auf jene Tour in eine Ecke drängen zu lassen, bloß weil sie eine Frau war. Entweder er glaubte ihr, oder er glaubte ihr nicht. Für diese Art Vertrauen waren sie immerhin lang genug befreundet. Oder auch nicht. Sie setzte frischen Kaffee auf. Purvis nahm am Küchentisch Platz, sein Blick tanzte über die Schränke, die Schultern hochgezogen. Sie setzte sich zu ihm, und die ersten Schlücke tranken sie schweigend. Purvis sah aus, als ob er etwas sagen wollte, doch schien es, als verlöre er jedes Mal den Faden oder die Fähigkeit, seine Gedanken in Worte zu kleiden. Er seufzte tief, einmal, noch einmal. »Entschuldige«, sagte er. »Ich hatte einen schweren Vormittag.«

Und dann fiel es Pattiann wieder ein. Dan war tot. Sie erinnerte sich an Ikes Trauer um den Verlust eines guten Mannes und Freundes – und daran, dass er den Eltern die Nachricht überbringen musste. Natürlich gab es keinen Trost für den Verlust eines Kindes. Doch konnte man den Schmerz wohl dämpfen, zumindest eine Weile, wenn man dem Tod einen ehrenwerten Sinn verlieh – *in treuer Pflichterfüllung* –, dazu eine Polizeieskorte sowie Salutschüsse am Grab. Es half der Familie, hatte er gesagt. Was er nicht gesagt hatte, wusste sie bereits, dass nämlich am meisten half, wenn jemand ins Gefängnis wanderte. Am langsamsten heilte die Wunde bei jenen Familien, behauptete Ike stets, die keinem einen Vorwurf machen konnten, was schließlich dazu führte, dass sie alle und niemanden hassten. Oder dazu, dass sie sich selbst die Schuld gaben – *wenn ich nur da gewesen wäre, wenn ich ihn nur gewarnt hätte, wenn ich ihn nur zurückgehalten hätte*. Opfern hinlängliche Antworten zu liefern gehörte zu den Aufgaben seines Amtes. Diesmal aber lautete die Antwort Joe Mattick.

Ike war die ganze Nacht fortgeblieben und hatte schließlich

müde und frustriert um fünf Uhr in der Frühe bei ihr angerufen. »Es würde mich nicht überraschen«, sagte er, »wenn Purvis bei dir vorbeikäme.« Er hatte es als Warnung gemeint, hatte sie vorbereiten und belehren wollen. »Er wird deine Hilfe brauchen. Ein wenig Freundlichkeit.«

Enttäuscht hatte sie aufgelegt. Er glaubte, ihr sagen zu müssen, dass sie freundlich zu sein hatte. Was dachte er denn von ihr? Was sah er in ihr, wenn er sie anschaute?

Doch war sein Zweifel einigermaßen vorausschauend gewesen, denn hier saß Purvis, und Pattiann konnte bloß an ihre eigenen kleinen Probleme denken, an Chas' Besuch, ihre Verlegenheit. Die kleinen Gesten der Freundlichkeit waren ihr allerdings auch immer am schwersten gefallen.

Das Leben, so wie sie es sah, war nicht freundlich. Niemals zeigte man Tränen oder legte es darauf an, die Tränen anderer Menschen zu Gesicht zu bekommen. So war es schon immer gewesen. Abschürfungen vom Seil, Schnapphaken, die zurückschnellen, der beißende Wind, Sonnenbrand, Frostbeulen, Schlangenbiss, Mücken, Unfälle. Die Hände in die Taschen stecken, das war sicher. Und sicher war es, seine Bedenken für sich zu behalten, da man selbst verdammt noch mal genug Schwierigkeiten hatte. Schweigen war sicher. Das Sicherste aber war, das Herz in den eigenen Händen zu halten. Und falls eine Ehe oder eine Freundschaft funktionierte, dann nur, weil man für dies oder jenes verantwortlich war und weil man sich nicht einmischte. Manchmal hieß es, nicht mehr zu riskieren als unbedingt nötig. Selbst in der Liebe. Kontrolle behalten war alles.

So sollte es sein.

Sie merkte, dass sie Kreise auf das Öltuch malte.

»Hast du die Sache mit Joe gehört?«

Sie umklammerte die Tasse mit beiden Händen. »Tut mir Leid«, sagte sie. Er sah älter aus, verbraucht. Sie wollte über den

Tisch langen und seine Hände berühren. Er atmete, als könnte er seine Lungen nicht recht füllen. Langsam drangen andere Geräusche an ihr Ohr: der tropfende Wasserhahn, der Wind hinter der Fensterscheibe. »Ich bin unmöglich, wenn's um so was geht«, sagte sie.

Purvis nickte. »Ja«, sagte er. »Das bist du.« Er stieß einen Seufzer aus und zuckte die Achseln. »Ich hab bei Joe in der Zelle gesessen und wusste verdammt nicht, wie ich es ihm leichter machen sollte. Aber ist das nicht eigentlich das Problem? Ich hab's ihm zu leicht gemacht, und jetzt sitzt er, weil ich ihm vertraut habe, obwohl ich es tief drinnen besser wusste. Scheiße!« Er rieb sich das Kinn, die Hand raspelte über Bartstoppeln. »Ike hat mich gewarnt«, sagte er. »Ich hätte Joe schon beim ersten Mal anzeigen sollen, damals, als er das Geld genommen hat. Aber ich hab's ihm durchgehen lassen, und so hat er bei nächster Gelegenheit ein Auto gestohlen. Und jetzt gibt es einen Toten.«

Pattiann lehnte sich auf ihrem Stuhl zurück. »Dabei ist gar nicht gesagt, dass Joe mehr bekommen hätte als einen Klaps auf die Finger. Oder er hätte eine Zeit in der Jugendstrafanstalt abgesessen und nach der Entlassung auch nur gekonnt, was ihm die anderen Klosterschüler beigebracht hätten.« Sie merkte, wie sie ungeduldig wurde. Irgendwie war ihr Tag aus dem Tritt geraten, vielleicht, weil sie am Vormittag geschlafen und ihre Träume in den wachen Stunden Fuß gefasst hatten, sodass diese Stunden nun immer unwirklicher wurden. Zuerst Chas, der keine Verantwortung übernehmen konnte, dann Purvis, der sie nicht abgeben konnte. Und beide kamen sie zu ihr, als ob sie eine Schiedsrichterin wäre, dabei wollten sie doch eigentlich genau das von ihr, was ihnen selbst fehlte – eine Mitte, die ihre Logik außerhalb der Vernunft fand, die unabhängig von dem, was sie taten oder nicht taten, zu lieben vermochte. Jemand, der ihnen zeigte, wie sie sich selbst wieder lieben lernen konnten. Sie dachte, wie es Purvis ärgern würde, dass sie ihn mit Chas verglich und wie lachhaft Chas diesen Vergleich finden würde. Sie würde ihn selbst lächerlich finden, stünde ihnen der Kummer nicht so deutlich ins Gesicht geschrieben. Und trotz allem liebte sie natürlich beide. Chas und Purvis. Und Ike.

Sie schüttelte den Kopf. »Verdammt. Was hast du dir bloß dabei gedacht? Ihn nach der Schule in deiner Praxis arbeiten zu lassen, ihm zu zeigen, wie wirkliche Arbeit und ein Gehaltsscheck aussehen, die Aussicht, etwas anderes als ein billiger Stallbursche zu werden, der sich von Job zu Job hangelt, von Saison zu Saison, genau wie Lester, sein bester Kumpel. Herrgott noch mal, man sollte dir eins mit der Peitsche überziehen.« Nach dem letzten Wort schlug sie die Hand vor den Mund.

Purvis zog die Augenbrauen in die Höhe.

Sie senkte den Kopf und schaute dorthin, wo das Sonnenlicht die Arbeitsplatte goldgelb färbte. Dann blickte sie ihn wieder an. Zählte bis drei. »Noch Kaffee?«, fragte sie und drehte die Kaffeetasse in den Händen.

Er rutschte auf seinem Stuhl zurück, Rücken und Schultern entspannten sich. »Eine gute Standpauke wirkt manchmal Wunder«, sagte er. »Frauen wissen das. Meine Mutter jedenfalls.« Er stand auf, trat an die Arbeitsplatte, nahm sich die Kanne und schenkte ihnen beiden nach. Dann stellte er die Kanne mitten auf den Tisch, ging zum Spülbecken und blickte aus dem Fenster. »Weißt du, er hockte da im Knast, ein Junge noch, trug dieselben Klamotten, die er auch zur Schule anhatte, und sagte, er könne sich an nichts erinnern. Aber der Zündschlüssel war in *seiner* Tasche, und der Wagen stand genau in der Straße, in der man ihn gefunden hat.« Er drehte sich zu ihr um. Lehnte sich ans Becken. Pattiann beobachtete ihn über den Rand ihren Tasse.

»Ich kapier's einfach nicht«, sagte er. »Vielleicht versuch ich ja bloß, den schwarzen Peter weiterzugeben, aber wo bleibt da die

Gerechtigkeit? Wer oder was lässt einen Fünfzehnjährigen gegen eine so viel größere, ältere und gewitztere Welt antreten? Ich meine, wo bleibt da die Barmherzigkeit?«

Schlagzeile: POLIZIST TOT. AUTOUNFALL NACH VERFOLGUNGSJAGD. Chas sah Ike aufgebahrt vor sich, Fleisch für den Fleischwolf. Die Vorstellung gefiel ihm. Er saß am Küchentisch und las die Zeitung, die er aus der Bar hatte mitgehen lassen: Die Sportseiten mit ihren spießigen Ambitionen und die Kleinanzeigen – alle Wünsche dieser Welt. Er stellte sich Ike tot vor, Pattiann trauernd. Er würde sie trösten, würde wieder in ihr Leben eindringen, wie er in ihr Haus eingedrungen war. Einfach so. Und dann blickte er auf, sah das leere Zimmer, dachte an den leeren Futterplatz. Nein. Was er ihr einmal hatte bieten können, das gab es nicht mehr.

Er schaute auf das Foto vom toten Deputy, legte die Zeitung hin und fragte sich, ob der Typ beim Aufwachen am Morgen irgendeine Ahnung gehabt hatte. Hatte er gespürt, wie Gottes Hand ihn durch den Tag schubste, ihn zu *dieser* Zeit an *diesen* Ort trieb? Hatte er die subtilen Veränderungen in der Landschaft bemerkt – den Mond hier, den Straßengraben dort? Und den Elch? Gott, der seinen alten Trick vorführte – jetzt atmet er, jetzt atmet er nicht mehr – und dabei die Bibel anführte: *Er lagert mich auf grünen Auen*, obwohl er doch eigentlich meinte: *Er schlachtet mich auf grünen Auen.* Er war geil auf Blut, auf ein kleines Opfer: Lamm, Schaf, Ziege, Kühe.

Oder auf den eigenen Sohn. Wie Chas' Vater, der ihn am Nacken hielt als wäre er eine Katze. Oder wie Abraham – Willst du, dass dieser Junge stirbt?

Nein, wollte dich bloß auf die Probe stellen. Hättest du es denn getan?

Natürlich, du nicht?

Er stopfte die Zeitung in den Ofen, zog den Mantel an, die

Stiefel, setzte den Hut auf und füllte am Becken einen Eimer mit Wasser, das über seine Schenkel schwappte, als der Eimer mit ärgerlichem Scheppern an den Türpfosten schlug. Die Luft war feucht. Wie ein Leichentuch wallte der Dampf in der Abendluft von den erwärmten Feldern auf. Sämtlicher Mais und alles Fleisch fort. *Puff.* Dahin wie Rauch. Die Nacht war erdrückend, der Atem lag schwer auf seinen Lungen. Eine Wolkendecke hing den Himmel ab. Dunkel und dunkler. Beim Gehen spürte er die frische Spannkraft des Bodens. Bald würde junges Gras auf den Weiden stehen. Er fand es unverschämt – die ersten Anzeichen der Rettung so bald nachdem sein Vieh zu den wartenden Lastern geschleppt worden war. Eine warme Schwemme, Regen, der das von der Schneeschmelze bereits gesättigte Land tränkte, die Felder in Schlamm verwandelte, den Wasserstand in den Staubecken ansteigen ließ und aus den Senken und tiefer liegenden Feldern ein blaues Trugbild schuf. Und Grün breitete sich über sein Land. Grün im Überfluss. Eine grüne Ödnis. Eine verschwenderische Geste, Münzen auf die Augen der Toten.

Er hantierte am Schuppentor, und als es sich öffnete, war es drinnen noch einen Deut dunkler als draußen. An seiner Jeans strich er ein Küchenstreichholz an, die Flamme ein leuchtendes Loch, vor dem er zurückzuckte, bevor er die Kerosinlampe neben dem Tor anzündete. Sie verbreitete durch rußiges Glas ein fahles Bernsteinlicht. Wie eine Gestalt aus einem Märchen kam er sich vor, ein Nachtgast, der seine Geschenke brachte und dessen Schatten hinter ihm lang wurde, während ein bleicher Lichtkegel die Hände hervorhob und den Dreck an seinen Füßen beleuchtete. Ein Huschen in den Dachsparren. Holzmehl aus den Bohrlöchern der Holzwürmer rieselte wie Talkumpuder auf seine Kleider. Er blieb stehen, hob keck den Kopf und fragte: »Wo bist du?«

Er leuchtete mit der Lampe in den letzten Winkel, hinüber

zur verriegelten Box, die leer aussah. Doch aus der hintersten Ecke drang schnaubender Atem, ein Husten und Röcheln, dann ein schwerfälliges Gescharre im Dreck, die Stallbretter knirschten und ächzten, und es war, als füllte aufwallende Erwartung die Luft, kalt das Lampenlicht, die Vögel wie angenagelt auf ihren Plätzen.

Chas sah die breite Blesse auf der Stirn, die schwarzen Augen. Der Kopf des Pferdes hing über der Klappe, das Tier keuchte, fand sicheren Stand und verharrte so still wie ein Angeklagter im Zeugenstand.

Chas setzte den Eimer ab, und das Pferd schnupperte und wieherte leise. »Du«, sagte Chas. Er nahm den Hut vom Kopf, wedelte damit vor dem Pferd herum und fragte: »Du in diesem Pferd?« Das Tier zog vor dem Hut den Kopf zurück, riss die Nase weit nach oben und rollte mit den Augen, bis das Weiße zu sehen war. Dann senkte es wieder den Schädel, presste ihn gegen die Boxklappe, drückte und versuchte, zum Wasser zu gelangen. Als es müde wurde, ließ es den Kopf hängen, bis er an Chas' Brust ruhte. Chas sprach ihm ins Ohr: »Siehst du, eigentlich ist es überhaupt nicht persönlich gemeint.« Er hob den Wassereimer über die Klappe in den Stall. Das Pferd wich zurück, dann senkte es den Kopf, um zu trinken. »Es geht bloß um die Hackordnung. Über mir sind der Sheriff *und* der Richter *und* die Leute von der Bank.« Er schwieg und schaute sich im Schuppen um.

»Du verstehst, es liegt nicht an mir allein ... und natürlich dürfen wir auch Gott nicht vergessen, diesen listigen, alten Narren. Wo wir übrigens gerade von Rangordnung reden. Du und ich, wir zappeln hier ganz unten am Ende unserer Stränge.« Seine Hand zuckte durch die Luft, dann ließ er sie vor seinem Gesicht auf- und absteigen, holte einige Male tief Luft und wölbte dann beide Hände vor dem Mund. Er blies hinein und stierte in die Dunkelheit. »Doch bei all dem Treten und Getretenwerden bist du das Letzte, was mir geblieben ist.«

Das Pferd trank in tiefen Zügen, ein Geräusch wie von einem unterirdischen Strom drang aus seiner Kehle.

»Du hörst mir überhaupt nicht zu. Warum geb ich mich bloß mit dir ab, he?« Träge legte er die Arme auf die Klappe und blieb so stehen. Er dachte an Pattiann, an ihre saubere, kleine Küche. Wie ihr Gesicht in der Tür für einen Augenblick zärtlich geworden war und er geglaubt hatte, er sei ganz dicht davor, etwas von dem zurückzubekommen, was ihm gehörte, doch dann hatte sie ihn wie einen Hund aus ihrem Haus gejagt. Und jetzt stand er da und unterhielt sich mit einem verdammten, krummrückigen Gaul. Mit beiden Händen hieb er auf die Boxenklappe, nur um das Pferd scheuen zu sehen. Das Tier machte einen Satz und drängte sich in die hinterste Ecke. »Schenkst du mir jetzt deine Aufmerksamkeit?« Es beobachtete Chas aus dem Dunkeln, das Weiß der Augen leuchtete.

»Verantwortung will sie … und weiß der Teufel, die kann sie haben.« Er öffnete die Klappe und ging vorsichtig auf das Pferd zu; das Tier verharrte wie angewurzelt in seiner Ecke. Chas streckte eine Hand aus, griff nach der Stirnlocke und drückte zu. Mit der anderen Hand nahm er es beim Schopf und zog den Kopf herunter. »Du hast keinen Schimmer, was es heißt, hungrig zu sein«, sagte er. Und als ließe er sich so rasch besänftigen wie das Pferd, flackerte sein Ärger noch einmal auf und versiegte dann. Chas lehnte seine Stirn an die Stirn des Pferdes und blieb lange Zeit so stehen. Als er aus dem Stall ging, war es, als hätte das Pferd ihn verstanden und jede Hoffnung auf Futter aufgegeben. Stattdessen kehrte es ihm das Hinterteil zu.

Er hob die Lampe, blies sie aus und gab den Augen Zeit, sich an die Dunkelheit zu gewöhnen, im Türrahmen das saubere Viereck der Sternennacht. Chas hielt inne. Beständigkeit lastete schwer auf den Feldern. Nur das Haus schien unwirklich, ein fahles, im Dunkeln ankerndes Licht. Seins, noch kurze Zeit. Er konnte es sich kaum vorstellen. Dieser Ort, von ihm getrennt.

Die Furche in seiner Hand, der Bachlauf, seine breite Brust, die Weide in den Bergen – das Land wie eine Karte seines Körpers. Er wusste, weit fort unter einem sicheren Himmel träumten Männer von morgen. Sie taumelten durch ihre Tage wie durch ihren Schlaf, ohne Gottes Wankelmut zu beachten. Er schaute in die ferne, dunkle Nacht, über den lebenden Lehm, das Salbeigebüsch, in dem Präriehühner sich schlafend zwischen Kuhknochen kauerten. Er blickte zum fernen Horizont, den er nicht sehen konnte.

Zehntes Kapitel

Die Limousinen, Streifenwagen, die Wagen der Straßenpolizei und der Vertreter aus anderen Revieren schoben sich langsam über die Hauptstraße, Lichter rotierten rot und blau. Die Leute auf den Straßen zogen den Hut, senkten den Kopf; die Flagge am Rathaus hing auf Halbmast. Ein Tag so gut wieder jeder andere für eine Beerdigung, vielleicht besser als die meisten. Ab und zu Sonne. Am Grab sprach der Bürgermeister, dann Ike, anschließend einundzwanzig Schüsse Salut. Jimmy Matowitsch in der Uniform der American Legion spielte auf seiner Trompete den Zapfenstreich. Die Eltern standen Seite an Seite. Dans Vater nahm die gefaltete Flagge entgegen, drückte sie ans Herz. Neben den Trauernden erstarrten Blumen in der Kälte, ihre fleischigen Blütenblätter wurden an den Rändern durchsichtig. Pattiann hob den Blick zum Horizont und zu den Little Rockies. Ihr Mantel war nicht zugeknöpft. Sie hatten es geschafft. Da war sie sich sicher. Es würde zwar noch mal schneien, aber dieser Schnee würde vergänglich sein wie die Blumen am Grab. Das Schlimmste hatten sie überstanden, und ihre Erleichterung machte ihr ein schlechtes Gewissen, hier, an diesem Grab, auf dessen anderer Seite die Hände von Dans Mutter herabhingen, als hätten sie zum letzten Mal etwas getan. Irgendwie war es pervers, dieses Gefühl, das, wenn eine Frau ein Opfer brachte, einer anderen Frau eins erspart wurde, fast so, als wäre Pattiann eine zweite Chance gegeben worden.

Der Bestattungsunternehmer bat die Familienmitglieder zu

einem letzten Abschiednehmen nach vorn. Pattiann beugte sich zu Ike, flüsterte: »Ich warte im Saal auf dich« und schlängelte sich durch die Trauernden. Sie zog es vor, zu Fuß zu gehen: über den alten Friedhof und zwei Straßen hinunter zur Grange Hall, in der die Stadtfrauen die Tische gedeckt hatten. Etwas abseits, am äußersten Rand der Trauergemeinschaft, stand Purvis. Als sie ihn am Ellbogen fasste, zuckte er zusammen: »Du hättest neben uns stehen sollen«, sagte sie, wollte aber gar nicht mit ihm schimpfen, obwohl es sich so anhörte, weshalb sie begütigend hinzufügte: »Du bist mir doch stets willkommen.«

Er tätschelte ihre Hand, wandte sich um und begleitete sie. »Ich weiß«, sagte er. »Ich kam zu spät.« Er las eine Grabinschrift. »Chambers«, sagte er und dann noch eine: »Samuel Walter mit Frau Chistina.« Sie suchten sich ihren Weg vorbei an den Gräbern, manche umgeben von niedrigen Zäunen mit Eisenspitzen, geschmückt mit Grabsteinen aus Granit, aus Sandstein, von denen die ältesten Namen aus Schottland, Deutschland und Wales wie hoffnungsvolle Wegmarkierungen trugen.

»Manchmal«, sagte er, »bedauere ich es, kein richtiger Arzt geworden zu sein« – mit einer Handbewegung wies er über die Gräber –, »der auf den alten Samuel dahinten blicken und denken könnte: Also, das war vielleicht eine Nervensäge. Stell dir all die Babys vor, die ich zur Welt gebracht hätte. Welche Hoffnung das einem geben könnte.« Er nahm ihre Hand, drückte sie. »Doch als ich so jung war wie du, hab ich an solche Dinge noch gar nicht gedacht – Hoffnung war eine Selbstverständlichkeit.«

Er führte sie in einen schattigen Winkel zu einem Hain gestutzer, russischer Olivenbäume hinter der Kapelle. Im Sommer raschelten sie silbrig und ließen mehlige Früchte in Ginster und Taumellolch fallen. Hartriegel umstand diesen Teil des

Friedhofs, die roten Äste Farbstiche im braunen Gras. Vorsichtig setzte Purvis einen Fuß vor den anderen: »Hier irgendwo liegt Abigail Stubblefield.«

Pattiann war neugierig, folgte ihm aber nur widerwillig. Dies hier war die trostlose Ecke, die den Armen und Einsamen vorbehalten blieb. Doch die kleine, weiße Schindelkirche verlieh dem Ganzen ein wenig Würde. Purvis stand da und kratzte sich am Hinterkopf, sein Mantel zuckte auf und ab. »Hier, glaub ich.«

»Keine Inschrift?«, fragte Pattiann; natürlich würde es keine geben.

»Gab's mal, früher. Ich wohnte da noch nicht lang in der Stadt, kam aber öfter her. Ich glaub, damals schien es mir einfacher, die Toten kennen zu lernen. Eines Tages hab ich Avery getroffen, wie er ein Kreuz ins Kopfende ihres Grabes schlug. Ein zusammengezimmertes Etwas. Er hatte Ähnlichkeit mit Chas, war nur ein bisschen schlanker.«

Sie suchte sich ihren Weg durch das nasse Gras, vorbei an vereinzelten kleinen Zementtafeln oder Steinen mit Inschriften.

Purvis suchte die Gegend ab, prüfte über die Schulter den Winkel, in dem die Olivenbäume zueinander standen und sah dann zum Kirchenfenster hinüber. »Hat den Spaten genommen und ihn bis ans Heft in die Erde gestoßen, sodass ein X zu sehen war, ganz nach dem Motto: X markiert die Stelle. Sagte: ›Das sollte dafür sorgen, dass sie auch hier bleibt‹ und stiefelte davon.« Purvis trat das Unkraut zur Seite. »Bin ich froh, dass es verschwunden ist.

Hat sich erhängt, weißt du.«

Sein Blick wanderte vom Grab zu den Bäumen. »Ich hab nie gewusst, was man den Toten sagen soll. Ich kann nur hoffen, dass sie nicht allzu viel erwarten.«

»Sieht nicht so aus, als ob in den letzten Jahren jemand hier gewesen wäre. Sie hatte sich bestimmt mehr erhofft.«

Er griff wieder nach ihrem Arm und führte sie vom Grab fort. »Tja, Hoffnung ist nicht alles auf dieser Welt. Tatsache ist, dass ich kein richtiger Arzt wurde, weil mir die Ausdauer gefehlt hat - außerdem war ich meiner Frau kein Ehemann - ja, guck nicht so verdutzt, ich war mal kurze Zeit verheiratet -, jedenfalls war ich meiner Frau kein richtiger Ehemann, weil ich an morgen und an übermorgen geglaubt habe, an alle Zeit dieser Welt, und was ich an einem Tag nicht erledigt bekam, das konnte auf den nächsten warten. Ich war ein Träumer. Damals, als ich noch jung und unsterblich war.«

Er drohte ihr mit dem Finger. »Ach, verdammt. Ich hätte, sollte, könnte. Alles bloße Theorie. Ich werde mich wohl mit dem gelebten Leben abfinden müssen. Bestimmt kommt mal eine Zeit, in der man das *Wollen* aufgeben und sich über das Vorhandene freuen kann, nicht?«

Sie standen am Fußgängerüberweg. Der Wind hatte zugenommen. Zwei Straßen weiter und ein kurzes Stück nach links stand die Grange Hall, in der Ike und ihre Familie sich gebratenen Schinken, Brötchen, Kartoffelsalat und Appetithappen auf die Teller luden. Sie fanden sich zu kleinen Gruppen zusammen, sprachen mit verhaltenen Stimmen, erzählten sich die ein oder andere Geschichte, und bald würde leises Lachen zu hören sein, da die Lebenden sich nicht lange von den Toten einschüchtern lassen. Sie knöpfte ihren Mantel zu und spürte, dass Purvis eine Antwort von ihr erwartete, die sie ihm nicht geben konnte. Offenbar wusste sie auch bloß, wie man wollen konnte. Er nickte ihr zu und drehte sich um, doch sie packte ihn am Ärmel und hielt ihn zurück.

»Ich weiß nicht«, sagte sie. »Vielleicht liegt es in unserer Natur, dass wir mehr wollen, als wir haben.« Sie schaute hinauf, sah die Zirruswolken übers Blau kriechen, und es traf sie wie ein Schlag, dass ihr Leben so stark von Unzufriedenheit geprägt worden war, dass ihre Träume sich so sehr von der Wirklichkeit unterschieden. Ob sie glücklicher gewesen wäre, wenn sie die Ranch geerbt hätte? Sie holte tief Luft und ließ seinen Mantel los.

Er streifte einen Klumpen Dreck von den Schuhen in die Gosse. »Der erste Matsch des Jahres.« Er hob den Kopf, schüttelte ihn. »Ist alles so verdammt menschlich, nicht? Hier red ich davon, dass ich in der Gegenwart leben will, und muss unwillkürlich an den Frühling denken.« Er hielt die Nase in den Wind. »Tust du mir einen Gefallen? Richte Ed und Myrna mein Beileid aus. Sag ihnen, ich käme in ein paar Tagen vorbei.«

Pattiann stopfte die Hände in die Taschen. »Ike tut für Joe, was er kann.«

Purvis nickte und ging.

Ike hasste öffentliche Reden. Beerdigungen waren am schlimmsten. Werde einem Mann in zehn Minuten gerecht, tröste die Familie, richte die Menschen auf und nenn es Pflicht. Es war eine gute Rede. Er hatte einen langen Abend daran gesessen, doch während er sprach, sah er immer nur Dan in seinem Büro vor sich, wie er vor knapp einem Monat verlegen auf einem geraden Stuhl Haltung anzunehmen versucht hatte, während Ike ihm die Leviten las, weil er eine junge Frau auf eine Vergnügungsfahrt in seinem Streifenwagen mitgenommen hatte. Es war kühl im Büro, aber Dans Hemd saugte Schweiß unter seinen Achselhöhlen auf, während der junge Mann auf seiner Unterlippe kaute und schwer schluckte. Er entschuldigte sich, sagte, es würde nie wieder vorkommen, bestimmt nicht, und gestand, dass er Angst davor habe, zur Schande seiner Eltern entlassen oder suspendiert zu werden. »Es würde sie umbringen«, sagte er und war jung genug, daran zu glauben, und noch nicht lang genug dabei, um zu begreifen, dass dies bloß eine beiläufige Ermahnung war, wie Ike sie jungen Männern schon unzählige Male hatte aussprechen müssen. Ike nickte knapp und sagte: »Darum möchte ich Sie auch gebeten haben.« Und als er ihm die Hand bot, hatte Dan sie geschüttelt. »Ja, Sir«, hatte er gesagt, »ja, Sir.« Als ihm jetzt die einundzwanzig Salutschüsse in den Ohren dröhnten, meinte Ike, immer noch die klamme Hand fühlen zu können.

Es gab reichlich zu essen, und obwohl er kaum Hunger hatte, lud er sich schon aus Respekt den Teller voll. Auf ihre praktische Weise hatte die Stadt alles aufgeboten, was den Kummer abzuwehren vermochte: gebratenen Schicken und Biskuits, Würstchenketten, Rindfleisch mit Soße, Kichererbsen, Mais, Wachsbohnen, grüne Bohnen, Muffins mit Ahornsirup und Dillbrot, genug Essen, um einen Mann in die Knie zu zwingen. Stadtleute waren gekommen und Rancher, die mit Schüsseln voller Essen quer durchs Land gefahren waren. Und besser als alle Lobeshymnen oder Salutschüsse war der erste Biss ins warme Brot – sich abfinden mit dem, was gegeben, aber auch mit dem, was genommen wurde. Darin sind sie wirklich gut, dachte er.

Unter den Trauergästen stand Jim Parker und schüttelte die Hände jener Männer, die sich in Gruppen um ihn versammelten, um seine gedämpfte Stimme zu hören. Ikes Vorgesetzte, selbst alte Farmer, hatten sich klipp und klar geweigert, Parkers Köder zu schlucken. Wie hatte sich Brett Handover eines Morgens in Ikes Büro ausgedrückt: »Diesmal musste Parker die Hosen runterlassen, aber pass auf, dass er dir nicht in den Rücken fällt.« Und da die Commissioner Bescheid wussten, dürfte es inzwischen wohl auch den meisten Leuten im näheren Umkreis bekannt sein, dass Parker bei der nächsten Sheriffswahl seinen Hut in den Ring werfen würde.

Soll er doch. Ike wusste nicht mehr, ob er den Job wirklich noch haben wollte. Er setzte sich ans Ende eines langen Tisches, unterhielt sich mit Kollegen aus den Nachbarstädten und stocherte im Essen herum. Er saß neben Fred Elrose, der sich wieder gefasst zu haben schien. Ike dachte an den Abend des Unfalls, daran, wie der Anblick von Elch und Leichnam im zertrümmerten Auto diesen Mann verblüfft und erschüttert hatte. Als sich die Aufmerksamkeit am Tisch anderen Dingen zuwandte, sagte Fred: »Ich wollte Ihnen noch danken.«

Ike spießte eine Scheibe Schinken auf seine Gabel. »Wir waren an dem Abend alle ziemlich schockiert.«

»Nein«, sagte er, »dafür, dass Sie mit dem Captain geredet haben. Sie müssen ihn ziemlich früh angerufen haben.«

»War eine lange Nacht für mich.«

Fred nickte. »Für mich auch. Er hat mir bei vollem Gehalt ein paar Tage freigegeben, um wieder auf den Damm zu kommen. Und ich habe Holz gehackt, den Wasserhahn im Bad repariert, mit meiner Frau geredet und mit den Kindern gespielt. Hab sogar die Anzeigen: ›Aushilfe gesucht‹ gelesen. Am Ende des zweiten Tages war ich dann so weit und wollte wieder zurück.«

Doch er war sich nicht sicher, ob er Fred wirklich einen Gefallen getan hatte. Seine Verantwortung für andere Leben, andere Familien machte Ike zu schaffen. Die Namen auf dem Dienstplan blieben nicht ohne Gesicht. Man spürte ihren Handschlag noch Tage später. Wie Sünden nach der Sperrstunde, vertrauten sie ihm ihre Ängste an. Sie glaubten an ihn, und er war einfach zu menschlich, um diese Art Vertrauen verdient zu haben. Manchmal geschah dann das Schlimmste, und wenn sie so jung wie Dan waren, fragte man sich, wie man sie hatte losschicken können, und wenn sie schon länger dabei waren, warf man sich vor, dass man nicht gespürt hatte, unter welchem Druck sie standen, doch letztlich kam es nicht darauf an, wen es traf, es konnte sie *alle* treffen. Und er war es leid. Wie viele Tote würde es brauchen, ihn zu beerdigen? Er legte die Gabel hin. Sein Teller war voll, der Schinken sorgsam zerteilt – *wann hatte er das getan*?

Noch ehe er sie sah, wusste Ike, dass Pattiann den Saal betreten hatte. Er fragte sich, woran es lag, dass er ihre Anwesenheit spüren konnte, dass er manchmal den Kopf hob und sie plötzlich in der Stille seines Büros vor ihm stand oder auf einer belebten Straße, als kennte er ihren Schritt so genau, das Timbre ihres Atems. Dass Liebe sich durch ihre Vertrautheit ankündigte gehörte zu dem, was er so überaus tröstlich fand.

Sie arbeitete sich zu ihm vor und kämmte sich das zerzauste Haar mit den Fingern, wie es ihre Angewohnheit war. Ihre Wangen waren hochrot, und während sie ihre Freunde begrüßte, blickte sie ihnen kurz in die Augen, ehe sie weiterging. Am Rand einer Gruppe, zu der Harley, einige Deputys, ein paar Stadtleute und Jim Parker gehörten, zögerte sie kurz. Ihr Rücken straffte sich, und Harley, der jetzt neben ihr stand, schüttelte den Kopf. Doch dann drängte sich Harley in die Mitte vor, und Ike sah, wie Pattiann eine Hand ausstreckte, um ihn aufzuhalten, sie dann aber wieder sinken ließ. Ike entschuldigte sich und stand auf.

»Ist doch Blödsinn«, sagte Harley, und an den Nachbartischen drehten sich die Männer auf ihren Stühlen nach dem Sprecher um, während ihre Frauen besorgt die Stirn runzelten oder sich auf das Essen konzentrierten.

Ike näherte sich der Gruppe und suchte über ihre Köpfe hinweg nach Pattiann.

»Willst du damit behaupten, dass er ein Lügner ist?« Ike konnte nicht sehen, wer die Frage gestellt hatte, doch wich Parker einen Schritt zurück.

»Ich sage nur …« rief Harley mit erhobener Stimme, als Ike ihm eine Hand auf die Schulter legte.

»Ärger, Harley?«

Der Deputy schien Parker mit seinem Blick durchbohren zu wollen. Ike drehte sich zur Gruppe um. »Vielleicht sollten wir diese Unterhaltung draußen fortsetzen oder sie auf später verschieben. Schließlich möchten wir doch alle nicht Eds und Myrnas Trauer stören, oder?«

»Stimmt«, sagte Parker und trat vor. »Wir sollten uns lieber woanders darüber unterhalten …«

»Na ja, du hast angefangen«, beharrte Harley.

»Harley«, sagte Ike und verstärkte seinen Griff. Er schaute zu Pattiann hinüber, sah ihren betroffenen Blick.

»Er gibt Ihnen die Schuld an Dans Tod.« Harley verschluckte das letzte Wort fast.

Das Geschirrgeklapper an den Tischen verstummte. Das Stimmengemurmel im hinteren Saal hielt an, und Kinder sprangen von ihren Sitzen auf, um nach draußen zu laufen. Am liebsten wäre er selbst jetzt auch dort draußen oder fünfzig Meilen weit fort auf der Straße in seinem Wagen, weil er in diesem Augenblick alles und jeden hinter sich zurücklassen *wollte*. Er sah Dans Vater am äußersten Rand der Gruppe. Der Mann musterte ihn, nahm bedächtig Maß. Er begegnete Ed' s Blicken, und er sah in ihnen eine Bewertung aufglimmen, die irgendwann jener Anlass sein könnte, der Ike vertreiben würde, hinaus aus dieser Stadt und dem Leben dieser Leute. Nichts hielt ihn hier. Ihm sollte es recht sein. Er schob sich zu Ed vor, spürte Pattiann in seinem Kielwasser.

Ed wartete auf Ike. Er holte ein paar Mal tief Luft und starrte auf seine Füße. »Mein Sohn«, sagte Ed und räusperte sich. »Hat er sich in den letzten Jahren gut gemacht?«

»Ich konnte mich nie über ihn beklagen«, sagte Ike.

Ed nickte und schob die Hände in die Manteltaschen, sodass die Schöße nach unten gezogen wurden. Ike sah dem Mantel an, dass er nicht oft getragen wurde, da der Stoff zwar gut, aber alt und der schmale Revers inzwischen wieder modern geworden war. Ed fühlte sich nicht wohl in seinem Mantel, hasste ihn bestimmt. »Am Grab«, sagte Ed und machte eine vage Handbewegung, »haben Ihre Worte gut getan.« Er sah sich um. Und als er Ike wieder anschaute, schien sein Blick klarer geworden zu sein. »Ich weiß nicht, was hier geredet wird« – er schaute die

Gruppe an –, »aber in all den Jahren daheim ist mir Dan immer gut zur Hand gegangen. Vielleicht hab ich ihm mehr zugemutet, als er verkraften konnte, jedenfalls habe ich ihm nie *zu wenig* zugemutet. Ich bilde mir ein, dass er das zu schätzen wusste. Und ich weiß, dass er Sie geschätzt hat.« Er ließ den Kopf sinken, das Gesicht über dem Schlips zu einem Knoten verzogen. »Mehr hab ich dazu nicht zu sagen. Einen guten Tag noch, Sheriff.«

Und er machte auf dem Absatz kehrt und bahnte sich seinen Weg dahin zurück, wo seine Frau bei ihren Freundinnen saß. Als die Gruppe sich auflöste, sah Ike, wie Ed seiner Frau den Arm anbot und sie aus dem Saal führte. Dann war Ike allein, doch spürte er Pattiann in seinem Rücken. Als er sich umdrehte, fiel ihm auf, dass Harley auch noch da war, zufrieden, aber mit rotem Gesicht. Parker war fort. Ike streifte Pattianns Hand von seinem Ärmel, sagte Harley, er solle im Saal bleiben, und ging zum Hintereingang, durch den Parker hinausgeschlüpft war.

Als Ike nach draußen trat, näherte sich Parker bereits dem anderen Ende des Parkplatzes. Ike schritt rasch aus. Ein leichter Wind wirbelte Split und Müllfetzen um die Autos. Auf der offenen Ladefläche eines Lieferwagens hob ein Hütehund den Kopf, hielt die Nase in den Wind, gähnte, als wollte er die Luft verschlingen, und ließ sich mit einem Seufzer wieder auf die Ladefläche sinken. Ein Blechdose rollte über den Weg und verkeilte sich unter dem Reifen eines 61er-Oldsmobile – Paul Tinsleys Wagen, und Ike fragte sich kurz, ob das Rücklicht inzwischen wohl repariert worden war. Parker drehte sich zu ihm um.

»Mir gefällt nicht, was Sie da treiben, Jim. Wenn Sie mit mir ein Hühnchen zu rupfen haben, sollten Sie zuerst zu mir kommen«, sagte Ike.

Parker lächelte. »Heißt das, Sie halten dem Beil Ihren Nacken hin? Oder schicken Sie wieder einen Ihrer Jungen vor? So wie diesen Dan? Oder etwa Harley, diesen Trottel?«

»Bringen Sie Ihre Beschwerden lieber da vor, wo Sie vielleicht was damit ausrichten können – oder bei Joe Bridley am Futterplatz, wenn Ihnen das lieber ist, und bei Ben, Hank, Tom und Arty, die sich drüben an den Silos das Maul zerreißen. Die Commissioner müssen für Sie ja eine Enttäuschung gewesen sein.«

Parker pochte mit einem Finger auf Ikes Brust. »Über uns wissen Sie doch einen Scheißdreck. Wir lassen uns nicht lange an der Nase rumführen.«

Ike starrte auf den Finger, diesen nackten Griffel, das glatte Nagelbett, das sich in seinen Uniformmantel grub. Ihn überraschte selbst, wie ruhig er innerlich blieb, und er wandte sich von Parker ab, schaute zum Himmel auf, an dem das erste Blau zum Vorschein kam, während die Wolken sich wie flüchtige Gedanken ballten. Oder gab er auf all das bloß noch einen Furz? Er konnte sich fast vorstellen, wie die Stadt sie jetzt sah, gegeneinander aufgebrachte Streithammel. Der Hund auf der Ladefläche schnarchte. Ike legte den Kopf in den Nacken, sagte: »Ist ein verdammt schöner Tag« und blickte über die Schulter zu Parker. »Warum muss es bloß an einem solchen Tag Beerdigungen geben?«

Parkers Hand hörte auf, in der Luft herumzufuchteln und sank herab. Er starrte den Sheriff an und hob dann den Kopf, als überwältige auch ihn für einen Moment der ganze Widersinn. »Der Frühling kommt«, sagte er und brummelte dann, als wäre es ein nachträglicher Einfall, »und das keinen Tag zu früh.«

»War jedenfalls der längste Winter, den ich erlebt habe.« Ike rieb sich mit einer Hand übers Gesicht. Er sehnte sich nach einem sauberen Pickup, auf dem er sich in die Sonne legen konnte. Als er aufsah, war Parker immer noch da. »Warum gehn Sie hier nicht weg?«, fragte er, doch während er die Frage stellte, wusste er, dass er mehr wissen wollte. Er wollte wissen, warum sie alle blieben, trotz schlechter Ernten und gnadenlosem Wetter, trotz Scheidungen und Unfällen und obwohl das Land sich um sie herum geschäftig regte, Häuser, Städte, Staaten sich veränderten, die Straßen mit Umzugslastern und Containerlastzügen verstopft waren, wenn die Industrie ihre Transporte über Land schickte und dadurch Schlaglöcher in den Städten hinterließ, während Ratten in den Randgebieten gediehen, die sich wie gutartige Wucherungen ausbreiteten, und Menschen aus rastlosem Schlaf erwachten, um Bett, Familie, Nachbarschaft und Arbeit zu wechseln, bis der Wechsel um des Wechsels willen Grund genug dafür war. Warum blieben diese Leute?

Parker lächelte, ein kurzes Achselzucken schob die Schultern vor. »So ist es nun mal.« Mit einem Kopfnicken zum Sheriff fragte er: »Und weshalb bleiben Sie?«

Ike bückte sich, um ein Stück Papier aufzuheben, dass sich an seinem Schuh verfangen hatte. Es war ein Einkaufszettel. Auf die Rückseite hatte jemand geschrieben: *Hol die Kinder vom Zahnarzt ab*. Er hoffte, sie hatte es nicht vergessen und war pünktlich gewesen.

»Eine ehrliche Antwort? Ich weiß es nicht.« Er nickte ihm grüßend zu und ging zurück in den Saal.

Kurz vor der Tür merkte er, dass er unmöglich wieder hineingehen konnte. Er sah Fran an der Ecke stehen. Sie hob die Hand, als wollte sie ihm zuwinken oder nach ihrem Schal greifen, der im Wind flatterte. Sie lächelte, und er dachte kurz an Pattiann, bevor er zu ihr hinüberging.

»Sie sehen aus, als ob Sie einen Drink gebrauchen könnten«, sagte sie.

Er zog den Kopf ein und schüttelte ihn. »Eher etwas frische Luft.«

Sie lenkte ab. »Das war eine gute Rede. Ich habe weiter hinten gestanden. Dan ist manchmal ins Café gekommen. Ein höflicher Mann. Hat mir Trinkgeld gegeben. Wahrscheinlich macht sich damit jeder bei mir beliebt.« Sie blinzelte, als ihr eine scharfe Bö Haarsträhnen in die Augen blies. Fran griff danach und stopfte sie sich unter den Kragen. Der Schal baumelte in ihrer Hand. »Alles in Ordnung?«

Sie traten vom Bürgersteig auf die Straße und ließen die Stadtmitte hinter sich. Eine Glocke hämmerte vom einstöckigen Schulgebäude herüber, und von drinnen war Stimmengesumm zu hören. Dann wurden Türen aufgestoßen, und eine Kinderschar sprudelte in den Schulhof, der Lärm gewaltiger als ihre Anzahl. Mädchen wirbelten Springseile wie Lassos über ihren Köpfen, und Jungen rannten über den ganzen Platz, hieben mit den Fäusten in die Luft und schrien.

Fran schaute über den Pausenhof, vielleicht suchte sie ihre Kinder und wollte wissen, wie sie sich benahmen, wenn sie nicht bei ihr waren.

»Mit Ihren Kindern alles in Ordnung?«, fragte er.

»Ja, sicher«, sagte sie. »Für die hat sich auch nicht viel verändert. Sie wohnen weiter bei mir, sehen ihren Vater am Wochenende, und Jolene ist für sie eine Art ältere Schwester, von der sie sich lieber fern halten.« Sie gingen am Schulhof vorbei und bogen in eine Nebenstraße. »Haben Sie ihnen die Papiere gebracht?«, fragte sie.

Ike nickte und dachte daran, wie er gestern geklingelt hatte und Jolene an die Tür gekommen war, keine Schlampe, wie er gehofft hatte, sondern eine adrette Frau mit karierter Schürze, über die nervös ihre Hände strichen. Sie hatte Dave gerufen, und er war ins Wohnzimmer gekommen, Rasierschaum noch am Ohr. Ike roch das Essen auf dem Herd und konnte nebenan im Wohnzimmer Kerzenlicht flackern sehen. Dave wirkte, als wäre er mit sich selbst sehr zufrieden. Jolene war ganz offensichtlich verlegen.

»War gestern Nachmittag da.«

»Und? Wie hat er reagiert?« Sie schaute Ike nicht an, sondern musterte das Pflaster, der Bürgersteig hatte sich an dieser Stelle durch Pappelwurzeln angehoben.

»Gut«, sagte er. Da war dieser Augenblick gewesen – Dave, der die Papiere entgegennahm und dessen Lächeln erstarrte, ehe er dann eine Hand auf Jolenes Schulter legte und sie sanft drückte. Die kleine Frau schien ihm Kraft zu geben, denn gleich darauf rief er: »Gott sei Dank!« und scherzte: »Ich hab nämlich schon geglaubt, Sie wollten meine Kühe erschießen.«

Das konnte er Fran nicht erzählen. Wie Dave die Papiere angenommen und eine Hand auf Jolenes Schulter gelegt hatte. Wie glücklich die beiden ausgesehen hatten und dass Ike das Paar trotz Daves Scherz gefiel – sein Glück so offenkundig wie die karierte Schürze und der Rasierschaum.

»Tja«, seufzte Fran und blieb stehen, wo sie gerade stand, als gehörte sie dorthin, so weit von ihrem ordentlichen Alltag entfernt wie von ihrem früheren Leben auf der Ranch. »So ist's wohl am besten. Er hat, was er haben wollte.«

»Und Sie?«, fragte Ike.

Zwei Straßen weit gingen sie stumm nebeneinander her, bogen dann um eine Ecke und waren plötzlich in ihrer Straße, gegenüber von ihrem Haus. »Ich kann eine gute Tasse Kaffee kochen«, sagte sie. »Besser als im Diner.«

Sie war nervös und befingerte ihre Mantelknöpfe. Doch Jolenes Rolle lag ihr nicht, noch hätte ihm die Rolle des Mannes gelegen, der mit ihr am Tisch im Kerzenlicht saß, Rasierschaum am Ohr. Eine solche Liebe wäre ihm zu beschwerlich geworden. »Ich hätte gern eine Tasse, Fran, aber ich geh jetzt lieber.«

»Na ja, dann …«, sagte sie und band sich den Schal um den Kopf, »seh ich Sie also im Diner. Oder vielleicht in der Kirche.«

Er sah ihr nach und fragte sich, warum sich seine Füße nicht vom Fleck rührten.

Pattiann wartete auf Ike, aber er kam nicht wieder. Sie half beim Abwasch, während Männer die Klappstühle stapelten und die abgeräumten Tische mit donnerndem Krachen zusammenlegten und zurück in den Lagerraum trugen. Mit Rufen und Pfiffen wurden Kinder herbeigeholt und zwischen Essensresten in die Autos verfrachtet, sodass bald nur noch ein Dutzend Leute im Saal waren, dann bloß noch eine Hand voll und schließlich nur noch sie selbst und der Bestattungsunternehmer, der den Schlüssel für die Grange Hall verwahrte und hinter ihnen abschloss. Er blieb neben Pattiann auf der Treppe stehen und unterhielt sich mit ihr, doch klang seltsamerweise alles, was er sagte, als wollte er sie trösten, selbst wenn er über das schöne Wetter redete.

»Eine gute Beerdigung«, sagte sie. »Ist nicht einfach, wenn sie so jung sind.«

Sie stand im Freien. Er holte tief Luft. Er roch nach Kosmetik, nach Puder und Rouge.

»Kann ich Sie mitnehmen?«, fragte er, die Limousine am Bürgersteig.

Geduldig wartete er, als Pattiann keine Antwort gab, doch dann fragte sie: »Glauben Sie, dass es Tode gibt, die ein Mensch nicht überleben kann?« Sie schaute ihn an und hatte ein Gefühl, als wollte er den Kopf schütteln und fortgehen, schließlich war es keine faire Frage, doch mit einem tiefen Atemzug zügelte er sich.

»Ich denke, es gibt Tode, da *glauben* wir, sie nicht überleben zu können.«

Sie standen neben dem Leichenwagen und sahen in den getönten Fenstern das Spiegelbild vom Dach der Grange Hall, das sich vor blauem Himmel abhob, sahen die Wolken, die still zu stehen schienen, obwohl der Wind ihr Haar zerzauste; die Welt glitt über diese allzu glatte Oberfläche. Sie beobachtete, wie ihre Hände nach dem Haar griffen, um es in den Mantelkragen zu stopfen. Der Bestattungsunternehmer schaute fort, als wäre zu intim gewesen, was er gerade gesehen hatte.

Sie kehrte sich von ihm ab. »Ich muss los«, sagte sie.

Er wand sich unbehaglich in seinem Anzug, als wollte er mehr sagen oder sie doch zumindest fragen, welchen Verlust *sie* meinte, nicht überleben zu können, hielt ihr stattdessen aber die Hand hin. Sie griff danach, und er umschlang ihre Finger auch mit seiner anderen Hand, als müsste er sie trösten, als sei es ihr Kind, das nun in der Erde lag. Dann trat er vom Bürgersteig in den Glanz des sich im Chrom spiegelnden Sonnenlichtes und verschwand auf der Fahrerseite im Leichenwagen. Der schwere Motor sprang an, und Pattiann sah ihm nach, als er fortfuhr; dann war sie allein und machte sich auf den Weg nach Hause.

Sie könnte zur Ranch fahren, ein Pferd satteln und weiter hinausreiten, als es das Tageslicht erlaubte. Doch kaum war sie daheim, begann sie, diverse Arbeiten im Haus zu erledigen und dann und wann den Hörer abzunehmen, Ikes Nummer im Büro zu wählen und gleich wieder aufzulegen. Sie polierte die Möbel: den Schreibtisch aus Birkenholz, den sie als junges Mädchen von ihrem Vater bekommen hatte, den eichenen Wandschrank, der von Ike in einem Trödelladen gefunden und in zweieinhalb Jahren ›Freizeit‹ restauriert worden war, den Esszimmertisch, den sie zusammen in einem Antiquitätengeschäft außerhalb von Billings gekauft hatten, zusammen mit einem Satz von vier Rohrstühlen, die alle an den richtigen Stellen durchgesessen waren, wie Ike gern behauptete. Sie arbeitete in völliger Stille, als hätte das Haus sämtliche Geräusche vertagt, sodass die Rohre nicht klopften, die Heizungen nicht knackten und der Wind die Traufen mied. Bloß ein leises Ächzen war zu hören, wenn sie die gedrechselten Tischbeine abwischte, das Knacken in den Kniegelenken, wenn sie sich plötzlich erhob. Für Musik war sie zu ruhelos. Eine Unzufriedenheit mit sich selbst, das war es, woran sie auf den Knien vor den Möbeln arbeitete, als könnte sie begreifen, was sie und Ike aus sich gemacht hatten, wenn sie sich mit den Ritzen in den Fugen, der Holzmaserung und den Einlegearbeiten vertraut machte.

Sie hockte auf dem Teppich im Wohnzimmer, der an einigen Stellen bis auf das Gewebe abgetreten war, doch mochte sie ihn trotzdem, weil er dem Zahn der Zeit so würdevoll standgehalten hatte. Wie Menschen, die in einer Landschaft überlebten, die sie nicht mit offenen Armen empfing. Wie jemand, der das Land verlor, das ihm nie gehört hatte. Sie fuhr mit dem eingeölten Lappen über ihre Finger und schraubte den Ehering über den Knöchel, sodass sie den bleichen Hautring darunter sehen konnte.

Dann erinnerte sie sich an Ed und Myrna am Grab, die sich nicht berührten, als sei die Luft zwischen ihnen eine tiefere Kluft als das Grab. Sie waren stark, weiß Gott, und standen auf eigenen Beinen. Bewundernswert. Erschreckend. Der Stoff, aus dem gewöhnliche Leben sind.

Sie schaute sich im Wohnzimmer um, setzte sich in Ikes Sessel, diesen wuchtigen Lehnstuhl, für den er zwischen Arbeit und Gemeindetätigkeit viel zu selten Zeit fand. Doch waren da natürlich auch die vielen Gelegenheiten, an denen sie ihn nicht sah, weil sie sich lieber auf der Ranch ihres Bruders aufhielt, statt zu Hause zu bleiben. Selbst jetzt spürte sie die alte Ruhelosigkeit, den Drang, aufzustehen und fortzufahren. Mit Chas war dieser Drang in eine Zügellosigkeit umgeschlagen, für die sie so viele Jahre später nun zahlen musste. Aber war es das nicht, was sie an Ike so mochte? Diesen grundsoliden Charakter eines Mannes aus dem Mittleren Westen? Eines ganz gewöhnlichen Mannes, der etwas höchst Ungewöhnliches getan hatte? Ein ganzes Jahr nach ihrer Rückkehr aus dem Mittleren Westen hatte er in sauberen Jeans und einem von der Reisetasche verknitterten Hemd auf ihrer Türschwelle gestanden.

»Du bist sicher überrascht«, hatte er gesagt. »Und vielleicht ein bisschen erschrocken.« Er hielt Distanz und stand in sich ruhend, die Hände an den Seiten.

Sie musterte ihn lange und konnte sehen, dass er sie wie eine

Verdächtige studierte, ihre Körpersprache deutete, und sie begriff in dieser wortlosen Zeitspanne, dass sie nie aufgehört hatte, ihn zu lieben. Sie sah, dass seine Verwurzeltheit nicht davon abhing, ob er mit dem Grund unter seinen Füßen vertraut war. Und selbst damals, als er wie ein Bittsteller vor ihrer Tür wartete, ging eine stille, gelassene Beständigkeit von ihm aus, sodass sie sich erneut in ihn verliebte, doch fühlte sich die Liebe diesmal eher wie Hoffnung an.

»Du hast mich vermisst«, sagte sie, und er nickte. »Du weißt nicht, worauf du dich einlässt«, sagte sie. Und er zuckte die Achseln und meinte, dass sei beim Aufwachen jeden Morgen nicht anders. Er fügte noch etwas hinzu, meinte, dass erst dadurch jeder Tag lebenswert werde und dass vermutlich so der Ausdruck ›glückselige Unkenntnis‹ entstanden sei. Dies war bestimmt nur halb scherzhaft gemeint, und einen Moment lang dachte sie nach. »Glückselig«, sagte sie dann und legte den Kopf in den Nacken. »Meinst du, das schaffen wir?« Und dann hatte sie ihn hereingebeten, und er hatte ihre Einladung angenommen. Bald darauf hatten sie geheiratet, und sie hatte es nie bedauert. Ob es ihm anders ergangen war?

Pattiann wuchtete sich aus Ikes Sessel, fühlte den Drang, sich zu bewegen. Sie brachte das Haus in Ordnung, arbeitete im wandelnden Licht, sah die Schatten der Gegenstände schrumpfen, sich wenden, länger werden. Am späten Nachmittag kam sie in die Küche, sah den letzten Sonnenschein über den Hof kriechen und stellte das Essen in den Herd, als würde Ike wie immer von der Arbeit nach Hause kommen, vertrauend auf seine Liebe, und als dann tatsächlich die Tür aufging und er hereinkam, pries sie die Verlässlichkeit des Mannes, die Gewohnheiten, die selbst seine kleinsten Handlungen bestimmten, wie die, nach Hause zu kommen, wie die, seinen Hut in ihrer Küche aufzuhängen.

Sie aßen und unterhielten sich zwischendurch. Er hatte den

Rest des Tag gearbeitet. Die Fingerabdrücke, die von Purvis' Wagen abgenommen worden waren, hatten einige interessante Ergebnisse gebracht. Mehr würde er erst sagen, wenn er mehr wusste. Und einige Beamte aus den Nachbarstädten hatten nach der Beerdigung vorbeigeschaut, um ihm von ähnlichen Unfällen während ihrer Schichten zu erzählen. Sie wollten ihn aufmuntern, sagte er.

»Und? Hat's geholfen?«, fragte sie.

Er zuckte die Achseln. »Morgen vielleicht, oder übermorgen. Im Augenblick«, sagte er und blickte auf sein Essen, in dem er herumgestochert hatte, »würde ich gern schlafen, aber ich bin nicht müde.«

Pattiann räumte ab. Er saß da, rieb sich den Kopf, die Augen geschlossen. Sie wischte über den Tisch, machte das Herdlicht an und das Deckenlicht aus. Dann trat sie hinter ihn, legte seinen Kopf zwischen ihre Brüste, glitt mit den Händen zu seinem Nacken hinunter, über seine Schulter, knetete die verspannten Muskeln. »Wir müssen ja nicht hier bleiben«, sagte sie.

Er stöhnte leise, als sie eine empfindliche Stelle berührte. »Wir könnten nach oben gehen«, sagte er und missverstand, was sie gemeint hatte, nämlich von hier fortzugehen, fort aus diesem Haus, dieser Stadt, diesem Land; sie aber war erleichtert über sein Missverständnis; ihr Herz pochte. Sie folgte ihm, machte unterwegs die Lichter aus, und genoss es, sich im Dunkel zurechtzufinden, dem Klang seiner Schritte durch das Haus zu folgen. Es war ein gutes Haus, dachte sie, obwohl sie hier wohnte.

Er saß im Dunkel auf der Bettkante und schaute sie überrascht an, als sie sich auf den Boden kniete, seine beiden Füße in ihren Schoß nahm und ihm die Schuhe abstreifte. Sie griff nach einem Socken, rollte ihn ganz nach unten und zog ihn dann aus. Die Haut war trocken und seltsam weich, sie konnte spüren, wie verlegen er war, anfangs jedenfalls, als sie seine

Füße nahm und sie mit den Finger erkundete, den Spann, den breiten Ballen, die Mulde zwischen den Zehen, zwischen jedem Glied. Doch dann überließ er sich dem angenehmen Gefühl, ihren Fingern, geübt von vielen Jahren, in denen sie die verkrampften Muskeln der Kühe massiert hatte. Während sie ihn bearbeitete, barg er sein Gesicht in ihrem Haar, und sie spürte die Berührung seiner Lippen, so sanft, dass sie sich nicht einmal ganz sicher war, und als er aufhörte, saß er reglos über sie gebeugt, seinen Kopf im Dunkeln über ihrem Kopf, seine Füße in ihren Händen, und sie massierte, bis beide Füße geschmeidig waren und sein Atem ruhig ging.

Als sie schließlich seine Füße absetzte, umfasste er ihre Ellbogen, hob sie hoch, zog ihre Beine aufs Bett und legte sich neben sie. Dann ließen sie ihren Augen Zeit, sich an eine Dunkelheit zu gewöhnen, die tiefer als die der sternenbeschienenen Felder draußen vor dem Fenster war, Ikes Hemd nicht ganz so schwarz wie der Sweater, den er über ihre Brüste zog, die beiden Aureolen ihrer Brustwarzen bleich wie Neumonde an einem fahlen Himmel, seine Gürtelschnalle ein trüber Schimmer.

Es war erstaunlich, wie ihre Hände ihn erkannten. Und wie sie nach all den Jahren an diesen Ort gekommen war, um seinen Körper neu zu entdecken – der Schwanz in ihrer Hand, diesen wandelbaren Muskel, den sie schon zahllose Male in sich aufgenommen hatte und wieder mit solcher Vertrautheit in sich aufnehmen würde, ein so vertrautes Gefühl, als würde man ein Haus gut kennen oder das Land, dessen Gräben und Hügel nur durch ihre Unveränderlichkeit überraschten; und die Steine, die du heute fortkicktest, waren dieselben Steine, die du schon als Kind gewendet hattest, und die Erde selbst war eine Haut, die du an den Fußsohlen trugst, die dich in sich aufnahm, wie sie ihn nun in sich aufnahm, die Kleider zurückgeschlagen und abgestreift, an Beinen und Armen baumelnd, sie selbst ineinander verschlungen, ihre Hüften, die sich mit seinen hoben und senkten, das stumme Aufeinanderklatschen der Leiber, und hinter den lauschenden Mauern des Hauses legte sich der Wind im Tannengeäst, das Gejaul der Katzen war verstummt, die Stadt im Glanz der Sterne wie ausgelöscht.

Während der nächsten Woche blieb Chas auf der Ranch. Er hatte keinen Grund, sie zu verlassen. Seine wachen Stunden verbrachte er zwischen Haus und Stall, und neuerdings schienen alle Stunden wache Stunden zu sein, selbst wenn er ins Bett glitt und die Decken sich wie Schlangenhäute abschälten, wenn er sich wälzte und wälzte, um im Traum wieder aufzustehen, bloß um zu merken, dass er gar nicht geschlafen hatte. Er lebte vom letzten Mehl, das er mit Wasser vermengte - ein Brei, der im Topf Krustenränder wie Hochwassermarkierungen hinterließ, und als das Mehl verbraucht war, schien ihm auch das in Ordnung, da er sowieso keinen Geschmack mehr daran gefunden hatte. Er zog die Kleider an, wie er sie fand - verschiedene Socken, ein unter Decken verknülltes Hemd, Hosen, die am Türknauf baumelten oder in eine Ecke gefeuert worden waren. Er nahm den Geruch seiner Kleider an, und die Kleider nahmen seinen Geruch an, selbst das Haus stank danach, als würde er auch das Haus am Leib tragen. Er kaute an den Fingernägeln, durchstöberte die leeren Schränke und saß viele Stunden im Sessel am Fenster. Jeden Morgen brachte er dem Pferd einen Eimer Wasser und ging am Abend mit einem weiteren Eimer hin. Er vertrödelte die Tage zwischen Haus und Schuppen, und Schlafmangel und Hunger ließen ihn oft aus dem Bett aufstehen, ohne dass er sich daran erinnern konnte, am Abend zuvor den Schuppen verlassen zu haben. Einmal verwechselte er Sonnenaufgang mit Sonnenuntergang und hielt es für einen prächtigen Scherz, als er Stunden brauchte, um dahinter zu kommen. Manchmal glaubte er, Stimmen zu hören, oder ihm schwindelte, wenn er zu rasch aufstand. Die Welt wurde merkwürdig, und das Merkwürdige wurde normal. Ihn konnte nichts mehr erschrecken.

Er stand im Schuppen, blickte zum Tor hinaus aufs Land, das ihm still und leer wie sein geschrumpfter Magen schien. Und das war seltsam erleichternd – es kniff ihn nicht mehr im Gedärm. Er fragte sich kurz, ob das Pferd Ähnliches empfand, ob es auch Stimmen hörte? Ob für das Pferd der Mond rückwärts über den Himmel wanderte, sodass die Sonne unter- und nicht aufging. Als er sich wieder zum Stall umdrehte, hörte er kleine Pfoten über den Dachboden, die Dachbalken huschen. Er starrte zu den handbehauenen Balken empor, bis er einen steifen Nacken bekam, doch war der kurze Schmerz eine angenehme Ablenkung von der großen Taubheit.

Hatte sich seine Mama auch so gefühlt, hier draußen im Stall, als sie die Balken musterte und alles Gefühl sie verließ wie schon ihr Glaube an IHN sie verlassen hatte, denn darum war es bei ihrem Selbstmord doch schließlich gegangen, nicht? Verzweiflung. Letztlich war sie an IHM verzweifelt oder hatte geglaubt, dass ER an ihr verzweifelt war – Tochter eines Predigers, Enkelin eines Predigers. Sie, die das Herz einer Missionarin hatte; was für ein Glückstreffer Avery für sie gewesen sein musste.

Noch besser, überlegte er: Wie hatte sein Vater sich gefühlt, als er in früher Dunkelheit in den Stall gekommen war und die Überraschung gesehen hatte, die ihn erwartete? Chas erinnerte sich. Ein Frühlingsmorgen. Ein Sonntag. Und er war kaum zwölf Jahre alt gewesen, war aus dem Haus gestolpert und hatte mit seiner Jacke gekämpft, als er seinen Vater aus dem Stall kommen sah. Er führte den gesattelten Schecken an der Leine, knallte das breite Tor mit dem Absatz zu. Wie oft hatte Chas versucht, sich an das Gesicht seines Vaters zu erinnern? Die Miene, die zu diesem Augenblick gehörte, nachdem er gerade im Schatten seiner Frau das Pferd gesattelt hatte. Chas schaute zur Stelle hinüber. War nicht viel Platz, wo er das Tier an ihr vorbeigeführt haben musste. Hatte das Pferd sie angestupst, hatte es gescheut? Er sah es fast vor sich. Wie das Pferd sie streifte, die Bügel sich in ihrem Kleid verfingen. Und wie das Seil sich drehte, rechts herum und rechts herum, dann allmählich zur Ruhe kam, und wie dann der Leichnam begann, sich langsam links herum zu drehen.

Doch was war da im Gesicht seines Vaters gewesen? Nichts, das andeuten würde, was er gesehen hatte. Seine Miene blieb reglos, und sein Blick schien ihn so wenig wahrzunehmen wie sonst auch. Er reichte Chas die Zügel, sagte, er solle die Zäune auf den Hochweiden prüfen. »Vorm Dunkelwerden bist du zurück«, sagte er. Sonst nichts, doch hatte er Chas den Anblick seiner Mutter erspart, den des Sheriffs, der sie abschnitt. Und vielleicht war dies das Rücksichtsvollste, was Avery jemals getan hatte. Auch wenn es eine ziemlich kaltherzige Rücksicht gewesen war.

Das Tier im Schuppen trank, musste aber vor Anstrengung oft innehalten. Wind kam auf, fegte durchs Tor, und Chas knöpfte die Jacke auf, ließ sich durchpusten. Eigentlich könnte er mal wieder die Box ausmisten, aber starben wir nicht alle in der Scheiße? Der Körper leerte sich, als werfe er den Ballast ab, der ihn noch mit der Erde verband.

Allerdings war es nicht notwendig, beim Sterben tiefer in der Scheiße zu stecken als nötig. Schließlich kümmerte er sich um sein Vieh. Er gluckste. Was gab es sonst auch zu tun? Der Wind war feucht von tauendem Eis, doch die wenigen Gräser auf dem Futterplatz, über die er strich, waren noch leblos und braun. Das Pferd wieherte, röchelte, und als Chas sich umdrehte, hob das Tier den Kopf über die Stallklappe in den Wind. Einen Moment lang wirkte es beinahe lebhaft und schüttelte Kopf und Mähne, ehe es den Schädel wieder zum Eimer senkte. Chas griff sich die Forke und tappte damit durch den Dreck, ein Blinder mit seinem Krückstock, doch wie es neuerdings so oft geschah, wurde die Entfernung elastisch, Stall und Pferd wichen vor ihm zurück, als betrachte er sie durch das falsche Ende eines Teleskops. »Holla«, sagte er und blieb taumelnd stehen. Dann legte sich der Schwindel, er ging weiter und nahm sich vor, die Schritte bis zur Box zu zählen, doch hatte er den Einfall ebenso rasch wieder vergessen.

Das Pferd wartete. Und Chas überlegte, ob das Pferd wusste, dass es sterben würde? Und falls es das wusste, wie verbrachte es dann diese Augenblicke? Ließ es einfach die Zeit verstreichen, Chas' Zeit? »Immer noch da?«, fragte er, und weil er keine Antwort erhielt, nahm er an, dass ER immer noch da war. Wartete, Zeit verstreichen ließ, die keine Zeit und alle Zeit der Welt war, und Chas meinte, nun endlich zu ahnen, wie dieser Trick funktionierte, wie man einen Augenblick bis zum Zerreißen dehnte und als nächstes nur wusste, dass der nächste Tag dämmerte, vielleicht auch die nächste Woche, und was machte das schon, es war ja doch mehr oder weniger alles dasselbe. Das sterbende Pferd hier war schon tot, und sein Vieh war immer bloß Futter für Taylors Hund gewesen.

Er hieb mit dem Holzgriff an einen Pfosten, und der Schlag hallte klar und scharf durch den Stall. »Bist du da?«

Er hob die Forke, betrat die Box und stubste dem Pferd mit dem Holzgriff in die Rippen, als klopfte er an eine Tür. Das Pferd drehte sich und taumelte mit der Hinterbacke in die Bretterwand, sodass der Kopf auf die Hinterhand blickte, als bestünde sie nur aus wahllos zusammengesetztem Fleisch.

Chas kratzte den lockeren, schwarzen, am Boden klebenden Pferdedung zusammen. Der Ammoniakgeruch stach ihm in die Augen. Die Pferdepisse war hellgelb wie Stroh. »Wie's aussieht, bist du die einzige Ablenkung, die mir noch geblieben ist.«

Er warf die Forke aus der Box und ging zum Pferd. Er musterte es, sah, dass die Rippen wie Blasebalge arbeiteten, die

Knochen sich hoben und in der losen Haut ertranken. Das Fell war stellenweise bis auf die rosige Haut abgerieben, der Schweif eine Keule aus Pisse und Scheiße. Er beugte sich vor, starrte dem Pferd ins Auge, in die große, schwarze Pupille. Er wollte ins Pferd schauen, durch die glasige Oberfläche tief hinein, wo der Magen puckerte wie der leere Sack eines kastrierten Hundes, bis hinab zum Gedärm, das Haut und Blut schiss, weil es nicht aufhören konnte zu pressen – er versuchte, all das zu sehen und noch mehr, auch das, was das Pferd zum Pferd machte, dieses flüchtige, glitzernde Ding. Mit zwei Fingern streifte er das Lid zurück, bis das Weiß rollte und blitzte, und Chas stierte derart angestrengt, dass die Augen tränten, so nah standen sie voreinander, die Iris flackerte und weitete sich wie ein Kameraverschluss, ein Loch, das sich zum Dunkel des Schuppens öffnete, zum aufstehenden Tor dahinter, wo Schatten über schlammigem Grund gähnten, und dann, als hätten die Augenpaare Plätze getauscht, die Linsen sich einmal um die Achse gedreht, wusste er, dass das Pferd in ihn hineinsah, und er sah, was das Pferd sah – sein eigenes pochendes Herz, seine Lunge, Organe und Knochen, und er fühlte sich drinnen eingesperrt, übel vor lauter Neugier, und noch als Chas vor dem Schädel des Pferdes zurückschreckte, hob das Pferd den Kopf, um die Zähne in seinem Arm zu vergraben, und hielt fest, bis die Haut platzte und die Zähne über Knochen schabten. Chas drückte die unverletzte Hand auf den blutigen Arm und sah, wie das Pferd zurückwich.

Und er vernahm wieder diese Stimme, wie er sie in den letzten Tage mehrfach vernommen hatte. »Siehst du!«, sagte die Stimme.

Chas verriegelte die Box und ging aus dem Stall. »Ich hör gar nichts«, sagte er.

Elftes Kapitel

Der Junge saß Ike gegenüber – eine Augenbraue zuckte nervös. Nacken und Koteletten waren ordentlich rasiert, die Hände lagen auf dem Tisch, sauber und zu Fäusten geballt. Bobby Acklin – Joe Matticks bester Freund. Ike saß mit dem Jungen in der Küche, Vater und Mutter an den Kopfenden des Tisches. Auf der Arbeitsfläche stand eine noch warme Pastete, und ein Welpe, der neue Familienhund, Ersatz für den alten, den sie letzten Monat verloren hatten, stromerte durch die Küche und hob manchmal die Schnauze zum Dessert. Schweigend saßen sie da, nur dann und wann wurde der Welpe ermahnt. Die Mutter trommelte mit den Fingern auf den Tisch. Ike hatte ihnen gerade mitgeteilt, dass man unter den Fingerabdrücken in Purvis' Wagen auch welche von ihrem Sohn gefunden hatte. Der Junge steckte nicht zum ersten Mal in Schwierigkeiten.

Kevin Acklin, der Vater, rieb sich das Gesicht. Er war ein Rancher mit solidem Hof, Mitglied im Rotary-Club und spielte auf Hochzeiten und Tanzvergnügen in einer kleinen Band die Fiedel. Als Ike anrief, übte er gerade für eine Veranstaltung, die am Wochenende in der Grange Hall stattfinden sollte. Die Geige lag auf dem Tisch und wirkte fehl am Platz, ein zarter Holzkörper, Rosshaar und Saiten auf weißem Resopaltisch. »Himmel, was wohl als Nächstes kommt?« sagte er.

Roses Finger hielten inne. Sie schaute von ihrem Mann zu ihrem Sohn: »Sag mir, dass du's nicht gewesen bist«, verlangte sie.

»Nein«, sagte Kevin. »Sag uns, was du getan hast.«

»Nichts«, erwiderte der Junge und blickte zum schlaksigen Schäferhundwelpen, der wieder an der Arbeitsfläche schnüffelte.

Kevin stand auf, ging durch die Küche und trat das Tier beiseite. »Leg dich!«, befahl er leise, und der Welpe zog sich in einen Winkel zurück, rollte sich zusammen, Nase am Schwanz, und beobachtete ihn mit nervösem Blick. Kevin stand hinter seinem Sohn. Der Junge verharrte steif auf seinem Stuhl. »Glaubst du, ich weiß nicht, wann du mich anlügst?«, fragte Kevin.

Der Junge zuckte zusammen, und Ike merkte, wie er sich abwandte – die Mutter schüttelte den Kopf, der Junge wie erstarrt. Es wurde spät. Er hatte noch einen langen Rückweg vor sich, und er war müde.

»Ich bin nicht gefahren«, sagte der Junge leise.

»Ich höre nichts«, sagte Kevin.

Er wiederholte es etwas lauter. »Ich wollte gar nicht mit«, sagte er. »Aber wir hatten ein bisschen getrunken …«

»Eine Menge«, korrigierte ihn Kevin.

Der Junge zuckte die Achseln. Er sah sich Hilfe suchend nach Ike um. »Ich hab nicht gewusst, worauf ich mich da einlasse. Lester sagte, wir würden nur eine kurze Spritztour machen. Wollten den Wagen früh zurückbringen.«

»Hat er euch den Alkohol besorgt?«, fragte Ike.

Der Junge nickte.

Kevin ging um den Tisch und setzte sich wieder ans Kopfende. Er schob die Geige zur Seite; sie wackelte auf ihrem Boden wie eine hilflose Schildkröte. Er beugte sich zu Ike vor. »Dass Sie mir den kleinen Mistkerl nicht davonkommen lassen!«

»Wer ist gefahren?«, fragte Ike. Er wollte, dass ihm der Junge den Namen nannte.

»Lester. Hat den Schlüssel bei Joe gefunden. Joe ist nämlich schon vorher in Lesters Pickup eingepennt. Der verträgt einfach nichts«, der Junge kicherte, hörte dann aber abrupt wieder auf. Er schaute seine Mutter an, doch die hielt das Gesicht abgewandt. Zu seinem Vater sah er nicht hinüber.

»Joe war mit dir im Auto?«

Der Junge schüttelte den Kopf. Sie waren durch die Stadt gefahren, Lester hatte angehalten, um Bier zu besorgen und danach die Richtung zum Reservat eingeschlagen. »Wollte sich einen Indianer gönnen«, hatte Lester gesagt, aber Bobby gestand, dass er gar nicht genau wusste, was Lester damit gemeint hatte, außerdem hätten sie es ja sowieso nicht bis zum Reservat geschafft. »Plötzlich war da dieser Cop, und Lester sagte, ich soll mich bloß nicht aufregen. Ich hab ihm gesagt, dass er anhalten soll.« Er drehte sich zu seiner Mutter um, die den Kopf in ihre Hände stützte. »Ehrlich.« Er schaute seinen Vater an, doch der verzog keine Miene.

»Ein Dieb«, sagte Kevin. »Ein hundsgemeiner Dieb.«

Der Junge begann zu weinen, und keiner der Eltern traf Anstalten, ihn zu trösten. Ike rutschte unruhig auf seinem Stuhl hin und her. Er wartete, bis der Junge sich wieder beruhigt hatte. »Und was ist dann passiert?«

Der Junge seufzte. »Ich weiß nur noch, dass der Cop neben uns auftauchte und dass Lester nach rechts auswich und der Wagen durch einen Graben donnerte und weiter übers Feld jagte. Und dann waren wir wieder auf der Straße, und ich konnte hinter uns nichts mehr sehen. Keinen Cop. Gar nichts.« Sie fuhren zurück in die Stadt, stellten den Wagen ab, hievten Joe aus dem Pickup auf die Straße und ließen ihn da liegen, den Schlüssel in der Tasche.

»Lester hat gesagt, ich solle den Mund halten. Meinte, er würde mich umbringen, wenn ich auch nur ein Wort sage.«

Wieder saßen sie schweigend da. Der Hund gähnte in seiner Ecke und schloss die Augen. Rose beobachtete ihren Sohn. »Und was passiert jetzt?«, fragte sie Ike.

»Entscheidet das Gericht.«

Kevin lehnte sich zurück und schüttelte den Kopf. »Der sitzt seine Zeit ab. Haben Sie mich verstanden?« Sein Finger fuhr über den Tisch und zeigte auf seinen Sohn. »Das schwöre ich Ihnen …«

Ike schob den Stuhl zurück. »Weiß nicht. Ich werde einen Bericht schreiben, und Bobby muss noch mal aufs Revier kommen, um ein paar Fragen zu beantworten. Joe auch.«

»Und Lester?«, fragte Kevin.

»Lester nehme ich mir persönlich vor.«

»Suchen Sie sich lieber ein tiefes, dunkles Loch für diesen Kerl, denn wenn ich den seh, knall ich ihn ab.«

Ike stand auf, fühlte sich aber keineswegs erleichtert, wie er vielleicht gedacht hatte, sondern seltsam müde. »Es täte mir Leid, Mr. Acklin, wenn ich Sie auch ins Gefängnis stecken müsste. Ich kümmere mich schon um Lester.«

Kevin erhob sich und blickte auf seinen Sohn herab. »Machen Sie das.« Und als Ike zur Tür ging, sagte er über die Schulter gewandt: »Sehen Sie zu, dass Sie sich um diesen Mistkerl kümmern.«

Rose hielt Ike die Tür auf. Er schaute sie an, den Hut in der Hand. »Auf Wiedersehen, Mrs. Acklin. Und vielen Dank für Ihre Gastfreundschaft.«

Ohne ein Wort schloss sie hinter ihm die Tür.

Sie hatten ihren ersten Vorgeschmack auf den Frühling, und obwohl niemand so naiv war zu glauben, dass das Wetter halten würde oder dass der Winter schon mit ihnen fertig war, ließen die Händler doch die Ladenjungen den Bürgersteig vor ihren Türen fegen, und die Kirchen wetteiferten mit jahreszeitlichen Zitaten. Die reformierte Kirche führte Markus aus dem Neuen Testament an: *Das Reich Gottes hat sich also, als wenn ein Mensch Samen auf das Land wirft; und der Same geht auf und wächst, dass er's nicht weiß;* die weniger gnädigen zitierten aber aus den Sprüchen des Alten Testamentes: *Um der Kälte willen will der Faule nicht pflügen; so muss er in der Ernte betteln und nichts kriegen.*

Kühe wurden in die Kalbpferche getrieben und Kinder zum Spielen aus dem Haus gescheucht. Die Tage dehnten sich, die Nächte vergingen schneller. Männer stampften auf den Boden, um zu hören, wie tief der Frost noch steckte. Der Verein der Rancher bereitete den alljährlichen Tanz in der Grange Hall vor, und der versprach, ein schöner Erfolg zu werden, falls das Wetter anhielt; ein letztes kanadisches Tief hing noch oben im Norden. Sie würden sich den Winter abschütteln und einen gegen die Kälte picheln; eine ideale Gelegenheit, um über Korn und Vieh zu reden und wieder unter Überlebenden zu sein.

Das galt auch für Ike. Auf das Tanzen freute er sich zwar nicht besonders, doch gefielen ihm die fröhlichen Gesichter, unbeschwerte Begegnungen mit Bekannten auf der Tanzfläche und die Erleichterung, die alle selbst in ihren besten, eng sitzenden Kleidern verströmten, denn das Schlimmste war vorbei, auch wenn jeder Wetterfrosch, der sein Geld wert war, wusste, dass sie noch mindestens sechs Wochen Winter erwarteten, und so sollte es auch sein. Hier draußen konnten es sogar zehn Wochen werden, doch irgendwann würden sie auch das Ende einer solch griesgrämigen Vorhersage erreichen, der Wandel der Jahreszeiten war schließlich nicht aufzuhalten, und die Leute waren an einem Punkt angelangt, an dem sie wieder zu hoffen begannen.

Er war früh gekommen, da Pattiann zur Vorbereitung eingeteilt worden war. Sie breitete Papierdecken über die Tische und zündete Votivkerzen an. Er mochte es, wenn das Streichholz aufflammte, mochte die Art, wie sie die Flamme mit solch unbeirrter Konzentration an die Dochte führte und wie die Gläser zu funkeln begannen, als schließlich ein Dutzend oder mehr flackernde Lichter auf den weiß eingedeckten Tischen standen.

Die Bühne war eine erhöhte Plattform aus Brettern und Furnierholz, die irgendjemand vor Jahren mit einem Allwetterteppich ausgelegt hatte. Zwei Männer auf Leitern richteten die Scheinwerfer aus und wechselten Birnen aus – blaue und rote. Sein Neffe Justin prüfte die Mikros *Achtung, Probe, eins, zwei* und klopfte mit dem Finger auf den Mikrofonkopf. Ike beobachtete den Jungen eine Weile und fragte sich, wie es sein mochte, wenn er im Herbst zu ihnen zog, hatten sie Harriet und Rob doch vor ein paar Tagen endlich gesagt, dass sie ihn während der Schulzeit bei sich aufnehmen wollten. Als sie mit Justin darüber redeten, hatte er es mit den für ihn so typischen guten Manieren und auf seine stille Art aufgenommen. »Danke«, sagte er und dann, »ich werde euch keine Umstände machen.« Ike hatte allen erzählt, wie Pattiann übers Gästezimmer hergefallen war und Möbel verrückt und Schränke ausgeräumt hatte. Er schüttelte den Kopf. »Als nächstes wird sie wohl noch Gardinen nähen.«

Pattiann setzte ihr schiefes Grinsen auf. »Das könnte dir so passen«, hatte sie geantwortet.

Er hatte ihnen allerdings nicht erzählt, wie sehr ihnen der Gedanke gefiel, dass Justin bei ihnen wohnte und dass das Haus sie alle drei behaglich umschloss. »Ob es Zeit wird, dass wir lernen, für jemand anderen in unserem Leben Platz zu machen?«, hatte Pattiann gefragt, und Ike begann zu glauben, dass sie mit dieser Vermutung vielleicht Recht hatte.

Justin ging ans nächste Mikrofon und winkte seinem Großvater zu, der mit Kevin Acklin und Pete Wolfgram in einer Ecke stand, um die Instrumente zu stimmen.

Pattiann glitt neben ihn und beugte sich vor, als wollte sie ihm ein Geheimnis verraten, gab ihm aber nur heimlich einen Kuss und verschwand wieder. Er fuhr sich mit den Fingern an die Wange und strich über die Stelle, die sie geküsst hatte. Was sollte das bedeuten? Diese neue Pattiann. Sie redeten öfter miteinander. »Holen verlorene Zeit auf«, hatte sie gesagt. Sie war wie jemand, der aus dem Schlaf erwachte, und als er ihr das sagte, lachte sie. Zwar vernachlässigte sie nicht gerade die Ranch ihres Bruders, doch trieb es sie seltener dorthin. Und Ike begann zu glauben, dass er, wenn er diesen Ort einmal verlassen müsste, nicht allein gehen würde.

Über ihm keuchten die Heizlüfter, und Ike lehnte sich zurück, die Hände hinterm Kopf verschränkt. Einzelne Leuchtreihen wurden abgeschaltet, andere Lichter gedämpft, die Flecken an der Decke, die Röhren und Lüfter verblassten. Irgendwo klatschte jemand, und Ike betrachtete das weiche Licht der Kerzen im Saal, das Blau der Bühnenscheinwerfer, das kalt auf dem chromblitzenden Schlagzeug lag. Gläser klirrten, als die Bar am anderen Ende eröffnet wurde, ein wenig abseits von der alkoholfreien Punchbowle, die die Geistlichen im Auge behielten.

Er kannte die Namen dieser Leute, konnte ihre gute Seiten ebenso wie ihre Sünden aufzählen, und es war ein Schwindel erregendes Gefühl, das Schlimmste überstanden zu haben, Zeuge ihres Lebens zu sein, so wie sie die Zeugen seines Lebens waren. Wie konnte er sich da nicht gleichsam neugeboren fühlen? So verwandelt wie der Saal? Er meinte, fast mit dem Finger zeigen zu können, was er brauchte, um … zufrieden zu sein …, gewiss würde es ihm jeden Augenblick einfallen oder morgen, in einem Monat, sodass er diesen Ort und diese Menschen in seiner Obhut verstand. Die Wahrheit aber, wie sie ihm sich hier in der Grange Hall darbot, während die Leute durch die Türen strömten und die Musiker noch einmal die Instrumente stimmten, die Wahrheit war, dass er nicht fort wollte, dass er alles, was in seiner Macht stand, tun würde, um zu bleiben. So soll es sein. Lasst den Frühling kommen, den Regen, lasst das Gras wachsen, lasst die Wunden verheilen und die Gräber sich schließen.

Noch war keine Stunde um, da war es drückend heiß im Saal,

der alte Boiler blies warme Luftschwaden über die Tanzfläche, und es roch nach Old Spice, Stetson und Canoe. Männer zogen ihre Anzugsjacken aus, Frauen steckten ihr Haar auf. Die Fiedler sägten auf ihren Fiedeln und hielten nur inne, um das nächste Stück anzukündigen; über die Kinnstützen geklemmte Taschentücher sogen den Schweiß auf. Ike tanzte mit Pattiann. Die hübscheste Frau im Land, so hatte er sie genannt.

»Was ist mit den allein stehenden Frauen?«, fragte sie.

»Keine Chance«, sagte er, zog sie enger an sich und führte sie in die Mitte der Tanzfläche, wo einige Paare den Twostepp tanzten, während andere am Rand im Uhrzeigersinn ihre Runden drehten, dicht aneinander gedrängt, Arme um Hüften geschlungen.

Purvis war in roter Jacke, grauen Hosen und kanariengelber Weste gekommen. »Himmel«, hatte Ike gesagt. »Fehlen nur noch Tuba und Epauletten.«

Purvis grinste und klopfte Ike auf den Rücken. »Ich geh eben mit der Mode.«

»Du siehst eher wie ein verdammter Pfau aus.«

Purvis nickte. »Ganz richtig. Ich habe beschlossen, ernstlich auf Balz zu gehen, die Federn zu spreizen und mein Rad zu schlagen.« Er strich sich über das Revers. »Rot steht mir, findest du nicht?«

Von der Tanzfläche aus konnte er Purvis an der Bar sehen, wie er sich dort breit machte, den Kopf in den Nacken warf und vor Lachen grölte, während die Männer Witze über seinen Aufzug rissen und die Frauen versuchten, ihn genauer in Augenschein zu nehmen. Ike hoffte, dass der Trick funktionierte. Es tat gut, Purvis wieder bei Laune zu sehen, jetzt, wo der junge Mattick daheim war. Bobby Acklin würde seine Zeit absitzen müssen, doch dürfte das Urteil milde ausfallen, vermutete Ike, vielleicht bekam er auch bloß eine Strafe auf Bewährung. Ike wusste, dass Purvis dem Gericht bereits angeboten hatte, den

Jungen in seiner Praxis Sozialdienst leisten zu lassen, falls das Gericht ihn dazu verurteilen würde, was Ike für wahrscheinlich hielt.

Er schob eine Hand hinunter zu Pattianns Hintern und tastete sich mit dem Finger zwischen ihre Pobacken vor. Überrascht riss sie den Kopf hoch und traf ihn unterm Kinn. Er zog die Hand zurück und rieb sich das Kinn. »Entschuldige«, flüsterte sie, doch sah er ihr an, wie belustigt sie war. Als der Tanz zu Ende ging, setzten sie sich zu Bill und Martha an den Tisch. Purvis zog einen Stuhl heran und kippte einen Whiskey.

»Wie wär's mit einem Tänzchen, Martha? Wir tun, als stünde Rom in Flammen, und dein Mann spielt uns auf«, sagte Purvis.

Martha musterte ihn mit hochgezogenen Augenbrauen. »Die Jacke, Purvis, würde jede Frau zum Stolpern bringen, selbst wenn ich noch tanzen könnte.«

»Gefällt sie dir? Mein Vater hat im Bett lange rote Unterhosen getragen, und meine Eltern haben sich einer langen, fruchtbaren Ehe erfreut. ›Die hält mir die Klöten warm‹, hat er immer behauptet, und ich habe lange nicht gewusst, was er damit meinte.«

»Ich find sie hübsch«, sagte Pattiann und strich ihm über den Ärmel.

Purvis zwinkerte Ike zu, lehnte sich zurück, holte tief Luft und blickte sich um. »Genau das, was uns der Arzt verschrieben hat«, sagte er. »Tut gut, mal wieder Leute zu sehen, die nicht am Hintern einer Kuh stehen. Wie geht's der Herde, Bill?«

»Und schon fachsimpeln sie wieder«, seufzte Martha und schüttelte den Kopf.

»Geht so, würd besser gehen, wenn's Gras grün wäre.« Bill schwieg einen Augenblick. »Will sagen, wir brauchen Regen und Sonne, und falls vorher nichts schief läuft …«

»Hört ihn euch an«, sagte Martha. »Also mir reicht's. Ich

verschwinde, und wenn ich mit Purvis auf die Tanzfläche muss, um mir das nicht anhören zu müssen. Sollte Gott es allerdings richtig finden, mich mir nichts, dir nichts abzuberufen, dann scheide ich wenigstens tanzend aus dem Leben.« Sie richtete sich auf. »Wo bleibt die Musik?«, rief sie laut und schaute auf ihren Mann herab.

Er trank aus. »Bestell mir noch einen, Junge«, sagte er zu Ike. »Und dich ...« Er beugte sich zu Purvis hinüber. »Dich behalte ich genau im Auge.«

Die Kapelle sammelte sich. Bill nahm seine Geige und begann langsam »Waltzing Mathilda« zu spielen, die anderen fielen ein, sobald sie sich zu ihm auf die Bühne gesellt hatten. Er behielt das langsame Tempo bei, schaute seine Frau an und sie hielt ihn im Blick, während sie sich in Purvis' Armen drehte und bedächtig mit ihm tanzte. Sie war klein und längst nicht mehr so gelenkig wie früher, weshalb sie ihre Schritte behutsam setzte; und die übrigen Tänzer drängelten nicht und machten ihnen Platz, als tanzten sie im Auge eines Orkans, was der Geiger mit einem Lächeln quittierte.

Als aber das Stück vorbei war und Purvis Martha an den Tisch zurückbrachte, tanzte man wild drauf los, nahm die Röcke in die Hand, Stiefel hämmerten den Takt, Paare wechselten die Partner, und manch einer floh vor der Hitze an die Bar oder trat auf den Bürgersteig vor dem Saal ins Licht der Straßenlampen, wo ihre Leiber in der kalten Nachtluft dampften.

Kein Auto fuhr in die Stadt. Es war, als stünden sämtliche Schlitten der Gegend auf dem Parkplatz und entlang der Straße. Geschäfte waren geschlossen, Tankstellen gesperrt. In Nebenstraßen wachten Babysitter in hell erleuchteten Häusern über schlafende Kinder, zehn leicht verdiente Scheine. Taylors Haus war dunkel, und Chas Stubblefield ging die Stufen zum Hintereingang hinauf und zog an der Tür. Ein leises Bellen erscholl hinter dem Seitenfenster. Er wartete, aber es ging kein Licht an. Der Hund jaulte zum Glas hinauf. Chas trat ans nächste Fenster und lehnte die Stirn dagegen. Er konnte die Wärme im Haus spüren, und der kleine Hund wich zurück. Chas drückte gegen die Scheibe, das Fenster ging auf. Der Hund duckte sich und winselte.

»He da, Kläffer«, sagte er. »Hätte dir was Leckeres mitbringen sollen, wie?«

Der Hund, Sorte kleiner Fußabtreter, wimmerte und wedelte mit dem Schwanz. Chas streckte die Hand aus, und das Tier schnüffelte misstrauisch, ließ dann aber die Zunge über seine Finger schnellen. Chas packte das Tier und hielt es am Genick übers Becken. Der Hund hing in seiner Hand, das Weiß der Augen quoll hervor. Chas hob den Hund an die Nase. Er roch nach Dosenfutter und Shampoo.

Er ließ den schlaffmauligen Hund vor seinem Gesicht baumeln. »Wo ist Daddy?«, fragte er. »Schläft der?« Und er hämmerte mit der freien Hand an eine Mauer. »Bist du da, Taylor?« Doch hörte er nur den halb erstickten Atem des Hundes.

Er schüttelte den Kopf. Ein Freund kommt vorbei, nett und nachbarlich, und keiner ist daheim. Ist das zu fassen? »Hab mich extra fein gemacht«, erzählte er dem Hund, dann ließ er den Arm sinken, das Tier schlenkerte an seiner Seite. Die Nacht wurde kälter. Über den Bäumen schnitt eine Wolkenbank den Himmel in zwei Hälften. Unwetter, dachte er, und wünschte es sich herbei, sah einen Lichtblitz, wartete auf den Donner. Sah Dinge. Er fühlte sich benommen, der Hunger ein fernes Rasen. Wusste nicht, wann er zuletzt gegessen hatte. Vor Tagen? Einer Woche? Ein Feuer wäre hübsch. Küchenvorhänge, Teppiche, Möbel, Holzwände. Mit den Knöcheln klopfte er an den Schrank. Er stellte sich vor, wie er am Feuer hockte. Er und der kleine Hund. Doch Taylor war nicht daheim. Er nicht und seine Frau nicht. Er hob den Hund und schüttelte ihn. »Ich hab schon bessere Köter umgebracht.« Der Hund schien ihm Recht zu geben, hing schlaff in seiner geballten Faust. Er warf das Tier übers Becken und schloss das Fenster.

In diesen letzten Tagen, umgeben von der Stille seiner Weiden, seines Hauses, durch das langwierige Verenden des Pferdes und seinem eigenen, geleerten Gedärm war ihm mit einzigartiger Klarheit aufgegangen, was und wer er war – ein Mann, von allem befreit, was ihn an diese Erde oder an die Gesetze der Menschen gebunden hatte. Und mit Gott redete er nicht mehr und hörte ihm auch nicht mehr zu.

Er ging über den Hof, bog in die Straße zur Stadt und hielt dann und wann, um durch Fenster auf Tischleuchten aus handbemalter Keramik zu stieren, auf Wände mit gerahmten Sonnenuntergängen, auf Elch- oder Hirschtrophäen mit so gar nicht überzeugenden Glasaugen. Er fühlte sich dieser Rasse fremd, die in sauberen Häusern wohnte und Kinder mit gesunden Zähnen aufzog. Vermutlich war er schon immer so gewesen, doch wurde ihm das erst jetzt einigermaßen klar. Er zählte die Straßen an den Fingern ab und hielt die Wolken im Auge, die sich gegen die Flut der Sterne stemmten. Auf dem Weg zum Stadtzentrum kam er zur Fußgängerbrücke über den Deer Creek und blieb auf ihr stehen, um auf das Wasser zu lauschen, hörte aber nur Musik, und Stimmengewirr taumelte durch die Luft.

Er ging ihm nach und hörte das Klacken seiner Absätze zwischen den geziegelten Ladenfronten widerhallen, als stammte es von einem anderen Mann, und er blickte über die Schulter, um zu sehen, wer ihm folgte. Vor der Grange Hall schaute er in die Fenster der Bank und sah sein Spiegelbild – das Haar gewaschen und gekämmt, aus gegebenem Anlass sogar ein sauberes Hemd und saubere Jeans.

Neben ihm standen parkende Autos, und hinterm Spiegelbild der Straße drängten sich Trauben von Männern in rotgrünen Hemden, kariert oder gestreift. Er atmete durch die Nase, sah, wie sie sich unterhielten oder abwandten, um sich anderen Gruppen anzuschließen. Dann drehte er sich um und blickte über die Straße; sie wirkten näher als im Glas. Er verließ den Bürgersteig, drängte sich an den Männern vor dem Saal vorbei und merkte ihnen an, wie es sie erleichterte, dass er sie nicht weiter beachtete. Er ging in den Saal und spürte die Hitze und den Lärm wie eine Gewitterfront über sich zusammenschlagen. Tische waren an die Wände gerückt worden, um die Tanzfläche zu vergrößern. Als er eintrat, war es nicht gerade, als teilte sich vor ihm das Meer, doch sorgte er für einige Unruhe. Köpfe nickten, ein oder zwei knappe Hallos; doch verräterischer war die allgemeine Anstrengung, ihn zu ignorieren. Wie aber wollten sie ihn übersehen? Irgendein Teenager stieß ein lautes Muhen aus, das gleich von einigen Kumpeln in seinem Kreis aufgenommen wurde, bis schließlich jemand dazwischentrat und sie zur Ruhe brachte. Einen Fuß hinter den anderen schob Chas sich zwischen den Tischen voran. An der Bar erstarrte Taylor, Glas in der Hand, doch Chas blickte durch ihn hindurch und ging weiter auf die Tanzfläche zu. *Zu groß für seine eigenen verdammten Stiefel* und *Die haben den Falschen erschossen*, doch blieb er nicht stehen, um sich nach den Maulhelden umzusehen.

Die Tänzer bewegten sich im Kreis, die Farben allesamt irgendwie unecht im blauen und roten Licht, sodass Haut und Kleider gleich aussahen, und er konnte ihren Atem hören als wäre es der Atem einer Herde. Er stand am Rand und reckte sich auf Zehenspitzen, das lockere Grinsen glitt ihm aus dem Gesicht. Dann war da jemand an seiner Seite, Finger auf seinem Ärmel, und er ließ sich auf die Hacken sinken und drehte sich zu ihr um.

»Pattiann«, sagte er.

»Chas?«

Er nickte heftig, sagte »Ja, ja« und blickte sich um, vom

Sheriff nichts zu sehen. »Bin gekommen, um mir meinen Tanz zu holen. Wie in der guten alten Zeit«, sagte er und lächelte sie verkniffen an.

Als Pattiann ihn entdeckte, hatte sie ihn zuerst nicht erkannt. Wie ausgehöhlt sah Chas aus, ein Kind, das sich die zu großen Kleider der Eltern angezogen hatte, eine seiner Kühe, verloren im eigenen Fell. Schlafwandlerisch kam er näher, die Augen zuckten hin und her. Sie berührte ihn am Ärmelaufschlag, glaubte, sie könnte das Notwendige tun, und seine Augen brauchten einen Moment, um sie in den Blick zu bekommen. »In all den Jahren«, sagte er, »hab ich nicht getanzt.« Er drehte sich zu ihr um, griff nach ihrer Hand, legte den Arm um ihre Hüften und führte sie auf die Tanzfläche. Dort blieben sie stehen. »Richtig so?«, fragte er, und sie nickte, obwohl sie sich kaum bewegten.

Heiß lag seine Hand auf ihrem Kleid, und sie nahm an, dass er Fieber hatte. »Bist du krank, Chas?«

»Krank?«, fragte er. »Ja.« Er schlurfte im Kreis, trat ihr auf die Füße.

Immer mehr Paare verließen die Tanzfläche. Pattiann versuchte, nicht darauf zu achten, und schlug vor, dass sie sich hinsetzten. Chas nickte, ja, drehte sich aber weiter nur auf dem engen Viereck, dass er auf dem Boden abschritt. »Nichts dabei«, sagte er. »Ein Schritt vor den anderen, so wie ich mein Leben lang vorangekommen bin.« Er stolperte, stöhnte. »Und manchmal«, sagte er, »tritt man jemandem auf die Zehen, und das ist auch nichts Neues.« Er hielt sie von sich. »Hab's für komplizierter gehalten.« Er blieb stehen, musterte die Tische, die Paare, die aufgehört hatten zu tanzen, und ließ ihre Hand los.

»Die starren mich an«, sagte er zu Pattiann und kicherte. »Muss wohl beschissen tanzen. Oder ich hab vergessen, meine Hose zuzumachen«, sagte er etwas lauter. Hinten im Saal entstand eine Unruhe, dann gab die Menge den Weg frei, und Ike kam auf sie zu.

Ike war auf der Toilette gewesen und hatte sich mit einem Papierhandtuch den Schweiß im Nacken getrocknet, als Harley hereinkam. Er lächelte in den Spiegel. In seinem Abbild gab es einen schwarzen Fleck, ein Loch an der Stelle, an der die Silberbeschichtung korrodiert war und eine daumenbreite Leere hinterlassen hatte. Harley wich zur Seite.

»Heißer als in der Hölle da draußen«, sagte Ike.

»Wird noch heißer«, sagte Harley. »Chas ist gerade gekommen.«

Ikes Hand erstarrte, und Wasser tropfte ihm in den Kragen. Er warf das Papier in den Mülleimer. »Ärger?«

»Schwer zu sagen. Sieht aus wie ein gottverdammtes Gespenst. Vielleicht ist er besoffen, kann jedenfalls kaum geradeaus laufen.«

Ike stopfte sich das Hemd in die Hose. »Und was macht er?«

»Tanzt.«

»Ist ja noch kein Verbrechen.«

»Mit Ihrer Frau.«

Ike strich sich das Haar im Nacken glatt. »Doch wohl nicht mit vorgehaltener Waffe, wie?« Er klopfte Harley auf die Schulter, sah, wie sich der junge Mann entspannte und wünschte sich, dass er ebenso leicht zu beruhigen wäre. Er wollte einfach nur, dass der Abend weiterging wie bisher. Sein Magen verknotete sich.

Auf der anderen Seite der Toilettentür wartete Taylor in einer kurzen Schlange, zu der auch Sam Coker und ein paar Neugierige gehörten.

»Das Arschloch hat meinen Hund umgebracht«, sagte Coker.

»Scheiß auf deinen Köter«, sagte Taylor. »Mir hat er den Wagen versaut.« Er drehte sich zu Ike um. »Schmeißen Sie das Arschloch raus!«

»Ruhig Blut«, sagte er.

»Sie haben mir überhaupt nichts zu sagen«, fauchte Taylor und schob sich dicht an Ike heran. »Sonst mach ich Sie fertig, Sie Arschloch …« Er wedelte mit dem Zeigefinger vor Ikes Gesicht herum.

Ike schnappte sich den Finger und bog ihn zurück. »Ab in die Warteschlange«, flüsterte er, ließ die Hand los und ging an den Männern vorbei. Ein Gang öffnete sich vor ihm bis zur Tanzfläche, auf der er Pattiann sah, ihr Haar röter als das Licht. Chas hielt sie auf Armeslänge von sich, und sie starrte auf ihre Füße. Ike nickte einigen Leuten zu, trat in den offenen Kreis und drängte Purvis, der neben ihm auftauchte, mit fester Hand zurück.

Ikes Nacken fühlte sich klebrig an. Die Musik ließ sich nicht aus dem Takt bringen, die Musiker auf der Bühne sahen zu und spielten weiter. Chas hatte ihre Hände losgelassen. Pattiann sah müde, doch gefasst aus, und Ike war abwechselnd stolz und wütend auf sie.

Chas war wie aus dem Ei gepellt. Eine Slide-Gitarre wimmerte, das Schlagzeug knatterte, und Ike schien der Boden plötzlich schlüpfrig geworden zu sein. Chas wich von Pattiann zurück.

»Wie geht's, Chas?«, fragte Ike.

»Könnte schlechter sein«. Chas nickte langsam. »Nur komisch, wie sich die Tanzfläche geleert hat, sobald ich aufgekreuzt bin. Offenbar wissen die was, das wir nicht wissen, Sheriff.«

Ike versuchte, in den Gesichtern der Menge zu lesen. Er kannte die Meinung der Farmer – das Gesetz war dahin vorgedrungen, wo es niemand haben wollte, nämlich auf den Privatbesitz eines Mannes –, doch was Stubblefield getan hatte, war grausam gewesen. Schlimmer noch, es war schäbige Arbeit gewesen, und das konnten sie nicht auf die leichte Schulter nehmen. Er hatte ihnen Schande bereitet.

Und dann war da die Angst, denn es brauchte nicht viel – Wetter, Unfälle, Fehlkalkulationen. Denen, die sich weigerten, Chas anzublicken, merkte er an, dass sie diese schändliche Möglichkeit für sich leugnen wollten.

Ike wischte sich über die Stirn. »Warm hier.« Er drehte sich zu Pattiann um und wies mit einem raschen Kopfnicken zum anderen Saalende hinüber, dann kehrte er ihr den Rücken zu, schob sich zwischen die beiden, konzentrierte sich auf Chas.

»Hab nur getanzt«, sagte Chas, »und plötzlich, *puff*, waren sie alle weg. Als wären es Kühe gewesen.« Er wollte Pattiann nachgehen, doch Ikes Hand hielt ihn sanft am Ärmelaufschlag zurück. Chas wandte sich wieder Ike zu. »Muss wohl einen Pesthauch verbreiten«, sagte er und hieb sich auf die Schenkel. »Sie und ich, Sheriff«, sagte er. »Wir haben die Lepra. Eine von Gottes ganz und gar nicht lustigen Krankheiten. Schwärende Wunden, stinkender Atem.«

Er schaute sich um, dann sagte er dem Sheriff ins Ohr: »Aber für Sie geht das vorbei. Und ich? Mir fällt die verdammte Nase ab.« Er kniff sich in die Nase und stand plötzlich sicher auf den Beinen, die Worte klar und deutlich.

Ike zog Chas am Ärmel, und Chas folgte ihm über den Tanzboden. Die Leute wichen zur Seite. »Wollen Sie etwas, Chas?«, fragte Ike.

Chas schwieg, dachte nach. »Eine Glocke«, sagte er. »Wie man sie früher um den Hals getragen hat, eine kleine für die kleinen Leprakranken, eine große für Sie und mich und einen verfluchten Anker für Gott.«

Ike ging weiter, durch den Saal und durch die Tür hinaus in die kalte Nachtluft. Es wurde schlagartig leiser, als die Tür sich hinter ihnen schloss. »Haben Sie getrunken?«

»Keinen Tropfen. Kann's mir nicht leisten. Erbärmlich, nicht?« Chas nickte. »Nichts ist schlimmer als ein erbärmlicher Mann. Wissen Sie, wo meine Kühe sind?« Er ging über die

Veranda, legte eine Hand auf den Balken und beugte sich übers Geländer. Die Wolkenbank war näher gerückt, tief und schwarz. Die Luft roch nach Regen. »Wissen Sie, in manchen Nächten kann ich sie sehen – die Laster, die durch Montana und Idaho rollen, ein Fleischkonvoi, der rüber nach Spokane donnert, wo das Vieh zu Büchsenfleisch verarbeitet und verkocht wird, um irgendwelche Köter zu füttern. Stellen Sie sich das vor … meine Kühe – alle nur Meter um Meter kleine Hundescheißhaufen.« Er drückte Ikes Arm.

»Mann, Chas, bei Ihnen wären sie Kojotenfraß gewesen, was macht das für einen Unterschied?«

»Der Unterschied ist«, antwortete Chas, »dass das alles zu glatt gegangen ist, nicht?« Er stapfte die Veranda runter, die Füße schwammen in den Stiefeln. »Sie müssen sich verdammt sauber fühlen, wenn Sie abends ins Bett gehen. Ihrer Frau wird Ihr Geruch gefallen.« Er tänzelte einige Schritte von ihm fort. »Prima Musik, eh?« Er blieb stehen und legte den Kopf schief.

»Haben Sie mir irgendwas Neues zu sagen?« Ike wollte wieder in den warmen Saal zurück. Der Schweiß unter den Achseln und auf dem Rücken wurde kalt, der Kragen gefror ihm zu einem Schraubstock um den Hals, doch da stand Chas, aufgedreht, im Augenblick aber noch umgänglich. Ike konnte ihn unmöglich auf den Saal loslassen, nicht, solange seine Leute, seine Frau drinnen waren.

»Was das für einen Unterschied macht, fragen Sie? Tot ist tot, und meine Kühe sind tot. Genau wie meine Mama und ihr Ehemann. Und auch Ihr Deputy; und heute Nacht werden eine Reihe von Leuten sterben, im Schlaf oder während sie ihre Frau besteigen oder während sie bestiegen werden. Tatsache ist, dass wir von Toten und Fast-Toten umgeben sind, was macht das also für einen Unterschied?«

»Chas …«

»Sie wissen einen *Scheißdreck*, Parsons.« Er kniff die Augen zusammen. »Das Resultat Ihres guten Willens ist ein Misthaufen auf Taylors Hof.« Er schlug die Augen auf und sah Ike an, der auf der Verandastufe stand. »Sagen Sie mir, Sheriff, als Sie meine Kühe erschossen haben, haben Sie ihnen da zuerst in die Augen gesehen?«

»Das ist doch krank, Chas.«

»Nein«, schrie Chas. »Denn wenn Sie das getan hätten, dann wüssten Sie jetzt, dass die Kühe, dass Sie, ich, dass alle blöden, atmenden Wesen für den Schlachter dort oben bloß Fleisch für seinen großen alten Fleischhaken im Himmel sind.

Wir werden verarscht«, fügte er etwas leiser hinzu.

»Getäuscht«, erwiderte Ike.

»Das auch«, pflichtete ihm Chas bei. »Jedenfalls bleibt uns eigentlich keine Wahl. Unser Ende wird uns ebenso blind wie unser Leben zugeteilt.« Chas ging einen Schritt und blickte die lange Straße hinunter in die Schwärze, die das weite Land besser erahnen ließ, als es das Sonnenlicht vermocht hätte. »Ich glaub, da braut sich ein teuflisches Unwetter zusammen. Ein letzter Wintereinbruch.«

Im Licht der Straßenlampe wirkte Chas dürr wie Stock. Er schüttelte den Kopf und blickte mit einem Lächeln zu Ike auf. Ike fühlte sich an seinen Vater erinnert, daran, wie er, nachdem er die Farm verkauft hatte, abends aus der Fabrik nach Hause gekommen war, am ganzen Körper zitternd von all dem Lärm, und wie er in seinem Essen herumgestochert hatte, wie er dünn und dünner geworden war, Maschinenfutter sein Herz, doch war das gleiche sanfte Lächeln geblieben. Und Ike merkte, dass er etwas für Chas tun wollte, was er für seinen Vater nicht hatte tun können, doch war Chas von ihm abgerückt und stand nun in einer einsamen Lichtschneise, umhüllt von Dunkelheit, als ob ihm das lieber wäre oder als ob er etwas wüsste, wozu Ike keinen Zugang hatte, ganz wie Ikes Vater kurz vor seinem Tod. Und Ike kam der Gedanke, dass Chas so leblos wie seine Kühe war.

Chas nickte, als hätte er die Gedanken des Sheriffs gelesen. Er blinzelte nicht. »Ein paar Kleinigkeiten bleiben noch offen. Unerledigte Dinge«, sagte er. »Papierkrams, Rechnungen, die Adressenänderung, wirklich kaum zu fassen. Aber keine Sorge, Sheriff, bald ist alles ins Reine gebracht. Bin in null Komma nichts verschwunden. Tät's Ihnen Leid, mich gehen zu sehen, Sheriff?« Er wartete einen Herzschlag lang. »Hab ich auch nicht erwartet.«

Ike nickte. »Tut mir Leid, Chas«, sagte er.

»Scheiße, ja«, gab Chas ihm recht. »Wir sind schon ein jämmerlicher Haufen, jeder Einzelne von uns.«

Ike wandte sich ab, hörte hinter sich aber, wie Chas mit der Zunge schnalzte. »He, Sheriff!«, rief Chas, und als Ike sich umdrehte, stand Chas da und zielte mit dem Finger auf Ikes Kopf. »Peng«, sagte er, öffnete die Hand und drehte die Handfläche nach oben. »Fleisch«, sagte er. »Fehlte nicht viel, und Sie wären jetzt Fleisch.«

»Soll das eine Drohung sein?«

»Nein.« Chas schüttelte den Kopf. »Nur eine freundliche Erinnerung.«

Ike wartete, bis Chas um die Ecke verschwand, blieb auf der Veranda und fragte sich, ob er ihm nachgehen oder jemanden beauftragen sollte, ihn im Auge zu behalten, doch dann dachte er an Chas, wie er im Licht stand, wie erbärmlich er ausgesehen hatte, und Ike wusste, dass er zu einem Großteil selbst zu verantworten hatte, was aus diesem Mann geworden war.

Und Ike war wieder ein Junge am Ende eines Sommertages, an dem das Licht verging wie ein lang gezogener Seufzer. Sein Vater war bei ihm, draußen vor der Tür zum Melkstall, saß auf einer umgedrehten Kiste und kratzte sich die Stiefel ab. Und Ike war sechzehn, gefangen in einer Welt, die er schon immer gekannt hatte, während sich drum herum alles änderte, der Krieg in Vietnam zu Ende ging und seine Freunde größeren

Leben dort draußen entgegenzogen. Er war ein Junge, der genauso unzertrennlich zum Leben seines Vaters gehörte wie der nervöse Tick an dessen Wange.

Und Ike machte es sich zur Aufgabe, ihm zu erklären, wovor seine Mutter sich fürchtete, vor fallenden Preisen für Milchprodukte, vor Konzernen, die die Preise der Familienunternehmen unterboten. Seine Mutter war die starke, die vernünftige, die keine-Sentimentalitäten-Frau – verkauf das Land an die Makler, bevor die Luft raus und der Markt gesättigt ist, ahnte doch niemand, dass er niemals gesättigt sein würde und dass die Familienfarmen auch in Zukunft dem Pflug zum Opfer fielen.

Doch Logik und Geldgerede fruchteten nichts bei seinem Vater. »Liebst du uns denn nicht?«, hatte Ike da gefragt, und das tat heut noch weh.

Sein Vater saß mit dem Rücken an die Steinmauer gelehnt, doch schien seine Gestalt in sich zusammenzusacken, denn natürlich hatte er da nachgegeben, ja, er würde die Farm verkaufen. Und Ike erinnerte sich, wie die Nachtschwalben durch das große Tor in den oberen Stall segelten und wie aus dem unteren Stall mit seinen feuchten Feldsteinmauern, betonierten Stegen und kettengeschrubbten Rinnen das Vieh in den Boxen muhte, ein Laut, der wie ein zweiter Mond aufstieg, dem sein Vater das Gesicht zuwandte und der ihm eine neue Silhouette gab wie das Mondlicht Schatten warf, und was hatte sein Vater da gesagt? *Gibt es etwas Schöneres? Klingt das nicht wie der Schrei eines Engels?*

Und Ike erkannte mit schrecklicher Klarheit, dass es ihrer aller Untergang sein mochte, wenn sie die Farm behielten, dass ihr Verlust aber der Untergang seines Vaters sein würde, und wieso er das wusste, konnte er nicht sagen, nur saß sein Vater aufrechter, wirkte sein Gestalt straffer im Nachklang dieses Rindergebrülls.

Ike sah zum Himmel über der Stadt auf, zum Bauch einer

dräuenden Wolke. Und jetzt Chas. Purvis hatte es erkannt. An dem Tag, an dem Ike mit Purvis zu den Tieren gefahren war und Purvis ihm geraten hatte, einfach nicht hinzuschauen. Hätte es einen anderen Weg gegeben, mit all dem hier fertig zu werden? War er im Dienste des Gesetzes so weit gegangen, dass er den Dienst an Größerem übersehen hatte?

Hinter ihm ging die Tür auf, und Pattiann kam heraus. »Alles in Ordnung?«, fragte sie.

Er blickte suchend die Straße hinunter, aber Chas war fort. Ike rückte seinen vor Kälte steifen Hemdkragen zurecht.

Pattiann stellte sich neben ihn und griff nach dem Geländer. »Tut mir Leid«, sagte sie. »Ich wusste nicht, was ich sonst hätte tun sollen.«

Ike legte den Arm um sie. Sie zitterte. Und plötzlich überkam ihn das Verlangen, sie von hier fortzubringen, sie nach Hause zu bringen, wo er sie in seinen Armen halten konnte, solange es eben nötig war. Wo er ihr sagen konnte, wie er Chas in jenem kurzen Augenblick im Licht der Straßenlampe gesehen hatte. Wie er ein Echo in Chas' Stimme gehört hatte, das ihn an seinen eigenen Vater erinnerte.

Sie hielt den Blick auf den Boden der Veranda gesenkt, die Augenbrauen sorgenvoll zusammengezogen. Er strich mit dem Daumen über die Falte in ihrer Stirn. »Hast dich gut gehalten«, sagte er. »Du warst sehr freundlich zu ihm.« Er zog sie an seine Brust und drückte sie an sich. »Und das ist mehr, als ich von mir behaupten kann.«

»Willst du lieber gehen?«, fragte sie.

Er strich ihr übers Haar. Dachte an die Leute im Saal, die auf Beschwichtigung warteten. Er schüttelte den Kopf und nahm ihren Arm.

Purvis versuchte, die Gesichter von Ike und Pattiann zu deuten. Arm in Arm waren sie wieder in den Saal gekommen und hatten die Leute angelächelt, die, wie er selbst, auf ihn gewartet hatten. Ike ging Fragen aus dem Weg. Elsie Lager, eine vorlaute Siebzigjährige, deren Hobby es war, Kuchen zu backen, sagte: »Eine Schande, dieser Junge« und schüttelte den Kopf. Ike meinte, er wolle jetzt tanzen und klang dabei so überzeugend, dass Purvis Harley auf den Rücken klopfte und ihm anbot, einen auszugeben.

»Einverstanden, aber dann bin ich dran«, entgegnete Harley.

Sie saßen am Tisch, Whiskeygläser in der Hand. Purvis schaute zu, wie Pattiann und Ike tanzten. In solchen Augenblicken dachte er daran, wie es für ihn selbst und Babs hätte sein können. Wenn sie nur nicht so jung geheiratet hätten. Wenn er sie erst jetzt kennen gelernt hätte. Oder wenn er jemand anderes kennen lernen würde. In solchen Augenblicken glaubte er fast, dass es für ihn noch nicht zu spät war.

Harley beugte sich über Purvis' Arm, zupfte an seinem Ärmel. »Ich bin verliebt, Purvis«, sagte er.

»Mein Gott, diese Jacke wirkt Wunder«, sagte Purvis.

Harley gab ihm einen Klaps auf den Arm. »Quatsch, doch nicht in Sie.« Er lachte. »Sie haben mir zu wenig Titten.«

»Ein Tittenmann? Einem Tittenmann, hat mein Vater immer gesagt, darf man nur glauben, dass er weiß, wo die Milch herkommt. Das war gar nicht abfällig gemeint. War schließlich selbst ein Tittenmann, mein Vater. Hat meine Mutter wahnsinnig bewundert. Aber ich selbst, ich glaub, ich zieh ein Paar hübsche Beine vor. Dazu ein knackiger Hintern und einen schwachen Verstand.«

»Purvis«, stöhnte Harley. »Ich mein es *ernst*. Ich hab wirklich vor, die alles entscheidende Frage zu stellen.«

»Wem denn?«

»Michelle Bonne Chance, unserer Fahrdienstleiterin.«

»Viel Glück.«

Harleys Brauen zogen sich zusammen.

»Runter damit.« Er stieß Harleys Ellbogen an. »Sie schulden mir noch einen.«

»Und wenn sie nein sagt?«

»Sie sind doch nicht betrunken, oder?«, fragte Purvis.

Harley schüttelte den Kopf.

»Sie haben sich das sorgsam und gründlich überlegt?«

Er nickte.

»Möchten Sie sich meine Jacke ausleihen?«

Harley prustete den Whiskey wieder aus, den er gerade getrunken hatte.

Purvis klopfte ihm auf den Rücken. »Wenn Sie diese Frau wirklich lieben, dann gehen Sie mit ihr auf die Tanzfläche, knien sich vor hundert Leuten nieder und bitten sie um ihre Hand. Gestehen Sie Ihre unsterbliche Liebe und ungeteilte Zuneigung.« Er zog Harley näher zu sich heran. »Und lassen Sie Ihren Worten Taten folgen. Setzen Sie einen Haufen Kinder in die Welt und schicken Sie sie zu mir, damit ich ihnen eine Spritze verpassen kann.«

»Meinen Kindern?«

»Nein, den Haustieren. Jedes Kind braucht ein Haustier.« Er half Harley auf die Füße. »Wo ist sie?«

»Da drüben«, sagte Harley und wies in eine unbestimmte Richtung.

»Na dann los, Junge. Los!«

Sie gaben sich die Hand, und Harley zog die Hosen hoch und ging. Purvis blieb noch so lange, bis er gesehen hatte, wie sich der junge Mann zu einem Tisch vorarbeitete und einer Frau mit ehrlichem Gesicht etwas ins Ohr sagte, ging dann aber nach draußen. Er blieb einen Moment in der Kälte stehen und zog seine leuchtend rote Jacke enger um sich. Was für eine phantastische Nacht! Er lächelte vor sich hin, summte einige Takte aus ›Oh Lonesome Me‹ und ging die Stufen hinab zum Bürgersteig.

Chas folgte seinen eigenen Spuren zurück zum Lieferwagen. Er durchwühlte das Führerhaus, griff sich eine Hand voll öliger Lappen und nahm dann einen Benzinkanister von der Ladefläche. Als er sich dem Haus näherte, kläffte der kleine Hund hinterm Fenster zwei Mal, doch kaum sah er, wer da kam, sprang er vom Fensterbrett und verkroch sich in seinem Versteck hinterm Herd. Chas probierte das Garagenkipptor. Verschlossen. Er ging hinten herum, wickelte die Lumpen um seine Hand und hieb mit der Faust durch das rückwärtige Garagenfenster. Dann ließ er sich rein, horchte an der Verbindungstür zum Haus und lächelte, als alles still blieb. »Guter Hund«, sagte er.

Ihm war immer noch kalt, aber er zitterte nicht mehr. Er schüttete Benzin über einen Stapel Pappe und Putztücher, den er in einer Ecke entdeckt hatte. Der kleine Hund schnüffelte am Spalt unter der Tür. Chas trat von dem Stapel zurück, zündete ein Streichholz an und ließ es fallen. Flammen schossen fauchend in die Höhe. Er wich zurück und griff sich ans knisternde Haar. »Autsch«, heulte er und schlug die Hände über die Ohren. »Verdammt, fast hätten wir uns wieder gesehen, Mama.« Er ging zur Tür, lauschte kurz auf das prasselnde Feuer, schloss sie hinter sich und ging zurück zum Pickup; den leeren Kanister feuerte er in ein Gebüsch. Er roch an dem Benzin an seinen Händen und ließ den Motor an. Den um sich greifenden Flammen hätte er gern länger zugesehen, noch besser wäre es, er würde sich den Luxus leisten und warten, bis Taylor zu seinem brennenden Haus zurückkehrte. Das zwölfkalibrige, doppelläufige Gewehr lag auf dem Sitz. Doch er hatte in dieser Nacht noch ein volles Programm, und es tat verdammt gut, wieder etwas zu tun zu haben. Langsam fuhr er die Straße hinunter. Den Sheriff wollte er sich für später aufsparen. Coker war jetzt dran. Er sah zu, wie Taylors Haus in seinem Rückspiegel in der Dunkelheit versank, stellte sich die Garage vor, das Feuer, wie es die Reifen zerschmolz, sich in die Isolierung fraß, das Haus verschlang. Der kleine Hund kratzte am Fenster, wollte raus. Chas summte ein paar schräge Töne, und der Wind schleuderte Dreck auf seine Scheinwerfer. Über ihm waren die Sterne erloschen, die Temperatur fiel und mit ihr senkte sich auch die Wolkenbank herab.

Er hatte es nicht weit, und die Kälte ernüchterte ihn. Purvis schob die Hände in die Taschen seiner Sportjacke, ballte sie zu Fäusten und öffnete sie wieder. Zwei Straßen weit geradeaus, vorbei an der Futtermittelhandlung und den Kornsilos, durch die Gasse und über den Friedhof nach Hause. Er würde sich die Wanne voll laufen lassen, würde sich in seinen zerschlissenen Bademantel wickeln, ein Feuer im Ofen anmachen und sich in den Anblick seiner Füße versenken. Er begann zu laufen, hörte aber wieder auf, als die Kälte in seine Lungen biss. Staub wirbelte im Wind, und er kniff die Augen zusammen. Die letzten Zuckungen des Winters, keine Frage. Wenn erst der Frühjahrsregen einsetzte, würde er den Matsch verfluchen, aber im Augenblick wäre selbst der ein Segen.

Er lachte. Die Zähne klapperten, und er presste sie fester zusammen. Rote Sportjacke und gelbe Weste – Rad schlagende Pfauen traf es immer am härtesten. Als er einen Moment stehen blieb, war er allein auf der Straße. Statt weiterzulaufen, konnte er auch umkehren, sich auf der Tanzfläche an einer schwitzenden Frau wärmen und später um eine Mitfahrgelegenheit nach Hause bitten. Dann sah er eine Bewegung vor Cokers Futtermittelhandlung, ein Pickup hielt mit laufendem Motor auf dem Silohof. Er zog den Kopf vor dem sandigen Wind ein. Vielleicht konnte er ein Stück mitfahren, aber da ging ihm auf, wie merkwürdig das war – ein Mann um diese Zeit an der Ladebucht, die anderen alle beim Tanz. Irgendein dummer Junge, dachte er, und ihm fiel Joe ein.

Purvis knöpfte sich die Jacke über dem Bauch zu und hastete

die Straße entlang. Er dachte nicht daran, was er sagen oder tun wollte, und versuchte nur, den Mann im Auge zu behalten. Es wurde kälter. Er war zu alt. Die Beine taten weh, und die Luft ging ihm aus. Wenn er so weiter machte, würde er dem Mann bloß ins Gesicht keuchen können, also lief er langsamer und erkannte den Wagen im selben Augenblick, in dem die ersten Flammen über die Ladebucht züngelten. »Stubblefield«, schrie er, und der Mann drehte sich um.

Das war wirklich seltsam. Wie das Feuer über die Bucht tröpfelte. Nicht hell und sprunghaft, sondern blau und flach, als würde es von der Kälte niedergedrückt, doch dann bäumte es sich fauchend auf, fuhr mitten auf der Ladebucht in einen Haufen, schickte Ausläufer aus, als wäre es lebendig, ein sich verzweigender Baum, bis schließlich vier hell lodernde Stapel an der Wand brannten und die Wände selbst das Feuer schürten. Der Wind schnaubte, die Flammen wuchsen und waberten, und vor ihnen kräuselte sich Stubblefields Gestalt, als wäre der Mann selbst Teil des Brandes geworden.

Purvis rannte auf die Ladebucht zu, die Silos hüpften auf und ab, eine Reihe starrer Wächter, die plötzlich zu Leben erwacht schienen, und er meinte bereits, den Sog der Hitze fühlen zu können, die Explosionen zu hören, ein Container nach dem anderen, wie sie die Häuser in der Umgebung in die Luft sprengten. Er konnte Stubblefield jetzt deutlich erkennen – das eigenartige Lächeln auf seinem Gesicht: *Wie nett, Sie zu sehen* – und das Gewehr, das sich hob, während Purvis sich einfach nicht dazu bringen konnte anzuhalten, als wäre er unausweichlich mit diesem kiesbestreuten Platz verbunden, seit er Stubblefields Kühe zum ersten Mal gesehen hatte. In seiner Jacke glich er einer vereinzelten Flamme. Er dachte an die Arbeit, die er nicht geschafft hatte. An die Arbeit, die niemals aufhörte, an die Kühe, Kälber, Pferde, die Hunde. Kurz vor der Bucht blieb er schließlich stehen. Er konnte die Hitze spüren, zog die Hände aus der Tasche und schaute Stubblefield an, als wäre all dies nur ein Witz.

Stubblefield stand auf der obersten Stufe, die Füße gespreizt. Die Haltung eines Sportschützen. Er winkelte den Kopf leicht an, nahm ihn über den Lauf ins Visier. Eigentlich sollte es Taylor sein, dachte er, und einen Moment lang hielt er ihn dafür, doch die rote Jacke zerrte an seinen Gedanken und brachte ihn wieder auf den lächerlichen Viehdoktor mit seinem Landarztgetue. »Heiß genug, Purvis?«, fragte er.

Die Hitzewand wuchs. Über ihm wogte ein Baldachin aus blauen Flammen. Chas ging eine Stufe herab, die Mündung pendelte über die gelbe Weste. Er ließ die Schultern kreisen und hielt sein Augenmerk auf die vom Lauf markierte Stelle. *Wie der Fingerzeig Gottes*, dachte er. Und dann heulten die Sirenen der Stadt auf, lang und endlos, während sich hinter Chas eine Mauer wölbte, und der Tierarzt stand im Licht des Feuers, die Hände ausgestreckt, als wollte er sie wärmen, und die Klagen der Sirenen schwollen an, verklangen und wurden wieder lauter.

Purvis wirkte entspannt, und dann lächelte er Chas mit verträumtem Blick an, und Chas drückte ab, und der Körper bog sich in den Knien und fiel hintenüber. Die leuchtende Jacke sprang auf, und die gelbe Weste wurde schwarz. Chas ließ das Gewehr sinken und sprang die letzten Stufen hinab, taumelte auf weichen Knien. Er stellte sich über den Leichnam, hob mit dem Lauf den Saum der Jacke an und fragte sich, ob Purvis, als er sie anzog, auch nur die leiseste Ahnung gehabt hatte, dass er sich für die eigene Beerdigung anzog. Auf der anderen Straßenseite stand ein kleines Mädchen auf einer Veranda, umrahmt von den hellen Fenstern in ihrem Rücken. Er scheuchte sie zurück ins Haus, und in der Licht- und Schattenparade des Feuers sah es aus, als bewegte sich die Veranda, als winkte ihm die Kleine wie von einem Floß aus zu. Die Sirenen warfen ihren

Widerschein in die Nacht; bald würden Leute kommen. Er spürte die befriedigende Gewalt der Hitze, ein Sack Futter um den anderen, Heuballen, Chemikalien, und hinter ihm eine kleine Explosion, die ihn auf die Zehenspitzen hob und über Purvis Leichnam ins Schwanken brachte. So stand er da, auf Zehenspitzen, wedelte Gleichgewicht suchend mit den Armen, wankte über Purvis, sah sein Gesicht und sah seine Augen, leer wie sie waren, im Widerschein leuchten. Er merkte, dass er zitterte, und er machte auf dem Absatz kehrt und floh über den Parkplatz zu seinem wartenden Pickup. Er warf das Gewehr auf den Sitz und fuhr an, noch bevor er die Tür zugezogen hatte. Eine Straße weiter sah er die ersten Menschen zum Feuer laufen. Er wendete in engem Halbkreis, die Scheinwerfer ertranken in der helleren Flammenglut, und er warf noch einen raschen Blick auf die rote Jacke, bevor der Laster über Gleise holperte und in einer dunklen Nebenstraße verschwand.

Das Feuer in der Ladebucht breitete sich rasch in Hauptgebäude, Lager und Geschäft aus. Heftige Böen trieben die Flammen übers Dach, schickten Funken ins Gebüsch auf dem Hof, ließen das trockne Gras knistern und krachen. Kinder waren die Ersten am Tatort. Die Babysitterin von gegenüber, die die Feuerwehr angerufen hatte, plagte sich mit einer Hand voll Schützlinge ab. Sie schob sich zwischen die Kinder und den Leichnam. Als der älteste Junge, ein Siebenjähriger, sich losriss, um zu gucken, gab sie ihm eine Ohrfeige, doch ging der Schlag im prasselnden Feuer unter. Gleich zog sie den erschreckten Jungen zurück in ihre Arme und trieb die eng um sie gedrängten Kinder vom Platz.

Das war der Anblick, der sich Ike bot: Das Gebäude in Flammen und die Kinder, die von einem nur wenig älteren Mädchen fortgeführt wurden. Er half der Babysitterin, die Kinder über die Straße und in Sicherheit zu bringen. Sie zeigte auf den kiesbestreuten Platz. »Ein Mann«, sagte sie. »In einem alten, grünen Chevy. Er hat geschossen …« Der Arm zitterte. Wagen der Feuerwehr mit Haken und Leitern trafen ein, Männer in Festkleidung hinterdrein. Die Rathaussirene hatte aufgehört, doch Streifenwagen jaulten durch die Straßen, und Pickups mit Freiwilligen hielten mit quietschenden Reifen am Bürgersteig. Er schaute zu der Stelle, auf die das Mädchen gezeigt hatte, und sah aus den Augenwinkel einen Farbklecks auf dem Kies. »Bring die Kinder von hier weg.« Er schüttelte sie sanft, lenkte sie ab. »Zur Grange Hall. Hast du verstanden?«

Sie nickte.

»Da wird man dir helfen. Halt nicht an. Bring die Kinder hin.« Sie holte tief Luft, reckte sich, schnappte sich den Jüngsten am Hosenboden seiner Jeans und machte sich auf den Weg.

»Ein alter grüner Chevy, ein Pickup?«, rief Ike ihr nach. Sie nickte. »Hatte der Fahrer dunkles Haar?«, wollte er noch wissen, und sie schüttelte den Kopf. »Helles«, rief sie. »Blondes Haar«, und dann scheuchte sie die Kinder über die Straße.

Er sprintete über den Parkplatz, sah den roten Fetzen auf dem Kies und wusste wer und was, noch ehe er ankam. Er fand keinen Puls, fand nichts. Der Tod musste rasch gekommen sein. Parker traf gleich nach Ike ein, und Ike war froh, dass er da war.

Ike ließ Purvis' Hand los. »Wir müssen die Leute aus den Häusern holen«, sagte er. Als er keine Antwort erhielt, drehte er sich zu Jim um. »Haben Sie mich gehört?« Erst da fiel ihm auf, dass Parker genickt, aber kein Wort gesagt hatte.

»Ich kümmere mich drum«, sagte Parker dann, blieb aber mit aufgerissenen Augen stehen. »Oh mein Gott«, sagte er.

Ike ging neben dem Leichnam in die Hocke. »Holen Sie Harley, Turner und wen Sie sonst noch auftreiben können. Wir müssen jedes Haus durchkämmen. Evakuieren Sie die Leute in die Grange Hall oder in Kirchen, zu Freunden, nur raus aus dem unmittelbaren Umkreis. Wenn die Silos hochgehen …« Er versuchte, das Ausmaß der Explosion abzuschätzen. »Mindestens drei Straßen weit.«

Parker nickte. »Sonst noch was?«

»Wir müssen schnell handeln. Das ist das Wichtigste. Aber achtet auf Chas Stubblefield. Er ist bewaffnet und gefährlich.«

Parker rannte über den Platz zu einem wartenden Streifenwagen. Unterwegs griff er sich Harley, winkte Turner zu sich und wechselte mit jedem ein paar Worte. Sie teilten sich auf.

Mit nassen Säcken schlugen die Männer auf dem hinteren Feld auf das Gras ein. Der Wind fegte über den Platz und trieb das Wasser im rechten Winkel aus den Schläuchen. Ike betrachtete das Geschehen, versuchte, es sich einzuprägen. Stellte sich ein Gewehr vor, das auf Purvis' Brust zielte. Stellte sich Stubblefield vor, das Gewehr in der Hand.

Ike hockte sich hin. Er würde rund um den Leichnam absperren lassen, eine Ringfahndung veranlassen und seine eigenen Männer dazu abkommandieren, sobald sie die Gegend evakuiert und das Feuer unter Kontrolle gebracht hatten. Wind und Kälte würden es ihnen nicht leicht machen. Er brauchte Fotos. Als er aufsah, stand Pattiann neben ihm.

Er richtete sich auf, fasste sie nicht an, sprach ihr ins Ohr und barg sein Gesicht im wehenden Haar. »Er ist tot, Pattiann. Du kannst hier nichts mehr tun«, sagte er, legte eine Hand unter ihren Ellbogen, hielt ihren Arm. Er fühlte, wie sehr sie zitterte. »Ich möchte, dass du zu deinen Eltern gehst. Bleib bei ihnen oder bei Rob. Hörst du?«

Sie nickte.

»Ich möchte nicht, dass du allein bleibst. Kannst du dafür sorgen?«

Wieder nickte sie.

»Such dir jemanden, der mit dir zurück zum Saal geht, oder ich besorg dir einen Fahrer.«

»Nein«, sagte sie und starrte Purvis' Leichnam an. »Das war Chas, stimmt's?«

»Sicher weiß ich's nicht«, sagte er. »Aber es sieht ganz so aus.«

»Ich könnte ihn umbringen«, sagte sie, und ihre Stimme brach. »Ehrlich.«

»Hör auf damit. Geh zu Bill und Martha, jetzt sofort. Sag mir Bescheid, sobald du da bist, damit ich mich um meine Arbeit kümmern kann. Hast du verstanden? Ich kann meinen Job nicht machen, wenn ich mich um dich sorgen muss.«

Sie stieß ihn fort.

»Muss ich dich in Sicherheitsgewahrsam nehmen?« Er sah ihr an, wie wütend sie die Frage machte, doch gab sie endlich nach. Er drückte kurz ihren Arm.

Sie nickte.

Er drehte sich um, rief einen Deputy, redete mit ihm, und als er mit dem Wehrführer sprach, sah er Pattiann über den Platz und zurück zur Grange Hall laufen.

Sie ging. Zumindest bewegten sich ihre Füße, erst der eine, dann der andere. Sie zitterte. Vielleicht lag es an der Kälte, die tiefer und tiefer in sie eindrang. Purvis war tot.

Sie ging über die Straße, bewegte sich im Rhythmus mit dem Herzschlag in ihren Ohren. Die Stadt sah seltsam aus, Glas und Ziegelfronten rosig, der Himmel ein unerhörtes Orange. Sie schmeckte Holzasche im Mund und konnte den erleuchteten Saal sehen, die ersten Kinder, die hineingeführt wurden. Man spielte »Puff, the Magic Dragon«, und sie hörte, wie die Kinder mitsangen, stellte sie sich vor – die kleinen Gesichter glücklich über dieses nächtliche Abenteuer. Sie stand auf der Treppe und versuchte, das Vorgefallene zu begreifen. Sie blickte über ihre Schulter auf die leuchtende Korona am Nachthimmel, in die leeren Fenster und in den schwarzen Glanz, den die sauberen, gelben Rechtecke warmen Lichtes von der Grange Hall widerspiegelten. Sie fühlte sich entrückt. Schuldig.

Sie konnte sich nicht vorstellen, die letzten beiden Stufen hinaufzugehen, die Tür zu öffnen und mit den Leuten zu reden. Ihrer Mutter und ihrem Vater von Purvis zu erzählen. Sie hörte ihren Vater für die Kinder spielen, er geigte, um sie zu beruhigen. Ihr Herz raste. Sie drehte sich um, trat zurück auf die Straße, durchquerte zaunlose Gärten und ging zu ihrem Haus. Zusätzliches Bettzeug, Decken und Kissen würden sie brauchen. Pattiann sprang über den Deer Creek, glitt aus, landete mit einem Fuß im Wasser. Sie musste sich umziehen, Jeans und Stiefel, musste Wintersachen mitnehmen. Sie stellte sich vor, wie sie die Kinder zu Bett brachte und Kaffee für die Feuerwehrleute kochte. Hoffentlich brachten sie bald das Feuer unter Kontrolle, doch sie spürte, wie sie sich gegen die Explosion wappnete, die jeden Augenblick erfolgen mochte, die Druckwelle heißer Luft, die sie zu Boden schleudern, Messer aus jeder Glasscheibe machen würde.

Sie rannte die Einfahrt hinauf, öffnete die Tür und schloss hinter sich ab. Es war kalt im Haus. Sie stellte das Thermostat höher, lief über die Treppe nach oben und knipste unterwegs die Lichter an. Sie sammelte Decken ein, zog die Betten ab und warf den Haufen in den Flur. Sie griff nach ihren Jeans, streifte sich einen Wollpullover über. Sie verdrängte Purvis' Anblick, zog sich einen Daunenjacke an, hob das Bettzeug auf.

Es war gut, etwas zu tun zu haben. Für die Trauer war sie noch nicht bereit, und sie fragte sich, ob sie je dafür bereit sein würde. Als sie die Treppe hinunterging, staunte sie, wie kalt es war. Ob der Thermostatkopf nicht mehr funktionierte? Auf der Anrichte unten an der Treppe flatterte eine Zeitung. Sie drückte das Bettzeug enger an sich. Die Hintertür stand auf.

Und dann konnte sie Schießpulver riechen. Als sie von der

Setzstufe ins Wohnzimmer trat, saß er da, in Ikes Sessel, und wartete, Gewehr im Schoß.

»Pattiann«, sagte er.

»Chas«, antwortete sie und ließ das Bettzeug fallen.

»Ich habe angeklopft«, sagte er. »Zwei Mal. Dachte, ich würde vor dir noch deinen Mann treffen.«

»Er ist nicht da.«

Er schaute sich um, sog prüfend die Luft ein, stand auf: »Bist du von mir enttäuscht, Pattiann?«

»Ach, Chas.« Sie schüttelte den Kopf, wich zurück in Richtung Küche, drehte sich um und rannte. Hinter ihr fiel ein Stuhl um, dann folgte das Geräusch schwerer Stiefel. Sie schaffte es bis in den Hof, ehe er sie einholte. Er schlang einen Arm um ihren Hals, zog sie eng an sich. Er roch nach Rauch und Benzin. »Mein Pickup steht da drüben«, sagte er und gab mit dem Gewehr die Richtung an. Sie sah den Wagen auf dem Sandweg am Eingang zu ihrem Hof stehen. »Du fährst«, sagte er, warf ihr ein gerissenes Grinsen zu und hob das Gewehr. »Ich bin Beifahrer.«

Er dirigierte sie über Nebenstraßen, lehnte sich mit dem Rücken ans Beifahrerfenster, das Gewehr angewinkelt im Schoß. Er langte zum Armaturenbrett, drehte die Heizung auf.

Im Spiegel schien die Glut des Feuers in sich zusammenzusinken, und Pattiann hoffte, dass das Schlimmste vorüber war. Doch dann war es wieder da – in ihrem Kopf, mit voller Wucht – Purvis war tot. Sie würde die Nächste sein. Ihre Hände umklammerten das Lenkrad. Was sollte sie tun? Den Pickup zu Schrott fahren? Chas das Gewehr entreißen? Das Arschloch erschießen? Würde sie das fertig bringen? Was hatte sie gesagt? *Ich könnte ihn umbringen. Ehrlich.*

»Nicht gerade ein idealer Abend«, sagte er. »Verdammt.« Er hieb auf das Armaturenbrett, und sie fuhr zusammen, zappelte wie ein Fisch an der Leine. »Tut mir Leid, aber ich hatte es mir anders vorgestellt. Bieg da nach links.« Er stupste sie mit dem Gewehr an.

Es war ein Schotterweg, ziemlich weit ab von der Landstraße. »Wohin fahren wir?«, fragte sie.

Er zuckte die Achseln. »Nicht, dass ich das alles geplant hätte.«

»Und Purvis?«

»Ich hatte ihn nicht zu meinem Freudenfeuer eingeladen. Nein, aber es war Schicksal, weißt du.« Er wackelte mit dem Kopf. »Gottes Hand war im Spiel, wo sie nichts zu suchen hatte. Im besten Fall hätte ich auf Coker oder auf Taylor hoffen können.« Er schwieg. »Vielleicht noch auf deinen Mann. Hier nach rechts.«

Sie fuhr langsamer, tat, was er wollte. »So wird doch alles nur noch schlimmer, Chas. Was hast du davon, wenn du mich mitnimmst?«

»Deine liebenswerte Gesellschaft, meine Kleine. Ganz so wie früher.« Er strich sich das Haar zurück und wischte sich den Schweiß von der Stirn, obwohl es im Wagen eiskalt war. »Viel schlimmer kann es jedenfalls nicht werden.« Er stützte die Ellbogen auf dem Armaturenbrett ab, die Hand immer noch im Haar. »Hab einen Mann umgebracht ... Hätte sich dein Mann doch bloß um seine eigenen Angelegenheiten gekümmert.«

»*Du* hast es zu seiner Angelegenheit gemacht. Verdammt, Chas, Ike hat dich nicht dazu gebracht, Purvis umzubringen. Ike hat auch deine Kühe nicht getötet – das warst du selbst. Du hast sie hungern lassen, bis sie auf deinen Weiden tot umfielen.«

»Tja, genau das Gleiche hat er heute Abend auch gesagt, und all die feinen, netten Leute im Saal haben die Ohren gespitzt.« Chas schüttelte den Kopf, schnalzte mit der Zunge. »Ich weiß, was die von mir halten«, flüsterte er, lehnte sich zurück, öffnete die Jacke und zerrte im Nacken an seinem Hemd, bis der oberste Knopf absprang, gegen die Windschutzscheibe prallte und ins Dunkel zwischen seine Füße fiel. Er stemmte den Gewehrkolben auf den Boden, die Hand am Lauf, den Lauf an der Wange. Er zeigte auf die nächste Kurve und sagte: »Ich weiß nur nicht, was du eigentlich denkst.«

»Ich denke, dass du Purvis umgebracht hast.«

Er tat ihre Bemerkung mit einer Handbewegung ab. »Das hab ich doch nicht gewollt.« Er blickte aus dem Seitenfenster und dann wieder zu Pattiann hinüber. »Er war einfach da. Tauchte wie aus dem Nichts auf, angezogen wie ein Clown. Ich hab ihn gewarnt, hab ihn gefragt: ›Ist das warm genug, Purvis?‹, aber er stand bloß so da und hat sich die Hände an meinem Feuer gewärmt. Findest du nicht, dass das ziemlich idiotisch ist?«

»Er hat nicht geglaubt, dass du ihn erschießen würdest.«

»Oh doch, er wusste Bescheid. Du hättest sein Gesicht sehen sollen … er träumte schon von der anderen Seite, ein Lächeln so gütig wie das von Jesus Christus, aber geholfen hat's keinem von beiden.« Er lehnte den Kopf ans Fenster, musterte Pattiann.

Der Wind zerrte am Wagen. Sie glaubte, einen Blitz über die Straße zucken zu sehen, ein paar Tropfen spritzten auf die Windschutzscheibe, eine matschige Mischung aus Eis und Wasser, erst dann hörte sie den Donner. Schlimmer kann's nicht kommen, dachte sie. Graupelschauer. Eisregen. »Das wird noch Böse enden«, sagte sie.

»Ist schon schlimm genug, Pattiann«, sagte er. »Weißt du das denn nicht? Weißt du nicht, dass es schon immer schlimm gewesen ist?«

Pattiann umklammerte das Steuer, stemmte sich mit dem linken Fuß ab, spürte, wie die Hinterreifen durchdrehten, Halt fanden, und dann gab sie Gas. Chas wurde nach hinten geschleudert, und sie schnappte sich den Lauf und riss ihn nach oben zum Autodach.

Mit seiner freien Hand packte Chas sie im Genick. Der Pickup schleuderte zur Seite. »Brems«, schrie er und verstärkte den Griff um ihren Hals. Die Hand, mit der sie den Lauf hielt, wurde ans Armaturenbrett gequetscht. Sie hielt das Gaspedal durchgedrückt. Die Reifen fassten, rutschten weg, dann hatte er ein Bein zwischen ihre Beine gekeilt, den Fuß aufs Bremspedal gestemmt, und als die Bremsen griffen, heulte der Motor auf, und der Pickup glitt auf einen Graben zu. Sie kurbelte das Steuer herum, lenkte den Wagen zurück auf den Weg und nahm den Fuß vom Gas.

Der Lieferwagen rutschte seitlich weg und drehte sich zwei Mal um sich selbst, bevor er holpernd zum Stehen kam. Es wurde dunkel im Wagen, immer dunkler. Sie konnte Chas wie von weitem hören, sah ihn aber nicht mehr. Sie ließ Gewehr und Steuer los, langte nach seinen Händen. Und dann schnellte ihr Kopf zurück, prallte ans Seitenfenster. Sie hörte den Aufschlag erst, nachdem er passiert war.

Als sie wieder sehen konnte, war sein Gesicht dicht vor ihren Augen. »Ich habe dir nie Anlass gegeben, mir so etwas anzutun«, sagte sie.

»Als ob ich dafür einen Anlass bräuchte.«

»Ich werde es dir nicht leicht machen.«

»Frauen.« Er schüttelte den Kopf. »*Nichts* ist leicht. Was dich im Hier und Jetzt hält, ist allein deine dünne Haut.« Er griff mit der Hand nach ihrer linken Brust und drückte zu, als sie sich ihm entziehen wollte. »Und dieser Herzschlag.«

Er ließ ihre Brust los, setzte sich zurück und legte sich das Gewehr wieder in den Schoß. »Zu töten ist leichter, als du dir vorstellen kannst.«

»Es gibt keinen vernünftigen Grund, Chas ...«

»Vernunft? Wir setzen viel zu viel Vertrauen auf diese gottverdammte Vernunft. Warum ...? Vernunft ist doch bloß eine gerechtfertigte Laune, ob ich nun Geld verleihe oder nicht,

Kühe erschieße oder Menschen. Auf das *Wollen* kommt es an. Es gibt keinen Grund, warum wir Tag für Tag weiteratmen, wir wollen es eben nur. Und mehr Gründe braucht es auch nicht, um einen Menschen umzubringen, man muss es einfach nur wollen. Purvis wusste das.« Er deutete mit dem Lauf auf die Straße. »Nun, warum fährst du nicht einfach weiter?«

Das Lager war ausgebrannt, und eine weiße Rauchwolke schwebte über schwarzen Bohlen. Wasser strömte auf Gebäude und Gras herab, und der Eisregen tat ein Übriges, ließ phantastische Eisgestalten, Stalaktiten und Säulen im Dunkeln wachsen, und in so manchem Eiskern glomm und verging glühende Kohle wie ein kleines, pochendes Herz. Eis überzog die Männer mit weißgrauem Reif, Handschuhe froren an Schläuchen fest und wurden von den Fäusten anderer Männer freigeschlagen. Sie arbeiteten in Schichten, eine Viertelstunde, eine halbe Stunde, enteisten die Ausrüstung und wärmten sich an Tassen Kaffee, die von der Grange Hall herübergebracht wurden. Sie warteten, denn immer wieder sprang das Feuer auf, leckte eine Flamme über ein zerplatztes Fenster, eine Tür, sodass in Glas und Eisschlacken die Spiegelbilder zahlloser falscher Zungen flackerten.

Ike blieb, bis man Purvis' Leichnam fortgebracht und die Häuser im Umkreis der Silos evakuiert hatte. Er rief seine Deputys ins hintere Saalbüro. Draußen hielt der Eisregen an – sie konnten ihn auf Dielen und Fenster trommeln hören. Wie lackiert glänzten die Highways und Straßen, Chas würde nicht weit kommen. Sie natürlich auch nicht. Ike hatte eine Beschreibung des Wagens an die Straßenpolizei weitergeleitet, aber noch war er nicht gesichtet worden, und das würde wohl auch so bald nicht passieren. Chas hielt sich bestimmt an die wenig befahrenen Landstraßen.

Stühle wurden aufgeklappt und über den Boden geschleift.

Nervöse, kleine Bewegungen verbreiteten Ruhelosigkeit. Männer zerrten an ihren Mänteln, durchkämmten ihr Haar mit den Fingern. Man erzählte sich, Stubblefield habe auch versucht, Taylors Haus abzubrennen, doch hatte Taylor erst letzte Woche eine Sprinkleranlage installieren lassen. Er war nach Hause gekommen und hatte in der überfluteten Garage einen verkohlten Fleck auf dem Boden entdeckt.

Ike zog die Tür zu und sperrte den Lärm der Kinder und die dritte Strophe eines Schlafliedes aus. Bis sich der Zustand auf den Straßen besserte, würde die Suchaktion nur von wenigen Leuten durchgeführt, von Harley, Parker und von Ike selbst. Alle Nebenstraßen zu Stubblefields Hof mussten überprüft werden. »Wenn er sich verkriecht, dann dort irgendwo, aber wahrscheinlicher ist, dass wir ihn unterwegs in einem Graben liegen sehen. Und keine Heldentaten.« Ike sah Harley an. »Sobald ihr ihn entdeckt, holt Verstärkung. Behaltet ihn im Auge, sonst nichts. Nehmt die Schlecht-Wetter-Ausrüstung mit, Decken, eine Thermoskanne mit etwas Heißem. Falls ihr stecken bleibt, wird es eine lange Nacht. Meldet euch über Funk und bleibt, wo ihr seid.« Er befahl, den Fahrdienstleiter regelmäßig abzulösen, und die Deputys sollten ständig einen Kanal offen halten.

Nachdem er sie losgeschickt hatte, brauchte er nicht lange, um herauszufinden, dass weder Bill noch Martha Pattiann gesehen hatten. Ike zwang sich, nicht nervös zu werden, doch holte er seine Ausrüstung, schickte einen Funkspruch an die anderen Einheiten und machte sich auf den Weg nach Hause. Er drosselte den Motor, der Bronco hielt die Spur. Er kam nur quälend langsam voran, doch nahm er nicht an, dass Chas es mit seinem alten Pickup weit schaffen würde. Äste und Stromkabel sackten unter der Eislast zusammen. Am Stadtrand und in der Nähe seines Hauses war es ruhig, keine Bewegung, nur der Eisregen, der niederprasselte. Eis zog sich sogar über die

Windschutzscheibe, und die Scheibenwischer hüpften nutzlos über die glibbrige Masse. Er bog in die Auffahrt und sah mit Erleichterung, dass im Haus Licht brannte.

In der Haustür blieb er stehen, spürte die Kälte. Er meinte, Rauch und Benzin riechen zu können, und hoffte, es wärmte seine eigenen Kleider, wusste aber, dass es anders war. Er fand den Haufen Bettwäsche vor der Treppe, stürzte mit einem Satz durch die Küche, durch die offene Hintertür. Er rief ihren Namen. Und dann stand er im Hof, versuchte, auf die Straße zu sehen, dorthin, wo Chas seinen Wagen geparkt haben mochte, wo er hoffentlich immer noch stand. Dann ging er zurück ins Haus, das Gras zersplitterte unter seinen Schritten.

Er rief in der Zentrale an, meldete sich bei Harley und Parker. »Er hat meine Frau«, sagte er, und Schweigen antwortete ihm, ein gedämpfter Fluch von Harley, routinierte, beruhigende Worte von Parker, und dann schlich Ikes Wagen die Straße entlang, Haus und Stadt versanken hinter ihm.

»Solange ich nichts anderes sage, fährst du immer geradeaus. Hältst dich übrigens prima.« Sie waren bereits eine Weile unterwegs, doch konnte Chas nur schwer einschätzen, wie lange sie schon fuhren, alles schien zugleich schnell und langsam abzulaufen, durch das Eis auf den Fenstern, das die Welt in ein dunkles Gekräusel verwandelte, sodass ihnen bloß der dünne Strahl der Scheinwerfer blieb und der Eisregen, der ins Licht fiel, als wären der Dunkelheit Federkiele gewachsen. Wie sollte ein Körper Zeitgefühl haben in dieser elastischen Nacht, da sein Leben nur ein Tropfen in jenem größeren Augenblick zu sein schien, wo er den Abzug gedrückt hatte und Purvis tot umgefallen war? Er schloss die Augen und spielte diesen Moment noch einmal durch, wie er es wieder und wieder machen würde, das wusste er, egal, wie lange er noch lebte – Purvis, der lächelte und fiel. Fiel. Dann zuckte es hinter seinen Augenlidern, und ein Krachen schreckte Chas zurück ins Hier und Jetzt, doch war es nur das Gewitter, dann noch eine Lichtgabel und ein nicht ganz so lauter Donner, und im kurzen Aufblitzen schien das Land wie in Glas verwandelt.

Er schaute hinüber zu Pattiann. Sie konzentrierte sich auf die Straße. Im Licht des Armaturenbrettes schien sie Ringe unter den Augen zu haben, die Lippen waren ein dünner Strich, die Wangen trocken. »Weißt du, was ich wirklich seltsam finde?«, fragte er. »Ich glaub, ich hab dich nie weinen sehen. Nicht ein einziges Mal. Damals nicht, als wir zusammen waren. Und heute nicht, wo dein bester Freund tot ist … und du annehmen musst, dass du die Nächste bist.«

Er lächelte. »Ich will ja nicht sagen, dass ich das nicht bewundere«, sagte er. »Aber seltsam ist es doch, meinst du nicht? Wo du doch eine Frau bist und so.« Mit einem Finger stupste er sie an den Arm. »Betest wohl auch nicht, wie?«

»Was willst du von mir hören, Chas?«

»Die Wahrheit.«

»Die Wahrheit«, sagte sie und ihre Stimme überschlug sich fast, »die Wahrheit ist, wenn du mich nicht umbringst, bring ich uns beide um, so wie die Straßen da draußen sind.«

»Ha!«, rief er. Blitze zuckten über den Himmel, und im Nachgrollen des Donners klopfte Chas sich auf die Schenkel. »Der war nicht schlecht. Tja, aber wenn ich mich ans Steuer setze, müsstest du das Gewehr halten.« Er grinste.

»Wenn ich dir wirklich was bedeute, Chas …«

»Wenn du mir …« Er blickte aus dem Seitenfenster und presste die Stirn ans Glas, sodass die Kälte sich in seine Gedanken brannte. »Tja«, sagte er und richtete sich mit einem Lächeln wieder auf, »dann würde ich dich wahrscheinlich hier bei mir haben wollen. Bis zum bitteren Ende.« Und sein Lächeln verschwand. Er riss das Gewehr hoch, schwang den Lauf herum, zielte auf ihren Haaransatz und drückte ihr die Mündung an die Schläfe. Der Lieferwagen ruckte, wurde langsamer und kroch nur noch vorwärts. Die schwarze Nacht hüllte sie ein, eine Schale um Türen, Dach und Motorhaube, die Antenne eisummantelt, und sie hockten eingelocht in diesem grünen Glühen des Armaturenbrettes, während die Scheibenwischer an der Hecktür wie ein kleines Tier am Fenster kratzten. Er nahm den Lauf fort und schob das Gewehr beiseite. »Wie ein Kuss, nicht?«

»Fahr weiter«, befahl er. »Hab ich gesagt, dass du langsamer werden sollst?« Und der Lieferwagen zog an. Einen Moment lang blieb es still, nur der Schneematsch unter den Reifen und das harte Trommeln des Eisregens auf dem Dach waren zu hören.

Er stellte das Gewehr mit dem Schaft auf den Boden und umklammerte den Lauf wie eine Wünschelrute. »Ich habe das alles nicht gewollt. Nichts davon. Die Leute von der Bank mit ihrem Geld – *nehmen Sie doch*, haben sie gesagt – *das Land erlebt einen Aufschwung. Lassen Sie uns Ihnen helfen*, haben sie gesagt. Bis ich wirklich Hilfe brauchte. Bis die Trockenheit kam und die Preise fielen. Bis ich mehr Weide als Ranchgehilfen hatte, mehr Vieh als Weide, dann war da keine Menschenseele mehr, an die ich mich hätte wenden können, die Bankleute nicht und Gott nicht.« Er drehte sich zu ihr um. »Nicht mal du.«

Lange schwieg er, bis Pattiann schließlich antwortete: »Purvis hat Recht gehabt. Du bist ein Arschloch voller Selbstmitleid.«

Er sah sie an, die Augen weit aufgerissen. »Das hat er gesagt?« Und er lachte leise. »Scheiße. Ich hätte ihn zwei Mal umlegen sollen.«

Ihr blieb keine Zeit zu antworten. Da war ein Schatten auf der Straße, etwas stürzte aus dem Dunkeln, groß, massig und schwarz, und sie stieg auf die Bremse. Langsam wie sie fuhren drehte sich der Wagen in einer Pirouette, einmal und noch einmal, und sie schlitterten an der Kuh vorbei. Pattiann konnte ihren verschreckten Blick sehen, den Schädel, der sich drehte, ihnen nachsah, bevor die Kuh mit einem Satz über die Straße jagte, und Pattiann meinte, auf der anderen Straßenseite weitere Tiere auf der Weide sehen zu können, während die Scheinwerfer einen weiten Kreis beschrieben und der Laster seitwärts in den Graben kippte, die vordere Stoßstange sich in die Böschung rammte, die Räder zum Stehen kamen und Pattiann sich auf ihrem Sitz zusammenkrümmte, weil das Steuer ihr einen Schlag gegen das Brustbein verpasst hatte. Der Wagen ruckte noch einmal, dann rührte er sich nicht mehr.

»Oh Mann«, sagte Chas und ließ das Armaturenbrett los. Er lehnte den Kopf ans Seitenfenster, fuhr sich mit der Hand über Gesicht und Nacken und sah nach, ob er blutete. »Glaubst du, die Kuh war echt? Oder ist eine von meinen wieder auferstanden, um mir Angst einzujagen?«

Die Scheinwerfer tauchten den Graben in gleißende Helligkeit. Der Motor war ausgegangen, eine letzte Qualmwolke zog durch das Licht und verschwand. »Lass an«, sagte er.

Der Motor sprang an. Die Räder drehten durch. Sie probierte es mit dem Rückwärtsgang. »Bring ihn zum Schaukeln«, befahl er. Nichts.

»Bleib, wo du bist«, sagte er und zog am Griff. Die Tür war zugefroren. Er nahm das Gewehr beiseite, krümmte die Schulter und warf sich gegen die Tür. Krachend zerbarst das Eis, und Chas purzelte nach draußen.

Er verstaute das Gewehr auf der Ladefläche, schlintterte zu den Vorderreifen und hielt sich dabei am Wagen fest. Sie hörte, wie er gegen die Radkappe trat und das Eis zerbrach. Sie probierte ihre Tür. Festgefroren. Ihre Brust schmerzte. Chas lief durch das Licht der Scheinwerfer. Er sah müde, doch irgendwie gefasst aus, obwohl ihm der Eisregen ins Gesicht schlug, das Haar an seinem Schädel klebte. Er blickte auf, sah durch die

Windschutzscheibe und bleckte grinsend die Zähne. Er sagte irgendwas, dann bückte er sich und bearbeitete den letzten Reifen. Sie hörte ein Klicken, schaltete auf Allradantrieb und gab Gas, legte den Rückwärtsgang ein, ließ das Getriebe krachen, wieder den ersten Gang, und Chas hieb mit den Fäusten gegen ihre Tür. Sie riss am Steuer, ließ das Gaspedal kommen, trat wieder durch, und der Wagen bäumte sich auf, sodass sie glaubte, freizukommen, aber er rutschte nur zur Seite, bohrte sich noch tiefer in den Graben, und Chas krabbelte auf allen Vieren übers Eis. Dann sackte der Pickup auf die Seite und saß endgültig fest.

Auf dem Rückweg nahm Chas das Gewehr wieder mit. Er riss die Tür auf, warf sich auf den Sitz und knallte sie hinter sich zu.

»Wir hängen fest«, sagte er. »Müssen wir eben warten.«

Auf was, auf wen, fragte sie sich verwundert und hoffte und fürchtete zugleich, dass es Ike sein würde. Erst jetzt merkte sie, wie das Unwetter sie abgelenkt hatte, wie sehr ihre Hände, ihr Verstand beschäftigt gewesen waren. Nun hatte sie Zeit, so viel Zeit, wie Chas ihr ließ, und gleich kam ihr das Wageninnere kleiner vor, und sie merkte, wie sie an ihrem Mantel, am Sitzgurt herumnestelte. Sie legte die Finger ans Steuer, acht und zwei, und wartete.

Chas schüttelte sich das Wasser aus dem Haar, Eisklümpchen fielen ihm in den Schoß. »Gemütlich, nicht?«, sagte er und schaute sich um, als hätte sich der Lieferwagen in der kurzen Zeit verändert, in der er draußen war.

Pattiann blickte auf ihre Hände. »Warum lässt du mich nicht laufen?« Und dann schaute sie durch die Windschutzscheibe auf Gras und vereiste Zäune.

Er schüttelte den Kopf. »In so einem Wetter soll ich dich vor die Tür setzen? Verdammt, du würdest keine Stunde überleben.« Er rieb sich mit der Hand übers Hosenbein. »War ein

Scheißwinter. Mist. Ist ein Kackleben. Weißt du, was daran so toll sein soll? Ich meine, warum leben wir noch – mal abgesehen davon, dass wir zu viel Angst vorm Sterben haben?«

Sie hob eine Hand vom Steuer, fuhr sich damit durchs Haar und schaute ihn an. Er starrte zurück. »Was hat es für einen Sinn, wenn ich dir antworte, Chas? Legst du dann das Gewehr hin? Stellst du dich?«

Ihr Atem beschlug die Fenster, und Chas wischte ein kreisrundes Loch frei, seine Hand quietschte übers Glas. »Man weiß ja nie«, sagte er. »Könnt nicht schaden, oder?«

Eine Minute verging. Noch eine. Er schnalzte mit der Zunge. »Was ist mit dir? Warum musst du alles so schwierig machen?«, fragte er.

Sie wandte sich ab, rieb an ihrer Seite ein Guckloch ins Fenster, lehnte die Stirn an.

»Vielleicht kannst du nichts dafür? Vielleicht liegt es dir einfach im Blut, störrisch zu sein. Manche Leute sind so ... wie mein Vater. Zu dickköpfig zum Sterben. Verdammt. Ich dachte, der würde ewig leben.« Er lachte, doch klang das Lachen in einem Seufzer aus. »Meine Mutter hat bestimmt was Ähnliches gedacht. Ich glaub, für sie hat Leben nur noch mehr Arbeit bedeutet.«

Chas verstummte. Er kurbelte das Fenster herunter, doch als es in der Tür versank, blieb an seiner Stelle eine Eisscheibe stehen. Er klopfte gegen die Membran, hielt das Gesicht daran, brach ein Stück ab und schob es sich in den Mund. Dann kurbelte er die Scheibe wieder hoch. Eine Weile lutschte er an dem Eisstück, dann sagte er: »Sie hat auch nie geweint. Genau wie du. Eine Frau von wenigen Worten ..., doch mit vielen Gebeten. Sie betete um ein Zeichen, um irgendwas, damit sie wusste, dass er noch immer Herr im Haus war. Manchmal musste ich mit ihr beten, doch war mein Herz nicht bei der Sache. Und Gott hat damals auch nicht gerade zu mir geredet. Falls man nicht mitzählen will, dass sie sich erhängt hat.« Er seufzte noch einmal. »Ach, Scheiße, sie hatte was Besseres verdient.«

»Und Purvis?«, fragte Pattian. »Hatte er nicht auch was Besseres verdient?«

Seine Augen waren geschlossen, eine Hand umklammerte ein Knie. Er schüttelte den Kopf. »Mein Gott, sah der idiotisch aus.« Als er die Augen wieder aufschlug, starrte er auf die Windschutzscheibe, die sich langsam mit Eis überzog. »Töten ist einfach. Gehört nicht viel dazu. Zielen und abdrücken.« Er rieb sich das Knie. »Ist verdammt schäbig, so ein Körper. Kostet so wenig … Mühe. Weißt du, was du siehst, wenn du einem Sterbenden in die Augen blickst?« Er beugte sich zu ihr. »Ich könnte dich *umbringen*«, sagte er. »Und das macht dir Angst, nicht?«

Sie klammerte sich ans Steuer. »Ist es das, was du willst? Willst du mir Angst machen, Chas? Willst du mich weinen sehen?« Sie schüttelte den Kopf. Sie *hatte* Angst. Schreckliche Angst. Doch war es anders, als sie gedacht hatte – kein Adrenalinstoß, diese anfängliche Energie hatte sie längst verlassen, obwohl sie sie jetzt gut gebrauchen könnte. Stattdessen fühlten sich ihre Arme schwer an, lag ihr Herz wie ein Stein in einer Brust, die zu eng schien, um sie anständig mit Luft füllen zu können. Ihr Mund war trocken. Sie wünschte sich, sie hätte die Kraft, ein Fenster zu öffnen, so wie er es getan hatte, an einem Eisstück zu lutschen, als wäre sie wieder ein Kind und spielte an einem Sommertag mit ihrem Durst. Sie merkte, wie sich ihre Hände um das Steuer krampften, und es erstaunte sie, dass ihm nicht mal in der Dunkelheit des Wagens auffiel, wie ihr Hochzeitsring auf dem unnatürlichen Weiß ihrer Finger funkelte. »Ich weiß nicht …«, fing sie an. »Es gibt …« Der Gedanke daran, wie viel Zeit sie damit vergeudet hatte, der Vergangenheit nachzusinnen, von ihr besessen alte Rechnungen aufzustellen und sich von ihrer Familie, von ihrem Mann zu distanzieren.

Sie dachte an Ike und sehnte sich nach seiner freundlichen Ruhe, dem stetigsten, kostbarsten aller Geschenke, das er ihr hatte machen können, diese nachsichtige Geduld, die alles *riskierte*, die sich mit offenen Armen darbot und nichts *verlangte*. Und sie warf einen Blick auf diesen anderen Metallring, auf die Gewehrmündung mit ihrem matten Glanz, auf Chas' weiße Hand am Schaft. Nun begriff sie, dass Chas diesen Weg schon vor langer Zeit eingeschlagen hatte. Nur hatte er nie auf den rechten Pfad zurückgefunden, hatte nie, so wie sie, einen Menschen kennen gelernt, der seinen Schmerz so lange von ihm fern hielt, dass die Wunden heilen konnten. Nein. Er hatte sie nicht aus Liebe, Bedauern oder gar aus Rache hergebracht.

Sie wusste, was er wollte, und sie verstand, wie allein er war, wie vollkommen, wie fürchterlich allein. »Tu's nicht, Chas«, sagte sie. »Nimm mich nicht mit dir.« Und daran, wie er ihr Gesicht musterte, erkannte sie, wie genau sie ihn durchschaut hatte.

»Und warum nicht?«

»Weil es unnötig ist«, sagte sie. »Weil es ebenso in deiner Macht steht, es nicht zu tun.« Sie holte tief Luft. »Weil«, sie nahm die Hände vom Steuer, faltete sie im Schoß, »weil ich mit meinem Leben glücklich bin.« Sie wartete einen Augenblick, bevor sie sich zu ihm umdrehte. Er hielt die Wange an den Lauf, starrte aus dem Seitenfenster durch das Loch, das er ins Eis geschlagen hatte und worüber schon eine neue Haut wuchs, hellere Falten vor dunklem Hintergrund, fast wie bei einer alten Narbe. Er glitt mit der Wange am Lauf auf und ab, und ihr war, als nickte er einer Stimme zu, die sie nicht hören konnte, doch hörte sie, wie ihm der Atem stockte, und sie ahnte, wie fest sie bereits vom Eis umschlossen waren, wie lautlos Sturm und Eisregen über die glasige Oberfläche fegten.

Als er sich endlich rührte, geschah es, um sich mit der Schulter gegen die Tür zu werfen. Das plötzliche Geräusch, die plötzlichen Bewegung ließ Pattiann erschrocken an ihre eigene Tür zurückweichen. Dann zog er an dem Griff, presste sich mit dem ganzen Gewicht gegen das Siegel, und die Tür brach auf. Eisregen trieb durch den Spalt. »Bleib im Trocknen«, sagte er und lächelte, als hätte er ihr einen Witz erzählt.

Es dauerte einen Augenblick, bis sie reagierte, doch gleich darauf war sie schon mit einem Bein draußen. »Wo willst du hin?« Sie griff über den Sitz, doch kurz vor seiner Hand zuckten ihre Finger zurück.

Er schaute sie an, schaute auf ihre Hand. Mit dem Wind trieb der Eisregen herein und verschlug ihr den Atem, die Kälte fuhr ihr in die Knochen. Er schüttelte den Kopf und schloss die Tür hinter sich.

Sie sah ihm nach, wie er, Gewehr über der Schulter, aus dem Graben kroch und über die Weide taumelte und kurbelte mit aller Macht das Fenster auf; eine Eisscheibe fiel ihr in den Schoß. »Chas«, rief sie, doch der Wind schnitt ihr die Stimme ab. Wieder rief sie, konnte aber nichts mehr sehen. Eiswasser rann ihr durchs Haar, übers Gesicht. Mit tropfenden Händen wischte sie sich die Augen und schloss dann das Fenster wieder vor Regen und Kälte. Sie saß im Pickup. Der Tank war noch halb voll. Sie zitterte, als hätte die Kälte, der ganze Schrecken sie erst jetzt erreicht, und fummelte am Zündschloss herum. Sie betete, dass der Motor anspringen möge, und kaum lief er, stellte sie die Heizung an. Sie starrte in die Dunkelheit. Von Chas keine Spur. Nur der Eisregen, die eisbedeckten Weiden.

Ikes alter Albtraum – jede Kreuzung eine Entscheidung, und jede falsche Entscheidung brachte ihn weiter fort. Er schloss die Augen, atmete tief durch und versuchte, sich das Land wie mit einem Gitternetz einzuteilen und sich vorzustellen, welche Strecke ein Irrer auf dem Weg nach Hause einschlagen mochte. Die übrigen Einheiten meldeten nichts Neues, und jedes Mal, wenn das Funkgerät wieder in rauschendes Schweigen verfiel, schien mit ihm auch Ikes Herz zu verstummen. Ike machte sich die Jacke auf. Eis und Dunkelheit streuten das Licht der Scheinwerfer, der Eisregen fiel, und er musste wieder eine Entscheidung treffen, musste überlegen, welchen Abzweig er nehmen sollte, und die Chancen standen gut, dass er den falschen Weg nahm, dass er sie verpasste, parallel zu ihnen fuhr, dass der Pickup vielleicht schon angehalten hatte oder längst zu Schrott gefahren war. Er bog nach rechts.

Er warf sich vor, sich aufgedrängt zu haben. Die Kühe waren so gut wie tot gewesen, als er sich eingemischt hatte. Und was hatte er dadurch gewonnen, dass er sie beseitigen ließ? »Eine Erlösung« hatte Purvis das genannt. Und jetzt war Purvis tot. Und Pattiann? Er konzentrierte sich auf die Straße, zwang sich zu einer Selbstbeherrschung, die so alt wie der aufrechte Gang war.

Als er den Pickup von weitem entdeckte, die Bremslichter rot im Graben, machte er die Scheinwerfer aus, tippte federleicht auf die Bremse und spürte, wie die Schneeketten über das Eis rutschten, doch blieb der Bronco gut hundert Meter vor dem Pickup stehen. Er würde sich von hinten nähern, sich aus dem Licht halten und hoffen, einen Blick auf die Insassen werfen zu können. Rasch machte er sich fertig: zusätzliche Munition, das Gewehr laden und sichern.

Er kam nur langsam voran, kroch halb und schlitterte auf den Wagen zu. Ja, es war Stubblefields Pickup, aber obwohl der Auspuff qualmte, konnte Ike durch die vereisten Fenster drinnen niemanden erkennen. Behutsam schob er sich weiter vor, glitt auf der Fahrerseite in den Graben, rutschte aus und stieß sich das Gewehr in die Rippen, dass es ihm den Atem verschlug. Dann schlich er auf Händen und Knien näher, wieder blitzte das Rücklicht auf, und der Motor ging aus. Er setzte sich, suchte die Ruhe, die er brauchen würde und duckte sich an der

Karosserie entlang, bis er durchs Rückfenster sehen konnte. Es schien nur eine Person im Wagen zu sein. Und allem Anschein nach war es Pattiann, die im Fahrersitz saß. Behutsam näherte er sich dem eisfreien Seitenfenster. Sie war allein.

Sanft klopfte er an, doch sie zuckte zusammen und spreizte dann ihre Hände übers Glas, als wollte sie sein Gesicht berühren. Gleich darauf rief sie ihm durch Eis und Glas zu: »Die Tür ist festgefroren«, und sie zeigte auf die Beifahrertür. »Die andere Seite ...«

Er glitt vorn um den Lieferwagen herum und ließ sich neben ihr auf den Sitz fallen, nahm sie kurz in den Arm und strich ihr über die nassen Wangen. Als er sich überzeugt hatte, dass ihr nichts passiert war, fragte er: »Wo ist Chas?«

»Weg«, sagte sie und zeigte ins Dunkel. »Irgendwo da draußen.«

Ihre Hand griff nach seiner Hand, und er drückte sie sanft: »Alles in Ordnung?«, fragte er.

Sie nickte. Ihr Atem ging stoßweise, und er wusste, dass sie kurz vor einer Unterkühlung, vor einem Schock oder vor beidem stand. Er brachte sie zum Bronco, holte die Notfalldecken, trocknete ihr Haar und Gesicht, wickelte sie warm ein und beobachtete ihre Hautfarbe, lauschte auf ihren Atem, bis er sich wieder beruhigt hatte. Er wollte sie einfach nur halten. Er nahm ihr Gesicht in die Hände, lehnte seine Stirn an ihre Stirn, küsste ihre Augenbrauen. »Geht's wieder?«, fragte er.

»Ja«, antwortete sie, doch mit einer verzagten Stimme, die er überhaupt nicht von ihr kannte. Sie zitterte.

»Wie lange ist er weg?«, fragte er.

Sie schüttelte den Kopf und weinte. »Weiß nicht.« Ihre Zähne klapperten immer noch, und er kuschelte sie in die Decken ein. »Vielleicht zwanzig Minuten.«

Er langte in seine Tasche, zog die Schlüssel heraus und gab sie ihr. »Hinten sind noch mehr Decken, eine Thermoskanne mit Kaffee, ein paar Notvorräte und ein trockener Parka.« Er meldete sich bei der Zentrale, forderte Verstärkung an und zog sich dann selbst einen trockenen Daunenparka über. Außerdem steckte er sich zwei Leuchtfackeln in die Innentasche.

»Was hast du vor?«, fragte sie und setzte die Thermosflasche ab.

»Stubblefield treibt sich da draußen rum.«

»Dann warte auf Verstärkung.«

»Das kann Stunden dauern.«

Sie schüttelte den Kopf. »Nein. Hör mal. Du musst das nicht …« Sie wischte sich über die Augen und schaute ihre Hände an, als überraschten sie ihre Tränen, und er begriff, dass sie geweint hatte, ohne es selbst zu merken.

Er legte die Hand auf den Türgriff.

Sie umklammerte seinen freien Arm. »Verdammt, Ike, er hat noch das Gewehr. Außerdem ist er nicht mehr ganz bei Verstand und wandert planlos umher. Verstehst du nicht, dass er da draußen so gut wie tot ist?«

»Nicht, wenn ich ihn finde.«

»Warum? Was hast du davon? Rache? Geht es dir um Rache? Meinetwegen? Oder wegen Purvis?«

»Das ist mein Job.«

»Scheiß auf deinen Job.« Ihre Hand verstärkte den Druck um sein Handgelenk. »Tut mir Leid. Ich hab's nicht so gemeint. Aber manchmal sind Recht und Gesetz einfach nicht dasselbe.«

Ike schüttelte den Kopf. »Ich kann nicht einfach darüber hinwegsehen, was er getan hat, Pattiann.« Ike zog sich die Kapuze über den Kopf und stemmte sich gegen die Tür.

Pattiann umklammerte seine freie Hand. »Er hätte mich umbringen können, hat's aber nicht getan. Das zählt doch auch.« Sie drückte seine Hand. »Sollen ihn die Weiden holen. Das wäre eine Erlösung, wirklich. Ich red ihm nicht bloß das Wort. Du hast keine Ahnung, wie es da draußen ist.« Sie klammerte sich an seine Hand. »Wenn du gehst, ist Chas nicht deine erste Sorge. Wahrscheinlich findest du ihn nicht mal. Du läufst da draußen rum, verirrst dich und krepierst für nichts und wider nichts.« Sie ließ seine Hand los. »Verdammt, warum bist du bloß so dickköpfig?«

Ike lächelte, beugte sich über sie und knöpfte ihr die Jacke bis zum Hals zu. »Ein Mann, der weniger dickköpfig wäre, würde es mit dir nicht lange aushalten.« Er strich ihr über die Wange. »Du weißt, dass ich es tun *muss*.«

Sie wandte sich ab, blickte aus dem Seitenfenster und hörte den Türgriff aufschnappen; der Wind fegte ins Innere.

»Ike«, rief sie.

Er beugte sich ein letztes Mal ins Auto.

»Die Tiere, die überleben, hören nicht auf, sich zu bewegen. Die durchlaufen das Unwetter und halten den Wind im Rücken. Chas weiß das.«

Ike nickte und trat einen Schritt zurück.

»Ich werde hier sein«, sagte sie. »Genau hier.«

Schlitternd lief Chas immer weiter, Eis klumpte an seinen Füßen. Er zwängte sich unter Drahtzäunen durch, und die Kleider krachten, wenn er sich bückte, Eisspeere fielen von ihm ab. Er wünschte sich eine klare, kalte Nacht. Es wäre schön, wenn er sich am Mond oder an einem Stern orientieren könnte.

Allerdings hatte er kein bestimmtes Ziel. Er lief und lief, bis er seine Füße nicht mehr spürte, Beine und auch Hände taub waren. Als er blinzeln wollte, merkte er, dass er nicht mehr blinzeln konnte. Er meinte, schon stundenlang gelaufen zu sein. Oder waren es Minuten? Das alte Fingerhutspiel der Zeit.

Machte er den Mund auf, fühlte er Eis auf Wangen und Kiefern platzen. Er lachte, doch war nur ein dumpfes *hach, hach* zu hören. Den Wind behielt er im Rücken. Wie eine Kuh, dachte er, die immer vor dem Wind herlief, bis sie an einen Zaun kam und stehen blieb. Er hatte Durst, und er hob eine Hand an den Mund und lutschte an der Kruste, die seine Finger überzog.

»Bist du hier?«, fragte er und lauschte in den Wind, merkte aber, dass er mit seinen verstopften Ohren nicht den Wind, sondern das Hämmern seines eigenen Blutes hörte. Er wollte nicken, aber sein Hals ließ sich nicht beugen. Was für eine Nacht. Er blieb stehen, schaute sich um, als müsste er sich zurechtfinden. Ja. Was für eine Nacht. Hatte sich alles verbaut – einen Mann umgebracht. Er lachte. Diese rote Jacke – grässlich unanständig – wie ein Witz auf einer Beerdigung.

Er stolperte, sackte in die Knie und glaubte, sich die Beine zu brechen, wippte dann aber zurück in die Hocke, wischte das Eis fort, das Brauen und Haar verklebte und blickte auf. Kein verdammter Stern am Himmel. »Hättest mir das nicht wenigstens gönnen können?«

In der Luft um ihn herum war ein Knacken und Stöhnen und Reißen, als das Eis wuchs, Schicht um Schicht. Winzige Risse blühten darin auf, und die Kronenköpfe des Salbeis zerbrachen unter dem Gewicht, der Wind trieb die klirrenden Splitter über die glasige Weite. Er saß da, bis seine Knie nur noch schmerzende Knoten waren. Am Morgen, dachte er, würde er die Sonne durch starr gefrorene Augen sehen. Tief aus seiner Kehle quoll ein Brüllen, und er spürte, wie die Augenwinkel verklebten, hätte aber nicht sagen können, ob es das Eis war oder eine Träne.

Er glaubte, ihm sei warm, doch wusste er, dass das nur an der wachsenden Taubheit lag, und so zwang er sich aufzustehen, weiterzugehen.

Das Gewehr trug er immer noch, den Lauf nach unten, doch hatte sich bestimmt Eis in der Kammer gebildet, sodass die Kugel darin feststak. Er hätte es fortwerfen können, tat es aber nicht. Er behielt die Waffe einfach, weil sie ein Teil von ihm geworden war – die Hand verschweißt mit dem Schaft.

Das Eis ließ die Welt verschwommener aussehen, und er schloss die Augen, stellte sie sich vor, wie er sie am liebsten hatte – das Licht über den Weiden. Er war wieder ein kleiner Junge, lag flach auf dem Rücken im grünen Land und kaute an einem süßen Stängel Grammagras. Dann war er ein junger Mann, und Pattiann war bei ihm, pflückte Weizenspreu aus seinem Haar in ihrem Bett aus Stroh, in dem sie sich gerade geliebt hatten. Und gleich darauf war er wieder ein Kind in den Armen seiner Mutter, atmete den Erdgeruch ihrer Haut, ihrer Haare ein. Sie roch nach Eisen, Salz und etwas klebrig Süßem so wie Blut, und er sah Purvis, die Augen glänzend und starr.

Chas merkte, dass er stehen geblieben war. »Mir ist kalt«, sagte er. »Ich bin müde.«

Schlaf.

»Nein«, sagte er. Da war noch etwas. Etwas Unerledigtes. Er trieb sich voran. Er dachte an daheim. Und als er aufsah, entdeckte er, dass er nicht allein war.

Ike folgte der vereisten Spur, die vom Pickup fortführte. Sie war beim schwachen Strahl der Taschenlampe und im strömenden Eisregen kaum noch auszumachen, füllte sich rasch und überfror. In einer Stunde, vielleicht auch weniger, würde sie nicht mehr zu erkennen sein. Er sah auf, blickte zum fernen Horizont und meinte, dort ein Ende des Unwetters absehen zu können, ein erster, glitzernder Stern. Aber vielleicht wünschte er sich das auch nur, und er trottete weiter, schlitterte, rutschte, mit schmerzendem Rücken, seit er einen Fuß falsch aufgesetzt hatte, die Parka-Kapuze eng ums Gesicht gezurrt, der Revolver trocken in der Tasche, das Gewehr mit dem Lauf nach unten, das Schloss mit einem Tuch umwickelt. Ihm war warm, und er war besser vorbereitet als Chas, doch als er sich in den Wind drehte, fühlte er sich deshalb keineswegs sicher. Er blieb stehen, schaute zurück auf seine Spur, diese Bruchstellen im Eis, und irgendwo dort, schon außer Sichtweite, warteten der Bronco und Pattiann. Was hatte sie noch gesagt? *Soll ihn die Weide holen.* Ike schaute über das flache Land. Ein mitleidloser Ort. Das war er wirklich. Hier, in dieser weiten, unbegreiflichen Gleichgültigkeit hatte man allen Freilauf, den man sich wünschen konnte. Ike schlitterte - ging, wie er auf den zugefrorenen Seen daheim zu laufen gelernt hatte - schlurf, schlurf, schlindern.

Er erinnerte sich an die Winterstürme seiner Kindheit, Eisregen alle paar Jahre, vielleicht alle zehn Jahre so schlimm wie dieses Unwetter. Lärm. Daran erinnerte er sich am deutlichsten - das Knallen und Prasseln von Innen heraus zerplatzender Ahornbäume, das Kreischen zerschreddernder Äste oder der Wind, der aufs Haus prallte, dass die Oberlichter wie Glas im Porzellanladen zerschepperten. Doch hier war es so still - das leise Gestöhn im Eis, das Knirschen, mit dem die Schuhe einsackten.

Er fürchtete sich. Das konnte er sich eingestehen. Aber er konnte sich davon nicht aufhalten lassen. Warum nicht? Rache? Doch darauf glaubte er, ehrlich mit einem Nein antworten zu können. Als Pattiann ihn fragte, hatte er allerdings noch Zweifel gehabt. Sein Freund tot auf dem kiesbestreuten Platz. Und seine Angst um Pattiann? Wurde diese Suche teilweise also doch von keineswegs edlen Beweggründen angetrieben? Er bekam einen Krampf in den Fingern und nahm das Gewehr in die andere Hand, krümmte die Finger, streckte sie und krümmte sie erneut. Er hatte ein Recht auf seine Wut. Mit den Blicken versuchte er, das Zwielicht zu durchdringen und dachte dabei an Chas, wie er da draußen seine Bahn zog.

Aber er musste auch seine Pflicht erfüllen. Er war ein Mann des Gesetzes. Damit kannte er sich aus - so wie sein Vater sich mit Vieh ausgekannt hatte. So wie Pattiann dies Land kannte.

Das Gesetz. Und gehörte ausgleichende Gerechtigkeit nicht zum Gesetz, Vergeltung? Strafe?

Verdammt, er konnte seinen eigenen Sermon kaum noch ertragen.

Er lief schon lange übers Eis, jedenfalls kam es ihm so vor, doch ein Blick auf seine Uhr sagte ihm, dass er erst seit etwas mehr als einer halben Stunde unterwegs war. Allerdings war nicht zu übersehen, dass sich das Unwetter verzog, der Himmel klarte auf, blass schwammen die Sterne im nachlassenden Eisregen, und hinter dem hellen Fleck am Wolkenrand musste sich der Mond verbergen. Er wischte das Eis vom Glas der Taschenlampe und schwenkte ihren Strahl über die undeutliche Spur, die vielleicht gar nicht Chas' Spur war. Vielleicht stammte sie von einem Tier. Oder war er in seiner eigenen Spur zurückgelaufen? Daran durfte er jetzt gar nicht denken. Stattdessen zog er die Kapuze auf, holte mehrmals tief Luft und schlug die Eiszapfen ab, die sich am Kapuzenrand gebildet hatten. Er unterzog sich einer raschen Überprüfung, spannte die Finger an. Die Sehnen schmerzten, und die Waden fühlten sich steif an, doch im Großen und Ganzen war er in ziemlich guter Verfassung. Kein Schwindel, keine Benommenheit. Kein taubes Gefühl, auch wenn sich seine Füße, wie er meinte, etwas … fern anfühlten.

Jedenfalls ging es ihm bestimmt nicht schlechter als Chas. Immer vorausgesetzt, dass Chas noch auf den Beinen war und keinen Platz zum Verkriechen gefunden hatte – eine Scheune, eine Blockhütte oder ein verlassenes Haus.

Er schritt kräftiger aus, legte in den nächsten zehn Minuten eine ordentliche Strecke zurück und fand, dass die Spur frischer aussah, als könnte er doch noch einholen, was immer da vor ihm herlief. Warum auch nicht? Fast verhungert. So hatte Chas ausgesehen – das Haar verklebt, die Wangen eingefallen, die Hose festgezurrt. Kaum fit für so einen Marsch. Doch da schlug es Ike die Füße weg, und er knallte auf Hüfte und Rücken, dass er japsend nach Luft rang, und das Gewehr flog ihm aus den steifen Fingern, schlitterte übers Eis und schob sich halb einen Fels hoch. Es dauerte einen Augenblick, ehe er wieder zu Atem kam, und als er sich aufstützte, spürte er einen Schmerz an Rückgrat und Hinterkopf aufblühen. Er ließ sich Zeit, ruhte sich aus, wartete, bis sein Blick sich klärte, der Schmerz verebbte und sein Atem wieder normal ging. Dann tastete er seine Gliedmaßen ab und begriff erst jetzt, wie brenzlig seine Lage war - eine Gehirnerschütterung, ein gebrochener Knochen - wie tödlich. Er kniete sich hin und schloss die Augen, wartete, bis die Übelkeit verging. Und als er die Augen wieder aufschlug, sah er eine andere Welt, der Mond segelte aus den Wolken hervor, und vor ihm tat sich eine Lichtstraße über das Eis auf. Rechts von ihm glich der Eisregen einem Mondlichtgewitter, silbrige Fäden, die sich wie ein Vorhang vor die schwarze Dunkelheit schoben. Vielleicht lag es am Schmerz, am Aufruhr seiner Gefühle oder am Glanz der glitzernden Weiden mit ihren facettenreichen Salbeiköpfen und Felsbrocken, den Bartgrastürmen und fest gefrorenen Steppenhexen - dieser Kathedrale aus Licht -, dass er die Augen zusammenkniff, als ihm plötzlich Tränen kamen und eine tiefe Verwirrung sich wie ein heißes Brennen in seiner Brust ausbreitete: Trauer, Liebe, Wut. Und er spürte das Kribbeln in seinen Beinen, den Schmerz in der Hüfte, die beunruhigende Taubheit in den Zehen, pflückte sich das Eis aus den Brauen und rieb sich die Wangen, bis sie glühten. Weshalb war er wirklich hier draußen? Ging es bloß darum, eine lange, widrige Angelegenheit zu Ende zu bringen? Oder um Gerechtigkeit? Nicht für Purvis - dem war das längst egal - auch nicht für Pattiann - *Soll ihn die Weide holen*. Also um ihn selbst? Um das, was mit ihm geschehen war, damals, als er gesehen hatte, wie sich eine allzu vertraute Verzweiflung über Chas' Gesicht legte, und er Mitleid mit ihm gehabt hatte?

Und dieses Mitleid hatte ihn in Gang gesetzt.

Als er wieder um sich schaute, sah er links den dreifach gespannten Stacheldraht, der sich von Pfosten zu glitzerndem Pfosten weit über die flache Senke spannte, in der sich vor indigofarbenem Licht Schatten wie Tintenkleckse abhoben, und er meinte, vor einem Zaun einen Haufen schwärzerer Gestalten wahrzunehmen, und wenn er die Ohren spitzte, konnte er einen dumpfen Laut hören, dann noch einen. Er holte sich das Gewehr und schlich sich behutsam näher, bis er die kreuz und quer verlaufenden Zäune sehen und ein halbes Dutzend Kühe erkennen konnte, die sich in einer Ecke zusammendrängten. Unter ihnen sah er die schmalere Gestalt eines Mannes. Das fahle Haar lichtvereist.

Verstört vom Unwetter in ihrem Rücken und dem Stacheldraht vor ihren Nasen, waren die Kühe in lockerer Herde stehen geblieben. Chas bewegte sich zwischen den Tieren, als wäre er in einem wiederkehrenden Traum gefangen, ging vor und zurück, von einer Kuh zur anderen. Eigentlich hatte er sich an ihren Leibern wärmen wollen, doch waren sie in eine Schale aus Eis gehüllt, fremdländische Käfer in ihrem Panzer, Beine und Hufe festgefroren, die Mäuler mit dem Boden verschweißt. Prustend stiegen aus Eislöchern Atemwolken auf, der Dampf heißer Quellen. Die Augen waren mit einer gläsernen Schicht überzogen. Er schlug mit der Faust auf eine Kuh ein, bewirkte aber nichts, und da er seine Hand nicht spürte, wusste er auch nicht, ob er hart oder sanft zuschlug. Müde lehnte er sich an den Rücken einer Kuh, als stünde er an der Theke, doch rutschten seine Ellbogen ab, sodass seine Wange schließlich direkt auf dem vereisten Rücken landete und er Luftblasen betrachten konnte, die sich im Fell verfangen hatten. Als er sich stark genug fühlte, richtete er sich wieder auf; seine Kleider klebten fest und lösten sich nur mit reißendem Geräusch. Er tastete sich ab, als erwartete er, nackte Haut an sich zu finden, doch schaute er dann auf seine Hand, die ans Gewehr gefroren war. Keine Schmerzen. Da begriff er, dass er insgesamt von seinem Körper befreit war, von seinen Füßen, Beinen, Schenkeln. Sein Torso nur ein dumpfes Pochen. Er hämmerte mit dem Schaft auf das Eis am Kopf einer Kuh, meißelte Splitter ab, und das Eis platzte vom Schloss, die eigene Hand blutete von der Wucht seiner Schläge. Er spürte nichts, also machte er weiter, ging um die Kuh herum, ging zur nächsten, zur dritten, dann zurück. Sie waren alle eingeschalt, und er war schnell erschöpft. Also ließ er sich am Kopf einer Kuh zu Boden sinken, pochte ans verhüllte Augenlid und meinte, ihr Ohr unter dem Eis zucken zu sehen.

»Jetzt bist du erledigt«, sagte er und schmiegte seine Wange an den Kuhschädel. »Aber mach dir nichts draus, manchmal reicht ein Zaun als Entschuldigung.« Er legte den Kopf in den Nacken. Gar nicht schwer, hier einfach aufzugeben und selbst den Zaun als Entschuldigung vorzuschieben. Aber irgendwie hatte er noch immer das Gefühl, als wäre ihm *etwas* entfallen, als hätte er einen Grund vergessen, der doch so klar und deutlich gewesen war, als die Nacht begonnen hatte. Lange vor Purvis. Noch im Stall beim Pferd seines Vaters, dem Letzten, was ihm außer der eigenen Haut auf dieser Welt noch gehörte. Gerade erst hatte sich die Dunkelheit in den Fenstern und auf den Feldern gezeigt. Nur noch kurze Zeit, und er würde fort sein, würde die Tür von außen verriegeln, und gleich malte er sich aus, wie die Ratten zusammenliefen, die Kojoten den verschlossenen Stall und das verlassene Haus umkreisten. Er hatte dort gestanden und zugehört, wie der Schuppen sich knirschend und ächzend an die Kälte gewöhnte, als wäre er ein alter, ans Land geketteter Mann. Die Luft roch wie rein gebrannt.

Das Pferd lag nah am anderen Boxenende, wo das Holz wie von Fäule zerfressen schien, so hatte das Pferd das eigene Kondenswasser abgeleckt. Wirklich merkwürdig, dachte er, was aus dem Tier geworden war. Die Augen bewegten sich wie in einem Tagtraum. Nichts konnte das Tier mehr retten – der Magen eingefallen, die Eingeweide blau und nutzlos. Und doch kämpfte es um sein Leben, und erstaunt beobachtete Chas, wie das Herz arbeitete, die Lunge sich füllte und leerte – bis er fast glaubte, dass es sich wieder erheben und bald wieder stehen würde. Doch als Chas den unvermeidlichen Film sah, der wie ein erster Frost die Augen überzog, als er wusste, dass keine noch so große Entschlossenheit dieses Tier je wieder auf die Beine bringen würde, da bewegten sich die Beine, wühlten das Stroh in einem langsamen, unfassbaren Galopp auf, wie ein Hund, der im Traum jagt, und Chas fragte sich, ob es der Tod war, vor dem das Tier flüchtete, oder ob es ihm entgegenlief. Überm Boden nickte das breite, weiße Gesicht, und dann, meine Güte, wie die Haut sich den eingefallenen Stellen angeschmiegt hatte, wie die Rippen sich gleich einer offenen Hand spreizten, als wollten sie … was freigeben? Dieses Ding, das in uns allen steckt und sein Ende ebenso ersehnt wie es sich davor fürchtet? Und Chas meinte noch einmal den letzten Atemzug hören zu können, als wäre es sein eigener gewesen, und zum ersten Mal ahnte er, was Abschied heißen mochte – wahre Trauer –, nicht dieses Vakuum, dieses Nichts, das er sein Leben lang wie eine Wunde betastet hatte, damit ihm der Schmerz verriet, dass er noch lebte. Er barg das Gesicht in den Händen.

»Wirf das Gewehr weg, Chas.«

Er hätte meinen können, sich die Stimme bloß einzubilden, denn als er den Kopf hob, konnte er nichts sehen, doch dann dachte er daran, die Augen zu öffnen. Offenbar war er doch eingeschlafen. Der Eisregen hatte aufgehört. Er fragte sich, wann das passiert war. Einen Mond gab es auch – überzog alles mit eisigem Licht. Sogar den Sheriff.

»Haben Sie mich gehört, Chas? Werfen Sie das Gewehr weg.«

Ike hielt Abstand. Er hatte eine Weile gebraucht, um sich so nah anzuschleichen, hatte sich langsam und auf Umwegen genähert, doch jetzt sah er, wie übel es um Chas bestellt war, und dass das Risiko längst nicht so groß schien wie befürchtet. Er verbot sich jedes Mitleid, wieder einmal.

»Sheriff«, sagte Chas und nickte. Er schob das Gewehr vom Schoß, und der Sheriff hob seine Waffe. »Zielen Sie diesmal auf mich, Parsons, oder wieder auf die Kühe?«

»Sie stecken in Schwierigkeiten, Chas. Werfen Sie das Gewehr weg, und ich helfe Ihnen zurück.«

Chas schüttelte den Kopf und konnte sein Gewicht spüren, das letzte, was er spüren konnte. Er lächelte. »Sind wohl Gottes guter Narr der Barmherzigkeit, wie? Ihren Freund habe ich umgebracht, Ihre Frau entführt … Was wollen Sie denn noch alles einfach wegstecken, Parsons?«

Ike hielt das Gewehr auf ihn gerichtet, hob aber den Blick vom Visier. »Ich weiß nicht, Chas. Mehr, als ich vermutet hätte. Werfen Sie das Gewehr weg. Machen Sie schon!«

»Nein, ich glaube nicht.« Chas lehnte den Kopf ans Bein der Kuh und schaute zu dem sich klarenden Himmel auf. »Da ist niemand mehr für mich.« Er schüttelte den Kopf. »Kein Mensch. Verdammt«, sagte er und hob die Hand an die Augen, »der Mond ist vielleicht hell.«

Und hell war er wirklich, das Licht von all dem Eis vervielfacht, sodass es Schatten warf, als wäre es später Nachmittag, und Ike fielen auch andere Dinge auf, dass er zum Beispiel das Gefühl in den Beinen verloren hatte und dass seine Arme zitterten, die das Gewehr an die Schulter pressten, weshalb er es gern abgesetzt und es sich auf dem Eis bequem gemacht hätte, sich gegen einen Zaunpfosten gelehnt hätte, gegen eine Kuh, das Gesicht wie Chas dem Mond zugewandt. Er wollte sie einfach hinter sich bringen, diese Frage, was er tun sollte oder wozu er fähig war. Er spürte, wie ihn eine unendliche Müdigkeit überkam, und ahnte, dass er durchfrorener war, als er sich eingestehen wollte – dass er sich bald unterkühlen würde. Sollte das hier noch viel länger dauern, was konnte er Chas oder sich selbst dann noch nutzen?

Ike kam einen Schritt näher, und Chas senkte das Gesicht. »Es könnte sein, Parsons« – er sprach langsam, versuchte, nicht zu lallen – »dass Sie …«, dann hob er das Gewehr, doch stemmte er bloß den Schaft ins Eis und schmiegte die Wange an den Lauf. »Verdammt. Vergessen. Pattiann gefunden?«

»Ja. Ihr geht's gut«, sagte Ike und senkte das Gewehr.

»Störrisches Weib«, sagte Chas und grinste.

Ike nickte. »Chas …«

Chas schnitt ihm mit einer Handbewegung das Wort ab. »Eine selten dämliche Lage, nicht?« Der Kopf sackte nach vorn. »Ich meine, hier sind wir beide, Sie und ich, und kommen dem kein Stück näher, wo wir eigentlich hinwollen.«

»Und wohin ist das, Chas?« Ike trat noch einen Schritt vor.

»Parsons!« Chas schüttelte den Kopf. »Bleiben Sie mir vom Leib!« Er hielt sich die Mündung unters eigene Kinn.

Ike ließ das Gewehr sinken und ging einen Schritt zurück. »Das wollen Sie doch gar nicht, Chas«, ging aber noch einen Schritt zurück, als sich Chas' Finger um den Abzug krümmte. »Warten Sie, Chas. Wissen Sie noch, wie wir uns das erste Mal getroffen haben?«

Chas nickte, und der Schaft bewegte sich mit dem Kopf, glitt neben seinem Knie auf dem Eis vor und zurück.

»Was haben Sie über die Kühe gesagt?«

Chas grinste. »Sind doch bloß Fleisch.«

Ike nickte. »Genau. Und das wären sie doch nicht wert, oder?«, fragte er. Und plötzlich war er nicht mehr nur daran interessiert, Zeit zu gewinnen. »Bloß Fleisch«, wiederholte er und wollte wissen, ob alles auch hätte anders kommen können. »Wäre es besser gewesen, ich hätte es jemand anderem überlassen?«, fragte er. »Hätte ich mich einfach nicht drum kümmern sollen? Um Ihr Vieh?«

Chas lachte. »Ob Purvis noch am Leben wäre, wollen Sie wissen? Wollen Sie sich die Schuld daran geben – oder die Verantwortung dafür anmaßen? Glauben Sie wirklich, Sie hatten bei all dem mehr zu sagen als ich?« Er lachte, und sein Kinn hüpfte auf der Mündung auf und ab, doch fühlte er nichts. Das war ermutigend. »Da weiß Pattiann aber besser Bescheid. Scheiße, Parsons. Ich habe meinen Weg hier draußen *gefunden*. Sie sind der Einzige, der glaubt, ich hätte mich verlaufen.«

»Chas …«

Doch Stubblefield schüttelte den Kopf, als glaubte er, jetzt sei genug, und er kniff die Augen zusammen und drückte den Abzug durch. Es gab nur ein lautes Klicken, Zähne, die aufeinander klapperten, dann war es still. Er kippte den Lauf zur Seite. »Verdammt«, sagte er, schwenkte das Gewehr herum und zielte auf Ike. »Wäre möglich«, fuhr Chas fort, »dass der nächste Schuss auch nicht losgeht. Wäre aber auch möglich, dass es knallt. Ich könnte den zweiten Schuss auch an mir ausprobieren, und wenn's nicht klappt, schleppen Sie mich hier raus. Sie *retten* mir den Arsch.« Er schnalzte mit der Zunge und seufzte. »Oder ich schieß Sie tot und bleib hier sitzen und leiste Ihnen Gesellschaft, so lange es eben dauert.«

Chas lächelte, und es war wieder das ernste Lächeln des kleinen Jungen. »Ich bringe Sie wirklich um, Ike, genau wie ich Purvis umgebracht habe. Wollen Sie da einfach sitzen bleiben?« Er richtete die Mündung auf Ikes Brust, und Ikes Gewehr zielt auf Chas' Herz.

Ike blickte den Lauf entlang, das Herz wummerte ihm in der Brust, auf die der andere zielte. Krampfhaft suchte er nach einem anderen Weg, doch war unter ihm alles zu Glas geworden. Er dachte an Purvis. Er dachte an Pattiann. Im Mondlicht schien es, als wäre die Erde hart, Chas' Miene aber weich geworden, träumerisch.

»Verstehen Sie?«, fragte Chas.

Ike presste das Gewehr an seine Schulter, holte tief Luft, und als er sah, dass Chas' Finger sich spannte, die Mündung von seiner Brust abrückte, hörte er den Widerhall seines eigenen Gewehrs. Ein Blitz, und es war, als hätte ihm jemand den Arm nach hinten gerissen, doch behielt er Chas unverwandt im Auge und sah, wie er auf die Seite kippte und reglos liegen blieb. Er hörte den Knall in den Ohren, doch schien unter seinen Füßen ein fernes Muhen aufzusteigen, und dann begriff er, dass er nicht den Nachhall der Gewehre hörte, sondern die verängstigten Kühe, ihr panisches Brüllen, das durch die Luftlöcher aufstieg als wäre das Land selbst getroffen. Wie angewurzelt blieb er stehen, bis das Brüllen sich wieder legte, und erst, als alles still war, setzte er das Gewehr ab. Er brauchte keinen Puls zu fühlen, um zu wissen, dass er Chas getötet hatte. Ike sah den Schatten des Leichnams wachsen, die blicklosen Augen, die den Mond anstarrten. Er ließ die Arme sinken, fühlte, wie es ihm warm über die linke Hand lief. Und als er sich vom Leichnam abwandte, schaute er dorthin, wo das Mondlicht eine harte Bahn zum flüchtigen Horizont und zu den Sternen schlug … zu den Sternen.

Er hörte Schüsse in nicht allzu weiter Ferne, suchte unbeholfen etwas in seiner Jacke, zog eine Leuchtfackel heraus, steckte sie an und stellte sie aufs Eis. Er ließ sich auf den Boden sacken. Die Fackel versprühte ein helles Rosa über das Eis, über die zapfenbehangenen Sträucher und Salbeibüsche. Das Licht tat Ike in den Augen weh, sodass er den Blick abwandte. Er richtete sich auf, kniete sich hin, beugte sich vor und atmete durch den Mund. In der Ferne meinte er Lichter übers Eis huschen zu sehen. Er löste seinen Gürtel, band den Arm ab und stöhnte, als er zuzog, meinte aber, keinen Schmerz zu spüren. Dann stand er auf und schlitterte das kurze Stück zu Chas hinüber.

Im Licht der Fackel musterte er Chas, sah die Eisklumpen im

Haar, das immer noch ordentlich gescheitelt war. Die Jacke stand am Hals offen, ein Knopf fehlte, ein Stiefel war einwärts gedreht. Ike erstaunte es immer wieder, wie klein die Menschen im Tod wirkten. Und dann fiel ihm sein Freund Purvis ein, der gleiche dunkle Fleck, der sich über den Boden ausbreitete, die Augen starr in den Himmel gerichtet, als sähen sie dort einen letzten Fluchtweg. Eine letzte Zuflucht.

Eine ungeheure Müdigkeit überkam ihn, doch durfte er ihr nicht nachgeben. *Bald*, sagte er sich. Sehr bald würden sie ihn finden und sich um seine Wunde kümmern. Er würde zurück zum Streifenwagen gehen, wo Pattiann auf ihn wartete. Sie würde ihn anschauen und ohne zu fragen wissen, dass Chas tot war. Sie würde ihn umarmen, mit den Fingern über die Eiskruste auf seinen Brauen streichen, sich um seinen Arm sorgen, doch würde ihn das nicht davon abhalten, sie in dieser langen Nacht wie auch in all den künftigen Nächten an sich zu drücken. Er wusste, dass er in den kommenden Wochen und Monaten und Jahren über diese Nacht nachdenken würde. Er würde über Gerechtigkeit nachdenken. Und über Barmherzigkeit. Würde sich fragen, ob er aus Selbstverteidigung oder aus Mitleid geschossen hatte. Oder aus Wut. Und in den meisten schlaflosen Nächten, in denen er sich zu erinnern versuchte, in denen er immer wieder die Abfolge der Ereignisse hinterfragen sollte, den Knall und den Blitz, würden es der Mond und das Eis sein, an die er sich am deutlichsten erinnerte, und auch das würde er schließlich für eine Gnade halten. Er blickte über die weite, eisummantelte Landschaft. Die Fackel flackerte, das grelle Licht wurde schwächer, sodass Chas' Leichnam nur mehr ein dunkler Fleck war, der am Rand seines Blickfelds tanzte, dahinter die Säulen aus Eis, die Kühe, die vor der Schwärze glommen und verloschen wie Glut im Feuer. Er wandte sich zu den Tieren um und machte sich ans Werk, wie Chas es vor ihm getan hatte, befreite sie aus dem Eis.